KB154327

빨강 머리 앤

걸 클래식 컬렉션

Anne of Green Gables

빨강 머리 앤

루시 모드 몽고메리 지음 · 고정아 옮김

윌북

일러두기

1. 이 책의 번역 대본은 Puffin Books의『The Puffin in Bloom Collection』을 사용하였습니다.
2. 표지에 쓰인 그림과 제목 서체는 모두 애나 본드의 작품입니다.
3. 옮긴이 주는 괄호로 별도 표시하였습니다.

◆ 차례 ◆

저는 제 삶을 사랑해요.
다른 삶은 사랑한 적 없어요

◆

이다혜(작가, 기자)

한때 나는 앤을 좋아하지 않았다. 앤은 언제나 사고를 너무 많이 쳤고, 원하는 게 구체적인데 많기까지 했으며, 그 모든 것을 쉼 없이 말로 털어놓는 아이였다. 읽기에도 숨이 찬데 앤은 어쩜 이렇게 계속 말하는지. 나는 다이애나가 좋았다. 부족함 없이 자라 반듯하고 따뜻한 친구, 다이애나처럼 되고 싶었다.

　앤은 마릴라와 매슈가 원한 아이가 아니었다. 그들은 사내아이를 원했다. 앤이 마음에 들어하지 않은 빨강 머리나, 내가 마음에 들어하지 않는 '원하는 것을 구체적으로 끊임없이 말하는' 성격은 그들에게 필요하지 않았다. 살림이 넉넉지 못한 남매는 일손에 보탬이 될 남자아이를 얻을 생각이었다. 앤이 안간힘을 쓰며 자신의 쓸모를 증명하는 것은 애초에 핵심을 벗어난 일이었다. 매슈를 처음 만난 앤이 "만나서 정말 기뻐요. 혹시 저를 데리러 오시지 않는 건가 겁이 나서 어떻게 된 일인지 온갖 상상을 다하고 있었거든요"라고 말을 늘어놓는, 꽃이 하얗게 핀 벚나무에서 달빛을 받으며 잘 생각이었다고 쉬지 않고 말하는 '첫 만남'을 다시 읽는 지금은 울컥하는 마음에 잠깐 읽기를 멈추고 책장을 손으로 쓸어본다. 기다리고 거절당하는 일이 익숙한 앤은 환대가 아닌 거부를 근심한다. 상대방이 앤의 말을 기다리고 경청하지 않기 때문에 앤은 언제나 빨리 말하려고 한다. 하고 싶은 말을 늘 마음속에 가득 쌓아두고 있다. 존재 자체로 사랑받을 만하다고 확신하지 못하는 앤은 그 이유를 빨강 머리에서 찾는다. 하지만 빨강 머리와 마찬가지로, 앤이 겪는 어려움은 앤의 잘못이 아니다. 앤이 고아원에서 성장해야 했던 사실부터 시작해서.

널리 알려진 제목 『빨강 머리 앤』의 원제가 '그린게이블스의 앤'이라는 사실을 나는 성인이 되고 알았다. 원작자 루시 모드 몽고메리는 앤의 특성(빨강 머리)을 강조하는 대신, 결국 앤이 찾아내고 자신의 집으로 만든 '그린게이블스(초록 맞배지붕 집)'를 내세웠다. 앤이 누구야? 초록 맞배지붕 집에 사는 아이야. '그린게이블스의 앤'은 앤이 그렇게 자기 자리를 만들어가는 이야기다.

일본 애니메이션을 통해 『빨강 머리 앤』을 접한 게 전부인 독자라면 루시 모드 몽고메리가 소설에서 소개하는 그린게 이블스의 앤이 더 유머러스하고도 속 깊게 느껴질 것이다. 길버트와의 다툼을 통해 싹트는 로맨스가 아니라, 다이애나와의 멜로드라마가 어린 앤을 지탱하는 큰 힘이었음이 선명하게 보인다. 앤은 다이애나에게 말한다. "누가 나를 사랑할 거라는 생각 자체를 못 했어. 누구한테 사랑받은 기억이 없으니까. 아, 너무 멋지다!" 마릴라 아주머니와 매슈 아저씨는 앤에게 머물 수 있는 지붕을 제공해준 보호자이자 일상을 나눌 친구들이다. 앤이 매슈에게 하는 신세한탄 중에는 이런 게 있다. "아저씨도 학교에서 기하학을 배우셨어요? 공부하지 않으셨다니 제 심정을 잘 이해하지 못하실 거예요. 이게 제 인생 전체에 그림자를 드리우고 있어요." 마릴라는 "한 가지는 분명하구나, 앤. 너는 배리 씨네 지붕에서 떨어지면서도 혀는 다치지 않았어" 하고 따끔한 지적을 하는 데 선수지만, 사고 소식을 듣고 달려가면서 자신이 앤을 좋아하는 데다 앤 없이 살 수 없으리라는 사실을 받아들인다.

　앤 셜리의 파란만장한 모험담을 읽어가면서, 앤보다 다이애나를 좋아했던 나의 어린 시절을 다시 돌아보게 되었다. 당시에는 인정하지 못했지만 나는 앤에 더 가까운 아이였고, 그러면서도 앤만큼 충만하게 사는 방법을 알지 못했다. 나 자신을 싫어하고 다른 이를 동경하는 아이. 세상의 많은 여자아이들에게는 익숙한 구도이리라. 거울을 볼 때면 언제나 개선해야 하는 점을 떠올리며 눈썹 한 올, 점 하나를 살펴보는, 외모가 중요하다고 끊임없이 되뇌는, 있는 그대로 사랑받을 수 있다고 상상하기 어려워하는, 그런 낙심과 의기소침이 희망과 응원보다 더 가까이 있음을 성장하면서 배우게 된다. 그래서 앤 셜리를 성인이 되어 다시 만나며 나 자신과 더 잘 지내는 법을 생각한다. 예를 들어 이런 장면. "길을 절반쯤 가자 앤의 낙담은 마법처럼 사라졌다. 아이는 고개를 들고 가볍게 걸으며 노을 진 하늘과 조용한 기쁨에 잠긴 공중에 눈을 고정했다." 앤은 혼나는 일조차 즐거운 일로 바꿔버린다. 그리고 마릴라에게 선언한다. "저는 벌써 그린게이블스를 사랑해요. 다른 곳은 사랑한 적이 없어요. 다른 곳은 집이라고 느끼지도 않았어요. 마릴라 아주머니, 정말 행복해요. 지금 기도를 하라면 전혀 힘들지 않게 할 수 있을 것 같아요." 주어진 것에 머무르지 않는다는 말의 의미를, 앤 셜리는 마침내 증명해낸다. 삶에서 좋은 것을 발견하는 법을 잊었을 때, 앤을 다시 만나는 일은 그래서 도움이 된다.

너의 별자리에서 좋은 별들이 만나
정령과 불과 이슬로 너를 만들었다.

브라우닝

→

레이철 린드 부인이 놀라다

레이철 린드 부인은 에이번리 마을의 큰길이 골짜기 쪽으로 내려온 곳에 살았다. 오리나무와 분홍바늘꽃에 둘러싸인 골짜기에는 개울이 하나 흘렀는데, 더 안쪽 커스버트네가 사는 숲에서 흘러나왔다. 개울은 숲속 상류에서는 아주 사납고 물살이 빨라 군데군데 웅덩이와 폭포를 어두운 비밀처럼 품고 있는 것으로 유명했다. 하지만 린드네 근처 골짜기에 이르면 조용하고 얌전한 냇물이 되었다. 개울물도 레이철 린드 부인의 집 앞을 지날 때는 행동을 조심해야 했다. 아마 개울도 레이철 부인이 언제나 창가에 앉아 냇물부터 아이들까지 모든 것을 예리하게 지켜보다가 특이하거나 잘못된 것이 보이면 그 이유를 밝혀낼 때까지 가만있지 않는다는 사실을 알았을 것이다.

에이번리 일대에도 자기 일은 게을리하면서 남 일에 관심을 기울이는 사람이 많았다. 하지만 레이철 린드 부인은 자기 일과 남의 일을 동시에 신경 쓰는 유능한 사람이었다. 부인의 살림 솜씨는 유명했다. 해야 할 일은 언제나 해냈고, 그것도 잘했다. 바느질 모임을 '운영'했고, 교회 학교 운영에도 참여했으며, 교회 봉사회와 선교 후원회의 기둥 역할도 했다. 하지만 레이철 부인은 그 모든 일을 하면서도 시간이 남아돌아서, 부엌 창가에 몇 시간씩 앉아 레이스 조각보를 뜨며─에이번리 주부들이 감탄하듯이 열여섯 장이나 떴다─골짜기 바깥쪽 붉고 가파른 언덕으로 구불구불 올라가는 큰길을 예리한 눈초리로 살펴보았다. 에이번리는 세인트로렌스 만으로 툭 튀어나간 작은 삼각형 모양의 반도에 자리 잡은 마을이라 두 면이 물에 둘러싸여 있어서, 마을을 나가거나 들어오는 사람이라면 누구나 그 언덕길을 지나야 했고, 모든 것을 보는 레이철 부인의 보이지 않는 평가를 받아야 했다.

6월 초 어느 날 오후에도 레이철 린드는 그곳에 앉아 있었다. 창문으로는 밝고 따뜻한 햇빛이 들어왔다. 아래쪽 기슭의 과수원에서는 새신부 같은 분홍색, 흰색 꽃이 만발하고 벌떼가 윙윙거렸다. 토머스 린드─사람들이 '레이철 린드의 남편'이라고 부르는 왜소하고 유약한 남자─는 헛간 뒤편 언덕 밭에 때늦은 순무 씨를 심고 있었다. 매슈 커스버트 역시 그린게이블스 근처의 시냇가 붉은 밭에 순무 씨를 심고 있을 것이다. 레이철 부인은 그러리라 짐작했다. 전날 저녁 카머디에 있는 윌리엄 J. 블레어의 가게에서, 매슈가 피터 모리슨에게 내일 오후에 순무 씨를 뿌릴 거라고 말하는 걸 들었기 때문이다. 물론 피터가 물어서 대답했을 뿐이다. 매슈 커스버트는 평생 어떤 일에 대해서도 먼저 입을 여는 경우가 없었기 때문이다.

그런데 어찌 된 일인지 매슈 커스버트가 바쁜 날 오후 세시 반에 마차를 타고 나타나서는, 골짜기를 지나 언덕 위로 조용히 길을 갔다. 게다가 흰 셔츠와 가장 좋은 옷을 입고 있었는데, 그것은 에이번리 밖으로 나간다는 뜻이었다. 또 적갈색 말이 끄는 마차를 타고 간다는 것은 꽤 먼 곳에 간다는 이야기였다. 매슈 커스버트는 어디에 가는 걸까? 왜 가는 걸까?

에이번리에 사는 다른 남자였다면, 레이철 부인은 이것저것 능숙하게 조합해서 두 질문 모두에 그럴듯한 추측을 해냈을 것이다. 하지만 매슈는 집을 떠나는 일이 극히 드물었기에, 그를 불러내는 일이라면 분명 아주 긴급하고도 특이한 일일 터였다. 그는 심하게 수줍어하는 사람이라 낯선 사람들이 있거나 말을 해야 하는 장소에는 좀처럼 가지 않았다. 매슈가 흰 셔츠를 입고 마차를 몰고 어디에 가는 일은 흔치 않았다. 레이철 부인은 아무리 생각해도 그 이유를 짐작할 수 없었고, 오후의 즐거움은 망가져버렸다.

"저녁을 먹은 후 그린게이블스에 가서 마릴라에게 매슈가 어디에 갔고 왜 갔는지 물어봐야겠어." 덕망 있는 부인은 마침내 마음을 먹었다. "매슈는 이 계절에 시내에 나가지도 않고, 누구네 집에 놀러 가는 일도 절대 없으니까. 순무 씨앗이 떨어져서 사러 가는 거라면 저렇게 차려입고 가진 않겠지. 천천히 가는 걸 보면 의사한테 가는 것 같지도 않아. 어젯밤에 갑자기 나갈 일이 생긴 게 분명해. 정말 모르겠네. 매슈 커스버트가 오늘 에이번리에서 나간 이유를 알기 전에는 한시도 마음이 편치 않을 거야."

레이철 부인은 저녁을 먹은 후 길을 나섰다. 먼 길은 아니었다. 과수원에 둘러싸인 커스버트네 집은 린드네 골짜기에서 겨우 4백 미터 정도 거리였다. 물론 길이 구불구불해서 그보다 훨씬 멀기는 했다. 매슈 커스버트의 아버지는 아들만큼이나 수줍어하는 데다 말이 없는 사람이었고, 숲속으로 아예 들어가지는 않으면서 다른 사람들에게서 가장 멀리 떨어진 곳을 찾아 집을 지었다. 그린게이블스는 그가 개간한 땅의 가장 안쪽에 터를 잡았고, 에이번리의 다른 집들이 옹기종기 모여 사는 큰길에서는 거의 보이지 않았다. 레이철 린드 부인은 그런 곳에 사는 것은 사는 것도 아니라고 여겼다.

"그건 그냥 숙식하는 거지." 레이철 부인은 마차 바큇자국이 파이고 풀이 우거지고, 길가에 들장미 덤불이 있는 오솔길을 걸어가면서 말했다. "매슈와 마릴라가 둘 다 그렇게 특이한 것도 당연해. 저런 구석에 틀어박혀 사니까. 나무가 무슨 말벗이 되겠어. 그게 된다면야 말벗이 아주 많겠지만. 난 그보다는 사람들이 좋아. 물론 두 사람은 충분히 만족하고 사는 것 같은데, 단지 익숙해서 그런 거야. 사람은 어떤 것에도 익숙해질 수 있다고, 심지어 교수형에도 익숙해질 수 있다고 아일랜드 사람들은 말하곤 하잖아."

이런 말을 하며 부인은 오솔길을 벗어나 그린게이블스의 뒷마당에 들어섰다. 뒷마당 한쪽에는 웅장한 버드나무들이, 다른 한쪽에는 새침한 양버들들이 있어서, 아주 푸르고 깔끔하며 단정했다. 굴러다니는 막대기 하나, 돌멩이 하나 없었다. 있다면 레이철 부인의 눈이 놓칠 리 없었다. 레이철 린드는 마릴라가 집 안만큼이나 마당도 자주 청소할 거라고 생각했다. 땅에서 음식을 주워 먹어도 될 정도였다.

레이철 부인은 부엌문을 경쾌하게 두드렸고, 응답이 들려오자 안으로 들어섰다. 그린게이블스의 부엌은 기분 좋은 곳이었다. 아니, 그렇게 지나치게 쓸고 닦아서 사람이 쓰지 않는 응접실처럼 만들어놓지만 않았다면 기분 좋은 곳이었을 것이다. 창문은 동쪽과 서쪽으로 나 있었다. 뒷마당이 내다보이는 서쪽 창문으로 6월의 밝은 햇빛이 쏟아져 들어왔다. 하지만 푸른 덩굴로 뒤덮인 동쪽 창문으로는 왼쪽 과수원에서 하얀 꽃을 피운 벚나무들과 골짜기 개울가에서 고개를 까딱이는 가녀린 자작나무들만 살짝 보였다. 마릴라 커스버트는 창가에 앉을 때면 언제나 그쪽에 앉았지만, 그런 일이 자주 있지는 않았다. 마릴라는 햇빛을 약간 불신했다. 마릴라가 보기에 햇빛은 진지해야 할 세상에서 너무 나풀거리고 제멋대로인 존재였다. 그런데 지금 마릴라가 거기 앉아 뜨개질을 하고 있었고, 식탁에는 식사가 차려져 있었다.

레이철 부인은 문을 제대로 닫기도 전에 식탁에 차려둔 여러 가지를 살펴보았다. 접시가 세 개인 걸 보면 매슈가 집에 다른 사람을 데리고 와서 저녁을 먹는 게 분명했다. 하지만 늘 쓰던 접시였고, 거기에 꽃사과 절임과 케이크 한 종류만 차려뒀을 뿐이라 특별한 손님은 아닌 모양이었다. 그렇다면 매슈가 입은 흰 셔츠와 마차는 무엇인가? 레이철 부인은 조용하고 수수께끼라고는 없던 그린게이블스의 별난 수수께끼에 현기증이 났다.

"안녕하세요, 레이철." 마릴라가 씩씩하게 말했다. "저녁 날씨가 참 좋네요. 앉아요. 식구들은 다들 어때요?"

마릴라 커스버트와 레이철 부인은 서로 몹시 다른데도—어쩌면 그렇게 다르기 때문에—오래전부터 우정이라고밖에는 달리 부를 말이 없는 관계를 유지했다.

마릴라는 키가 크고 여위었으며, 여기저기 각이 져 곡선이라고는 없었다. 흰머리가 조금 섞인 검은 머리는 언제나 철핀 두 개를 깊숙이 찔러서 뒤통수에 단단하게 쪽을 쪘다. 그래서 세상 경험이 적고 엄격한 양심을 지닌 사람처럼 보였는데, 그게 사실이었다. 하지만 입가에는 아주 미미하지만 유머 감각이라 할 수도 있는 어떤 표정이 있었다.

"저희는 잘 지내죠." 레이철 부인이 말했다. "그런데 이 집이야말로 좀 걱정이 됐어요. 오늘 매슈가 밖으로 나가는 걸 봤거든요. 혹시 의사를 부르러 간 건가요?"

마릴라의 입술이 그럼 그렇지 하는 듯 뒤틀렸다. 마릴라는 레이철 부인이 올 거라고 예상했다. 매슈가 뜬금없이 외출했으니, 레이철 부인이 호기심을 누르지 못할 게 분명했다.

"아뇨. 저는 잘 지내요. 어젠 두통이 좀 오긴 했지만요." 마릴라가 말했다. "매슈는 브라이트리버에 갔어요. 노바스코샤의 고아원에서 남자아이를 한 명 데려오기로 했거든요. 저녁 기차로 올 거예요."

매슈가 오스트레일리아에서 온 캥거루를 만나러 나갔다고 했어도 레이철 부인은 그보다 더 놀라지 않았을 것이다. 실제로 말문이 막혀 5초 동안 입을 가만 다물고 있었다. 마릴라가 자신을 놀린다고 생각하기는 어려웠지만, 거의 그런 느낌까지 들었다.

"정말이에요, 마릴라?" 마침내 말문이 트이자 레이철 부인이 물었다.

"그럼요." 마릴라는 노바스코샤의 고아원에서 남자아이를 데려오는 일이 유례없는 혁신이 아니라 에이번리의 잘 돌아가는 어느 농장에서나 흔한 일인 듯 말했다.

레이철 부인은 자신이 큰 충격을 받았다고 느꼈다. 생각마다 느낌표가 따라다니는 것 같았다. 남자애라고! 마릴라와 매슈 커스버트가 남자아이를 입양한다고! 고아를! 세상이 뒤집히려나! 이제 더는 세상에서 놀랄 일이 없을 거야!

"어쩌다 그런 생각을 하게 됐나요?" 레이철 부인이 비난하듯이 물었다.

이런 일을 자기 조언을 구하지도 않고 진행했으니 비난을 받아 마땅했다.

"생각을 한 지는 좀 됐어요. 사실은 지난 겨우내 생각했죠." 마릴라가 대답했다. "크리스마스 전에 알렉산더 스펜서 부인이 우리 집에 왔는데, 봄이 오면 호프타운의 고아원에서 여자아이를 데려올 거라 하더라고요. 거기 사는 친척 집에 갔다가 그런 일을 알게 됐대요. 그 얘기를 듣고부터 매슈하고 나는 여러 번 이야기를 나누었어요. 우리 집에는 남자아이가 맞다고 생각했죠. 매슈도 이제 나이가 많고―예순이에요―, 예전처럼 힘을 쓸 수 없어요. 심장도 안 좋고요. 그런데 일손 구하기는 하늘의 별 따기잖아요. 멍청하고 땅딸막한 프랑스 애들뿐이고, 그나마 버릇을 들이고 일을 가르쳐놓으면 바닷가재 공장이나 미국으로 떠나버려요. 매슈가 처음에 영국 아이를 데려오자고 해서, 나는 딱 반대했어요. '괜찮을지도 몰라. 나쁘다는 거 아니야. 하지만 런던 거리의 부랑아는 안 돼, 차라리 우리 캐나다 아이가 나아. 물론 누구를 데려와도 위험하긴 하지. 하지만 캐나다에서 태어난 아이를 데려와야 마음도 더 편하고 잘 때도 안심이 될 거야' 하고 말했죠. 결국 스펜서 부인이 아이를 데리러 갈 때 우리 집에서 키울 아이도 데려와 달라고 부탁하기로 했어요. 그러다 지난주에 스펜서 부인이 곧 간다는 얘기를 듣고, 카머디에 사는 리처드 스펜서의 친척을 통해 부탁했어요. 열 살에서 열한 살 정도 되는 똑똑하고 쓸 만한 남자애를 데리고 와달라고요. 그 나이가 제일 좋겠더라고요. 당장 이런저런 일에 써먹을 수도 있고, 아직 어려서 제대로 가르칠 수도 있는 나이니까요. 아이에게 가정을 주고 학교도 보낼 생각이에요. 오늘 알렉산더 스펜서 부인이 전보를 보내서 ─ 우체부가 역에서 가져왔어요 ─, 5시 30분 기차로 온다고 했어요. 그래서 매슈가 아이를 데리러 브라이트리버로 간 거예요. 스펜서 부인은 아이만 내려주고, 화이트샌즈 역으로 바로 갈 거고요."

레이철 부인은 언제나 자기 생각을 거침없이 말하는 것을 긍지로 삼는 사람이었다. 그래서 이 놀라운 소식에 대해 자기 생각을 정리해보고 역시 거침없이 입을 열었다.

"아, 마릴라, 아무래도 너무 어리석은 일이라고 말해야겠네요. 그리고 위험한 일이에요. 두 분은 지금 자신들이 무슨 일을 하는지 몰라요. 모르는 아이를 집에 들이다뇨. 아이 성격이 어떤지, 부모님은 어떤 사람이었는지, 어떻게 자랄지 전혀 모르잖아요. 바로 지난주에 신문에서 봤는데, 우리 섬 서쪽에 사는 한 부부가 고아원에서 남자아이를 데려왔는데, 그 애가 밤에 집에다 불을 질러서—일부러요, 마릴라—자다가 타 죽을 뻔했대요. 또 제가 아는 어떤 사람은 입양한 남자애가 자꾸 날계란을 빨아 먹었대요. 아무리 그러지 말래도 말을 안 들었다더라고요. 나한테 조언을 구하셨다면—물론 그러지 않으셨지만—그런 일은 절대 생각도 말라고 말씀드렸을 거예요."

조언을 가장한 질책에 마릴라는 기분이 상하지도 않고 걱정이 되지도 않는 것 같았다. 그녀는 뜨개질을 계속했다.

"그 말에 일리가 있다는 건 알아요, 레이철. 나도 걱정됐어요. 하지만 매슈의 뜻이 워낙 완강했어요. 그래서 포기했죠. 매슈가 무언가를 고집스럽게 원하는 일이 워낙 드무니까, 그럴 때는 그냥 허락해주는 게 내 의무 같아요. 그리고 위험에 대해 말하자면, 사람이 이 세상에서 하는 일에는 다 위험이 따르죠. 자기 아이를 낳는 일도 위험할 수 있어요. 아이들이 제대로 자라지 않기도 하니까요. 또 노바스코샤는 우리 섬과 아주 가까워요. 영국이나 미국에서 데려오는 것하고는 달라요. 아이는 우리하고 크게 다르지 않을 거예요."

"어쨌든 잘되면 좋겠네요." 레이철 부인이 노골적으로 의

구심을 담은 목소리로 말했다. "나중에 행여 그 아이가 그런게 이블스에 불을 지르거나 우물에 독을 타도 내가 말리지 않았다는 말은 하지 마세요. 뉴브런스윅에서는 고아원에서 데려온 아이가 우물에 독을 탔다는 이야기를 들었어요. 온 가족이 고통 속에 죽었다고요. 그쪽은 여자애였지만요."

"우리는 여자애를 데려오지 않아요." 마릴라가 우물에 독을 타는 것은 여자만이 할 수 있으니 남자아이의 경우에는 걱정할 것 없다는 듯이 말했다. "나는 여자애를 키울 생각은 전혀 없어요. 알렉산더 스펜서 부인은 어떻게 그런 마음이 들었는지 궁금해요. 하지만 그 부인은 마음만 먹으면 고아원을 통째로 입양하는 일도 마다하지 않을 거예요."

레이철 부인은 매슈가 고아를 집에 데리고 올 때까지 거기 머물고 싶었다. 하지만 매슈가 오려면 족히 두 시간은 걸릴 거라 생각하니 로버트 벨네 집에 가서 이 소식을 전하는 게 더 좋을 것 같았다. 이 일은 비할 수 없는 충격을 줄 테고, 레이철 부인은 사람들을 놀라게 하는 걸 좋아했다. 그래서 부인은 자리에서 일어섰고, 마릴라는 안도했다. 레이철 부인이 비난하는 소리를 들으니 마릴라가 애초에 품었던 의심과 두려움이 되살아나려고 했기 때문이다.

"세상에 이런 일이 생길 줄이야!" 오솔길에 올라 안전한 거리에 이르자 레이철 부인은 입 밖으로 소리 내 말했다. "꿈이라도 꾸는 것 같네. 아이가 너무 불쌍한걸. 매슈와 마릴라는 아이들에 대해 아무것도 몰라. 똑똑하고 착실한 아이를 기대할 텐데 애가 어디서 뭘 보고 배웠겠어? 그린게이블스에 아이가 온다는 사실 자체가 이상해. 이 집에는 아이가 있던 적이 없잖아. 이 집을 지었을 때 매슈와 마릴라는 이미 성인이었으니까. 게다가 두 사람도 어린애였던 적이 없는 것 같단 말이지. 고아의 입장은 정말로 돼보고 싶지 않지만, 너무 불쌍해."

레이철 부인은 그렇게 들장미 덤불에 대고 진심을 다해 말했다. 하지만 부인이 그 시간에 브라이트리버역에서 조용히 기다리는 아이를 보았다면 불쌍한 마음은 훨씬 더 크고 강했을 것이다.

매슈 커스버트가 놀라다

매슈 커스버트와 적갈색 말은 브라이트리버까지 12킬로미터가 넘는 길을 편안히 달렸다. 아름다운 길이었다. 길가에 아늑한 농가들이 터를 잡았고, 이따금 향기로운 전나무 숲이나 자두나무들이 가녀린 꽃을 내민 골짜기도 지나갔다. 사방으로 사과 과수원이 있어 공기가 향기로웠고, 비탈진 초원 저편의 지평선에는 안개가 진주 빛깔, 자주 빛깔로 아른거렸다.

작은 새들은 노래했네, 1년 중
여름날은 오직 그날 하루뿐인 듯.

매슈는 그 길이 나름대로 즐거웠지만, 여자들을 만나 목례를 해야 할 때는 예외였다. 프린스에드워드섬에서는 아는 사람이건 모르는 사람이건, 길에서 누군가를 만나면 목례를 해야 했기 때문이다.

매슈는 마릴라와 레이철 부인만 빼고 다른 모든 여자를 두려워했다. 여자라는 수수께끼 존재들이 몰래 자신을 비웃을 거라고 불안해했다. 그런데 그 생각이 어느 정도 맞을지도 몰랐다. 매슈는 특이하게 보이기는 했다. 볼품없는 체구에 백발 섞인 머리칼이 구부정한 어깨까지 내려왔고, 얼굴에는 스무 살 때부터 기른 갈색 턱수염이 텁수룩했다. 사실 매슈는 흰머리가 없었을 뿐이지, 스무 살 때도 예순 살 때와 거의 비슷한 모습이었다.

브라이트리버에 도착해보니 기차는 보이지 않았다. 매슈는 자신이 일찍 왔다고 생각하고 말을 브라이트리버의 작은 호텔 마당에 묶어놓고는 역으로 갔다. 기다란 플랫폼은 거의 비어 있었다. 눈에 보이는 살아 있는 존재는 플랫폼 한쪽 끝 지붕널 더미에 앉아 있는 여자아이뿐이었다. 매슈는 아이가 여자라는 것만 간신히 알아차리고 아이를 보지도 않은 채 최대한 빠른 걸음으로 그 앞을 지나갔다. 아이를 보았다면, 태도와 표정에 담긴 긴장과 기대를 놓칠 수 없었을 것이다. 아이는 거기 앉아서 무언가를 아니면 누군가를 기다렸고, 할 일은 기다리는 것뿐이었기에 온 힘을 다해 기다리고 있었다.

매슈는 집에 저녁을 먹으러 가려고 매표소를 잠그는 역장을 보고, 5시 30분 기차가 곧 오느냐고 물었다.

"5시 30분 기차는 30분 전에 왔다가 떠났습니다." 역장이 활기차게 말했다. "하지만 커스버트 씨를 만나려고 내린 손님이 있습니다. 어린 여자아이인데요. 저기 지붕널 더미에 앉아 있어요. 여자 대기실에서 기다리라고 했더니 밖에 있는 게 더 좋다고 진지하게 말하더군요. 바깥이 상상할 영역이 더 넓다나요. 특이한 아이 같습니다."

"난 여자애를 데리러 온 게 아니에요." 매슈가 잘라 말했다. "남자애를 데리러 왔어요. 남자애는 어디 있나요? 알렉산더 스펜서 부인이 노바스코샤에서 데려오기로 했는데요."

역장은 휘파람을 불더니 말했다. "무슨 착오가 생긴 모양이네요. 스펜서 부인이 저 여자아이와 내리더니 제게 아이를 맡겼어요. 커스버트 가에서 입양하기로 한 고아인데, 이제 곧 커스버트 씨가 와서 아이를 데려갈 거라고요. 제가 아는 건 그게 다예요. 여기 다른 고아를 숨겨두지는 않았습니다."

"이해가 안 되네요." 매슈가 힘없이 말했다. 이 상황을 함께 상의할 마릴라가 옆에 없어 안타까웠다.

"아이한테 물어보는 게 좋지 않을까요?" 역장이 가볍게 말했다. "아이가 자초지종을 설명할 수 있을 것 같은데요. 아이도 할 말은 있을 테니까요. 어쩌면 원하시는 유형의 남자아이가 없었는지도 모르고요."

역장은 배가 고팠기에 서둘러 역을 떠났고, 불쌍한 매슈는 사자 굴에 들어가서 사자 수염을 뽑는 것보다 더 어려운 일을 해야 했다. 여자아이, 모르는 여자아이, 그러니까 고아원에서 온 여자아이에게 가서 왜 남자가 아니냐고 물어야 했다. 매슈는 좌절감 속에 돌아서서 아이를 향해 조심조심 플랫폼을 걸어갔다.

아이는 매슈가 자기 앞을 지나갈 때부터 지켜보았고, 이제 그에게서 눈길을 떼지 않았다. 매슈는 아이를 바라보지 않았고, 보았다 해도 그 애가 어떻게 생겼는지 잘 몰랐겠지만, 평범한 관찰자라면 이런 모습을 보았을 것이다.

아이는 열한 살 정도였고, 누르스름한 흰색 면모 혼방 천으로 만든, 지나치게 짧고 지나치게 끼는 볼품없는 원피스를 입고 있었다. 머리에는 납작하고 딱딱한 색 바랜 밀짚모자를 썼고, 양 갈래로 땋아 등 뒤로 늘어뜨린 숱 많은 머리가 모자 아래로 보였는데 확연히 빨간색이었다. 작고 하얗고 여윈 얼굴에는 주근깨가 많았다. 입이 크고 눈도 컸는데, 눈동자는 빛과 분위기에 따라 녹색으로도 보이고 회색으로도 보였다.

평범한 관찰자라면 그 정도를 보았을 것이다. 예리한 관찰자라면 아이의 턱이 뾰족하고 튀어나왔으며, 큰 눈에 생기가 넘치고, 입술은 다정하고 표정이 풍부한 데다가, 이마가 넓다는 것을 알았을 것이다. 요컨대 분별력 있는 예리한 관찰자라면, 지금 매슈 커스버트가 터무니없이 두려워하는, 오갈 데 없는 여자아이의 몸에 평범한 영혼이 머물고 있지 않다고 결론을 내렸을 수도 있다.

하지만 매슈는 먼저 말을 걸어야 하는 시련을 피할 수 있었다. 매슈가 자신에게 다가오는 듯하자, 아이가 여윈 손으로 낡은 여행용 가방을 들고 일어섰기 때문이다. 아이는 그에게 다른 손을 내밀었다.

"그린게이블스에 사시는 매슈 커스버트 아저씨 맞으시죠?" 유난히 맑고 다정한 목소리였다. "만나서 정말 기뻐요. 혹시 저를 데리러 오시지 않는 건가 겁이 나서 어떻게 된 일인지 온갖 상상을 다하고 있었거든요. 아저씨가 안 오시면 저기 길 모퉁이에 있는 커다란 벚나무에 올라가 거기서 밤을 보내야겠다고 마음먹었어요. 그건 전혀 무섭지 않아요. 꽃이 하얗게 핀 벚나무에서 달빛을 받으며 자는 것도 좋을 것 같았고요. 대리석 궁전이라고 생각할 수도 있으니까요. 그리고 오늘 못 오시면 아침에 오실 거라고 믿었어요."

매슈는 아이가 내민 작고 앙상한 손을 어색하게 잡았다. 그와 동시에 자신이 할 일을 결정했다. 반짝이는 눈을 지닌 이 아이에게 실수가 있었다는 말을 할 수는 없었다. 일단 집에 데리고 가서 마릴라에게 그 일을 맡겨야 했다. 그리고 일이 어떻게 된 것이든, 아이를 브라이트리버에 두고 갈 수는 없었기에, 모든 질문과 설명은 무사히 그린게이블스에 돌아간 다음으로

미뤄도 좋을 듯했다.

"늦어서 미안하다." 매슈가 머뭇머뭇 말했다. "가자. 말은 저쪽 마당에 있어. 가방을 이리 다오."

"아뇨, 제가 들고 갈 수 있어요." 아이가 유쾌하게 말했다. "안 무거워요. 제가 가진 이 세상 물건을 전부 넣었지만 무겁지 않아요. 제대로 들지 않으면 손잡이가 빠져서, 제가 들고 가는 게 낫기도 해요. 저는 이 가방을 드는 법을 아니까요. 정말 낡은 가방이라서요. 아, 이렇게 와주셔서 정말 기뻐요. 벚나무에서 자는 것도 좋았겠지만요. 갈 길이 멀죠? 스펜서 아주머니가 12킬로미터가 넘는다고 하셨어요. 다행히 저는 마차 타는 걸 좋아해요. 제가 아저씨네 가족이 된다니 너무 멋진 일이에요. 저는 어디서도 가족이 없었어요. 그중에서도 최악은 고아원이었어요. 거기서 겨우 네 달 동안 살았지만 그걸로 충분해요. 아저씨는 고아로 살아보신 적이 없을 테니, 고아원이 어떤지 모르실 거예요. 그곳은 아저씨가 상상할 수 있는 그 어떤 것보다도 나빠요. 스펜서 아주머니는 그런 말을 하다니 비뚤어졌다고 하셨는데, 저는 비뚤어진 말을 하려고 그런 게 아니에요. 사람은 자기도 모르게 비뚤어지기 쉬운 것 같아요. 사람들은 좋았어요. 그러니까 고아원 사람들이요. 하지만 고아원에서는 상상할 영역이 없어요. 다른 고아들에 대한 걸 빼면 말이에요. 아이들에 대해 상상하는 게 재미있긴 했어요. 옆자리 아이가 원래 유서 깊은 백작 집안의 딸인데, 아기였을 때 사악한 유모가 훔쳐갔다가 미처 그 사실을 고백하지 못하고 죽었다는 식으로요. 밤에 잠이 안 오면 누워서 그런 상상을 많이 했어요. 낮에는 시간이 없으니까요. 그래서 이렇게 말랐나 봐요. 정말 말랐죠. 뼈밖에 없어요. 종종 제가 보기 좋게 살이 쪄서 팔꿈치 뒤쪽이 보조개처럼 쏙 파이는 모습을 상상해요."

매슈의 길동무는 거기까지 하고 말을 멈추었다. 숨도 찼고, 마차 앞에 당도해서이기도 했다. 그런 뒤 아이는 더 말을 하지 않았고, 두 사람은 마을을 떠나 가파른 작은 언덕길을 내려갔다. 그 길은 부드러운 언덕의 흙을 어찌나 깊이 파서 만들었는지, 길가 둑이 머리 위로 몇십 센티미터나 솟아 있었다. 둑에는 꽃이 핀 벚나무와 가녀린 자작나무들이 늘어서 있었다.

아이가 손을 뻗더니 마차 옆으로 스치는 자두나무 가지 하나를 잡아 꺾었다.

"예쁘지 않나요? 저렇게 꽃을 하얗게 피우고 고개를 숙인 나무를 보면 뭐가 생각나세요?" 아이가 물었다.

"저기, 모르겠다." 매슈가 말했다.

"당연히 신부가 생각나죠. 예쁜 망사 베일을 쓰고 하얀 드레스를 입은 신부요. 한 번도 본 적은 없지만 상상할 수는 있어요. 저는 신부가 될 것 같지 않아요. 너무 못생겨서 아무도 저랑 결혼하고 싶지 않을 거예요. 해외 선교사가 아니라면요. 해외 선교사는 그렇게 까다롭지 않을 거 같아요. 하얀 드레스는 언젠가 꼭 입어보고 싶어요. 그건 제가 꿈꾸는 행복 가운데 최고예요. 전 예쁜 옷이 좋아요. 살면서 예쁜 옷을 입은 기억이 없어요. 하지만 이제 그런 것도 기대할 수 있겠죠? 제가 아주 멋진 옷을 입은 모습을 상상해요. 아침에 고아원을 떠날 때 이 보기 싫은 면모직 원피스밖에 입을 게 없어서 속상했어요. 고아원 아이들은 모두 이걸 입어요. 지난겨울에 호프타운의 어떤 상인이 고아원에 면모직 1,300마를 기부했거든요. 사람들 말로는 팔다가 남아서 기부한 거라고도 하던데, 저는 그분이 친절해서 기부한 거라고 믿고 싶어요. 기차에 탔을 때 사람들이 다 저를 보고 딱하게 여기는 것 같았어요. 하지만 그냥 제가 아름다운 하늘색 실크 원피스를 입었다고 상상했어요. 상상을 하려면 진짜 좋은 걸 상상하는 게 좋으니까요. 그리고 꽃과 깃털로 장식한 커다란 모자에 금시계를 찼고 장갑과 구두는 염소 가죽으로 만든 거라고 생각했어요. 그러니까 바로 기분이 좋아져서 이 섬까지 오는 길이 아주 즐거웠죠. 배에 탔을 때도 뱃멀미를 안 했어요. 스펜서 아주머니도 안 하셨어요. 평소에는 거의 늘 뱃멀미를 하시는데, 제가 배에서 떨어질까 걱정하느라 멀미 날 틈이 없었대요. 저처럼 뽈뽈 돌아다니는 애는 처음이라고 하셨죠. 하지만 그래서 멀미를 안 하셨다면 제가 돌아다니길 잘한 거 아닌가요? 저는 배 안의 모든 걸 보고 싶었어요.

다시 배를 탈 기회가 없을지도 모르니까요. 아, 저기 벚나무들도 꽃이 활짝 피었네요! 이 섬은 정말로 꽃이 가득한 것 같아요. 벌써 여기가 마음에 들어요. 여기서 살게 되었다니 기뻐요. 전부터 프린스에드워드섬이 세상에서 제일 아름다운 곳이라는 말을 많이 들어서 여기 사는 걸 상상하기도 했지만 정말 그렇게 될 줄은 몰랐어요. 상상이 현실이 되는 건 기쁜 일이잖아요. 그런데 길이 저렇게 붉은색이라니 특이하네요. 샬럿타운에서 기차에 탔을 때 창밖으로 붉은 길들이 보이기에 스펜서 아주머니한테 길이 왜 저렇게 빨갛냐고 물었더니 아주머니는 모른다고, 더는 질문하지 말라고 하셨어요. 벌써 질문을 천 개는 했다고요. 사실 그런 것 같기는 한데, 물어보지 않으면 알 수가 없잖아요? 그러니까 길이 왜 빨간 거예요?"

"저기, 그러니까 나도 모르겠다." 매슈가 말했다.

"그것도 곧 알아내야겠네요. 알아내야 할 게 많다고 생각하면 정말 짜릿하지 않나요? 살아 있다는 게 기뻐져요. 세상이 너무 흥미로우니까요. 우리가 모든 걸 안다면 절반도 흥미롭지 않을 거예요. 상상할 것도 없고요. 하지만 제가 말이 너무 많은가요? 사람들이 다 그렇게 말하거든요. 제가 말을 안 하는 게 좋으세요? 그렇다면 입을 다물게요. 마음만 먹으면 그렇게 할 수 있어요. 조금 어렵긴 하지만요."

매슈는 자신이 아이의 수다를 즐겁게 듣고 있었다는 사실에 놀랐다. 조용한 사람들이 대부분 그렇듯 매슈는 수다쟁이가 대화를 도맡아 하면서 딱히 자신의 대답은 기대하지 않는 것을 좋아했다. 하지만 자기가 어린 여자아이와 동행하는 길을 즐거워할 거라고는 생각지 못했다. 성인 여자들도 힘들지만, 어린 여자아이들은 더 힘들었다. 그는 여자아이들이 자기 곁을 슬금슬금 지나가면서 곁눈질하는 게 싫었다. 자칫 말이라도 걸면 한입에 잡아먹힐 거라고 생각하는 것 같았다. 에이번리에 사는 예의 바른 어린 여자아이들은 그랬다. 하지만 이 주근깨 마녀 같은 아이는 그들과 달랐고, 매슈의 둔한 머리로는 아이의 활기찬 생각이 어떻게 흘러가는지 따라가기가 다소 버거웠지만, 어쨌거나 아이가 늘어놓는 수다가 '꽤 재미있다'고 느꼈다. 그래서 늘 하던 대로 수줍게 말했다.

"말하고 싶은 만큼 하렴. 나는 상관없으니까."

"아, 기쁘네요. 아저씨랑 저는 아주 잘 맞을 거 같아요. 말하고 싶을 때 말하는 게 얼마나 좋은지 몰라요. 아이들은 눈에 보여야지 귀에 들리면 안 된다는 말이 저는 정말 싫어요. 그런 소릴 백만 번은 들었어요. 그리고 사람들은 제가 거창한 말을 쓴다고 웃어요. 하지만 거창한 생각을 하면 말도 거창할 수밖에 없지 않나요?"

"저기, 그런 것 같구나." 매슈가 말했다.

"스펜서 아주머니는 제 혀가 입 안에 붕 떠 있는 거 같대요. 하지만 안 그래요. 한쪽 끝이 딱 붙어 있다고요. 스펜서 아주머니가 아저씨네 집을 그린게이블스라고 부른다고 말씀해 주셨어요. 어떤 곳이냐고 꼬치꼬치 물었죠. 나무가 많다고 하셨고, 그래서 더 좋아졌어요. 저는 나무가 좋아요. 고아원에는 나무가 없었어요. 앞마당에 석회칠을 한 틀을 둘러놓은 아주 작은 나무 몇 그루뿐이었죠. 그 나무들도 고아 같아서 보기만 해도 눈물이 나려고 했어요. 제가 나무들한테 말했어요. '불쌍한 나무들아! 너희가 넓은 숲에서 다른 나무들과 함께 산다면, 그래서 발치에 이끼와 린네풀이 자라고, 개울이 흐르고, 새들이 가지에 앉아 노래한다면, 너희도 자랄 수 있을 텐데. 여기서는 그럴 수가 없구나. 작은 나무들아, 나는 너희 심정을 잘 알아.' 오늘 아침에 그 나무들을 떠나자니 안타까웠어요. 그런 데에는 저절로 애착이 생기지 않나요? 그런데 그린게이블스 근처에 개울이 있나요? 스펜서 아주머니한테 물어보는 걸 깜박했네요."

"저기, 그래, 집 바로 아래쪽에 하나 있다."

"우와! 저는 언제나 냇가에서 사는 걸 꿈꿨어요. 정말 그렇게 될 줄은 몰랐지만요. 꿈은 잘 실현되지 않잖아요. 꿈이 현실이 되는 건 멋진 일 아닌가요? 지금 저는 거의 완벽하게 행복한 느낌이에요. 아주 완벽하게 행복하지 않은 이유는…… 아저씨, 이걸 무슨 색깔이라고 하시겠어요?"

아이는 야윈 어깨 너머로 늘어뜨린, 윤기 나는 땋은 머리 한 갈래를 잡아당겨서 매슈의 눈앞에 들어 올렸다. 매슈는 여자들의 머리 색깔을 판단하는 일에 익숙하지 않았지만, 이 경우는 의심할 여지가 없었다.

"빨간색 아니냐?" 매슈가 말했다.

아이는 머리 갈래를 등 뒤로 다시 떨구더니, 발끝에서부터 올라와서 시대의 모든 슬픔을 내뿜는 듯한 한숨을 쉬었다.

"맞아요, 빨간색이에요." 아이가 체념하듯 말했다. "이제 제가 왜 완벽하게 행복할 수 없는지 아실 거예요. 머리칼이 빨간색인 사람은 누구도 완벽하게 행복할 수 없어요. 다른 건 다 괜찮아요. 주근깨랑 녹색 눈동자랑 깡마른 몸 같은 거요. 그런 건 상상으로 없앨 수 있어요. 장밋빛 피부에 반짝이는 보라색 눈동자를 가졌다고 상상할 수 있어요. 하지만 빨강 머리는 상상으로도 없앨 수가 없어요. 열심히 생각은 해보죠. '내 머리는 아름다운 검은색이다. 갈까마귀 날개처럼 새까맣다' 하고요. 그래도 제 머리칼이 빨간색이라는 사실은 잊을 수 없고, 그래서 속상해요. 아마 제 일생 동안 가시지 않는 슬픔이 될 거예요. 전에 일생 동안 잊지 못할 슬픔을 지닌 여자에 대한 소설을 읽었는데, 그 여자의 슬픔은 빨강 머리가 아니었어요. 그 여자는 금발이었고, 머리칼이 설화석고 같은 이마에서 물결쳐 내려왔어요. 그런데 설화석고가 뭐예요? 알 수가 없던데. 아저씨는 아세요?"

"저기, 나도 모르겠구나." 매슈가 약간 현기증을 느끼며 말했다. 분별없던 젊은 시절에 나들이를 갔다가 어떤 청년의 꼬임에 넘어가 회전목마를 탔을 때 같은 느낌이 들었다.

"그게 뭔지는 몰라도 아주 좋은 거겠죠. 그 여자는 신이 내린 듯 아름답거든요. 신이 내린 듯 아름다우면 어떤 기분일지 상상해보신 적 있나요?"

"저기, 아니, 해본 적 없다." 매슈가 솔직하게 말했다.

"저는 여러 번 해봤어요. 선택할 수 있다면 아저씨는 뭘 고르시겠어요? 신이 내린 듯 아름다운 거하고 환상적으로 머리가 좋은 거하고 천사처럼 착한 거 중에서요."

"저기, 나, 나는 잘 모르겠다."

"저도 모르겠어요. 결정을 못하겠어요. 하지만 별 상관 없기는 해요. 어느 쪽도 될 가능성이 없어 보이니까요. 제가 천사처럼 착해질 가능성은 절대 없어요. 스펜서 아주머니가 말씀하시기를…… 아, 아저씨! 세상에! 커스버트 아저씨!!!"

스펜서 부인이 그런 말을 하지는 않았다. 아이가 마차에서 굴러떨어지거나, 매슈가 놀라운 일을 한 것도 아니었다. 그들은 그저 굽이를 돌아서 '가로수길'에 들어섰다.

뉴브리지 사람들이 '가로수길'이라고 부르는 이 길은 4, 5백 미터 정도 되는데, 오래전에 어떤 괴짜 농부가 심은 커다란 사과나무들이 가지를 넓게 벌려서 길 위를 지붕처럼 덮고 있었다. 머리 위로 눈처럼 하얗고 향기로운 꽃 지붕이 길게 이어졌다. 그 지붕 아래로 자줏빛 석양이 물결쳐 들어왔고, 멀리로는 그림 같은 노을이 성당 복도 끝의 장미창처럼 반짝거렸다.

아이는 그 아름다움에 말을 잃었다. 아이는 그저 마차에 등을 기대고 여윈 두 손을 부여잡은 채, 머리 위에 펼쳐진 하얀 황홀경을 넋을 잃고 올려다보았다. 마차가 가로수길을 빠져나가 뉴브리지로 이어지는 긴 비탈길을 내려갈 때도 아이는 움직이지도 않고 말도 하지 않았다. 계속 넋이 나간 표정으로 노을 지는 서쪽을 멀리 바라보기만 했다. 그 눈부신 풍경에서 어떤 환상들이 몰려나오기라도 하는 듯했다. 작고 활기찬 마을 뉴브리지를 지날 때, 개들이 짖고 남자아이들이 소리치고 호기심에 찬 얼굴들이 창가에 나타났지만, 그들은 계속 침묵 속에 길을 갔다. 5킬로미터를 더 갈 때까지도 아이는 말이 없었다. 아이는 말할 때만큼이나 침묵을 지킬 때도 강렬했다.

"피곤하고 배도 고프겠구나." 매슈가 마침내 말했다. 매슈는 아이가 그렇게 오래 입을 다물고 있는 이유를 한 가지밖에 생각할 수 없었다. "이제 얼마 안 남았어. 1, 2킬로미터만 더 가면 돼."

아이는 한숨을 푹 쉬며 몽상에서 빠져나오더니, 멀리 별나라를 여행하고 돌아온 사람처럼 아련한 눈길로 그를 보았다.

"아, 커스버트 아저씨." 아이가 나직하게 말했다. "우리가 지나온 길 있잖아요, 하얀 꽃에 덮인……, 뭐라 불러요?"

"저기, 가로수길을 말하나 보구나. 예쁜 곳이지." 매슈가 잠시 생각해보더니 말했다.

"예쁘다고요? 아, 예쁘다는 말로는 부족해요. 아름답다는 말로도 안 돼요. 그것도 부족해요. 그곳은 눈부셔요. 맞아요, 눈부셔요. 제가 살아오면서 본 것 중 상상으로 더 좋게 만들 수 없는 건 그게 처음이었어요. 있는 그대로 너무 훌륭해요." 그러더니 아이는 가슴에 손을 댔다. "가슴이 살짝 아픈데 기분 좋게 아파요. 그런 아픔을 느껴본 적 있으세요, 커스버트 아저씨?"

"저기, 있는지 없는지 모르겠다."

"저는 그런 적 많아요. 찬란하게 아름다운 걸 볼 때마다 그래요. 하지만 저 사랑스러운 길을 가로수길이라고 부르면 안 돼요. 그런 이름에는 아무 의미가 없잖아요. 대신에…… 음…… '기쁨의 하얀 길'이라고 불러야 해요. 상상력 넘치는 이름 아닌가요? 저는 어떤 장소나 사람의 이름이 마음에 안 들면 속으로 이름을 고쳐서 불러요. 고아원에 헵지바 젠킨스라는 아이가 있었는데, 저는 그 애 이름을 로절리아 드비어라고 상상했어요. 다른 사람들은 가로수길이라고 부를지 모르지만 저는 앞으로 그곳을 기쁨의 하얀 길이라고 부르겠어요. 정말로 이제 1, 2킬로미터밖에 안 남았나요? 기쁜데 안타깝기도 해요. 지금까지 오는 길이 정말 좋았는데, 좋은 게 끝나면 늘 안타까우니까요. 더 좋은 게 있을지도 모르지만 그건 확실하지 않잖아요. 제 경험에 따르면 그래요. 하지만 이제 집에 다 왔다고 생각하니까 기뻐요. 저는 진짜 집이 있던 기억이 없거든요. 진짜 집에 간다는 생각만으로도 기분 좋은 아픔이 또 느껴져요. 와, 저거 정말 예쁘네요"

그들은 언덕 고개를 넘었다. 아래쪽에 길고 구불구불해서 거의 강처럼 보이는 연못이 있었다. 그 중간에 다리가 놓여 있고, 거기서부터 낮은 쪽 끝―황갈색 모래 언덕들이 짙푸른 바다 앞에 솟은―까지 물은 여러 가지 빛깔로, 그러니까 투명한 보랏빛, 장밋빛, 아련한 녹색을 비롯해서, 어떤 이름도 붙은 적 없는 오묘한 빛깔로 눈부시게 아른거렸다. 그리고 다리 위쪽의 연못은 전나무와 단풍나무 숲에 둘러싸여서, 흔들리는 숲 그림자 속에 검게 반짝거렸다. 자두나무가 여기저기서 물을 향해 기울어져 있어 흰옷 입은 여자가 연못에 얼굴을 비추어 보는 모습 같았다. 연못 수원지의 습지에서 개구리들이 맑고 구슬프게 합창하는 소리가 들려왔다. 연못 너머 기슭에 하얀 사과밭에 둘러싸인 작은 회색 집이 있었는데, 아직 햇빛이 남아 있는데도 창문 한 곳에 불이 켜져 있었다.

"저거는 배리네 연못이란다." 매슈가 말했다.

"그 이름도 마음에 안 드네요. 그보다는…… 뭐라고 할까…… '영롱한 물빛 호수'라고 하겠어요. 네, 그 이름이 딱 맞아요. 짜릿한 떨림이 와요. 딱 맞는 이름을 찾으면 그런 느낌이 오거든요. 아저씨도 무슨 일에 짜릿한 떨림을 느끼시나요?"

매슈는 생각해보았다.

"저기, 그래. 오이밭을 파다가 못생긴 굼벵이를 보면 소름이 끼치면서 몸이 바르르 떨려. 그 녀석들은 정말 흉측하거든."

"어, 그건 같은 느낌이 아닐 거예요. 아저씨는 똑같은 거 같나요? 굼벵이하고 영롱한 물빛 호수 사이에는 연결되는 게 별로 없어 보여요. 그런데 이게 왜 배리네 연못인가요?"

"저 집에 배리네 가족이 살기 때문일 거다. 저 집은 '오처드 슬로프'라고 해. 집 뒤쪽에 있는 큰 숲만 아니면 여기서도 그린 게이블스가 보일 거야. 하지만 우리는 다리를 건너야 하고, 큰 길을 둘러 가야 하니까 앞으로도 7, 8백 미터는 더 가야 해."

"배리네는 딸들도 있나요? 그러니까 저만 한 여자아이요."

"열한 살짜리 아이가 있지. 이름은 다이애나야."

"아!" 앤은 숨을 길게 들이마셨다. "정말 예쁜 이름이네요!"

"저기, 난 모르겠다. 나한테는 괴상한 이교도 이름 같아. 제인이나 메리나 그런 분별 있는 이름이 좋을 것 같은데, 다이애나가 태어났을 때 그 집에 하숙을 하던 학교 선생한테 이름을 지어달랬더니 다이애나라는 이름을 붙여주었지."

"제가 태어났을 때도 그렇게 학교 선생님이 계셨으면 얼마나 좋았을까요? 아, 이제 다리 앞에 왔네요. 저는 눈을 감겠어요. 저는 늘 다리가 무서워요. 중간쯤 가면 다리가 잭나이프처럼 확 꺾여서 우리가 납작해지는 상상을 피할 수가 없거든요. 그래서 눈을 감는데, 다리 중간쯤 가면 또 눈을 떠야 해요. 진짜 다리가 무너진다면 그 모습을 보고 싶거든요. 와르르 하는 소리가 얼마나 굉장할까요! 그 와르르 하는 부분이 좋아요. 이 세상에 좋아할 게 많다는 건 참 신나는 일이에요. 와, 다 건넜어요. 이제 뒤를 돌아볼래요. 안녕, 영롱한 물빛 호수야, 잘자. 저는 밤이 되면 언제나 좋아하는 것들한테 잘 자라고 인사를 해요. 사람들한테 하는 것처럼요. 그러면 그것들도 좋아한다는 생각이 들어요. 호수도 저한테 미소를 보내는 것 같아요."

새로운 언덕을 올라 모퉁이를 돌자 매슈가 말했다.

"이제 거의 다 왔어. 저게 그린게이블스……."

"아, 말하지 마세요." 아이가 급하게 매슈의 말을 자르더니, 매슈가 살짝 든 팔을 잡고 그의 손을 보지 않으려고 눈을 감았다. "제가 맞혀볼게요. 오른쪽일 거 같아요."

아이는 눈을 뜨고 주변을 둘러보았다. 두 사람은 언덕 마루에 있었다. 이제 해는 졌지만, 부드러운 노을빛에 눈앞의 풍경은 아직도 선명했다. 서쪽에는 교회의 검은 첨탑이 주황색 하늘을 향해 솟아 있었다. 그 아래에는 작은 계곡이 있고, 길고 완만한 기슭에 아늑한 농가들이 점점이 흩어져 있었다. 아이는 기대와 감격에 차서 이리저리 눈을 바쁘게 움직였다. 그러다 그 눈이 마침내 왼쪽 멀리, 큰길에서 뚝 떨어진 곳에 있는 집에 머물렀다. 어두운 숲에 둘러싸여 있지만 꽃이 핀 나무들이 희미하게 하얀 빛을 내뿜는 집, 그 위로 구름 한 점 없는 남서쪽 하늘에 크고 깨끗한 별이 안내와 약속의 등불처럼 반짝였다.

"저기죠?" 아이가 그곳을 가리키며 말했다.

매슈는 적갈색 말의 등을 고삐로 경쾌하게 두드렸다.

"저기, 맞아! 바로 아는 걸 보니 스펜서 부인이 잘 설명해준 모양이구나."

"아뇨, 그러지 않았어요. 정말이에요. 아주머니는 다른 곳들만 이야기해주셨어요. 어떤 모습일지 전혀 몰랐어요. 하지만 딱 보는 순간 저 집이라고 느꼈어요. 정말로 꿈을 꾸는 것 같아요. 제 팔 위쪽은 지금 푸르뎅뎅할 거예요. 오늘 얼마나 꼬집었는지 몰라요. 자꾸 이상한 느낌이 몰려왔고, 이 모든 일이 꿈일까 봐 겁이 났어요. 그러면 팔을 꼬집어서 꿈인지 생시인지 확인했죠. 그러다가 문득 깨달았어요. 이게 꿈이라면 되도록 오래 꾸는 게 좋겠다고요. 그때부터는 안 꼬집었어요. 하지만 이건 진짜고, 이제 집에 다 왔네요."

아이는 기쁨이 묻어나는 한숨을 쉬더니 침묵에 잠겼다. 매슈는 불안했다. 이 불쌍한 아이에게, 그렇게 그리던 집이 네 집이 아니라는 말을 할 사람이 자신이 아니라 마릴라라는 게 다행이었다. 그들이 린드네 골짜기를 지나갈 때는 날이 꽤 어두 웠지만 아직 약간의 빛이 남아 있어서, 창가에 앉은 레이철 부 인은 그들이 언덕을 올라 그린게이블스로 가는 오솔길에 들어 서는 모습을 볼 수 있었다. 집에 도착했을 때, 매슈는 다가올 상황에 대해 자기도 이해할 수 없을 만큼 강한 두려움을 느꼈 다. 매슈가 마음 쓰이는 것은 마릴라도 자신도, 또 이 실수 때 문에 그들이 겪어야 할 고충도 아니고, 아이가 맛보게 될 실망 이었다. 아이의 눈에서 밝은 빛이 꺼질 거라고 생각하니, 그는 무언가를 죽이는 일에 동참하기라도 하는 듯한 불편한 감정이 들었다. 새끼 양이든 송아지든 죄 없는 새끼 동물을 죽일 때 느 끼는 그런 감정과 비슷했다.

두 사람이 들어섰을 때 마당은 어두웠고, 포플러 이파리들 이 사방에서 부드럽게 바스락거렸다.

"나무들이 잠꼬대를 해요. 얼마나 예쁜 꿈을 꾸고 있을까 요!" 아이는 매슈의 도움을 받아 마차에서 내리며 속삭였다.

그런 뒤 '이 세상 물건 전부'를 담은 여행 가방을 꼭 들고 서 아이는 매슈를 따라 집 안으로 들어갔다.

마릴라 커스버트가 놀라다

매슈가 문을 열자, 마릴라가 얼른 맞으러 나왔다. 하지만 뻣뻣하고 보기 흉한 원피스 차림에 빨강 머리를 양 갈래로 늘어뜨리고 열렬한 눈빛을 반짝이는 어린아이를 보고는 놀라서 우뚝 멈추어 섰다.

"매슈 커스버트, 이 아이는 누구야? 남자애는 어디 있어?" 마릴라가 소리쳤다.

"남자아이는 없었어. 이 여자애밖에 없었어." 매슈가 괴로운 목소리로 말했다.

매슈는 자신이 아이 이름을 묻지 않았다는 사실을 떠올리고 고갯짓으로 아이를 가리켰다.

"남자애가 없었다고! 하지만 남자애가 왔어야지." 마릴라가 말했다. "스펜서 부인에게 남자아이를 데려와달라고 했잖아."

"그런데 스펜서 부인이 이 아이를 데려왔어. 역장에게 물어봤어. 그리고 어쨌든 아이를 데리고 와야 했어. 어디서 문제가 생겼는지 몰라도 거기 두고 올 수는 없었으니까."

"도대체 이게 무슨 일이람!" 마릴라가 소리쳤다.

이런 대화가 오가는 동안 아이는 말없이 두 사람을 번갈아 바라보았고, 얼굴에서 생기가 빠져나갔다. 아이는 두 사람이 하는 말이 무슨 의미인지 완전히 이해한 모양이었다. 그래서 소중한 여행 가방을 떨구고는 한 걸음 앞으로 다가가서 두 손을 맞잡았다.

"제가 필요 없다고요?" 아이가 소리쳤다. "남자애가 아니라서요? 저도 불안했어요. 그동안 아무도 저를 원하지 않았으니까요. 이렇게 환상적인 일이 현실일 리 없고, 누구도 저를 원하지 않을 거라는 느낌이 있었어요. 아, 이제 어떻게 하죠? 눈물이 쏟아질 것 같아요!"

아이는 울음을 터뜨렸다. 식탁 의자에 앉아 얼굴을 두 팔에 묻고 맹렬하게 울었다. 마릴라와 매슈는 스토브를 사이에 두고 낭패스런 눈길을 주고받았다. 두 사람 다 무슨 말을 어떻게 해야 할지 몰랐다. 마침내 마릴라가 어색하나마 사태 해결에 나섰다.

"얘야, 그렇게 울 필요 없어."

"아뇨, 울어야 해요!" 아이가 고개를 들자, 눈물에 젖은 얼굴에서 입술이 바르르 떨렸다. "고아로 살다가 집이 생겼다고 좋아했는데, 남자애가 아니라서 필요 없어졌다는 걸 알게 되면 누구라도 울 거예요. 이 일은 제 인생에서 가장 비극적인 사건이에요!"

어정쩡한 미소, 오래도록 쓰지 않아 녹이 슨 것 같은 미소가 마릴라의 엄격한 얼굴에 떠올랐다.

"어쨌든 이제 그만 울어라. 오늘 밤 너를 내쫓지는 않을 테니까. 어떻게 된 일인지 파악하기 전까지는 우리 집에서 지내게 하마. 이름이 뭐니?"

아이는 잠시 망설였다.

"코딜리어라고 불러주실래요?" 아이가 부탁하듯 말했다.

"코딜리어라고 불러달라고? 그게 네 이름이니?"

"아뇨, 그렇진 않지만 사람들이 저를 코딜리어라고 불렀으면 좋겠어요. 아주 우아한 이름이라서요."

"도대체 무슨 말인지 모르겠구나. 코딜리어가 네 이름이 아니라면 네 이름은 뭔데?"

"앤 셜리예요." 아이가 머뭇거리며 이름을 밝혔다. "하지만 제발 저를 코딜리어라고 불러주세요. 제가 금방 떠날 거면 어떻게 부르건 상관없잖아요. 그리고 앤이라는 이름은 전혀 로맨틱하지 않아요."

"로맨틱하지 않다고!" 마릴라가 기가 막히다는 듯 말했다.

"앤은 부르기 좋고 분별 있는 이름이야. 그걸 부끄러워할 필요는 없어."

"부끄러운 게 아니라 그냥 코딜리어가 더 좋은 거예요." 앤이 말했다. "항상 제 이름이 코딜리어라면 좋겠다고 상상했어요. 어쨌거나 지난 몇 년 동안은 그랬어요. 어릴 때는 제럴딘이 좋을 것 같았지만, 지금은 코딜리어가 더 좋아요. 하지만 앤이라고 부르시려면 그냥 앤 말고 끝에 e자가 있는 앤으로 불러주세요."

"철자가 무슨 상관이 있니?" 마릴라가 찻주전자를 집어 들면서 다시 한번 그 녹슨 미소를 짓고 물었다.

"아주 큰 상관이 있어요. e자가 있으면 훨씬 예뻐 보여요. 누가 이름을 부르면 종이에 적은 것처럼 머릿속에 그 글자가 떠오르지 않나요? A-N-N은 모양이 별로지만, A-N-N-E는 훨씬 품위 있어 보여요. 두 분께서 저를 끝에 e자가 있는 앤으로 불러주시면 코딜리어라는 이름은 포기할게요."

"그래, 그럼 e자가 달린 앤, 어쩌다 이런 실수가 생겼는지 말해줄 수 있니? 우리는 스펜서 부인에게 남자아이를 데려다달라고 부탁했어. 고아원에 남자애가 없었니?"

"아뇨, 아주 많아요. 하지만 스펜서 아주머니가 분명히 여기서 열한 살 정도 되는 여자애를 원하신다고 했어요. 그래서 원장님이 저로 결정하셨고요. 제가 얼마나 기뻤는지 모르실 거예요. 어젯밤에는 너무 기뻐서 한숨도 못 잤어요. 아." 그러더니 아이는 매슈를 돌아보고 비난하듯 말했다. "왜 역에서 바로 일이 잘못됐다고 말하고 절 거기 두고 오지 않으셨나요? 기쁨의 하얀 길이랑 영롱한 물빛 호수를 보지 않았다면 이렇게 힘들지 않았을 거예요."

"대체 이게 무슨 소리야?" 마릴라가 매슈를 보며 물었다.

"여기…… 여기 오면서 우리가 나눈 얘기들을 말하는 거야." 매슈가 급하게 말했다. "나가서 말을 넣어두고 오겠어, 마릴라. 바로 식사를 할 수 있게 해줘."

"스펜서 부인이 너 말고 다른 아이는 안 데리고 왔니?" 매슈가 나가자 마릴라가 물었다.

"스펜서 아주머니는 릴리 존스를 데려가셨어요. 릴리는 겨우 다섯 살이고 아주 예뻐요. 머리도 밤색이고요. 제가 예쁘고 밤색 머리라면 이 집에서 저를 키우셨을까요?"

"우리에겐 매슈의 농사일을 도울 남자아이가 필요해. 여자애는 도움이 안 돼. 모자를 벗어라. 가방하고 같이 현관 앞 탁자에 가져다 놓으마."

앤은 순순히 모자를 벗었다. 매슈가 곧 돌아왔고 그들은 식탁에 앉았다. 하지만 앤은 제대로 먹지 못했다. 버터 바른 빵을 조금씩 물어뜯고 접시 옆 작은 유리 그릇에서 꽃사과 절임을 덜어냈지만, 음식이 목으로 넘어가지 않는 모양이었다. 음식이 거의 줄지 않았다.

"음식을 안 먹는구나." 마릴라가 그것이 큰 잘못이라도 되는 듯 아이를 바라보며 말했다.

앤은 한숨을 쉬었다.

"못 먹겠어요. 저는 절망의 늪에 빠졌어요. 아주머니가 절망의 늪에 빠졌다면 식사를 하실 수 있겠어요?"

"절망의 늪에 빠져본 적이 없어서 모르겠다." 마릴라가 말했다.

"정말요? 절망의 늪에 빠진 상상도 해본 적 없으세요?"

"응, 없어."

"그러면 이해를 못하시겠네요. 정말로 불쾌한 감정이에요. 무얼 먹으려고 해도 목구멍이 메어서 삼킬 수가 없어요. 초콜릿 캐러멜도요. 2년 전에 초콜릿 캐러멜을 하나 먹어봤는데, 진짜 맛있었어요. 그 뒤로 초콜릿 캐러멜 꿈을 많이 꿨는데, 늘 먹기 직전에 깼어요. 제가 아무것도 안 먹는다고 속상해하지 마세요. 다 좋은 음식들인 걸 알지만, 그래도 못 먹겠어요."

"아이가 피곤할 거야. 일단 재우는 게 좋겠어, 마릴라." 헛간에서 돌아온 뒤 한마디도 하지 않던 매슈가 말했다.

마릴라는 아까부터 앤을 어디에 재워야 하나 생각했다. 남자아이 잠자리로 부엌 한구석에 소파를 준비해두었다. 하지만 그곳이 아무리 깨끗하다고 해도 여자아이를 거기서 재울 수는 없었다. 그렇다고 이런 난데없는 떠돌이에게 정식으로 손님방을 줄 수도 없고, 남는 것은 동쪽 다락방뿐이었다. 마릴라가 촛불을 켜고 따라오라고 하자, 앤은 현관 앞 탁자에서 모자와 여행 가방을 집어 들고 기운 없이 따라갔다. 현관 앞은 먼지 한 톨 없이 깨끗했다. 그리고 앤이 들어선 작은 다락방은 그보다도 훨씬 더 깨끗해 보였다.

마릴라는 다리 세 개짜리 삼각 테이블에 촛불을 놓고 이불을 폈다.

"잠옷은 가지고 왔겠지?" 그녀가 물었다.

앤은 고개를 끄덕였다.

"두 벌요. 고아원 원장님이 만들어주셨어요. 몹시 작지만요. 고아원에서는 모든 게 부족하고 작아요. 어쨌건 우리 고아원처럼 돈 없는 고아원에서는요. 저는 몸에 끼는 잠옷이 싫지만 그런 옷을 입어도 꿈은 치마가 길고 목에 프릴이 달린 예쁜 잠옷을 입었을 때하고 똑같이 꿀 수 있어요. 그게 한 가지 위안이죠."

"얼른 옷을 갈아입고 자거라. 금방 다시 와서 촛불을 가져가마. 너한테 끄고 자라고 시킬 수는 없겠구나. 네가 집에 불을 놓을지도 모르니."

마릴라가 나간 뒤 앤은 안타까운 눈길로 방 안을 둘러보았다. 석회를 바른 하얀 벽은 썰렁할 만큼 텅 비어 있어서, 앤은 벽들도 자신의 벌거벗은 몸을 고통스러워한다고 생각했다. 아무것도 없기는 바닥도 마찬가지였다. 방 가운데 앤이 이전까지 본 적 없는 둥근 직조 매트가 놓여 있을 뿐이었다. 한쪽 구석의 높은 구식 침대에는 낮은 검은색 기둥 네 개가 있었다. 다른 쪽 구석의 삼각 테이블에는 어떤 용감한 바늘의 끝도 밀어낼 만큼 단단한, 붉은 벨벳 바늘겨레가 놓여 있었다. 테이블 위쪽으로는 가로 15센티미터, 세로 20센티미터 정도 되는 작은 거울이 걸려 있었다. 테이블과 침대의 중간에는 흰 모슬린 프릴로 장식한 창문이 있고, 맞은편에 세면대가 있었다. 다락방에는 전체적으로 말로 표현할 수 없는 엄격함이 흘렀고, 앤은 뼛속까지 오싹해지는 느낌이었다. 앤은 흐느끼며 옷을 벗고 몸에 끼는 잠옷으로 갈아입은 뒤, 침대에 들어가서 베개에 얼굴을 묻고 이불을 머리 위까지 덮어썼다. 마릴라가 촛불을 가지러 돌아왔을 때, 그 방에 사람이 있다고 알려주는 것은 바닥에 멋대로 흩어진 초라한 옷가지들과 침대에서 이는 격렬한 움직임뿐이었다.

마릴라는 천천히 앤의 옷을 주워서 노란 의자에 말끔하게 올려놓았다. 그리고 촛불을 들고 침대 쪽으로 갔다.

"잘 자렴." 어색하지만 온기가 어린 목소리로 마릴라가 말했다.

앤의 하얀 얼굴과 큰 눈이 이불 밖으로 튀어나왔다.

"제 인생 최악의 밤이 될 텐데 어떻게 잘 자라고 하시나요?" 아이가 비난하듯 말했다.

그러고는 다시 이불 속으로 사라졌다.

마릴라는 천천히 부엌에 내려가서 설거지를 했다. 매슈는 담배를 피우고 있었다. 심란하다는 표시였다. 매슈는 담배를 피우는 일이 드물었다. 마릴라가 불결한 습관이라며 반대했기 때문이다. 하지만 특정 시기와 계절이면 담배를 피우지 않고는 못 견딜 때가 있었고, 그러면 마릴라는 남자에게는 감정을 해소할 수단이 필요하다고 생각해서 눈감아주었다.

"이런 난감한 일이 있나 그래." 마릴라가 성난 목소리로 말했다. "우리가 직접 가지 않고 사람을 통해 말을 전했더니 이런 일이 생겼어. 로버트 스펜서네 가족이 우리 말을 잘못 전한 게 분명해. 우리 둘 중 한 사람이 내일 아침 그 집에 가서 스펜서 부인을 만나야 해. 저 아이는 고아원으로 돌려보내고."

"그렇겠지." 매슈가 미적거리며 말했다.

"그렇겠지라니! 당연히 그래야 하는 거지."

"저기, 애가 착해 보여서 말야, 마릴라. 저렇게 희망을 품고 왔는데 돌려보낸다면 참 마음이 아플 거야."

"매슈, 설마 저 애를 여기서 키우자는 건 아니겠지?"

마릴라는 매슈가 물구나무서기를 하고 싶다고 말했어도 그보다 더 놀라지 않았을 것이다.

"저기, 아니, 딱히 그런 건 아냐." 매슈는 정확한 의미를 추궁당하자 말을 더듬었다. "그럴 수는 없지. 우리가 저 애를 키운다는 생각은 할 수 없어."

"안 될 일이야. 저 애가 우리한테 무슨 도움이 되겠어?"

"우리가 아이한테 도움이 되겠지." 매슈가 뜬금없이 말했다.

"매슈 커스버트, 보니까 아이한테 완전히 홀렸네! 저 애를 키우고 싶은 게 그대로 보여."

"저기, 아이가 아주 재미있더라고." 매슈는 움츠러들지 않았다. "집에 오는 길에 아이가 한 이야기를 너도 들어봤어야 해."

"아, 말은 빠르더라. 그건 단번에 알았어. 하지만 그게 무슨 장점이나 돼? 나는 말 많은 애들이 싫어. 여자애를 입양하고 싶지도 않고, 설령 그런다고 해도 저 애는 내가 원하는 유형이 아니야. 좀 이해가 안 되는 아이지. 그러니 당장 돌려보내야 해."

"농장 일에는 프랑스 일꾼을 쓰면 돼. 저 애가 네 말벗이 될 수도 있어." 매슈가 말했다.

"나는 말벗이 필요 없고, 저 애를 키우지도 않을 거야." 마릴라가 잘라 말했다.

"저기, 물론 네가 결정하는 거지, 마릴라." 매슈는 파이프를 치우고 일어서며 말했다. "난 들어가서 잘게."

　매슈는 잠자리에 들었다. 설거지를 마치자 마릴라도 마음을 굳게 먹은 듯 얼굴을 찌푸리고 잠자리에 들었다. 2층 동쪽 다락방에서는 외롭고 마음이 허기지고 쓸쓸한 아이가 울다가 잠이 들었다.

그린게이블스의 아침

앤은 환한 햇빛 속에서 깨어났다. 침대에 일어나 앉아서 얼떨
떨한 눈으로 벚꽃 빛 햇살이 쏟아져 들어오는 창문을 바라보았
다. 창밖에서 하얗고 가벼운 무엇이 푸른 하늘 앞에서 하늘거
렸다.

앤은 잠시 자기가 어디에 있는지 몰라 어리둥절했다. 처
음에는 기쁨이 어린 떨림, 아주 기분 좋은 느낌이 찾아왔지만,
곧이어 고통스런 기억이 떠올랐다. 여기는 그린게이블스였고,
여기 사람들은 남자아이가 아니라는 이유로 자신을 원하지 않
았다!

그래도 어쨌든 아침이었고, 창밖에는 벚꽃이 만발했다. 앤
은 침대에서 깡충 뛰어나와 창가로 달려가서는 들창을 들어 올
렸다. 창문은 몹시 뻣뻣하고 삐걱거리는 게 오랫동안 열지 않
은 모양이었는데, 사실이 그랬다. 창틀이 워낙 뻑뻑해서 따로

고정시킬 필요도 없었다.

앤은 무릎을 꿇고 앉아서, 기쁨이 넘치는 눈을 반짝이며 6월의 아침을 내다보았다. 창밖은 너무도 아름답고, 그 집은 정말로 사랑스러웠다. 자신이 여기 살 수는 없겠지만, 산다고 상상할 수는 있었다. 여기도 상상의 영역이 있었다.

바깥에 커다란 벚나무가 있었는데, 집과 아주 가까이 자라서 가지가 집에 닿았고, 꽃이 너무 많아서 이파리가 거의 보이지 않을 지경이었다. 집 양쪽으로 널따란 과수원이 펼쳐졌다. 한쪽은 사과밭이고, 다른 쪽은 버찌밭이었는데, 그곳에도 모두 꽃이 만발했다. 과수원 풀밭에는 민들레들이 총총 박혀 있었다. 아래편 정원의 라일락 나무들은 보라색 꽃을 피워서 그 어지럽고 달콤한 향기가 아침 바람에 실려 창가로 올라왔다.

정원 아래쪽에는 푸른 클로버 들판이 골짜기까지 비탈져 내려갔고, 골짜기에는 개울이 흐르고 하얀 자작나무 몇십 그루가 하늘거리는 몸을 뻗어 올렸다. 자작나무 밑에는 고사리, 이끼 같은 사랑스러운 숲의 생명체들이 있으리라. 그리고 골짜기 너머 언덕에는 가문비나무와 전나무가 푸른 깃털처럼 자랐다. 나무들 틈새로는 앤이 영롱한 물빛 호수 저편에서 본 작은 집의 회색 지붕이 보였다.

왼쪽 멀리로는 큼직한 헛간들이 있고, 그 너머 완만하게 비탈진 푸른 들판을 지나 파란 바다가 언뜻언뜻 반짝였다.

아름다운 것을 사랑하는 앤은 모든 것을 열심히 눈에 담았다. 아이는 평생토록 아름답지 않은 곳을 너무 많이 보았다. 하지만 이곳은 앤이 여태 꾼 어떤 꿈보다도 아름다웠다.

앤은 그렇게 무릎을 꿇고 앉은 채 바깥의 아름다움을 넋잃고 감상하다가, 누가 어깨에 손을 얹는 바람에 깜짝 놀랐다. 마릴라가 소리 없이 다가와서 어린 몽상가 옆에 서 있었다.

"이제 옷 입을 시간이야." 마릴라는 퉁명하게 말했다.

아이에게 어떻게 말해야 할지 모르는 데다, 불편한 마음이 들어 생각보다도 말이 더 퉁명스럽게 나갔다.

앤은 일어서서 숨을 깊이 들이마셨다.

"너무 아름답지 않나요?" 아이가 바깥 세상 전체를 손으로 가리켰다.

"큰 나무지." 마릴라가 말했다. "꽃도 많이 피지만 열매는 별로야. 작고 벌레도 많아서."

"저 나무만 말하는 게 아니에요, 물론 나무도 예쁘지만……그래요, 눈부시게 예뻐요. 꽃은 저렇게 피어야 해요. 하지만 저는 다른 것도 다 함께 말한 거예요. 정원과 과수원과 개울과 숲, 세상 전체 말예요. 이런 아침이면 세상에 대한 사랑이 막 샘솟지 않나요? 여기서도 개울의 웃음소리가 들리는 것 같아요. 개울들이 얼마나 명랑한지 알고 계시나요? 개네는 항상 깔깔거려요. 겨울에도 얼음장 밑에서 깔깔거리죠. 그린게이블스 앞에 개울이 흘러서 정말 기뻐요. 이 집에 살지도 않을 텐데 그게 무슨 상관이냐고 생각하실지 모르지만, 상관 있어요. 앞으로 다시 못 보게 돼도 그린게이블스에 개울이 흐른다는 걸 늘 기억하며 살고 싶어요. 개울이 없다면 개울이 있어야 한다는 생각에 불편해졌을 거예요. 오늘 아침에 저는 절망의 늪에 빠지지 않았어요. 아침에는 그럴 수가 없어요. 세상에 아침이 있다는 게 정말 멋지지 않나요? 하지만 그러면서도 슬퍼요. 두 분이 저를 원했고, 저는 여기서 영원히 살 거라고 상상하고 있었거든요. 상상하는 동안은 기분이 좋았어요. 하지만 상상의 가장 나쁜 점은 그만둘 때 가슴이 아프다는 거예요."

"얼른 옷 갈아입고 내려와라. 상상은 그만두고." 마릴라는 말할 수 있는 기회가 생기자 얼른 말했다. "아침 식사가 준비됐어. 세수하고 머리 빗어. 창문은 그대로 두고, 이불은 개서 침대 발판에 걸어놓으렴. 빠릿빠릿하게 굴어라."

앤은 어느 정도 빠릿빠릿하게 행동했다. 10분 만에 옷을 잘 갈아입고, 머리를 빗어 땋고, 세수를 하고 아래층으로 내려갔기 때문이다. 마릴라가 명령한 대로 잘 수행했다는 생각에 마음이 편했지만, 사실 앤은 이불 개는 것을 잊어버렸다.

"오늘 아침은 배가 고프네요." 아이는 마릴라가 자신을 위해 놓은 의자에 앉으면서 말했다. "어젯밤에는 세상이 울부짖는 황야 같았지만 지금은 그렇지 않아요. 맑고 밝은 아침이라 기뻐요. 하지만 저는 비 내리는 아침도 좋아해요. 아침은 어떤 아침이든 다 흥미로워요. 하루 동안 무슨 일이 일어날지 모르고, 상상할 거리가 많으니까요. 하지만 오늘은 비가 안 와서 좋아요. 날이 맑으면 기분을 밝게 유지하고 고통을 견디는 게 더 쉽거든요. 저는 지금 견뎌야 할 게 아주 많아요. 슬픈 이야기를 읽고 자신이 그런 일을 극복해나가는 모습을 상상하는 건 좋지만, 정말로 그런 일이 닥치면 별로 즐겁지 않은 법이잖아요."

"제발 입 좀 다물지 못하겠니? 어린애가 무슨 말이 그렇게 많니?" 마릴라가 말했다.

그러자 앤은 고분고분 입을 다물고 더는 한 마디도 하지 않았는데, 그 침묵이 마릴라는 약간 신경 쓰였다. 별로 자연스럽지 않은 것을 앞에 둔 것 같았다. 매슈도 입을 다물고 있었기에—하지만 어쨌든 그것은 자연스러운 일이었다—식사는 완전한 침묵 속에서 이루어졌다.

식사가 이어지는 동안 앤은 점점 더 넋 나간 얼굴이 되어 기계적으로 먹었고, 큰 눈으로 멍하니 창밖의 하늘만 바라보았다. 그 모습에 마릴라는 더욱 신경이 쓰였다. 이 특이한 아이는 몸은 식탁에 앉았지만 정신은 상상의 날개를 타고 먼 구름 나라에 가 있는 듯해 불편했다. 누가 이런 아이를 곁에 두고 싶을까?

하지만 매슈는 설명할 수 없는 이유로 아이를 키우고 싶어 했다! 마릴라는 매슈가 어젯밤과 마찬가지로 지금도 그렇고,

앞으로도 그럴 거라고 느꼈다. 매슈는 늘 그런 식이었다. 어떤 변덕에 마음이 꽂히면 말없이, 하지만 악착같이 고집했다. 그 고집이 가진 힘과 효과는 말로 표현하는 경우보다 열 배는 더 컸다.

식사가 끝나자, 앤이 공상에서 깨어나서 설거지를 하겠다고 했다.

"제대로 할 수 있니?" 마릴라가 의심스러워하며 물었다.

"네, 아이를 돌보는 건 더 잘하지만요. 그 일에는 경험이 많거든요. 이 집에 제가 돌볼 아이들이 없다니 안타깝네요."

"지금 갑자기 떠맡은 아이도 버거운데 다른 아이들이라니. 너만 생각해도 마음이 천 근이야. 네 일을 어떻게 해야 할지 모르겠다. 매슈는 정말로 어처구니 없는 사람이야."

"아저씨는 좋은 분이에요." 앤이 비난하듯 말했다. "다른 사람을 잘 이해해주세요. 제가 아무리 떠들어도 상관 안 하시고, 또 좋아하시는 것 같았어요. 보자마자 저와 결이 같은 분이라고 느꼈어요."

"둘 다 이상한 사람인 건 맞아. 결이 같다는 게 그런 뜻이라면." 마릴라가 코웃음을 치며 말했다. "그래, 설거지를 해라. 따뜻한 물을 충분히 가져다 쓰고, 물기를 잘 닦아. 나는 아침에 할 일이 많아. 오후에는 화이트샌즈로 가서 스펜서 부인을 만나야 하니까. 너도 같이 가야 하고, 거기서 너를 어떻게 할지 결정할 거야. 설거지를 마치면 방에 올라가서 침대를 정리해놓거라."

앤의 모습을 유심히 관찰한 마릴라는 아이가 설거지를 잘한다는 걸 알 수 있었다. 하지만 침대는 잘 정돈하지 못했다. 깃털 이불 다루는 법을 배우지 못했기 때문이다. 어쨌든 판판하게 만들어놓기는 했다. 그런 뒤 마릴라는 아이를 곁에서 떼어놓으려고 점심 때까지 밖에 나가서 놀아도 된다고 했다.

앤은 밝은 얼굴로 눈을 반짝이며 문을 향해 달려갔다. 하지만 문턱에서 우뚝 멈춰 서더니 다시 돌아와서 식탁 옆에 앉았다. 얼굴의 빛이 누가 꺼뜨리기라도 한 듯 사라져 있었다.

"이번에는 무슨 일이니?" 마릴라가 물었다.

"못 나가겠어요." 앤이 세상 모든 즐거움을 포기하는 순교자 같은 목소리로 말했다. "제가 여기를 떠나야 한다면, 그런게 이블스를 사랑하는 건 아무 소용이 없어요. 나가서 나무들과 꽃, 과수원, 개울과 인사를 하면, 그것들을 사랑하지 않고는 못 배길 거예요. 지금도 힘든데, 더 힘들게 만들지 않겠어요. 정말 나가고 싶지만―모든 게 저한테 '앤, 어서 나와, 앤, 우리랑 같이 놀자' 하는 것 같지만―, 안 나가는 게 나아요. 헤어져야 한다면 사랑하는 일은 아무 소용이 없으니까요. 그런데 사랑하지 않기는 너무 어렵고요. 그래서 여기 살 줄 알았을 때 그렇게 기뻐한 거예요. 여기는 사랑할 게 너무 많고, 방해하는 건 아무것도 없는 것 같았거든요. 하지만 꿈은 금방 깨졌어요. 지금은 운명을 받아들이고 체념한 상태인데, 나갔다가 다시 받아들이지 못하게 될까 봐 두려워요. 창턱에 있는 제라늄 꽃은 이름이 뭔가요?"

"애플제라늄이야."

"아니, 그런 이름 말고요. 사람한테 지어주는 이름 같은 거요. 저 꽃에 이름을 안 지어주셨나요? 그럼 제가 지어도 되나요? 그러니까, 음, 보니가 좋겠어요. 제가 여기 있는 동안은 저 꽃을 보니라고 불러도 되나요? 허락해주세요!"

"이런 세상에, 마음대로 하렴. 그런데 대체 제라늄에 이름은 왜 붙이는 거니?"

"저는 물건에 이름이 있는 게 좋아요. 그냥 제라늄 꽃이라도요. 그러면 좀 사람처럼 느껴져요. 제라늄을 그냥 제라늄이라고만 부르면 제라늄의 기분이 상할지도 모르잖아요. 아주머니도 사람들이 여자라고만 부르면 기분이 별로 좋지 않으실 거예요. 그래요, 저는 저 꽃을 보니라고 부르겠어요. 오늘 아침 제 방 창밖의 벚나무에도 이름을 붙였어요. 너무 하얘서 '눈의 여왕'이라고요. 물론 꽃이 항상 피어 있지는 않겠지만, 상상은 계속할 수 있어요."

"저런 애는 생전 처음 봐. 저런 애가 있다는 이야기도 못 들어봤어." 마릴라가 감자를 가지러 지하실로 내려가면서 중얼거렸다. "매슈 말마따나 흥미롭기는 해. 나도 얘가 다음엔 대체 무슨 소리를 할까 궁금해지니까. 얘가 나한테도 마법을 걸려고 할 거야. 매슈는 이미 걸렸어. 매슈가 아까 나가면서 나를 바라보는데, 그 눈빛이 어젯밤하고 똑같았지. 매슈도 다른 사람들처럼 원하는 게 있으면 말을 하면 좋겠어. 그러면 대꾸도 하고 설득도 할 수 있잖아. 그런데 표정으로만 말하는 사람한테는 도대체 뭘 어떻게 해야 해?"

마릴라가 지하실 순례에서 돌아와 보니, 앤은 두 손으로 턱을 괴고 하늘을 바라보며 공상에 잠겨 있었다. 마릴라는 아이를 그냥 두고 이른 점심을 차렸다.

"오후에 마차를 써야 될 것 같아, 매슈." 마릴라가 말했다.

매슈는 고개를 끄덕이고 앤을 가만히 바라보았다. 마릴라가 그 눈길을 자르고 엄격하게 말했다.

"화이트샌즈에 가서 이 일을 해결해야 해. 앤을 데리고 갈 거고, 아마 스펜서 부인이 아이를 노바스코샤로 바로 돌려보내게 해줄 거야. 저녁은 차려놓고 나갈 거고, 돌아와서 소젖을 짤게."

매슈는 여전히 아무 말 없었고, 마릴라는 공연한 말을 했다는 느낌이 들었다. 대답 없는 남자만큼 속 터지는 건 없다. 대답 없는 여자를 빼면.

시간이 되어 매슈가 마차에 말을 묶어주자 마릴라와 앤은 마차에 올랐다. 매슈가 마당 문을 열어주고는, 둘이 천천히 떠나는데 딱히 누구에게랄 것 없이 말했다.

"아침에 크리크에서 제리 부트가 왔어. 여름 동안 우리 농장에서 일하자고 했어."

마릴라는 아무 대답 없이 불쌍한 말을 후려갈겼고, 그런 대접에 익숙하지 않은 살진 암말은 화가 나서 놀라운 속도로 오솔길을 달려갔다. 달리는 마차에서 마릴라가 돌아보니, 그 속 터지는 매슈가 마당 문에 기대서 두 사람을 안타깝게 바라보고 있었다.

앤의 사연

"있잖아요." 앤이 비밀을 털어놓듯이 말했다. "저는 이 길을 즐기기로 마음먹었어요. 제 경험에 따르면, 마음만 굳게 먹으면 어떤 일도 즐길 수 있어요. 물론 마음을 진짜 굳게 먹긴 해야 돼요. 이 길을 가는 동안 저는 고아원에 돌아가는 일은 생각하지 않을 거예요. 그냥 이 길만 생각할 거예요. 아, 저기 봐요, 벌써 들장미가 피었네요! 너무 예뻐요. 저 장미는 장미로 태어나서 기쁠 것 같아요. 장미가 말을 할 수 있으면 얼마나 좋을까요? 우리한테 사랑스런 이야기들을 해줄 수 있을 거예요. 그리고 이 세상 색깔 중에 분홍색이 제일 매혹적이지 않나요? 저는 분홍색이 좋지만, 분홍색 옷을 입지는 못해요. 빨강 머리인 사람은 분홍색을 못 입어요. 상상 속에서도 안 돼요. 혹시 어렸을 때 빨강 머리였지만 커서 머리 색깔이 바뀐 사람을 보신 적 있나요?"

"아니, 그런 이야기는 들은 적 없어. 너한테도 그런 일은 없을 것 같다." 마릴라가 냉정하게 말했다.

앤은 한숨을 내쉬었다.

"희망이 또 하나 사라지네요. 내 인생은 희망을 묻은 묘지로다. 전에 어떤 책에서 그런 표현을 봤는데, 실망을 겪을 때마다 그 구절을 떠올리면서 위안을 삼아요."

"그게 어떻게 위안이 된다는 건지 모르겠구나." 마릴라가 말했다.

"그 말이 너무 멋지고 로맨틱해서 제가 책의 주인공이 된 것 같거든요. 저는 로맨틱한 걸 좋아하고, 희망을 묻은 묘지는 상상할 수 있는 한 가장 로맨틱한 것 같아요. 저한테 그런 로맨틱한 게 하나 있어서 다행이에요. 오늘 영롱한 물빛 호수로 가나요?"

"배리네 연못으로 가지는 않아. 영롱한 물빛 호수라는 게 그걸 말하는 거라면. 대신 바닷가 길로 가."

"바닷가 길이라니 멋있네요." 앤이 꿈꾸듯이 말했다. "실제로도 이름만큼 멋있나요? 아주머니가 '바닷가 길'이라고 말했을 때 마음속에 바로 그 모습이 떠올랐어요! 그리고 화이트샌즈라는 이름도 예쁘지만, 에이번리만큼 좋지는 않아요. 에이번리라는 이름은 예뻐요. 음악 같아요. 화이트샌즈까지는 거리가 얼마나 되나요?"

"8킬로미터. 그리고 말하는 걸 그렇게 좋아하면, 그나마 의미 있게 네가 살아온 인생 이야기를 하는 게 어떠니?"

"아, 제가 살아온 인생은 그렇게 이야기할 만한 게 못 돼요." 앤이 열렬한 목소리로 말했다. "제가 상상하는 인생을 이야기해보라고 하시면 훨씬 더 재미있을 거예요."

"아니, 네가 상상하는 것에는 관심없어. 그냥 명확한 사실들만 말해봐. 처음부터 시작해보자. 어디서 태어났고 나이는 몇 살이니?"

"지난 3월에 열한 살이 됐어요." 앤이 가볍게 한숨을 쉬고 체념한 듯 명확한 사실들을 꺼내놓았다. "태어난 곳은 노바스코샤의 볼링브로크예요. 아버지 이름은 월터 설리고, 볼링브로크 고등학교 교사셨어요. 어머니 이름은 버사 설리였어요. 월터와 버사 둘 다 예쁜 이름 아닌가요? 부모님 이름이 다 예뻐서 좋아요. 아버지 이름이…… 제디다이아 같은 거였으면 아주 속상했을 거예요."

"품행이 바르면 이름은 아무 상관 없어." 마릴라가 그 기회를 이용해서 유용한 교훈을 주려고 말했다.

"글쎄요, 잘 모르겠어요." 앤은 골똘한 표정이었다. "어느 책에 보니까 장미는 어떤 이름으로 불러도 똑같이 향기로울 거라고 하던데, 저는 못 믿겠어요. 장미 이름이 엉겅퀴라거나 앉은부채라면 그만큼 예쁘지 않을 거 같아요. 우리 아버지는 이름이 제디다이아라도 좋은 분이셨을 수 있지만, 그래도 견디기 힘들었을 거예요. 어머니도 고등학교 교사셨지만, 아버지랑 결혼하면서 자연스럽게 그만두셨어요. 남편을 돕는 것만도 큰 일이었으니까요. 토머스 아주머니 말로는 두 분 다 세상 물정을 몰랐고, 또 아주 가난했대요. 부모님은 볼링브로크에 있는, 작고 노란 집에서 살림을 시작했어요. 저는 그 집을 못 봤지만, 상상은 몇천 번도 더 했어요. 거실 창문은 인동덩굴로 덮이고, 앞마당에는 라일락이 있고, 대문 안쪽에는 은방울꽃이 피었을 거예요. 맞아요, 그리고 창문에는 모두 모슬린 커튼을 달았고요. 모슬린 커튼을 치면 집 분위기가 좋아져요. 저는 그 집에서 태어났어요. 토머스 아주머니는 저처럼 못생긴 아기는 본 적이 없대요. 너무 작고 앙상하고 눈밖에 없었대요. 하지만 어머니는 제가 정말 예쁘다고 하셨대요. 제 생각엔, 청소하러 온 여자보다는 아기 엄마가 더 공정하게 봤을 거 같아요. 어쨌건 어머니가 저를 마음에 들어하셨다니 기뻐요. 제가 실망스런 아기였다면 너무 슬펐을 거예요. 왜냐면 어머니는 그 뒤로 오래 사시지 못했으니까요. 어머니는 제가 태어나고 석 달 만에 열병으로 돌아가셨어요. 제가 엄마라고 부르는 소리도 못 듣고 돌아가신 게 너무 안타까워요. '엄마'라는 말은 정말 너무 다정해요. 그리고 아버지도 나흘 후 열병으로 돌아가셨어요. 제가 고아가 되자, 사람들은 저를 어떻게 해야 할지 몰랐다고 토머스 아주머니가 말했어요. 그때도 저를 원하는 사람이 아무도 없었거든요. 아마 제 운명인가 봐요. 아버지와 어머니는 둘 다 다른 지방 출신이었고, 살아 있는 친척도 없었대요. 결국 토머스 아주머니가 저를 데려다 키웠어요. 아주머니도 가난하고, 남편은 주정뱅이였지만요. 아주머니는 죽을 떠먹여서 저를 키우셨어요. 혹시 죽을 떠먹고 큰 사람은 다른 사람들보다 더 훌륭해져야 하는 이유가 있나요? 제가 말썽을 부릴 때마다 아주머니는 내가 죽을 떠먹여 너를 키웠는데 어떻게 그러느냐고 하셨거든요. 나무라시는 것처럼요.

토머스 아주머니네 가족은 볼링브로크에서 메리스빌로 이사했고, 저는 여덟 살 때까지 그분들과 함께 살았어요. 저는 아주머니네 아이들을 돌봤는데ㅡ저보다 어린 아이들이 넷 있었어요ㅡ아주 힘든 일이었어요. 그런데 아주머니 남편이 기차에서 떨어져서 돌아가시자, 아주머니의 시어머니가 아주머니와 아이들을 자기 집으로 불렀어요. 하지만 그분은 저까지는 원하지 않았죠. 토머스 아주머니는 저를 어떻게 해야 할지 모르겠다고 하셨어요. 그때 강 상류 쪽에 사는 해먼드 아주머니가 오셔서 제가 아이들을 잘 돌보니까 데려가겠다고 하셨고, 저는 숲속 빈터에 지어진 그 집으로 살러 갔어요. 그 집은 아주 쓸쓸했어요. 상상력이 없었다면 견딜 수 없었을 거예요. 해먼드 아저씨는 거기서 작은 제재소를 했고, 아주머니는 아이가 여덟 명이었어요. 쌍둥이를 세 번이나 낳았죠. 저는 아이들을 좋아하는 편이지만, 쌍둥이가 세 번 연속으로 태어나는 건 너무 심했어요. 마지막 쌍둥이가 태어났을 때 제가 해먼드 아주머니한테 그렇게 말했죠. 아이들을 업고 다니느라 정말 힘들었어요.

해먼드 아주머니네 숲속 집에서는 2년 넘게 살았는데, 아저씨가 돌아가시자 아주머니는 살림을 포기했어요. 아이들을 친척들에게 나눠 맡긴 뒤 미국으로 갔고, 저는 호프타운의 고아원으로 가게 되었어요. 저를 키우고 싶어하는 사람은 아무도 없었으니까요. 고아원에서도 저를 원하지 않았어요. 이미 아이들이 너무 많다고요. 하지만 달리 방법이 없었고, 거기서 넉 달을 지냈을 때 스펜서 아주머니가 오신 거예요."

앤은 이야기를 마치며 다시 한숨을 쉬었는데, 이번에는 안도하는 한숨이었다. 세상에게 계속 버림받은 이야기는 별로 하고 싶지 않은 모양이었다.

"학교는 다녔니?" 마릴라가 적갈색 말을 바닷가 길로 몰며 물었다.

"많이는 못 다녔어요. 토머스 아주머니하고 살던 마지막 해에 조금 다녔어요. 숲속 집에 갔을 때는 집이 학교에서 너무 멀어서 겨울에는 걸어다닐 수가 없었고 여름엔 방학이라 못 다녔어요. 봄하고 가을에만 다녔어요. 고아원에 있을 때는 당연히 다녔어요. 저는 책을 잘 읽고, 시도 많이 외우고 있어요.「호엔린덴 전투」,「플로든 이후의 에든버러」,「라인 강변의 빙겐시」, 그리고「호수의 여인」과 제임스 톰슨의「사계절」대부분도요. 시를 읽으면 등골에 저릿한 느낌이 드는 게 좋지 않나요? 5학년 읽기 책에「폴란드의 몰락」이라는 시가 있는데, 그 시를 읽으면 그런 떨림이 느껴져요. 물론 5학년 책이 아니라 4학년 책을 배웠지만, 언니들이 책을 빌려줬어요.”

“그 아주머니들, 토머스 부인하고 해먼드 부인은, 너한테 잘해주셨니?” 마릴라가 앤을 곁눈질하며 물었다.

“어…….” 앤은 얼른 말하지 못했다. 아이의 작고 예민한 얼굴이 빨개졌고, 이마에 당혹감이 어렸다. “잘해주고 싶어하셨어요. 최대한 잘해주고 싶어하셨어요. 그리고 사람들이 잘해주고 싶어하면, 실제로는 그렇게 하지 못해도 별로 신경 안 쓰게 되잖아요. 아주머니들도 걱정할 게 많았어요. 술주정꾼 남편이랑 사는 것도 힘든 일이고, 쌍둥이를 세 번 연속 낳는 것도 힘든 일이죠. 어쨌거나 잘해주고 싶어하셨다고 생각해요.”

마릴라는 더는 묻지 않았다. 앤은 바닷가 길에 대한 조용한 감상으로 물러갔고, 마릴라는 생각에 잠겨 건성으로 마차를 몰았다. 불쑥 아이가 불쌍하다는 생각이 일었다. 아이는 굶주리고 사랑 없는 인생, 중노동과 궁핍과 방치로 이어진 인생을 살아온 게 분명했다. 앤이 이야기하는 행간에서 진실을 읽을 수 있었기 때문이다. 아이가 집이 생긴다는 생각에 그렇게 기뻐한 것도 당연했다. 아이를 돌려보내자니 안타까웠다. 자신이 매슈의 설명할 수 없는 변덕을 용납해서 아이를 키우기로 마음먹으면 어떨까? 매슈는 분명 그러기를 원했다. 그리고 아이는 착하고 가르칠 만한 아이 같았다.

'말이 너무 많기는 해.' 마릴라는 생각했다. '하지만 타이르면 말수를 줄일 수 있을지도 몰라. 그리고 아이가 하는 말 가운데 무례하거나 상스러운 건 없어. 예의를 알아. 좋은 사람들 틈에서 자란 것처럼.'

바닷가 길은 '숲이 우거지고 거칠고 쓸쓸'했다. 오른쪽에는 오래도록 해풍과 싸우며 버텨온 키 작은 전나무들이 빽빽했다. 왼쪽은 가파른, 붉은 사암 절벽이었다. 절벽이 때때로 길 옆으로 아주 바짝 다가와서, 이 적갈색 말처럼 튼튼하고 믿음직한 말이 아니었다면 마차를 몰고 가기에 편치만은 않은 길이었다. 절벽 아래에는 파도에 둥글어진 바윗돌들이 쌓여 있거나 조약돌이 보석처럼 박힌 작은 모래 해변이 펼쳐졌다. 그 너머로는 바다가 파랗게 아른거렸고, 바다 위로는 햇빛에 날개를 은색으로 번득이는 갈매기들이 날아다녔다.

"바다는 정말 멋지지 않나요?" 앤이 눈을 뜬 채 지키던 긴 침묵에서 깨어나면서 말했다. "메리스빌에 살 때, 토머스 아저씨가 짐마차를 빌려서 식구들을 모두 태우고 15킬로미터 떨어진 바닷가로 놀러 간 일이 있어요. 그날은 모든 순간이 즐거 웠어요. 계속 아이들을 돌봐야 했지만요. 그 후로 여러 해 동안 저는 그 일을 꿈속에서 반복해서 보았어요. 그런데 여기 바다 는 메리스빌 바다보다 좋네요. 저 갈매기들 정말 환상적이에 요. 아주머니는 갈매기가 되고 싶지 않으세요? 저는 그러고 싶 어요. 그러니까 사람이 아니라면요. 동틀 때 깨어나는 일도 그 렇고, 하루 종일 물 위로 곤두박질치다가 다시 눈부신 파란 하 늘로 날아오르고, 그러다 밤이 되면 둥지로 돌아가는 생활이 좋을 것 같지 않나요? 아, 제가 그러는 모습이 상상돼요. 저 앞 에 있는 큰 집은 뭔가요?"

"화이트샌즈 호텔이야. 커크 씨가 운영하지만 아직 휴가 철이 아니야. 여름이면 저기로 미국 사람들이 많이 오지. 그 사 람들은 이 해변이 휴가지로 딱이라고 여기더구나."

"혹시 스펜서 아주머니네 집일까 싶었어요." 앤이 우울한 목소리로 말했다. "그 집에 도착하고 싶지 않아요. 거기 가면 모든 게 끝나버릴 것 같아요."

마릴라의 결심

하지만 그들은 결국 그 집에 도착했다. 스펜서 부인은 화이트 샌즈 만에 있는 크고 노란 집에 살았고, 선량한 얼굴에 놀라움과 반가움을 띠고 문을 열어주었다.

"아니, 이런." 스펜서 부인이 소리쳤다. "오늘 우리 집에 올 거라고는 전혀 생각하지 않은 두 사람이네요. 하지만 만나서 기뻐요. 말을 안에 넣어두실 거죠? 그리고 앤, 잘 지냈니?"

"잘 지냈어요. 고맙습니다." 앤이 웃음기 없이 말했다. 아이에게 그림자가 내려앉은 것 같았다.

"말을 쉬게 할 만큼은 있다가 가겠지만, 매슈한테 일찍 돌아가겠다고 했어요." 마릴라가 말했다. "사실을 말씀드리자면 스펜서 부인, 어디선가 착오가 생겼는데, 어쩌다 그렇게 됐는지 알아보려고 온 거예요. 매슈하고 저는 고아원에서 남자아이를 데려오려고 했어요. 그래서 부인의 동생 로버트에게 열 살에서 열한 살 정도 된 남자아이를 데려다달라고 부인에게 전해 달라고 부탁했죠."

"마릴라 커스버트, 세상에 이런 일이!" 스펜서 부인이 놀라서 말했다. "로버트가 저에게 딸 낸시를 보냈는데, 낸시는 두 분이 여자애를 원한다고 말했어요. 그랬지, 플로라 제인?" 부인이 현관 앞으로 나온 딸에게 물었다.

"네, 그랬어요, 커스버트 아주머니." 플로라 제인이 확인해 주었다.

"이렇게 기막힌 일이 있나." 스펜서 부인이 말했다. "너무 안타깝게 됐네요. 하지만 들으셨다시피 제 잘못은 아니에요, 마릴라. 저는 최선을 다했고, 두 분이 시키신 대로 했다고 생각했어요. 낸시는 애가 워낙 덤벙거려요. 그 애한테 정신 차리라고 꾸짖은 게 한두 번이 아니랍니다."

"저희 잘못이네요." 마릴라가 체념하듯 말했다. "중요한 일인 만큼 다른 사람을 통하지 않고 직접 와서 말했어야 하는데. 어쨌든 실수는 저질러졌으니, 이제 바로잡아야죠. 아이를 고아원에 돌려보낼 수 있을까요? 그쪽에서 다시 받아주겠죠?"

"그럴 것 같아요." 스펜서 부인이 생각에 잠겨서 말했다. "하지만 꼭 돌려보내지 않아도 될 것 같아요. 어제 피터 블루웻 부인이 우리 집에 다녀갔는데, 자기도 집안일을 도와줄 여자애를 부탁할걸 그랬다고 하더라고요. 아시다시피 그 집은 대가족이고, 도움을 구하기가 힘든 모양이에요. 앤이 그 집에 딱 맞겠어요. 분명 신의 뜻이네요."

마릴라는 이 일이 신의 뜻이라고 생각하는 표정이 아니었다. 원치 않는 고아를 떼어낼 더할 나위 없는 기회가 왔는데, 별로 다행이라는 느낌이 들지 않았다.

마릴라는 피터 블루웨트 부인을 얼굴만 알았다. 군살이라고는 한줌도 없는 작은 몸집에 영악한 얼굴을 한 여자였다. 하지만 사람들이 하는 이야기는 들었다. '엄청난 혹사꾼'이라고 했다. 그 집에서 일하다 그만둔 여자들은 블루웨트 부인의 불 같은 성미와 인색한 씀씀이, 버릇없고 거친 아이들에 대해 험한 이야기들을 했다. 앤을 그런 학대자에게 넘긴다고 생각하니 마릴라는 양심의 가책이 느껴졌다.

"안에 들어가서 이야기하죠." 마릴라가 말했다.

"마침 피터 부인이 오네요!" 스펜서 부인이 손님들을 부산하게 응접실로 이끌고 들어가면서 말했다. 응접실에 들어서자 싸늘한 냉기가 느껴졌다. 마치 공기가 창문을 가로막은 진녹색 블라인드를 뚫고 들어오다 지쳐서 가지고 있던 온기를 모두 잃어버린 것 같았다. "정말 다행이에요. 문제를 바로 해결할 수 있겠어요. 안락의자에 앉으세요, 마릴라. 앤, 너는 여기 등받이 없는 의자에 얌전히 앉아 있어라. 모두 모자를 이리 주세요. 플로라 제인, 나가서 주전자를 올려놓으렴. 안녕하세요, 블루웨트 부인. 부인이 마침 여기 와서 잘됐다고 이야기하던 참이에요. 두 분을 인사시켜 드릴게요. 여기는 블루웨트 부인이고, 여기는 마릴라 커스버트예요. 잠깐 나갔다 올게요. 플로라 제인에게 오븐에서 롤빵을 꺼내놓으라고 말하는 걸 잊었네요.”

스펜서 부인은 블라인드를 올리고 바쁘게 사라졌다. 앤은 두 손을 무릎에 포갠 채 등받이 없는 의자에 앉아서 주문에 걸린 듯 블루웨트 부인을 바라보았다. 이제 이 얼굴도 눈도 날카로운 여자를 따라가야 하는 건가? 아이는 목이 울컥 메이고 눈이 따가웠다. 더는 눈물을 참을 수 없다고 느꼈을 때쯤, 스펜서 부인이 환한 얼굴로 돌아왔다. 그들이 처한 육체적, 정신적, 영적 어려움을 모두 즉시 해결해주려는 모습이었다.

“이 아이와 관련해서 실수가 있었던 모양이에요, 블루웨트 부인.” 스펜서 부인이 말했다. “저는 커스버트 남매께서 여자아이를 입양하시려는 줄 알았어요. 분명히 그렇게 들었거든요. 하지만 두 분은 남자아이를 원하고 계세요. 그래서 부인이 아직도 어제하고 같은 생각이라면 이 아이를 데려가시면 되지 않을까 생각해요.”

블루웨트 부인은 앤을 위에서 아래로 훑어보았다.

“나이는 몇 살이니? 이름은 뭐지?” 블루웨트 부인이 물어보았다.

“앤 셜리예요.” 아이가 움츠러들며 말했다. e를 붙인다는 설명은 할 엄두도 내지 못했다. "나이는 열한 살이에요."

"흠! 대단해 보이지는 않는구나. 하지만 강단 있어 보여. 내가 볼 때는 강단 있는 사람들이 최고야. 우리 집에 오면 말을 잘 들어야 돼. 말을 잘 듣고 똑똑하게 굴고 예의도 지켜야 해. 너를 먹여주고 재워주는 값은 해야지. 분명히 알아두기 바란다. 그래요, 제가 이 애를 데려가도 되겠네요, 마릴라 커스버트. 우리 아기가 얼마나 까탈스러운지, 돌보는 게 보통 힘들지 않아요. 원하신다면 지금 바로 데리고 가겠어요."

마릴라는 앤을 보았고, 소리 없는 공포가 담긴 아이의 창백한 얼굴을 보자 마음이 흔들렸다. 그 표정은 덫에서 빠져나왔다가 다시 그 덫에 걸린 힘없는 동물 같았다. 그 표정에 담긴 호소를 외면하면, 죽는 날까지 후회하리라는 불편한 느낌이 들었다. 게다가 그녀는 블루웨트 부인을 좋아하지 않았다. 이렇게 섬세하고 예민한 아이를 이런 여자에게 넘겨주다니! 아니, 그런 일은 감당할 수 없었다!

"글쎄, 잘 모르겠네요." 마릴라가 천천히 입을 열었다. "매슈하고 내가 이 아이를 키울 수 없다고 결정했다는 말은 아니에요. 사실 매슈는 아이를 키우고 싶어하는 쪽이에요. 일단 어쩌다가 이런 착오가 생겼는지 알아보려고 온 거예요. 아이를 다시 집에 데리고 가서 매슈하고 의논을 해봐야겠어요. 매슈하고 의논하지 않고 혼자서 결정할 순 없으니까요. 아이를 키우지 않기로 결정하면, 내일 밤 아이를 댁으로 데리고 가거나 따로 보낼게요. 만약 아이가 안 오면 우리 집에서 살 거라고 아시면 될 듯합니다. 그렇게 하면 되겠죠, 블루웨트 부인?"

"네, 그래야겠네요." 블루웨트 부인이 무례한 말투로 대꾸했다.

마릴라가 이야기하는 동안 앤의 얼굴에 살그머니 빛이 떠올랐다. 절망의 그림자가 사라지고, 희망이 발그레하게 비쳤다. 눈빛이 깊어져서 새벽별처럼 반짝였다. 아이는 완전히 달라졌다. 그리고 잠시 후 스펜서 부인과 블루웨트 부인이 요리법을 찾으러 나가자—블루웨트 부인은 요리법 때문에 온 거였다—아이는 자리에서 튀어 일어나 마릴라에게 달려왔다.

"커스버트 아주머니, 정말로 제가 그린게이블스에서 계속 살 수도 있다고 말씀하신 거예요?" 아이는 큰 소리로 말하면 그럴 가능성이 깨지기라도 하는 듯 나직하게 속삭였다. "정말 그렇게 말씀하셨어요? 아니면 저 혼자 상상하는 건가요?"

"진짜와 가짜를 그렇게 구별하지 못한다면, 앞으로는 상상하는 일을 좀 줄여야겠다, 앤." 마릴라가 퉁명스럽게 말했다. "그래, 그렇게 말했어. 하지만 아직 결정된 건 아니고, 어쩌면 결국 너를 블루웨트 부인에게 보내기로 결정할 수도 있어. 그 여자가 나보다는 훨씬 더 너를 원하는 게 분명하니까."

"그분이랑 사느니 고아원으로 돌아가겠어요." 앤이 힘주어 말했다. "그분은 생긴 게 꼭…… 송곳 같아요."

마릴라는 앤이 그런 말을 했으니 꾸짖어야 한다고 생각하고 미소를 눌렀다.

"어린애가 낯선 부인에 대해 그런 말을 하는 건 옳지 않아." 그녀가 엄격하게 말했다. "네 자리로 돌아가서 조용히 앉아 있거라. 엉뚱한 짓 하지 말고."

"시키는 대로 다 할게요. 저를 데려가주시기만 하면요." 앤이 순순히 자기 자리로 돌아가면서 말했다.

두 사람이 저녁에 그린게이블스에 돌아갔을 때, 매슈가 오솔길에서 그들을 맞았다. 마릴라는 멀리서부터 매슈가 길에서 어슬렁거리는 모습을 보았고, 그 이유도 짐작했다. 마릴라가 어쨌건 앤을 데리고 돌아오자, 매슈의 얼굴에 떠오른 안도감도 예상하던 대로였다. 하지만 마릴라는 그 일에 대해 아무 말도 하지 않았다. 그러다가 둘이 헛간 뒷마당에 나가서 함께 소젖을 짜게 되었을 때 마릴라는 매슈에게 앤의 인생이 어떠했는지, 스펜서 부인을 만나서는 어땠는지 이야기를 해주었다.

"그 블루웨트 부인이라는 여자한테는 좋아하던 개도 안 줄 거야." 매슈가 보기 드물게 열을 올리며 말했다.

"나도 그 여자의 방식이 싫어." 마릴라가 인정했다. "하지만 그 여자한테 보내지 않으면 우리가 아이를 키워야 돼, 매슈. 그리고 오빠가 아이를 키우고 싶어하는 것 같으니까 나도 그럴까 생각해. 아니 그래야 할 것 같아. 자꾸 생각을 하다 보니 어느새 익숙해진 모양이야. 어느 정도는 의무처럼 느껴져. 나는 아이를 키운 적도 없고, 더구나 여자애는 다루어본 적이 없어서 완전히 엉망으로 만들지도 몰라. 하지만 노력해보겠어. 내 의견을 묻는다면 매슈, 그 애를 키워도 좋아."

매슈의 수줍은 얼굴이 기쁨으로 환해졌다.

"저기, 나도 네가 그럴 거라고 생각했어, 마릴라." 매슈가 말했다. "애가 아주 재미있어서 말야."

"쓸모 있는 아이라고 말할 수 있으면 좋을 텐데." 마릴라가 말했다. "하지만 내가 그렇게 만들겠어. 그리고 매슈, 내 방식에 간섭할 생각은 하지 마. 독신녀라 아이 키우는 일을 잘 모르지만, 그래도 독신남보다는 나을 테니까. 그러니까 나한테 그냥 맡겨야 해. 내가 실패하면, 그때 오빠가 끼어들어도 충분해."

"그래, 그래, 마릴라. 네가 하고 싶은 대로 해." 매슈가 마릴라를 안심시켰다. "그냥 너무 오냐오냐하지 않는 선에서 최대한 잘해줘. 내 생각에 저 아이가 널 사랑하게 되기만 하면, 너는 아이랑 같이 무슨 일이든 할 수 있을 거야."

마릴라는 여자들 일에 대해 매슈가 내놓은 의견에 코웃음을 치고, 우유 통을 가공실로 들고 갔다.

'오늘 밤에는 아이에게 여기서 살게 됐다고 말해주지 않을 거야.' 마릴라는 우유를 크림 분리기에 넣으며 생각했다. '너무

기뻐서 잠을 못 잘 테니까. 마릴라 커스버트, 이제 완전히 코가
꿰였구나. 네가 고아 소녀를 입양할 거라고 상상이나 해봤니?
그것만으로도 놀라운데, 그게 매슈 때문이라는 건 더 놀랍지
뭐야. 매슈는 여자애들만 보면 그렇게 겁을 먹었는데 말야. 어
쨌든 우리는 모험을 하기로 했고, 어떤 결과가 빚어질지는 하
늘만이 알겠지.'

앤의 기도

그날 밤 마릴라는 앤을 침대로 데리고 가서 딱딱하게 말했다.

"앤, 어젯밤에 보니까 옷을 벗어서 바닥에 막 던져놓았더구나. 그건 단정치 못한 버릇이고, 난 그런 일은 용납하지 못해. 옷을 벗으면 즉시 단정하게 개어서 의자 위에 올려놓아야지. 나는 단정하지 않은 여자애들은 못 참아."

"어젯밤에는 너무 속상해서 옷 같은 걸 생각할 수 없었어요." 앤이 말했다. "오늘 밤에는 깔끔하게 개놓을게요. 고아원에서는 맨날 그렇게 시켰어요. 저는 절반쯤은 까먹었지만요. 얼른 침대에 들어가서 조용히 상상에 빠져들고 싶었거든요."

"여기서 산다면 그런 걸 잊으면 안 돼." 마릴라가 꾸짖었다. "그래, 좀 괜찮아 보이는구나. 이제 기도를 하고 자거라."

"저는 기도를 하지 않아요." 앤이 말했다.

마릴라가 깜짝 놀라서 바라보았다.

"그게 무슨 말이니, 앤? 기도하는 법을 배우지 않은 거니? 하느님은 아이들이 기도하는 걸 좋아하셔. 하느님이 누구인지는 알지, 앤?"

"하느님은 존재와 지혜와 권능과 신성함과 정의와 선함과 진실함이 무한하고 영원하고 변함없는 영이시죠." 앤이 막힘없이 대답했다.

마릴라는 어느 정도 안심한 표정이었다.

"조금은 알고 있으니 다행이다! 배운 게 아주 없지는 않구나. 그건 어디서 배웠니?"

"고아원 교회 학교에서요. 교리 문답을 전부 외우게 했는데, 저는 좋았어요. '무한하고 영원하고 변함없다'는 말은 멋있게 느껴져요. 웅장하지 않나요? 무언가 깊이 울려요, 대형 오르간 연주처럼요. 시라고 할 수는 없지만 시하고 비슷해요."

"우리가 말하는 건 시가 아니라 기도야. 매일 밤 기도를 하지 않는 것은 나쁜 일이란 걸 모르니? 아주 나쁜 아이로구나."

"빨강 머리인 사람은 착한 사람보다 나쁜 사람이 되는 게 훨씬 쉬워요." 앤이 부루퉁하게 말했다. "빨강 머리가 아닌 사람들은 그게 얼마나 큰 고난인지 몰라요. 토머스 아주머니가 하느님이 일부러 제 머리를 빨갛게 만들었다고 하셨는데, 그 말을 들은 후로는 그분이 별로 마음에 안 들었어요. 그리고 어쨌건 밤에는 너무 피곤해서 기도 생각을 할 수가 없었어요. 쌍둥이들을 돌보는 사람한테 기도를 꼭 하라는 건 지나친 요구예요. 아주머니는 그렇다고 생각하지 않으세요?"

마릴라는 바로 그 자리에서 앤의 종교 교육을 시작해야 한다고 느꼈다. 그런 일은 머뭇거릴 필요가 없었다.

"우리 집에 있는 동안은 꼭 기도를 해야 한다, 앤."

"아주머니가 원하시면 당연히 그럴게요." 앤이 기분 좋게 말했다. "말씀하시는 대로 다 할게요. 하지만 이번 한 번만은 뭐라고 기도해야 할지 알려주세요. 자리에 누우면 앞으로 할 좋은 기도를 상상해볼게요. 생각해보니 그것도 재미있겠어요."

"무릎을 꿇고 앉아라." 마릴라가 당혹감을 느끼며 말했다.

앤은 마릴라가 앉은 의자 앞에 무릎을 꿇고 앉아 엄숙한 얼굴로 그녀를 올려다보았다.

"기도를 할 때는 왜 무릎을 꿇어야 하나요? 정말로 기도하고 싶은 게 생기면 저는 이렇게 하고 싶어요. 혼자서 넓은 들판으로 나가거나 깊은 숲으로 들어가서 하늘을 올려다보는 거예요. 푸른 빛이 끝없이 펼쳐진 것 같은 푸른 하늘을요. 그러면 마음에서 기도가 우러나올 거예요. 이제 준비됐어요. 뭐라고 말하나요?"

마릴라는 어느 때보다 더 당혹스러웠다. 처음에는 앤에게 고전적인 어린이의 저녁 기도를 가르칠 생각이었다. 하지만 이미 말했듯이 마릴라에게는 반짝이는 유머 감각, 그러니까 바꿔

말하면 상황의 적절성에 대한 감각이 있었다. 그래서 그 짧은 기도가 하얀 잠옷을 입고 엄마 앞에 앉아서 조잘거리는 아이들에게는 신성하지만, 이 주근깨 마녀 같은 아이에게는 맞지 않는다는 생각이 들었다. 아이는 인간의 사랑을 통해서 하느님의 사랑을 경험한 적이 없었기에, 그것을 알지도 못하고 신경 쓰지도 않았을 것이다.

"네 나이 정도면 알아서 기도를 해야지, 앤." 마릴라가 마침내 말했다. "네가 받은 축복에 감사드리고, 네가 원하는 것을 하느님께 겸손하게 부탁하면 돼."

"그럼 한번 해볼게요." 앤이 말하고, 마릴라의 무릎에 얼굴을 묻었다. "하늘에 계신 은혜로운 아버지…… 교회에 가면 목사님들이 그렇게 말해서, 혼자 기도할 때도 그래야 하는 것 같은데 맞나요?" 아이가 고개를 반짝 들고 물었다. "하늘에 계신 은혜로운 아버지, 기쁨의 하얀 길과 영롱한 물빛 호수와 보니와 눈의 여왕을 주셔서 감사합니다. 정말로 깊이 감사를 드려요. 지금 감사를 드릴 축복은 그게 다예요. 원하는 건 너무 많아서 다 말하려면 시간이 엄청나게 걸릴 테니 가장 큰 것 두 가지만 말할게요. 제가 그린게이블스에서 살게 해주시는 거하고, 어른이 되면 예뻐지게 해달라는 거예요. 앤 셜리 올림. 제가 제대로 한 건가요?" 아이가 일어서면서 간절한 얼굴로 물었다. "생각할 시간이 더 있었으면 훨씬 더 멋지게 꾸밀 수 있었을 거예요."

마릴라가 이 기도를 참고 들어준 이유는 오직 하나, 이런 이상한 청원은 아이가 불손해서가 아니라 영적인 일에 무지해서라는 생각 때문이었다. 마릴라는 아이를 침대에 들이면서 내일 바로 아이에게 기도를 가르쳐야겠다고 마음먹었다. 그리고 촛불을 들고 나가려는데 앤이 불렀다.

"지금 생각났어요. '앤 셜리 올림'이 아니라 '아멘' 해야 하는 거죠? 목사님들처럼요. 그걸 까먹었는데, 기도를 마치려면 끝내는 말이 필요할 것 같아서 그렇게 했어요. 그것 때문에 기도의 효과가 달라질까요?"

"글쎄다, 딱히 그럴 것 같지는 않다." 마릴라가 말했다. "이제 얌전히 잘 자렴."

"오늘 밤엔 마음 편히 안녕히 주무시라고 말할 수 있네요." 앤이 말하고 베개 틈에 여유롭게 몸을 묻었다.

마릴라는 부엌으로 돌아와 촛불을 식탁 위에 세워두고는 눈을 똑바로 뜨고 매슈를 바라보았다.

"매슈 커스버트, 누군가 저 애를 입양해서 제대로 가르쳐야 할 때야. 저 애는 거의 이교도 수준이야. 오늘 이전까지 평생 기도를 해본 적 없다니 믿을 수 있어? 내일 목사관에 가서 『새벽』 시리즈를 빌려와야겠어. 그리고 입혀 내보낼 만한 옷을 만들면, 바로 교회 학교에 보내야 해. 할 일이 한가득이네. 하지만 한세상 사는 동안 자기 몫의 수고를 피할 수는 없는 법이지. 지금까지는 편한 삶을 살았지만 이제 때가 왔고, 그저 최선을 다할 수밖에."

앤을 양육하기 시작하다

자신이 가장 잘 아는 어떤 이유로, 마릴라는 다음 날 오후가 될 때까지 앤에게 앞으로 그린게이블스에 살 수 있다는 말을 하지 않았다. 오전 내내 아이에게 여러 가지 일을 시키고, 아이의 모습을 예리하게 관찰했다. 그리고 열두 시가 되자 앤이 똑똑하고 고분고분하며 꾀를 부리지 않고 말귀를 잘 알아든다고 결론내렸다. 아이가 가진 가장 큰 단점은 일을 하다 말고 공상에 빠져서 넋을 놓고 있다가, 질책을 듣거나 문제가 생겨야 정신을 차리는 성향 같았다.

점심 설거지를 마치자, 앤은 이제 최악의 소식을 들을 각오가 되었다는 태도와 표정으로 마릴라 앞에 불쑥 나타났다. 여윈 몸이 머리에서 발끝까지 떨렸다. 얼굴은 상기되고, 동공이 커져서 눈동자가 거의 검게 보일 지경이었다. 아이는 두 손을 부여잡고 간청하는 목소리로 말했다.

"커스버트 아주머니, 저를 돌려보내실 건지 아닌지 말씀해주시겠어요? 오전 내내 참고 기다리려고 했는데, 더는 기다리기가 너무 힘들어요. 너무 괴로워요. 제발 말씀해주세요."

"내가 시킨 대로 행주를 뜨거운 물에 담가놓지 않았더구나." 마릴라가 흔들리지 않고 말했다. "뭘 더 묻기 전에 그 일부터 해놓아라, 앤."

앤은 행주를 처리했다. 그런 뒤 다시 돌아가서 마릴라의 얼굴에 간청을 담은 눈길을 고정했다.

"이렇게 됐으니 이야기를 하는 게 좋을 것 같다." 마릴라는 더 이상 대답을 미룰 핑계를 찾을 수 없었다. "매슈하고 나는 너를 키우기로 결정했어, 그러니까 네가 말을 잘 듣고 감사하는 태도를 보이면. 그런데 애야, 왜 그러는 거니?"

"그냥 눈물이 나요." 앤이 혼란스런 목소리로 말했다. "이유는 모르겠어요. 너무 기뻐요. 아니 기쁘다는 말은 맞지 않아요. 저는 하얀 길이나 벚꽃을 보고 기뻤어요. 하지만 이건! 아, 이건 기쁜 것 이상이에요. 행복해요. 착한 아이가 되도록 노력할게요. 힘들어 보이기는 해요, 토머스 아주머니는 저더러 못된 아이라고 자주 말씀하셨거든요. 그래도 열심히 노력할게요. 그런데 왜 눈물이 날까요?"

"너무 흥분해서 그런 것 같구나." 마릴라가 나무라듯이 말했다. "의자에 앉아서 마음을 달래려무나. 넌 너무 잘 울고 잘

웃는 것 같아. 그래, 너는 우리하고 같이 살 수 있고, 우리는 너를 잘 키우려고 노력하마. 학교에도 가야 해. 하지만 이제 2주만 있으면 방학이니까, 가을에 새 학년 시작할 때 가는 게 좋을 거다.”

“그런데 제가 아주머니를 뭐라고 부를까요?” 앤이 물었다. “커스버트 아주머니라고 부를까요? 아니면 마릴라 이모라고 부를까요?”

“그냥 마릴라 아주머니라고 불러. 성으로 부르는 건 익숙하지 않아. 어색해.”

“하지만 그렇게 부르면 좀 버릇없이 느껴져요.” 앤이 말했다.

“예의 바른 태도로 부르면 돼. 에이번리에서는 누구나 나를 마릴라 아니면 마릴라 아주머니라고 불러. 목사님만 예외야. 그분은 나를 성으로 부르니까. 생각이 나실 때면 말이지만.”

“마릴라 이모라고 부르고 싶어요.” 앤이 부탁하듯 말했다. “저는 친척이 한 명도 없어요. 할머니도 없죠. 이모라고 부르면 아주머니가 친척처럼 느껴질 거예요. 이모라고 부르면 안 될까요?”

“아니, 난 네 이모가 아니고, 실제하고 다른 호칭도 좋아하지 않아.”

“하지만 아주머니가 제 이모라고 상상하면 되잖아요?”

"아니, 난 그러지 못해." 마릴라가 잘라 말했다.

"아주머니는 현실과 다른 걸 상상하는 일이 없으세요?" 앤이 눈을 동그랗게 뜨고 물었다.

"없어."

"아!" 앤이 숨을 깊이 들이마셨다. "커스…… 아니 마릴라 아주머니, 정말 안타깝네요!"

"나는 현실과 다른 상상을 별로 안 좋아해." 마릴라가 말했다. "하느님이 우리를 어떤 환경에 놓으실 때는 그걸 상상으로 없애라고 그러신 게 아니야. 그러니까 생각나는데, 앤, 거실에 가서―신발을 깨끗이 닦고 들어가고 날파리를 들이지 말아라―벽난로 선반에 둔 그림 카드를 가지고 오렴. 거기 주기도문이 적혀 있어. 오후의 남는 시간에 그걸 외워야 한다. 어젯밤에 한 것 같은 기도는 이제 안 돼."

"진짜 잘 못했죠." 앤이 부끄러운 듯 말했다. "한 번도 해본 적이 없으니까요. 기도를 처음부터 잘하기는 힘들잖아요. 약속한 대로 어제 자리에 누워서 머릿속으로 멋진 기도를 생각했어요. 목사님 기도만큼 길고, 거기다 시적이었어요. 그런데 세상에, 아침에 일어나니까 하나도 생각이 안 나지 뭐예요. 그리고 그만큼 좋은 기도를 다시 생각해낼 수는 없을 거예요. 이상하게도 두 번째로 생각하는 건 처음만큼 좋지 않더라고요. 그런 거 혹시 아셨어요?"

"앤, 네가 알아야 할 건, 뭘 시키면 가만히 서서 이러쿵저러쿵 떠들지 말고 바로 그 일을 해야 한다는 거야. 가서 시키는 대로 해라."

앤은 얼른 복도를 지나 거실로 갔다. 하지만 금방 돌아오지 않았다. 마릴라는 10분을 기다렸다가 뜨개질거리를 내려놓고 엄격한 표정으로 앤을 찾아갔다. 거실에 가보니 앤은 두 창문 사이에 걸린 그림 앞에 꼼짝 않고 서 있었다. 두 손을 등 뒤에 깍지 끼고 고개를 들고 있었는데, 눈은 꿈을 꾸는 듯했다. 사과나무와 덩굴줄기 틈으로 들어오는 희고 푸른 빛이 열중한 작은 얼굴에 다른 세상 같은 광채를 떨구었다.

"앤, 너 지금 무슨 생각을 하고 있는 거니?" 마릴라가 날카롭게 물었다.

앤이 깜짝 놀라 현실로 돌아왔다.

"저거요." 아이가 그림 — '아이들을 축복하는 그리스도'라는 제목이 붙은 선명한 석판화 — 을 가리키며 말했다. "저 아이들 중 하나가 저라고 상상했어요. 구석에 혼자 있는 저 파란 옷 입은 아이요. 의지할 데 없어 보이는 모습이 꼭 저 같아요. 외롭고 슬퍼 보이지 않나요? 부모님도 없을 거 같아요. 그래도 축복을 받고 싶어서 몰래 사람들 곁으로 갔어요. 예수님만 빼고 아무도 자기를 알아채지 않기를 바라면서요. 저는 저 아이의 심정을 알 것 같아요. 심장은 쿵쾅거리고, 손에서는 식은땀이 날 거예요. 아주머니한테 여기 계속 살 수 있느냐고 물었을 때 제가 그랬거든요. 아이는 예수님이 자기를 못 볼까 봐 걱정하고 있어요. 하지만 예수님은 알아봤을 거예요. 그래서 이렇게 상상했어요. 아이가 조금씩조금씩 움직여서 예수님 바로 앞으로 가고, 그러자 예수님이 아이를 보고 아이 머리에 손을 얹는 거예요. 그러면 아이가 얼마나 기쁠까요? 그런데 화가가 예수님을 너무 슬픈 얼굴로 그려서 안타까워요. 혹시 아시는지 모르겠지만, 예수님 그림은 다 저래요. 하지만 저는 예수님이 저렇게 슬픈 얼굴이었다거나 아이들이 예수님을 무서워했을 거라고는 생각하지 않아요."

"앤." 마릴라는 자신이 왜 이제야 아이 말을 끊는 걸까 생각하며 말했다. "그런 식으로 말하면 안 돼. 그건 불손한 말이야. 불손하고 불경해."

앤의 눈이 커졌다.

"제 마음은 예수님을 존경했다고 생각했어요. 불손한 말을 할 생각은 없었어요."

"나도 그렇게 생각한다만, 그런 일을 그렇게 스스럼없이 말하는 건 잘못된 일이야. 그리고 앤, 내가 뭘 가져오라고 시켰으면 바로 가져와야지, 그림 앞에 그렇게 멍하니 서서 상상에 빠져들면 되겠니? 정신 좀 차려라. 카드를 가지고 얼른 부엌으로 가. 그리고 조용히 앉아서 기도문을 외워라."

앤은 사과꽃을 꽂은 꽃병 앞에 카드를 세우고—앤이 따다 가 꽂은 꽃인데, 마릴라는 그때 곁눈질로 보았지만 아무 말도 하지 않았다—두 손으로 턱을 괸 채 몇 분 동안 말없이 열중해 서 외웠다.

"이거 마음에 들어요." 아이가 마침내 말했다. "아름다워 요. 전에 들어본 적 있어요. 고아원 교회 학교의 교장 선생님이 여기 적힌 대로 기도하는 걸 들은 적 있어요. 하지만 그때는 별 로 좋아하지 않았어요. 그분은 목소리가 안 좋았고, 너무 슬프 게 기도하셨거든요. 그분은 정말이지 기도를 억지로 해야 하 는, 의무로 여기는 것 같았어요. 이건 시는 아니지만 시하고 비 슷한 느낌을 줘요. '하늘에 계신 우리 아버지, 아버지의 이름이 거룩히 빛나시며.' 이건 노래 가사 같아요. 이걸 외우게 해주셔 서 고마워요, 커스…… 마릴라 아주머니."

"그러니까 입 다물고 외워." 마릴라가 냉랭하게 말했다.

앤은 분홍색 꽃봉오리에 입이라도 맞출 듯 사과꽃 꽃병 앞 으로 몸을 기울였다가 다시 기도문으로 돌아가서 한동안 암기 를 계속했다.

"마릴라 아주머니." 잠시 후 아이가 물었다. "제가 에이번 리에서 단짝 친구를 만들 수 있을까요?"

"단짝 친구?"

"단짝 친구, 제일 친한 친구, 결이 아주 같아서 가장 깊은 비밀도 털어놓을 수 있는 친구요. 평생 그런 친구를 꿈꾸었거든요. 정말로 그런 친구가 생길 거라고는 생각하지 않았는데, 저의 가장 멋진 꿈들이 갑자기 실현되니까 어쩌면 이 꿈도 실현될까 하는 생각이 들어요. 그럴 수 있을까요?"

"오처드슬로프에 다이애나 배리가 사는데, 네 또래야. 착한 애고, 그 애가 돌아오면 너하고 놀 수 있을 거다. 지금은 카머디의 친척 집에 가 있어. 하지만 얌전하게 행동해야 돼. 배리 부인은 까다로운 여자거든. 네가 얌전한 모습을 보이지 않으면 다이애나와 같이 놀지 못하게 할 거야."

사과꽃 틈으로 마릴라를 바라보는 앤의 눈이 기쁨으로 빛났다.

"다이애나는 어떤 애예요? 빨강 머리는 아니죠? 아, 아니어야 해요. 제가 빨강 머리인 것도 괴로운데 단짝 친구까지 빨강 머리라면 견딜 수 없을 거예요."

"다이애나는 예쁜 아이야. 눈동자도 머리도 까맣고, 뺨은 장밋빛이지. 그리고 착하고 똘똘해. 그게 예쁜 것보다 더 좋은 거지."

마릴라는 『이상한 나라의 앨리스』에 등장하는 공작 부인만큼 교훈을 좋아했고, 자라나는 아이에게 말을 할 때는 늘 교훈을 덧붙여야 한다고 믿었다.

하지만 앤은 교훈을 밀치고, 그 앞에 전달된 유쾌한 가능성에 마음을 썼다.

　"다이애나가 예쁘다니 기쁘네요. 자기가 예쁜 것 다음으로 좋은 건―제가 예뻐지는 건 불가능하니까요―단짝 친구가 예쁜 거죠. 토머스 아주머니네 집 거실에는 유리문이 달린 책장이 있었어요. 안에 책은 없었어요. 토머스 아주머니는 거기다 도자기 그릇하고 과일 절임 같은 걸 넣어두셨죠. 넣어둘 게 있을 때는요. 문짝 하나는 망가졌어요. 어느 날 토머스 아저씨가 술에 취해 들어와서 부수었거든요. 하지만 다른 문은 멀쩡했고, 저는 거기 비치는 제 모습을 그 안에 사는 여자애라고 상상했어요. 이름은 케이티 모리스라고 부르며, 아주 친하게 지냈죠. 일요일이면 케이티하고 몇 시간씩 이야기를 했어요. 모든 걸 이야기했어요. 케이티는 제 인생에서 가장 큰 위로이자 위안이었어요. 그 책장은 절임 병과 도자기 그릇을 넣는 책장이 아니라 마법의 성이고, 주문만 알면 문을 열고 케이티 모리스의 방으로 들어갈 수 있다고 상상했어요. 그러면 케이티 모리스가 제 손을 잡고 꽃과 햇빛과 요정이 가득한 멋진 곳으로 데려가서, 거기서 우리 둘이 영원히 행복하게 살 거라고요. 해먼드 아주머니네 집에 가게 됐을 때 케이티 모리스를 떠나게 되어 너무 가슴이 아팠어요. 케이티도 슬퍼했어요. 우리가 책장 문을 사이에 두고 작별의 입맞춤을 할 때 그 애가 우는 걸 봐서 알아요. 해먼드 아주머니네 집에는 책장이 없었어요. 하지만 강 상류로 조금만 올라가면 크기는 작지만 길고 푸르른 계곡이 있었고, 거기에는 사랑스런 메아리가 살았어요. 메아리는 사람이 하는 말을 그대로 울려주었죠. 제가 그리 큰 소리로 말하지 않아도요. 그래서 메아리가 비올레타라는 이름의 여자애라고 상상했어요. 우리는 친한 친구가 되었고, 저는 비올레타를 거의 케이티 모리스만큼 사랑했어요, 아주 똑같이는 아니지만 거의 비슷하게요. 고아원으로 가기 전날 비올레타에게 작별 인사를 했는데, 비올레타는 정말 슬픈 목소리로 답을 해주었어요. 비올레타한테 너무 마음을 주어서 고아원에서는 단짝 친구를 상상할 기운이 없었어요. 거기에 상상의 영역이 있었다고 해도요."

"그러지 않은 게 다행이었구나." 마릴라가 살짝 비꼬아서 말했다. "그런 일은 찬성하지 않아. 너는 상상을 하면서 절반은 그 내용을 믿는 것 같구나. 진짜 친구를 사귀면 그런 엉터리 같은 생각을 머리에서 몰아낼 수 있으니 그것도 좋은 일일 게다. 하지만 배리 부인 앞에서 케이티 모리스니 비올레타니 하는 말을 하면 안 돼. 그 부인은 네가 거짓말을 한다고 생각할 거야."

"아, 안 해요. 그런 이야기를 아무한테나 할 수는 없어요. 그러기에는 그 추억이 너무 소중해요. 하지만 아주머니한테는 말씀드리고 싶었어요. 아, 사과꽃에서 벌이 나왔어요. 세상에 사과꽃처럼 예쁜 집이 있을까요? 바람에 꽃이 흔들릴 때 그 안에서 자는 걸 생각해보세요. 제가 사람이 아니라면 벌이 되어서 꽃들 틈에서 살고 싶어요."

"어제는 갈매기가 되고 싶다더니." 마릴라가 코웃음을 쳤다. "변덕이 죽 끓듯 하는구나. 수다 떨지 말고 기도문을 외우라고 했지. 옆에 사람이 있으면 입을 다무는 게 불가능한 모양이다. 그러니 네 방으로 가서 외워라."

"아, 이제 거의 다 외웠어요. 마지막 줄만 외우면 돼요."

"어쨌건 시키는 대로 해. 네 방에 가서 마저 외우고 저녁 준비를 하러 부를 때까지 거기 있어."

"사과꽃을 방에 가지고 가도 될까요?" 앤이 물었다.

"아니, 방을 꽃으로 어지럽히면 안 돼. 애초에 나무에서 꽃을 꺾은 게 잘못이야."

"저도 조금 그렇게 느꼈어요." 앤이 말했다. "꽃을 꺾어서 생명을 단축시키는 건 잘못이라고요. 제가 사과꽃이라면 꺾이고 싶지 않았을 거예요. 그런데 유혹이 너무 컸어요. 아주머니는 그렇게 큰 유혹이 일면 어떻게 하세요?"

"앤, 네 방에 가라고 한 말 못 들었니?"

앤은 한숨을 쉬고 동쪽 다락방에 올라가서 창가 의자에 앉았다.

"기도문을 다 외웠어. 마지막 문장은 올라오는 길에 외웠어. 이제는 상상으로 이 방에 물건을 채워 넣고, 상상 속에서 언제나 떠올릴 수 있도록 해야지. 바닥 전체에 분홍 장미 무늬가 들어간 흰 벨벳 양탄자가 깔려 있고, 창문에는 분홍색 실크 커튼이 있어. 벽에는 금실과 은실로 만든 브로케이드 태피스트리가 걸려 있어. 가구는 마호가니야. 마호가니를 본 적은 없지만, 이름이 근사하니까. 이건 소파야. 여기 분홍색, 파란색, 진홍색, 금색의 화려한 실크 쿠션들이 쌓여 있고, 내가 그 위에 우아하게 몸을 기대고 있지. 저기 벽에 걸린 큰 거울에 내 모습이 비쳐 보여. 나는 키가 크고 위엄 있어. 뒤에 하얀 레이스가 끌리는 드레스를 입고, 가슴과 머리를 진주로 장식했어. 내 머리는 칠흑 같은 검은색이고 피부는 상아처럼 깨끗해. 내 이름은 코딜리어 피츠제럴드야. 아냐, 그건 아무래도 진짜 같은 느낌이 나지 않아."

앤은 춤추는 듯한 걸음으로 조그만 거울 앞으로 달려갔다. 주근깨 박힌 뾰족한 얼굴과 엄숙한 회색 눈이 자신을 바라보았다.

"너는 그냥 그린게이블스의 앤이야." 앤이 진지하게 말했다. "내가 코딜리어 피츠제럴드를 상상할 때마다 보이는 건 이런 네 모습뿐이야. 하지만 어디에도 갈 데 없는 앤보다는 그린게이블스의 앤이 백만 배는 좋아."

앤은 고개를 숙여서 거울에 비친 자기 모습에 다정하게 입을 맞추고 열린 창문 앞으로 갔다.

"눈의 여왕, 안녕. 골짜기의 자작나무들도 안녕. 언덕 위 회색 집도 안녕. 다이애나가 내 단짝 친구가 될까? 그렇게 됐으면 좋겠어. 그러면 그 애를 깊이 사랑할 거야. 그렇다고 케이티 모리스하고 비올레타를 잊으면 안 돼. 그러면 그 애들이 슬퍼할 거고, 나는 남들에게 슬픔을 주는 게 싫어. 책장 속 아이나 메아리 소녀일 뿐이라고 해도. 매일 그 애들을 기억하고 사랑의 입맞춤을 보내야 해."

앤은 손끝을 후 불어서 벚나무들 너머로 입맞춤을 보냈고, 그런 뒤에는 두 손으로 턱을 괴고 공상의 바다로 행복하게 흘러갔다.

레이철 린드 부인이 기겁하다

앤이 그린게이블스에 오고 2주가 지난 후, 레이철 린드 부인이 앤을 보러 왔다. 그렇게 늦은 것은 레이철 부인 탓이 아니다. 그린게이블스에 마지막으로 다녀간 뒤 때아닌 독감에 걸려서 집에 묶여 있었기 때문이다. 레이철 부인은 병치레가 드문 사람이었고 병약한 사람들을 비웃었다. 하지만 독감은 지상의 어떤 병과도 다르고, 특별한 신의 섭리로 여길 수밖에 없다고 부인은 주장했다. 그리고 의사가 외출을 허락하자마자 터질 듯한 호기심을 품고 매슈와 마릴라가 입양한 고아를 보러 달려왔다. 에이번리에는 이미 아이에 대해 온갖 이야기와 추측이 난무하고 있었다.

앤은 그 2주 동안 깨어 있는 모든 시간을 잘 활용했다. 마당의 모든 나무와 덤불을 익혔다. 오솔길 하나가 사과 과수원 아래로 내려가서 숲으로 이어진다는 사실도 알아냈다. 그리고 그 숲을 끝까지 탐험해서, 개울과 다리, 전나무 숲, 벚나무 길, 고사리 군락, 단풍나무와 마가목 샛길 같은 다채로운 풍경을 누렸다.

앤은 골짜기의 샘과 친구가 되었다. 깊고 깨끗하고 얼음처럼 차가운 샘은 매끄러운 적색 사암 안에 자리했고, 주변에는 야자수 같은 물고사리 수풀이 우거졌다. 샘 너머에는 개울을 건널 수 있는 통나무 다리가 있었다.

그 다리는 앤의 가벼운 발걸음을 맞은편 숲 언덕으로 이끌었다. 언덕에는 곧게 자란 울창한 전나무와 가문비나무들이 영원한 어둠을 드리웠다. 꽃은 숲의 꽃 중 가장 수줍고 달콤하고 섬세한 린네풀, 그리고 지난해 피었던 꽃의 영혼처럼 가녀린 흰색의 기생꽃 몇 송이가 전부였다. 거미줄이 나무들 틈에서 은실처럼 반짝거렸고, 전나무 가지와 새순들은 다정한 말을 건네는 것 같았다.

모든 행복한 탐험 여행은 앤이 중간중간 허락받은 30분 동안의 쉬는 시간에 이루어졌고, 앤은 자신이 발견한 것들에 대해 매슈와 마릴라에게 귀가 따갑도록 이야기를 했다. 물론 매슈는 불평하지 않았다. 그저 말없이 즐거운 미소를 짓고 아이의 이야기를 들었다. 마릴라도 그 '수다'를 가만히 듣다가 자신이 이야기에 너무 흥미를 느끼고 있다고 깨달으면 얼른 그만하라고 통박을 주어서 이야기를 멈추게 했다.

레이철 부인이 방문했을 때, 앤은 과수원에 나가 저녁 햇살에 붉게 물든 싱싱하고 섬세한 풀밭을 제멋대로 헤치고 다니는 중이었다. 부인은 독감 앓은 사연을 장황하게 전했고, 모든 통증과 증상을 어찌나 신나게 설명하는지 마릴라는 독감에도 좋은 점이 있다는 생각마저 들었다. 그리고 이야기가 끝나자 레이철 부인은 자신이 찾아온 진짜 목적을 밝혔다.

"마릴라와 매슈에게 놀라운 일들이 있다고 들었어요."

"레이철보다 제가 더 놀랐을걸요." 마릴라가 말했다. "이제는 놀라움을 좀 극복해가는 중이에요."

"세상에 그런 착오가 있었다니." 레이철 부인이 안타까워하며 말했다. "아이를 돌려보낼 수 없었던 건가요?"

"그럴 수는 있었는데 안 그리기로 했어요. 매슈가 아이를 마음에 들어했어요. 나도 괜찮게 봤고요. 물론 단점들은 있지만요. 벌써 집이 달라진 것 같아요. 아이가 얼마나 명랑한지 몰라요."

마릴라는 의도했던 것보다 더 많이 말했다. 레이철 부인의 표정에서 반대하는 기색을 읽었기 때문이다.

"보통 일이 아닐 텐데요." 레이철 부인이 어두운 표정으로 말했다. "더구나 마릴라는 아이를 키워본 경험이 없잖아요. 아이에 대해서도, 아이의 진짜 성격도 잘 모르고요. 아이가 어떻게 커갈지 누가 알겠어요? 낙담시키려고 하는 말은 아닙니

다만."

"낙담하지 않아요." 마릴라가 냉정하게 대답했다. "내가 무언가를 하려고 생각하면 그 결심은 오래가니까요. 앤을 한번 보고 싶으실 테니 들어오라고 할게요."

앤은 곧 달려 들어왔다. 과수원 나들이에서 느낀 기쁨으로 얼굴이 반짝거렸지만, 예상치 못한 손님에 당황해 문 안쪽에 멈춰 섰다. 고아원에서 입고 온 짧고 몸에 끼는 면모직 원피스 차림인 아이는 확실히 특이해 보였고, 원피스 밑으로 드러난 여윈 다리는 볼품없이 길었다. 주근깨는 전에 없이 많고 두드러졌다. 모자를 쓰지 않은 머리는 바람 때문에 지나칠 만큼 활기차게 헝클어져 있었고, 그 순간 어느 때보다 더 빨갛게 보였다.

"외모를 보고 널 키우기로 한 건 아닌 게 분명하구나." 레이철 린드 부인이 힘주어 말했다. 레이철 부인은 자기 생각을 거리낌없고 공평하게 표현하는 것을 긍지로 삼는, 유쾌하고 인기 많은 사람들 중 하나였다. "아이가 너무 마르고 못생겼네요, 마릴라. 이리 와서 나에게 너를 제대로 보여주렴. 세상에, 이렇게 주근깨가 많은 아이는 처음 보네. 머리는 당근 색깔이고! 얘야, 이리 와보렴."

앤은 다가갔지만, 레이철 부인이 예상한 방식은 아니었다. 아이는 부엌을 훌쩍 뛰어가서 레이철 부인 앞에 섰다. 얼굴은 분노로 빨갰고, 입술이 떨렸으며, 앙상한 몸 전체가 머리끝에서 발끝까지 바들바들 떨렸다.

"너무하시네요." 앤이 목이 멘 소리로 외치며 바닥에 발을 탕 굴렀다. "정말로 너무해요." 그리고 분노를 담아 발을 더 크게 굴렀다. "어떻게 저보고 마르고 못생겼다고 말씀하실 수 있죠? 주근깨투성이에 빨강 머리라고요? 정말로 예의를 모르고 배려심도 없는 분이군요."

"앤!" 마릴라가 깜짝 놀라서 소리쳤다.

하지만 앤은 굴하지 않고 계속 레이철 부인을 노려보았다. 바짝 치켜든 고개, 타오르는 두 눈과 움켜쥔 두 주먹에서 뜨거운 분노가 기체처럼 뿜어져 나왔다.

"어떻게 그런 말씀을 하실 수 있나요?" 앤은 열을 올리며 다시 소리쳤다. "아주머니도 그런 말을 들으면 좋겠어요? 뚱뚱하고 굼뜨고 상상력이라곤 한 톨도 없다는 소리를 들으면 좋겠어요? 아주머니가 기분이 상하건 말건 상관없어요! 아니, 상했으면 좋겠어요. 아주머니는 토머스 아주머니네 주정뱅이 남편보다도 더 제 기분을 상하게 했으니까요. 아주머니를 절대로 용서하지 않을 거예요!"

쿵! 쿵!

"세상에, 이렇게 사나운 아이를 봤나!" 레이철 부인이 기겁해서 소리쳤다.

"앤, 네 방으로 가서 내가 올라갈 때까지 나오지 말아라." 마릴라가 간신히 말했다.

앤은 눈물을 터뜨리고 문으로 달려가 문을 쾅 닫으며 나간 뒤—바깥 현관 벽에 달린 양철 깡통들이 네 마음을 안다는 듯 짤그랑거렸다— 복도를 달려서 회오리바람처럼 2층으로 올라갔다. 멀리서 들리는 쾅 소리가 동쪽 다락방 문 역시 분노 속에 닫혔음을 알려주었다.

"저 아이를 키우는 일이 전혀 부럽지 않네요, 마릴라." 레이철 부인이 더없이 근엄하게 말했다.

마릴라는 입을 열었지만 사과를 하고 싶은지 비난을 하고 싶은지 자신도 몰랐다. 그리고 마릴라가 실제로 한 말은 그때도 그렇고 그 뒤로도 영원히 스스로를 놀라게 했다.

"아이 외모를 조롱한 건 잘못이에요, 레이철."

"마릴라 커스버트, 설마 지금 아이가 보여준 태도가 옳다는 건 아니죠?" 레이철 부인이 발끈했다.

"물론 아니에요." 마릴라가 천천히 말했다. "그런 걸 눈감아주지는 않을 거예요. 아이가 버릇없이 굴었고, 그 일에 대해서는 따끔하게 혼낼 거예요. 하지만 애한테 너무 빡빡한 기준을 들이대면 안 돼요. 그 애는 뭐가 옳고 그른지 배운 적이 없다고요. 그리고 레이철도 너무 심하게 말했고요."

마릴라는 마지막 문장을 덧붙이지 않을 수 없었지만, 다시 한번 그 말에 스스로도 놀랐다. 레이철 부인은 위엄을 손상당했다는 듯 일어섰다.

"앞으로는 말을 아주 조심해야겠네요, 마릴라. 어디서 자랐는지도 모르는 고아의 섬세한 감정을 무엇보다 먼저 고려해야 하니까요. 아, 아니에요, 화나지 않았어요. 걱정하지 마세요. 마음에 분노를 품기에는 마릴라에 대한 딱한 마음이 너무 크니까요. 저 아이를 키우면서 얼마나 속 썩을 일이 많을까요. 하지만 제 말씀을 들으신다면 ― 안 들으실 것 같지만, 저는 어쨌건 아이를 열 명 키우고 두 명을 묻은 어머니예요 ― 아이를 혼낼때는 튼튼한 자작나무 회초리를 곁들이세요. 저런 아이에게는 그게 가장 효과적인 언어예요. 성질머리가 머리 색깔하고 똑같네요. 그럼 안녕히 계세요, 마릴라. 평소처럼 우리 집에 자주 오세요. 하지만 제가 금방 다시 여기 오리라고 기대하진 않으시겠죠. 이런 공격과 모욕이 제 책임이라면요. 저에게는 정말 새로운 경험이네요."

부인은 그 말과 함께 휙 사라졌고 ― 뒤뚱거리며 다니는 뚱뚱한 부인이 휙 사라질 수 있다면 ― 마릴라는 엄숙한 표정을 짓고 동쪽 다락방으로 갔다.

계단을 오르면서 마릴라는 뭐라고 말해야 할지 걱정스럽게 생각했다. 방금 벌어진 소동은 자신에게도 당혹스러운 일이었다. 앤이 그런 행동을, 하필 레이철 린드 부인 앞에서 하다니 불행이었다! 그리고 마릴라는 앤의 기질에서 그런 심각한 결함을 발견해서 슬픈 것보다 이 상황을 더 모욕적으로 느낀다는 사실이 불편하고 자책스러웠다. 이제 어떻게 아이를 꾸짖을 것인가? 자작나무 회초리를 쓰라는 친절한 조언—그 효과는 레이철 부인네 아이들이 확실한 증인이었다—은 별로 끌리지 않았다. 아이에게 매질을 할 수 있을 것 같지 않았다. 아니, 앤에게 잘못을 깨닫게 하려면 다른 방식을 찾아야 했다.

마릴라가 올라가 보니 앤은 침대에 엎드려 서럽게 울고 있었다. 더러운 구두가 이불 위에 올라가 있다는 생각도 하지 못하는 것 같았다.

"앤." 마릴라가 아주 차갑지는 않은 목소리로 불렀다.

대답이 없었다.

"앤." 이번에는 엄격하게 불렀다. "당장 침대에서 내려와서 내 말 들어."

앤은 꼼지락거리며 침대에서 내려오더니 옆의 의자에 뻣뻣하게 앉았다. 얼굴은 눈물로 얼룩지고 퉁퉁 부었고, 눈은 바닥에 고정되어 있었다.

"정말로 예의 바른 아이로구나, 앤? 부끄럽지 않니?"

"그분이 저를 못생긴 빨강 머리라고 놀린 건 잘못이에요." 앤이 굽히지 않고 말했다.

"그렇게 화를 내고 버릇없이 말한 건 잘한 거고? 내가 얼마나 부끄러웠는지 아니? 정말 부끄러웠어. 나는 네가 린드 부인에게 예의 바른 모습을 보여주길 바랐는데, 반대로 내게 부끄러움을 안겨주었어. 린드 부인이 너더러 빨강 머리에 못생겼다고 말했다고 왜 그렇게 화를 내는 거니? 네 입으로도 자주 그렇게 말하잖아."

"자기가 말하는 거랑 남한테 듣는 거랑은 달라요." 앤이 울면서 말했다. "자기가 안다고 해도 다른 사람들은 다르게 생각해주기를 바라게 되잖아요. 제가 성질이 고약하다고 생각하시겠지만 어쩔 수 없었어요. 그 말을 들으니까 안에서 무언가 확 치솟아서 목이 콱 막혔어요. 그래서 그렇게 화를 낼 수밖에 없었어요."

"어쨌건 네가 어떤 아이인지 아주 잘 보여준 셈이야. 린드 부인은 너에 대해서 떠들고 다닐 재미난 이야기가 생겼고, 사방에 다니면서 그 이야기를 할 거야. 그렇게 성미를 이기지 못하고 난리를 피우다니 부끄러운 일이었어, 앤."

"다른 사람이 아주머니 앞에서 말라깽이에 못생겼다고 말하면 기분이 어떠실 거 같나요?" 앤이 눈물을 흘리며 말했다.

그러자 마릴라에게 문득 옛 기억 하나가 떠올랐다. 아주 어렸을 때 한 여자 친척이 다른 친척에게 "아이가 까맣고 못생겨서 딱해"라고 말하는 것을 들었다. 그 상처가 기억에서 사라진 것은 쉰이나 되어서였다.

"린드 부인이 그런 말을 한 게 잘했다는 뜻은 아니야, 앤."
마릴라는 누그러든 목소리로 인정했다. "레이철은 너무 거리
낌없이 말하는 게 탈이야. 그렇다고 네 행동이 정당화되지는
않아. 그 아주머니는 네가 처음 보는 사람이고, 어른이고, 우리
집에 손님으로 왔어. 세 가지 다 네가 그분에게 예의를 보여야
할 훌륭한 이유였어. 하지만 너는 무례하고 버릇없었지." 마릴
라는 어떻게 벌을 주어야 할지 떠올랐다. "그러니 그 집에 가서
네 행동을 사과하고 용서를 빌어라."

"그렇게는 할 수 없어요." 앤은 단호하고 우울하게 말했다.
"어떤 벌도 달게 받겠어요. 뱀과 두꺼비가 가득한, 어둡고 축축
한 지하 감옥에 가두고 빵과 물만 주셔도 좋아요. 하지만 린드
아주머니에게 잘못을 용서해달라고 빌 수는 없어요."

"우리는 사람을 어둡고 축축한 지하 감옥에 가두지 않아."
마릴라가 흔들리지 않고 말했다. "에이번리에는 지하 감옥이
별로 없어. 하지만 너는 린드 부인에게 사과해야 해. 그럴 마음
을 먹기 전에는 이 방에서 나오지 못해."

"그러면 이 방에서 평생 살 거예요." 앤이 서글프게 말했
다. "린드 아주머니에게 그런 말을 해서 죄송하다고 말할 수는
없어요. 죄송하지 않은데 어떻게 죄송하다고 말하나요? 마릴
라 아주머니를 속상하게 한 건 죄송해요. 하지만 그 아주머니
한테는 그런 말을 해서 기뻐요. 아주 만족스러워요. 미안하지

않은데 미안하다고 말할 수는 없어요. 미안하다는 상상도 못하겠어요."

"아침이면 네 상상력이 제대로 돌아가기를 바란다." 마릴라가 일어서면서 말했다. "아침까지 네 행동에 대해 잘 생각하고 마음을 고쳐먹으렴. 그린게이블스에 살게 해주면 착한 아이가 되려고 노력하겠다더니, 오늘 보니 별로 그럴 생각이 없는 것 같구나."

이런 쓰라린 말을 앤의 폭풍 치는 가슴에 던져놓고 마릴라는 부엌으로 내려갔다. 정신은 혼란스럽고, 마음속에는 당혹감이 가득했다. 그리고 앤에게만큼이나 자신에게도 화가 났다. 레이철 부인이 기겁한 얼굴을 떠올릴 때마다, 재미있어서 입술이 씰룩거리고 웃음을 터뜨리고 싶은 고약한 욕망이 일었기 때문이다.

앤의 사과

마릴라는 그날 저녁에는 매슈에게 그 일을 말하지 않았다. 하지만 다음 날 아침에도 앤이 고집을 꺾지 않자, 아이가 아침 식탁에 나타나지 않은 이유를 설명해야 했다. 마릴라는 매슈에게 전날 일을 알렸고, 앤이 얼마나 고약하게 행동했는지를 공들여 설명했다.

"레이철 린드는 그런 일을 당해도 싸. 오지랖도 넓고 입도 너무 가벼워." 그것이 매슈가 마릴라를 달래는 대답이었다.

"매슈 커스버트, 오빠한테 놀랐어. 앤이 버릇없이 행동했다는 걸 잘 알면서 그 애를 편들다니! 이제 애를 벌주면 안 된다고 말하겠네."

"저기, 아냐, 딱히 그런 건 아냐." 매슈가 불안하게 말했다. "벌을 좀 주기는 해야 하겠지. 하지만 너무 심한 벌은 주지 마, 마릴라. 아이가 여태 제대로 된 교육을 받지 못했다는 걸 생각해. 밥은 줄 거지?"

"내가 말을 안 듣는다고 사람을 굶기겠어?" 마릴라가 발끈
해서 말했다. "끼니는 챙겨줄 거고, 내가 직접 가져다줄 거야.
하지만 린드 부인한테 사과하겠다고 하기 전에는 그 방에서 못
나와. 그건 양보할 수 없어, 매슈."

아침, 점심, 저녁 식탁이 모두 조용했다. 앤이 고집을 꺾지
않았기 때문이다. 식사가 끝나면 마릴라는 푸짐한 쟁반을 들고
동쪽 다락방으로 갔다가 얼마 후 다시 가지고 왔는데, 음식은
거의 그대로였다. 아이가 조금이나마 먹기는 한 건지 알 수 없
었다.

그날 저녁 마릴라가 뒤편 목초지의 소들을 안으로 들이려
고 나가자, 헛간 옆을 서성거리며 기회를 노리던 매슈가 도둑
처럼 집으로 들어가서 살그머니 위층에 올라갔다. 매슈는 평소
에는 부엌과 현관 근처 자기 방만 왔다 갔다 했다. 이따금 목사
가 저녁 식사를 하러 오면 불편한 마음으로 응접실이나 거실
에도 갔다. 하지만 어느 봄날 마릴라와 함께 그 방을 도배한 뒤
로는 자기 집 2층에 한 번도 올라가지 않았고, 그게 4년 전이
었다.

그는 발끝으로 복도를 걸어가서, 동쪽 다락방 문 앞에 몇
분을 서 있다가, 마침내 용기를 내서 문을 두드린 뒤 문을 열고
안을 들여다보았다.

앤은 창가의 노란 의자에 앉아서 서글픈 얼굴로 정원을 내려다보고 있었다. 아이가 너무 작고 불쌍해 보여서, 매슈는 가슴이 덜컹했다. 그는 조용히 문을 닫고 살그머니 아이에게 걸어갔다.

"앤." 그는 누가 들을까 봐 걱정하는 듯 속삭였다. "좀 어떠니, 앤?"

앤은 힘없이 미소를 지었다.

"괜찮아요. 상상을 많이 하니까 시간을 보내는 데 도움이 돼요. 좀 외롭긴 해요. 하지만 익숙해져야 할 것 같아요."

앤은 다시 미소를 짓고 앞으로 이어질 기나긴 독방 투옥에 결연히 맞섰다.

매슈는 생각해둔 말을 빨리 하는 게 좋겠다고 생각했다. 마릴라가 일찍 올지도 몰랐다.

"저기, 앤, 그냥 빨리 하고 끝내는 게 낫지 않겠니?" 매슈가 나직하게 말했다. "하지 않고는 넘어갈 수 없어. 마릴라는 아주 단호해. 무서울 만큼 단호하단다, 앤. 그냥 하고 넘어가라고 말하고 싶다."

"린드 부인한테 사과하라는 말씀인가요?"

"그래, 사과, 정확히 말하면 그거지." 매슈가 열의를 띠고 말했다. "어쨌든 수습은 해야 해. 내가 하려던 말은 그거야."

"아저씨를 위해서라면 할 수 있을 것 같아요." 앤이 골똘

한 표정으로 말했다. "죄송한 건 사실이에요, 지금은 죄송해요. 어제는 하나도 죄송하지 않았어요. 너무 화가 났고, 밤새 풀리지 않았어요. 자다가 세 번이나 깼는데 그때마다 화가 났어요. 하지만 오늘 아침에는 화가 안 났어요. 화는 지나갔고, 그냥 너무 후회스러웠어요. 부끄러웠어요. 하지만 린드 아주머니에게 가서 사과한다는 건 생각도 할 수 없었어요. 너무 굴욕적이에요. 그래서 그러느니 여기 평생 갇혀 있기로 했어요. 하지만…… 아저씨를 위해서라면 무슨 일이든 할 수 있어요…… 아저씨가 정말로 원하신다면……."

"저기, 당연히 정말로 원하지. 네가 없으니까 식탁이 얼마나 쓸쓸한지 몰라. 얼른 그 일을 해치우자. 그래야 착한 아이지."

"좋아요." 앤이 체념한 듯 말했다. "마릴라 아주머니가 들어오시면 반성했다고 말할게요."

"좋아, 잘 생각했다, 앤. 하지만 마릴라한테는 내가 이런 이야기를 했다는 말은 하지 말아라. 내가 간섭한다고 생각할 텐데, 안 그러기로 했거든."

"능지처참을 당해도 비밀을 지킬게요." 앤이 엄숙하게 말했다. "그런데 능지처참이 뭐죠?"

하지만 매슈는 스스로 이룬 성공에 놀라 이미 사라지고 없었다. 혹시나 마릴라가 자신이 집에 들어왔던 것을 눈치챌까봐 순식간에 말 목초지에서 가장 먼 곳까지 달려갔다. 집에 돌아오던 마릴라는 난간 너머에서 "마릴라 아주머니" 하고 애처롭게 부르는 소리를 듣고 기분 좋게 놀랐다.

"응?" 마릴라가 복도로 들어서면서 말했다.

"화를 못 참고 버릇없게 굴어서 죄송해요. 린드 아주머니한테 가서 사과하고 싶어요."

"잘 생각했다." 안도감을 드러내지 않는 간결한 말투였다. 하지만 속으로는 앤이 계속 고집을 피우면 어떻게 해야 할지 고민하던 차였다. "소젖을 짜고 나면 그 집에 같이 가자."

그래서 소젖을 짠 뒤 마릴라와 앤은 함께 오솔길을 걸어갔다. 마릴라는 꼿꼿하고 당당했지만, 앤은 의기소침하고 낙담한 모습이었다. 하지만 길을 절반쯤 가자 앤의 낙담은 마법처럼 사라졌다. 아이는 고개를 들고 가볍게 걸으며 노을 진 하늘과 조용한 기쁨에 잠긴 공중에 눈길을 고정했다. 마릴라는 그런 변화가 못마땅했다. 모욕당한 린드 부인 앞에서 참회자가 취해야 할 유순한 태도가 아니었다.

"무슨 생각을 하는 거니, 앤?" 그녀가 날카롭게 물었다.

"린드 아주머니한테 어떻게 말해야 하나 상상했어요." 앤이 꿈을 꾸듯 말했다.

그 대답은 만족스러웠다. 아니면 만족스러워야 했다. 하지만 마릴라는 아이에게 벌을 주겠다는 계획이 어그러지고 있다는 느낌을 떨칠 수 없었다. 앤이 저렇게 밝고 환한 얼굴을 하는 건 잘못이었다.

앤은 계속 밝고 환한 얼굴로 린드 부인의 집까지 갔다. 하지만 부엌 창가에서 뜨개질을 하는 린드 부인 앞에 서자 아이의 얼굴에 어려 있던 햇살은 사라졌다. 얼굴 전체에 반성이 가득 찼다. 누가 무슨 말을 하기도 전에 앤은 털썩 무릎을 꿇고, 놀란 린드 부인 앞에 간청하는 자세로 두 손을 내밀었다.

"린드 아주머니, 정말 죄송합니다." 아이는 떨리는 목소리로 말했다. "사전에 있는 말을 다 쓴다고 해도, 제 마음속 슬픔을 그대로 표현할 수 없을 거예요. 그러니 한번 상상해보세요. 제가 버릇없이 굴었고, 그래서 남자아이가 아닌데도 저를 그린 게이블스에서 살게 해주신 소중한 매슈 아저씨와 마릴라 아주머니께 큰 잘못을 저질렀어요. 저는 정말로 못되고 은혜를 모르는 아이예요. 덕망 있는 분들에게 영원히 벌을 받고 쫓겨나도 할 말이 없습니다. 아주머니가 저에 대해 솔직히 말씀하셨다고 분을 못 이기고 날뛰다니 정말 한심한 일이었어요. 그 말씀은 진실이었어요. 한 마디 한 마디가 다 사실이었어요. 저는 빨강 머리에 주근깨 범벅이고 말라깽이고 못생겼죠. 제가 아주머니한테 한 말도 사실이었지만, 그런 말을 한 건 잘못이에요. 그러니 린드 아주머니, 제발 저를 용서해주세요. 아주머니가 용서해주시지 않으면 저는 평생 슬픔을 떨치지 못할 거예요. 저처럼 불쌍한 고아 소녀에게 평생의 슬픔을 주시고 싶지는 않겠죠? 제가 아무리 성격이 더러워도요. 저는 그렇다고 믿어요. 그러니까 용서한다고 말씀해주세요, 린드 아주머니."

앤은 두 손을 맞잡고 고개를 숙인 채 판결을 기다렸다.

아이의 진실은 분명했다. 목소리에서 그대로 느껴졌다. 마릴라도 린드 부인도 분명히 알았다. 하지만 마릴라는 앤이 실제로는 이런 굴욕의 골짜기를 은근히 즐기며, 자기의 비참한 처지를 재미있어한다는 당혹스러운 생각이 들었다. 마릴라가 자부하던 강력한 징벌은 어디로 갔는가? 앤은 그것을 즐거운 일로 바꾸어버렸다.

하지만 굳이 예리한 감식력이라는 짐을 지고 살지 않는 선량한 린드 부인은 그것을 몰랐다. 부인은 앤이 깊이 사과를 한다는 것만 보았고, 오지랖은 넓어도 친절한 심성이었기에 미움을 모두 떨쳤다.

"이런, 일어나거라, 애야." 린드 부인이 진심으로 말했다. "당연히 용서하지. 어쨌건 나도 말이 좀 심하긴 했어. 하지만 내가 원체 가식을 몰라서 말이야. 내 말에 신경 쓸 것 없어. 네가 빨강 머리인 건 맞지만, 나랑 학교를 같이 다니던 친구 하나는 어릴 때 머리가 너처럼 빨간색이었는데 자라면서 멋진 적갈색이 되었단다. 너도 충분히 그렇게 될 수 있어, 얼마든지."

"린드 아주머니!" 앤이 숨을 길게 들이쉬면서 일어섰다. "희망의 말씀 감사합니다. 언제나 그 말씀을 감사하게 여길 거예요. 자라서 멋진 적갈색 머리가 된다면 어떤 것도 견딜 수 있어요. 머리가 적갈색이면 착한 사람 되기가 훨씬 쉽지 않을까요? 그러면 두 분이 말씀하시는 동안 저는 정원에 나가서 사과나무 밑 벤치에 앉아 있을까요? 거기가 상상의 영역이 훨씬 넓을 것 같아요."

"그래, 나가렴. 원한다면 정원 구석의 수선화를 꺾어서 꽃다발을 만들어도 좋아."

앤이 문을 닫고 나가자, 린드 부인은 일어나서 램프에 불을 붙였다.

"정말 특이한 아이네요. 이 의자에 앉아요, 마릴라. 이 의자가 더 편해요. 그 의자는 일꾼용으로 갖다 놓은 거예요. 그래요, 아이가 정말로 특이해요. 어쨌건 흥미롭긴 하네요. 마릴라하고 매슈가 저 아이를 키우기로 결정한 일이 전보다는 좀 이해가 돼요. 딱한 일이라고 생각하지도 않고요. 아이는 잘 자랄 수 있을 거예요. 물론 표현 방식이 좀—약간 너무—특이하고, 또 강한 것 같기는 하지만요. 하지만 이제 점잖은 사람들 틈에서 살게 되었으니 이겨내겠지요. 성격은 확실히 급하지만, 또 어떻게 보면 성격이 급한 아이, 확 타올랐다가 바로 식는 아이는 교활하거나 속임수를 쓸 가능성이 적죠. 교활한 아이는 정말 딱 질색이에요. 그러니까 전체적으로 마릴라, 저 아이는 괜찮은 거 같아요."

마릴라가 그 집을 나설 때, 앤은 하얀 수선화 다발을 들고 향기로운 황혼이 어린 과수원에서 나왔다.

"저 사과 잘했죠?" 오솔길을 걸을 때 앤이 뿌듯해하며 말했다. "어차피 사과를 해야 한다면 확실하게 하는 게 좋다고 생각했어요."

"그래, 확실히 잘했어." 마릴라가 말했다. 마릴라는 그 사건을 생각하면 자꾸 웃음이 나오려고 해서 당혹스러웠다. 또 앤이 사과를 너무 잘해서 꾸짖어야 할 것 같다는 이상한 느낌도 들었다. 하지만 그런 일은 말이 안 되었다! 그래서 엄격하게 이렇게만 말했다.

"앞으로는 사과할 일을 자꾸 만들지 않기 바란다. 화를 참는 법을 배워야 해."

"제 외모를 놀리는 것만 아니라면 괜찮아요." 앤이 한숨을 쉬며 말했다. "다른 건 별로 화가 안 나요. 그런데 머리 색깔로 놀림을 너무 많이 받아서 그런지 그런 말을 들으면 그냥 폭발해버려요. 그런데 정말로 제가 자라면 머리가 적갈색으로 변할까요?"

"외모에 그렇게 집착하면 안 돼, 앤. 넌 허영심이 너무 크구나."

"제가 못생긴 걸 잘 아는데 어떻게 허영심이 생기겠어요?" 앤이 항변했다. "저는 예쁜 게 좋아요. 그리고 거울을 봤는데 그 안에 안 예쁜 사람이 있는 게 싫어요. 그러면 정말 슬퍼져요. 못생긴 물건을 볼 때만큼요. 저는 그 모습이 안 예쁜 게 슬퍼요."

"마음이 아름다운 게 진짜 아름다운 거야." 마릴라가 말했다.

"그런 말은 많이 들었지만 진짜일지 의심스러워요." 앤이 수선화 향기를 맡으며 고개를 갸우뚱했다. "이 꽃 정말 예쁘지 않나요? 이 꽃을 꺾어가라고 하시다니 정말 고맙네요. 이제 린드 아주머니한테 나쁜 감정 없어요. 사과하고 용서를 받는 건 마음을 포근하게 해주나 봐요. 오늘 밤 별이 정말 밝지 않나요? 별에 가서 살 수 있다면 어느 별에 살고 싶으세요? 저는 저기 검은 언덕 위에 있는 크고 밝은 별에 살고 싶어요."

"앤, 입 다물어라." 마릴라는 어지럽게 소용돌이치는 앤의 생각을 따라가는 데 지쳐서 말했다.

앤은 집으로 이어지는 오솔길에 올라설 때까지 말을 하지 않았다. 실바람이 이슬에 젖은 어린 고사리 향기를 싣고 날아와 그들을 맞았다. 먼 그림자들 속에서 나무들 틈으로 그린게이블스의 부엌에 켜진 명랑한 불빛이 보였다. 앤은 마릴라에게 바짝 다가가서 굳은살 박힌 손에 자기 손을 밀어넣었다.

"집에 돌아가는 일, 그게 내 집이라는 걸 아는 일은 참 기분 좋아요." 앤이 말했다. "저는 벌써 그린게이블스를 사랑해요. 다른 곳은 사랑한 적이 없어요. 다른 곳은 집이라고 느끼지도 않았어요. 마릴라 아주머니, 정말 행복해요. 지금 기도를 하라면 전혀 힘들지 않게 할 수 있을 것 같아요."

자기 손에 들어온 작고 앙상한 손의 감촉으로 마릴라의 가슴에도 따뜻하고도 좋은 느낌이 차올랐다. 전에 느껴보지 못한 모성의 온기였는지도 모른다. 마릴라는 그 낯설고 달콤한 느낌이 혼란스러웠다. 그래서 평소의 침착함을 되찾으려고 얼른 교훈적인 말을 꺼냈다.

"착한 아이가 되면 언제나 행복할 거야, 앤. 그리고 기도하는 일을 힘들다고 생각하면 안 돼."

"기도문대로 하는 기도는 아주 쉽지만, 진심으로 하는 기도는 조금 달라요." 앤이 생각에 잠겨서 말했다. "하지만 제가 저 나무들의 꼭대기 바람이라고 상상하겠어요. 나무들이 지겨워지면, 여기 고사리들 틈에서 부드럽게 물결치는 걸 상상할래요. 그런 다음에는 린드 아주머니네 정원으로 날아가서 꽃들을 춤추게 하겠어요. 그다음에는 클로버 들판으로 날아갈래요. 그리고 영롱한 물빛 호수로 가서 아른거리는 물결을 일으키는 거예요. 바람은 상상할 게 너무 많아요! 그래서 이제 입을 다물게요, 마릴라 아주머니."

"이렇게 고마울 수가." 마릴라가 안도 속에 한숨을 쉬었다.

교회 학교에 간 앤

"자, 어떠니?" 마릴라가 물었다.

앤은 다락방에 서서 침대에 펼쳐놓은 원피스 세 벌을 진지한 얼굴로 내려다보았다.

하나는 마릴라가 지난여름 행상이 왔을 때 실용적으로 보여서 산 갈색 체크무늬 무명으로 만들었고, 또 하나는 흑백 체크무늬 목공단으로 만들었다. 지난겨울 마릴라가 특가로 산 천이었다. 그리고 다른 하나는 바로 그 주에 카머디 상점에서 산, 칙칙한 파란색에 촌스런 날염 무늬가 새겨진 천으로 만든 옷이었다.

모두 마릴라가 직접 만들었고, 세 벌 다 모양이 똑같았다. 통짜 치마에 주름을 잡아 허리를 만들고, 소매도 허리 부분이나 치마처럼 통짜였으며 폭은 아주 좁았다.

"좋아한다고 상상할게요." 앤이 기쁨 없는 목소리로 말했다.

"상상하라고 하지 않았어." 마릴라가 기분이 상해서 말했다. "옷이 마음에 안 드는 모양이구나! 뭐가 문제니? 깨끗하고 단정하고 새건데?"

"맞아요."

"그런데 왜 싫어?"

"그러니까…… 별로…… 예쁘지 않아요." 앤이 머뭇거리며 말했다.

"예쁘지 않다고!" 마릴라가 콧방귀를 뀌었다. "너한테 예쁜 옷을 만들어줄 생각은 없어. 나는 허영심을 키워주는 사람이 아니라는 걸 알아두어야 해. 이 옷들은 튼튼하고 합리적이고 프릴이나 주름 같은 것 없이 실용적이야. 올여름에 네가 입을 옷은 이게 전부야. 갈색 체크무늬 옷과 파란 날염 옷은 학교 갈 때 입고, 목공단 옷은 교회하고 교회 학교에 갈 때 입어. 옷은 모두 깨끗하게 간직하고, 찢어지지 않게 조심해야 해. 나는 네가 그동안 몸에도 안 맞는 면모직 옷을 입고 살았으니 무얼 만들어줘도 감사해할 줄 알았다."

"아, 감사한 건 맞아요." 앤이 말했다. "하지만 한 벌 정도는 부풀린 퍼프 소매였으면 훨씬 더 감사했을 거예요. 퍼프 소매가 진짜 유행이거든요. 퍼프 소매 옷을 입으면 정말 기쁠 거 같아요, 아주머니."

"그런 기쁨은 기대하지 말아라. 퍼프 소매를 만드는 데 낭비할 천은 없으니까. 게다가 나는 그런 일을 한심하다고 생각해. 단순하고 점잖은 게 좋아."

"하지만 다른 사람이 모두 한심한 걸 좋아하면 혼자 단순하고 점잖은 것보다 저도 같이 한심해지고 싶어요." 앤이 뜻을 굽히지 않고 슬픈 목소리로 말했다.

"어련하겠니! 이제 옷들을 옷장에 걸어놓고 교회 학교 공부를 해라. 벨한테서 계절별 교재를 얻어왔어. 내일은 교회 학교에 가야 해." 마릴라는 이렇게 말하고, 성난 얼굴로 아래층에 내려갔다.

앤은 두 손을 잡고 원피스들을 바라보았다.

"정말로 퍼프 소매가 달린 하얀 원피스를 소망했는데." 앤은 낙심해서 중얼거렸다. "그런 옷을 달라고 기도도 했는데, 사실 별로 기대는 하지 않았어. 하느님이 고아 여자아이의 옷까지 신경 쓸 시간은 없을 것 같아서. 그런 일은 그저 마릴라 아주머니한테 맡겨야 한다는 걸 알았어. 하지만 다행히 한 벌은 새하얀 모슬린 천에 예쁜 레이스 프릴하고 퍼프 세 개짜리 소매가 달렸다고 상상할 수 있어."

다음 날 아침 마릴라는 두통이 심해서 앤과 함께 교회 학교에 가지 못했다.

"린드 부인 집에 가서 아주머니한테 사정을 말하렴, 앤." 마릴라가 말했다. "그러면 아주머니가 네가 들어갈 반을 알아봐줄 거야. 얌전하게 행동하는 것 잊으면 안 돼. 교회 학교가 끝나면 남아서 예배를 드리고 린드 부인한테 물어서 우리 식구들 자리를 일러달라고 해. 여기 헌금이 있다. 사람들을 빤히 쳐다보지 말고 부산스럽게 굴지도 마. 집에 오면 목사님이 무슨 내용으로 설교했는지 말해다오."

앤은 뻣뻣한 흑백 목공단 옷을 입고 순순히 떠났다. 그 옷은 길이도 적당하고 몸에 낀다는 비난을 받을 일은 없겠지만, 여위고 각진 아이의 체형을 강조하는 디자인이었다. 새로 산 모자는 작고 납작하고 반짝거리는 밀짚모자로, 역시 비밀스럽게 리본과 꽃이 달린 모자를 꿈꾸던 앤은 그 볼품없는 모습에 깊이 실망했다. 하지만 꽃은 앤이 큰길에 오르기 전에 마련되었다. 오솔길 중간쯤에 활짝 피어서 바람에 흔들리는 황금빛 미나리아재비와 화려한 들장미를 잔뜩 따서 엮은 뒤 모자에 둘렀기 때문이다.

남들이 뭐라고 생각하든 앤은 만족스러워서, 분홍과 노랑 꽃으로 장식한 빨강 머리를 당당하게 들고 경쾌하게 길을 갔다.

린드 부인의 집에 갔더니 부인은 벌써 떠나고 없었다. 앤은 낙심하지 않고 혼자 교회로 떠났다. 교회 문 앞에 어린 여자 아이들이 모여 있었다. 가벼운 하얀색, 파란색, 분홍색 옷차림을 한 아이들은 새로 온 낯선 아이, 특이한 모자 장식을 한 아이를 신기하게 바라보았다.

에이번리 소녀들은 이미 앤에 대한 이상한 이야기들을 들었다. 린드 부인은 아이가 성미가 보통이 아니라고 했다. 그린 게이블스 농장에서 일하는 제리 부트는 아이가 미친 사람처럼 자기 혼자, 아니면 나무나 꽃에 대고 쉬지 않고 떠든다고 했다. 소녀들은 앤을 보자, 계절별 교재로 입을 가리고 수군거렸다. 아무도 앤에게 인사를 하지 않았다. 예배 전 모임의 시간이 지나고, 앤이 로저슨 선생님 반에 갈 때까지도 마찬가지였다.

로저슨 선생님은 교회 학교에서 20년을 가르친 중년의 미혼 여성이었다. 선생님은 계절별 교재에 적힌 질문을 읽고 거기 답을 해야 할 학생을 책 너머로 근엄하게 바라보는 방식으로 아이들을 가르쳤다. 로저슨 선생님은 앤을 자주 보았고, 앤은 마릴라가 미리 준비시킨 덕분에 재깍재깍 대답했지만, 질문이나 답을 제대로 이해하는지는 확실치 않았다.

앤은 로저슨 선생님이 별로 마음에 들지 않았고, 기분도 비참했다. 같은 반 여학생 모두가 퍼프 소매 옷을 입었기 때문이다. 앤은 퍼프 소매가 없는 인생은 별로 살 가치가 없다고 느꼈다.

"교회 학교는 어땠니?" 앤이 집에 돌아오자 마릴라가 물었다. 모자에 둘렀던 꽃은 시들어서 오는 길에 던져버렸기에 마릴라는 한동안 그 일을 알지 못했다.

"별로였어요. 재미없었어요."

"앤 셜리!" 마릴라가 질책을 담아 말했다.

앤은 한숨을 길게 쉬며 흔들의자에 앉아 보니의 이파리에 입을 맞춘 뒤, 꽃을 피우는 후크시아꽃을 향해 손을 흔들었다.

"제가 없는 동안 이 아이들이 외로웠을지도 몰라서요." 앤이 자기 행동을 설명했다. "이제 교회 학교 얘기를 할게요. 저는 얌전하게 행동했어요. 아주머니가 시킨 대로요. 린드 아주머니가 먼저 떠나셔서 혼자 갔어요. 교회에 가니까 다른 아이들도 많았어요. 예배 전 모임 시간에는 창가 구석 자리에 가서 앉았어요. 벨 선생님은 기도를 정말 길게 했어요. 창가에 앉지 않았다면 지루해서 죽을 뻔했을 거예요. 하지만 창밖으로 영롱한 물빛 호수가 보여서, 온갖 멋진 상상을 했어요."

"그러면 안 돼. 벨 선생님이 하시는 기도에 귀를 기울였어야지."

"하지만 기도는 저 들으라고 하는 게 아니잖아요." 앤이 말했다. "그건 하느님한테 드리는 거였는데, 사실 선생님도 별로 관심 없어 보였어요. 하느님은 너무 멀리 계셔서 기도를 해 봐야 소용없다고 생각하시는 것 같았어요. 하지만 저도 조금 기도를 했어요. 호숫가에 하얀 자작나무들이 몸을 내밀고 있는데, 햇빛이 그 틈새를 뚫고 물 위에 반짝반짝 떨어져 내렸어요. 그 모습에 감탄해서 두세 번 정도 '하느님, 저런 풍경을 주셔서 감사합니다' 하고 말했어요."

"큰 소리로 하지 않았기를 바란다." 마릴라가 걱정스럽게 말했다.

"아뇨, 아주 조그맣게 했어요. 그리고 벨 선생님이 결국 기도를 마치자, 사람들이 저더러 로저슨 선생님 반으로 가라고 했어요. 그 반에는 저 말고 다른 여자애가 아홉 명 있었는데, 모두 퍼프 소매 옷을 입었어요. 제 옷도 퍼프 소매라고 상상하려고 했는데, 잘되지는 않았어요. 왜 그랬을까요? 다락방에 혼자 있을 때는 퍼프 소매라는 상상이 잘됐는데, 진짜 퍼프 소매 옷을 입은 아이들 틈에서는 힘들었어요."

"교회 학교에서 소매를 생각하는 건 잘못이야. 선생님 가르침에 집중해야지. 그걸 잊지는 않았겠지?"

"네. 저는 질문을 많이 받고 거기 대답했어요. 로저슨 선생님은 진짜 질문을 많이 하셨어요. 선생님이 혼자 질문을 다 하는 건 잘못 같아요. 물어보고 싶은 것도 많았는데, 그러기 싫었어요. 그분은 저하고 결이 다른 거 같았거든요. 그다음에 다른 아이들은 모두 찬송시를 암송했어요. 선생님이 저한테 외우는 찬송시가 있냐고 물으셔서, 찬송시는 모르고 「주인의 무덤에 간 강아지」를 암송할 수 있다고 했어요. 읽기 책 3권에 나오는 시예요. 종교 시는 아니지만 슬프고 처량해서 비슷한 느낌을 줄 것 같았어요. 선생님은 그건 안 된다고, 다음 일요일에 19번 찬송시를 외워서 오라고 하셨어요. 그래서 교회에서 계속 읽어

봤는데 정말 멋진 시예요. 특히 이 두 줄이 마음에 들어요.

　　미디안에 불행이 닥친 날, 학살당한
　　그들의 기병대가 쓰러지듯이 빠르게.

'미디안'하고 '기병대'가 뭔지는 몰라도 너무 비극적인 느낌이 들어요. 다음 주 일요일이 빨리 와서 이 시를 암송하고 싶어요. 일주일 내내 외울 거예요. 교회 학교가 끝나자 로저슨 선생님한테―린드 아주머니는 너무 멀리 계셨거든요―우리 자리를 알려달라고 했어요. 거기 최대한 조용히 앉아 있었어요. 그리고 설교에 나온 성경 구절은 『요한계시록』 3장 2절하고 3절이었어요. 아주 길더라고요. 제가 목사님이라면 짧고 간결한 구절을 고를 거예요. 설교는 진짜 길었어요. 성경 구절이 기니까 목사님이 거기 맞추는 느낌이었어요. 목사님도 전혀 흥미를 느끼는 것 같지 않더라고요. 상상력이 좀 부족하신 것 같아요. 목사님 말씀은 별로 안 들었어요. 그냥 이런저런 생각을 했고, 그중에는 놀라운 생각들도 있었어요."

마릴라는 이런 일을 전부 엄격하게 꾸짖어야 한다고 생각했지만, 앤이 한 말, 특히 목사님 설교와 벨 선생님의 기도 부분이 겉으로 표현하지는 않아도 속으로 늘 하던 생각과 같았기 때문에 얼른 뭐라고 하지 못했다. 비밀스럽게 간직하던 불만이 이 보잘것없고 솔직한 아이를 통해서 갑자기 뚜렷한 형체를 띠고 나타난 것 같았다.

엄숙한 맹세와 약속

마릴라는 그다음 주 금요일에야 모자의 꽃 장식 이야기를 전해 들었다. 그래서 린드 부인의 집에서 돌아와서는 앤에게 어찌 된 일인지 물었다.

"앤, 레이철 부인 말로는 네가 지난 일요일에 모자를 들장미하고 미나리아재비로 해괴하게 장식하고 교회에 갔다더구나? 도대체 왜 그런 짓을 했니? 꼴이 정말 기가 막혔겠구나!"

"분홍색이랑 노란색은 저한테 안 어울리는 걸 알아요." 앤이 말했다.

"안 어울려? 모자에 꽃을 꽂은 게 문제지 색깔은 아무 상관 없어. 왜 이렇게 사람을 피곤하게 하니?"

"옷에도 꽃을 다는데, 모자에 꽃을 꽂는 게 왜 문제죠?" 앤이 되물었다. "여자애들 중에는 옷에 핀으로 꽃을 꽂은 아이들이 많았어요. 뭐가 다른 거죠?"

마릴라는 확고한 구체성의 길에서 의심스러운 추상성의 길로 끌려가지 않았다.

"말대답 그만하지 못하겠니, 앤? 그건 어리석은 일이야. 두 번 다시 그런 이야기가 내 눈과 귀에 들어오지 않도록 해라. 네가 그렇게 요란하게 꾸미고 오는 걸 보고 레이철 부인은 쥐구멍에라도 들어가고 싶었다 하더라. 하지만 네 옆에 갈 기회가 안 생겨서 그걸 떼어버리라는 말을 할 수 없었대. 사람들이 사방에서 쑥덕거렸다더구나. 사람들은 당연히 내가 그렇게 꾸며서 보낸 줄 알겠지."

"죄송해요." 앤이 두 눈에 눈물이 가득해져서 말했다. "아주머니가 싫어하실 줄 몰랐어요. 들장미하고 미나리아재비가 너무 예뻐서 모자에 두르면 멋질 거라고 생각했어요. 여자애들 중에는 모자에 조화를 장식한 아이가 많았어요. 아무래도 저는 아주머니한테 너무 큰 짐이 되려나 봐요. 저를 다시 고아원에 보내셔도 할 말이 없어요. 그런 일은 끔찍할 테고, 저는 아마 못 견디고 폐병에 걸리겠죠. 지금도 폐병 환자만큼 말랐어요. 하지만 아주머니에게 짐덩이가 되느니 그게 낫겠어요."

"무슨 소리니?" 마릴라는 아이가 울자 당황해서 말했다. "너를 고아원으로 돌려보낼 일은 없어. 내 말은 그저 다른 아이들하고 똑같이 행동하고 바보 같은 짓은 하지 말라는 거야. 이제 그만 울어라. 그리고 너한테 전할 소식이 있어. 다이애나 배리가 오늘 집에 왔어. 이따가 그 집에 치마 패턴을 빌리러 갈 거야. 원한다면 그때 나랑 같이 가서 다이애나하고 인사를 해도 좋아.”

앤은 뺨에 여전히 눈물 자국이 반짝이는 채로 두 손을 잡고 벌떡 일어섰다. 아이가 테두리를 감치고 있던 행주가 바닥으로 떨어졌다.

“아, 마릴라 아주머니, 겁이 나요. 막상 때가 오니까 겁나요. 그 애가 절 싫어하면 어쩌죠? 그건 제 인생 비극의 정점이 될 거예요.”

“걱정할 것 없어. 그리고 그렇게 어려운 말 좀 쓰지 말아라. 어린애가 그런 말을 쓰는 건 안 어울려. 다이애나는 너를 좋아할 거야. 문제는 그 애의 어머니지. 그 부인이 널 싫어하면 다이애나가 아무리 널 좋아해도 소용없어. 네가 린드 부인에게 소리 지른 이야기나 모자에 미나리아재비를 꽂고 교회에 간 이야기를 들었다면, 배리 부인이 널 어떻게 생각할지 모르겠다. 예의 바르고 얌전하게 굴어야 하고, 또 그 장황한 수다를 떨면 안 돼. 아니, 왜 떠는 거니?”

앤은 정말로 몸을 벌벌 떨었고, 파리한 얼굴에 긴장이 가득했다.

“마릴라 아주머니, 단짝 친구로 삼고 싶은 아이를 만나러 가는데, 그 아이 어머니가 절 싫어할지 모른다고 생각하면 아주머니도 저처럼 긴장하실 거예요." 아이가 말하고 모자를 가지러 달려갔다.

둘은 개울을 건너 전나무 언덕에 오르는 지름길을 통해 오처드슬로프로 갔다. 마릴라가 부엌 문을 두드리자 배리 부인이 나왔다. 부인은 키가 크고, 눈동자와 머리가 모두 검은색이었으며, 입매는 단호했다. 배리 부인은 아이들을 엄격하게 키우기로 유명했다.

"안녕하세요, 마릴라?" 부인이 상냥하게 인사했다. "들어와요. 이 아이가 그 입양아인가 보네요?"

"네, 이름은 앤 셜리예요." 마릴라가 말했다.

"끝에 e자가 있는 앤이에요." 앤은 긴장으로 떨면서도 중요한 사실을 빠뜨리면 안 된다고 생각하고 나직이 말했다.

배리 부인은 그 말을 들었다거나 이해한 기색 없이 그냥 악수를 하고 다정하게 물었다.

"잘 지내니?"

"몸은 아주 잘 지내요. 정신은 많이 쪼그라들어 있지만요. 고맙습니다." 앤이 심각하게 말하더니 마릴라에게 속삭였다. "이건 장황한 수다 아니었죠, 아주머니?"

다이애나는 소파에 앉아 있다가 손님들이 들어오자 읽던 책을 내려놓았다. 아이는 아주 예뻤다. 어머니를 닮아 검은 눈과 검은 머리에 뺨은 분홍색이었고, 아버지를 닮아 표정이 밝았다.

"얘가 내 딸 다이애나란다." 배리 부인이 말했다. "다이애나, 앤을 데리고 정원에 나가서 꽃 구경을 시켜주렴. 눈 아프게 책을 보는 것보다 그게 너한테 더 좋을 거다. 저 애는 책을 너무 많이 읽어요" 이 말은 마릴라에게 한 거였고, 두 아이는 나갔다. "그리고 막을 수가 없어요. 애들 아버지가 부추기니까요. 그렇게 책만 들여다보는 아이한테 같이 놀 친구가 생겨서 기쁘네요. 그러면 좀 더 밖에 나가서 놀 테죠."

정원에는 서쪽의 컴컴한 전나무들 틈으로 부드러운 햇빛이 밀려 들어왔고, 앤과 다이애나는 화려한 참나리꽃 덤불 앞에 서서 어색하게 서로를 바라보았다.

배리네 정원은 나무 그늘과 꽃이 짙푸르게 우거져서, 이렇게 운명의 그림자로 무거운 시간이 아니었다면 앤을 더없이 기쁘게 했을 것이다. 정원은 커다란 버드나무들과 전나무들에 둘러싸여 있었고, 그 아래에는 그늘을 좋아하는 꽃들이 가득했다. 대합조개 껍데기로 외곽을 두른 깔끔한 직각 길들이 붉고 촉촉한 리본처럼 정원 곳곳으로 뻗었고, 그 길들 사이에는 옛날 취향의 꽃이 만발했다. 장밋빛 금낭화, 눈부신 진홍빛 모란꽃, 향기로운 흰색 수선화와 가시가 달렸지만 아름다운 인가목, 분홍, 파랑, 하양 매발톱꽃, 라일락 빛깔에 물든 비누풀, 개사철쑥, 흰줄갈풀, 박하풀, 보라색 약난초, 수선화, 그리고 섬세하고 향기롭고 깃털 같은 하얀 잔가지가 난 전동싸리, 하얀 물 꽈리아재비 위로 불 같은 창을 던지는 동자꽃이 자라는 정원에 는 햇살이 머물고, 꿀벌이 노래하고, 바람도 걸음을 늦추고 어 슬렁거리며 나직이 바스락거렸다.

"다이애나." 앤이 마침내 두 손을 잡고 거의 속삭이듯 말 했다. "혹시…… 저기 있잖아…… 우리가 친해져서 단짝 친구 가 될 수 있을까?"

다이애나가 웃었다. 다이애나는 말하기 전에 언제나 웃 었다.

"그럴 것 같아." 아이가 솔직하게 말했다. "네가 그린게이 블스에 와서 기뻐. 같이 재밌게 놀 사람이 생겼잖아. 우리 집 근처에는 여자아이가 없거든. 내 동생들은 다 어리고."

"영원히 내 친구가 되겠다고 서약할 수 있어?" 앤이 열정 을 담아 물었다.

다이애나는 충격을 받은 표정이었다.

"욕을 하다니? 그거 나쁜 거 아니야?" 다이애나가 나무라 듯이 말했다('서약하다'라는 뜻의 영어 swear에는 '욕하다'라는 뜻도 있다-옮긴이).

"아냐, 나쁜 거 말고. 그 말에는 두 가지 뜻이 있잖아."

"난 한 가지밖에 못 들어봤어." 다이애나가 의심스러운 듯 말했다.

"정말 다른 뜻이 있어. 나쁜 말이 아니야. 그냥 엄숙하게 맹세하고 약속한다는 거야."

"그렇다면 괜찮아. 어떻게 하는 건데?" 다이애나가 안심하고 말했다.

"서로 손을 잡아야 해, 이렇게." 앤이 진지하게 말했다. "그리고 흐르는 물 앞에 가야 해. 우리는 그냥 이 길이 흐르는 물이라고 상상하자. 내가 먼저 서약의 말을 할게. 나는 해와 달이 빛나는 한, 단짝 친구 다이애나 배리와 충실한 우정을 나누겠다고 엄숙하게 맹세합니다. 이제 네가 내 이름을 넣고 똑같이 해."

다이애나는 서약을 시작할 때와 끝낼 때 모두 한 번씩 웃었다. 그리고 말했다.

"넌 특이한 애구나, 앤. 네가 특이하다는 말은 이미 들었어. 하지만 너를 좋아하게 될 것 같아."

마릴라와 앤이 집으로 돌아갈 때, 다이애나는 통나무 다리까지 둘을 배웅했다. 두 아이는 팔짱을 끼고 걸었다. 그리고 개울 앞에서 내일 오후에 다시 만나자고 약속하면서 헤어졌다.

"그래, 다이애나가 너하고 결이 같아 보이든?" 그린게이블스 정원으로 들어서면서 마릴라가 물었다.

"네." 앤은 기쁜 나머지, 마릴라의 말투에 담긴 놀리는 기색을 알아차리지 못하고 한숨을 쉬었다. "마릴라 아주머니. 지금 저는 프린스에드워드섬에서 제일 행복한 아이예요. 오늘 밤에는 진짜 정성을 다해 기도할 거예요. 내일 다이애나하고 같이 윌리엄 벨 선생님네 자작나무 숲에 놀이 집을 만들 거예요. 장작 헛간에 내다놓은 깨진 도자기 그릇들을 가져가도 되나요? 다이애나의 생일은 2월이고 제 생일은 3월이에요. 정말 신기한 우연 아닌가요? 다이애나가 책을 빌려주기로 했어요. 너무너무 재미있대요. 그리고 숲 안쪽에 자라는 검정나리들을 보여준대요. 다이애나의 눈은 감정이 풍부한 것 같아요. 제 눈도 그렇게 감정이 풍부했으면 좋겠어요. 다이애나는 저한테 「개암 골짜기의 넬리」라는 노래를 가르쳐주기로 했고, 제 방에 걸 그림도 주겠대요. 진짜로 아름다운 그림이래요. 하늘색 실크 드레스를 입은 예쁜 여자 그림인데, 재봉틀 상인이 준 거래요. 저도 다이애나한테 줄 게 있으면 좋겠어요. 키는 제가 다이애나보다 2, 3센티미터 크지만, 덩치는 그 애가 훨씬 커요. 다이애나는 마른 게 더 보기 좋다고 자기는 마르고 싶다는데, 그냥 제 기분 좋으라고 한 말 같아요. 저희는 바닷가에 가서 조개껍데기도 주울 거예요. 그리고 통나무 다리 옆에 있는 샘을 '드라이애드의 거품'이라고 부르기로 했어요. 정말 우아한 이름 아닌가요? 전에 읽은 어떤 소설에 그런 이름의 샘이 나왔어요. 드라이애드는 어른 요정이에요."

"내가 부탁할 건 그 끝없는 수다로 다이애나를 괴롭히지 말라는 것뿐이다." 마릴라가 말했다. "하지만 약속을 잡을 때 네가 놀기만 할 수는 없다는 걸 명심해라. 넌 집에서 할 일들이 있고, 그걸 해놓는 게 먼저야."

기쁨으로 가득 차오른 앤의 잔을 매슈가 아예 흘러넘치게 했다. 매슈는 카머디 가게에 나갔다가 돌아오더니 부끄러운 기색으로 주머니에서 작은 꾸러미를 꺼냈다. 그리고 마릴라의 눈치를 보면서 앤에게 건넸다.

"네가 초콜릿 캔디를 좋아한다는 말을 듣고 사왔다." 매슈가 말했다.

"흠." 마릴라가 말했다. "초콜릿은 이와 위에 안 좋아. 저런, 실망할 거 없어. 매슈가 일부러 사왔으니 못 먹게 하지는 않을 거야. 하지만 그보다는 박하사탕이 좋았을 텐데. 몸에는 그게 더 나으니까. 어쨌건 몸에 안 좋으니까 한 번에 다 먹지는 말거라."

"네, 안 그럴게요." 앤이 즐겁게 말했다. "오늘은 한 개만 먹을 거예요. 다이애나한테 반을 주어도 될까요? 다이애나한테 반을 줄 수 있다면 나머지 반이 두 배로 맛있을 거예요. 그 애한테 줄 수 있는 게 생겨서 너무 기뻐요."

"저 애는 야박하지가 않아." 앤이 다락방으로 돌아간 뒤 마릴라가 말했다. "다행이야. 난 무엇보다 어린애가 야박한 게 싫거든. 아이가 온 지 이제 겨우 3주 지났는데 꼭 처음부터 살던 애 같아. 저 애가 없는 집이 상상이 안 돼. 그렇게 우쭐한 표정 짓지 마, 매슈. 여자가 그러는 것도 보기 싫은데 남자가 그러는 건 진짜 꼴불견이야. 저 아이를 키우기로 결정한 건 잘한 일이고, 나도 저 애가 좋아진다고 솔직히 말하겠지만, 그렇게 으스대지 마, 매슈 커스버트."

기대하는 기쁨

"바느질할 시간인데 아직도 안 들어오네." 마릴라가 시간을 확인하고, 더위 속에 졸고 있는 노란 8월의 오후를 내다보며 말했다. "앤은 다이애나하고 내가 허락한 시간보다 30분도 더 놀았어. 그러더니 지금은 장작더미에 앉아서 매슈한테 수다를 떨고 있네. 일해야 할 시간이라는 걸 잘 알면서. 물론 매슈는 얼간이처럼 듣고 있지. 저렇게 얼빠진 사람이 있을까? 아이가 말을 많이 하면 할수록, 그리고 이상한 말을 할수록 더 재미있어한다니까. 앤 셜리, 지금 당장 들어와라!"

서쪽 창문을 탕탕 두드리자 앤이 마당에서 뛰어 들어왔다. 두 눈이 반짝이고 뺨은 발그레했으며, 풀어내린 머리는 등 뒤에서 밝은 물결을 이루며 출렁거렸다.

"마릴라 아주머니." 아이가 숨 가쁘게 외쳤다. "다음 주에 교회 학교에서 소풍을 가요. 하면 앤드루스 아저씨네 들판으로

146

요. 영롱한 물빛 호수 바로 옆이래요. 그리고 교회 학교의 교장인 벨 선생님 사모님하고 레이철 린드 아주머니가 아이스크림을 만들어 오신대요. 놀랍지 않나요, 마릴라 아주머니? 아이스크림이라니! 아, 그런데 저 소풍 갈 수 있나요?"

"시계를 봐라, 앤. 내가 몇 시까지 들어오라고 했니?"

"2시요. 하지만 소풍이라는 게 너무 좋지 않아요, 아주머니? 갈 수 있나요? 저는 소풍을 가본 적이 없어요. 꿈은 꾸었지만 한 번도……."

"너한테 두 시까지 들어오라고 했는데, 지금은 3시 15분 전이야. 말을 안 듣는 이유가 뭔지 좀 들어보자, 앤."

"시키신 대로 하려고 했어요. 하지만 '아이들와일드'의 매혹에 홀딱 빠져서 그렇게 됐어요. 그리고 매슈 아저씨한테 소풍 이야기를 하다가요. 아저씨는 제 이야기를 정말 잘 들어주세요. 소풍 가게 해주실 건가요?"

"아이들 뭔가 하는 것의 유혹을 뿌리치는 법부터 배워야겠다. 너한테 들어오라고 정해준 시간을 30분도 넘게 어기라고 누가 가르쳤니? 그리고 누가 네 이야기를 들어준다고 오는 길에 걸음을 멈추고 한참 수다를 떠는 것도 잘못이야. 그리고 소풍은 당연히 갈 수 있지. 너도 교회 학교 학생이고, 다른 학생이 모두 가는데 너만 못 가는 건 말이 안 되니까."

"그런데요." 앤이 머뭇거렸다. "다이애나가 그러는데, 모두 도시락 바구니를 준비해 가야 한대요. 그런데 저는 요리를 못하잖아요. 퍼프 소매 없이 소풍 가는 건 괜찮지만 도시락 바구니 없이 가면 너무 창피할 것 같아요. 다이애나한테 이야기를 들은 후부터 계속 그 생각에 괴로웠어요."

"그런 일로 괴로워할 필요 없어. 내가 도시락을 준비해 주마."

"아, 너무 고마워요, 마릴라 아주머니. 아주머니는 정말 좋은 분이에요. 진짜진짜 감사드립니다."

앤은 그렇게 감사를 퍼붓더니 마릴라에게 뛰어들어 그 창백한 뺨에 기쁨이 넘치는 입맞춤을 했다. 마릴라 평생에 어린아이가 자발적으로 뺨에 입을 맞춘 것은 그때가 처음이었다. 갑작스럽고 놀라운 달콤함은 그녀에게 짜릿한 떨림을 안겨주었다. 마릴라는 앤이 충동적으로 입맞춤을 하자 은밀하지만 큰 기쁨을 느꼈고, 아마도 그래서 그렇게 무뚝뚝하게 말했을 것이다.

"이런, 왜 이렇게 입을 맞추고 난리니? 어서 시킨 일이나 하지 않고. 조만간 너한테 요리도 가르치기 시작해야겠구나. 그동안은 네가 워낙 덤벙대니 철이 좀 들 때까지 기다려야겠다고 생각했지. 음식을 만들 때는 정신을 바짝 차리고 중간에 딴생각에 빠져들면 안 돼. 이제 조각보 바구니를 가져다가 저녁시간 전에 한 조각을 완성해."

"저는 조각보 일이 별로예요." 앤이 서글픈 목소리로 말하고, 바느질 바구니를 가져다가 붉은색과 흰색 다이아몬드 더미 앞에 앉으며 한숨을 쉬었다. "괜찮은 바느질도 있지만, 조각보는 상상의 영역이 없어요. 솔기만 잇다가 끝나는 것 같아요. 물론 다른 데서 놀기만 하는 앤보다는 그린게이블스에서 조각보를 만드는 앤이 더 좋아요. 하지만 조각보를 만들 때도 다이애나하고 놀 때만큼 시간이 빨리 갔으면 좋겠어요. 저희가 얼마나 재미있게 노는지 몰라요, 마릴라 아주머니. 상상이 필요한 일은 제가 도맡아 하지만 저는 그걸 잘하고, 다이애나는 그것만 빼면 모든 게 훌륭해요. 우리 농장이랑 배리 아저씨네 농장 사이의 개울을 건너면 나오는 좁은 땅이 있잖아요. 그곳은 윌리엄 벨 선생님네 땅인데, 한구석에 자라는 하얀 자작나무들이 얼마나 로맨틱한지 몰라요. 다이애나하고 저는 거기다 놀이 집을 만들고, '아이들와일드'라는 이름을 붙였어요. 시적인 느낌 아닌가요? 이름을 짓는 데 시간이 아주 많이 걸렸어요. 밤을 새다시피 했으니까요. 그런데 막 잠이 들려는 순간 이름이 딱 떠올랐어요. 다이애나한테 말해주니까 얼마나 좋아했는지 몰라요. 저희는 거기다 놀이 집을 만들고 아주 멋지게 꾸몄어요. 아주머니도 한번 와서 보세요. 이끼가 낀 큰 돌들을 가져다가 의자로 삼고, 나무 사이에 판자를 올려서 선반을 만들었어요. 거기다 그릇을 전부 올려놓았어요. 다 깨진 그릇들이지만, 멀쩡하다고 상상하는 건 하나도 어렵지 않아요. 빨갛고 노란 담쟁이 무늬 접시가 있는데 그게 제일 예뻐요. 우리는 그걸 응접실에 두었고, 거기에는 요정 유리도 있어요. 요정 유리는 꿈결처럼 예뻐요. 다이애나가 자기네 집 닭장 뒤편 숲에서 주웠는데, 안에 무지개들이 들어 있는 것 같아요. 아직 덜 자란 아기 무지개들이요. 다이애나 어머니는 예전에 쓰던 램프 유리가 깨진 거라고 말씀하셨지만, 저희는 요정들이 무도회를 하다가 잃어버렸다는 상상이 더 좋아서 요정 유리라고 부르기로 했어요. 매슈 아저씨가 거기 놓을 식탁을 만들어주시기로 했고요. 아, 배리네 들판에 있는 동그란 물웅덩이는 '버들 연못'이라고 부르기로 했어요. 다이애나가 빌려준 책에 나오는 이름이에요. 그 책은 정말 재미있어요, 아주머니. 여자 주인공한테 애인이 네 명인데, 제 생각엔 한 명만 있어도 될 것 같아요. 여자는 엄청난 미녀인데 엄청난 시련을 겪어요. 그리고 기절을 아주 잘해요. 저도 기절을 잘하면 좋을 것 같아요. 아주머니는 안 그래요? 진짜 낭만적이잖아요. 하지만 저는 말랐는데도 너무 건강해요. 요즘 살이 찌는 것 같긴 해요. 아주머니가 보시기엔 어때요? 저는 아침에 일어나면 매일 팔꿈치를 봐요. 팔꿈치 보조개가 생겼나 하고요. 다이애나에겐 곧 새옷이 생기는데, 소매가 팔꿈치까지 온대요. 그걸 소풍에 입고 간대요. 다음 주 수요일에 날씨가 맑아야 할 텐데. 일이 생겨서 소풍에 못 가게 되면 그 실망을 견딜 수 없을 것 같아요. 물론 죽지는 않겠지만, 그건 평생의 슬픔이 될 거예요. 제가 이다음에 소풍을 백 번쯤 간다고 해도 그걸로 이번 소풍을 못 간 슬픔을 메울 수는 없어요. 영롱한 물빛 호수에서 배도 탄대요. 아이스크림도 말씀드렸죠. 저는 아이스크림을 먹어본 적이 없어요. 다이애나가 열심히 설명해주었지만, 아이스크림이란 도저히 상상할 수 없는 음식이에요."

"앤, 너 지금 정확히 10분 동안 쉬지 않고 말을 했다." 마릴라가 말했다. "어디 그만큼 입을 다물고 시간을 보낼 수도 있는지 한번 보자꾸나."

앤은 그만큼 입을 다물었다. 하지만 그 후 며칠 동안 아이는 내내 소풍을 이야기하고 소풍을 생각하고 소풍을 꿈꾸었다. 토요일에 비가 내리자 그 비가 수요일까지 이어지면 어떡하나 하고 어찌나 안절부절못하는지 마릴라는 아이를 진정시키려고 조각보용 조각을 하나 더 만들게 했다.

일요일에 교회에서 집으로 돌아가는 길에, 앤은 목사가 설교단에서 소풍을 공지했을 때 소름이 오싹 돋았다고 마릴라에게 말했다.

"정말로 등골을 타고 싸늘한 느낌이 쏙 지나갔어요, 마릴라 아주머니! 그때까지는 진짜로 소풍을 가는 건지 어쩐지 못 믿었던 거예요. 저 혼자 상상하는 걸까 봐 걱정을 떨칠 수 없었어요. 하지만 목사님이 설교단에서 말씀하셨으니 확실한 일이죠."

"무슨 일이 있으면 너는 너무 지나치게 기대를 해, 앤." 마릴라가 한숨을 쉬며 말했다. "그러면 앞으로 인생을 사는 동안 실망을 많이 하게 돼."

"하지만 마릴라 아주머니, 기대하는 게 즐거움의 절반이에요." 앤이 소리쳤다. "원하는 일이 결국 안 생길지도 모르지만, 그래도 그걸 기대하며 누리는 즐거움은 아무도 막을 수 없어요. 린드 아주머니는 늘 말씀하시죠. '기대하지 않는 자에게 복이 있다. 그들이 실망하지 않을 것이니.' 하지만 저는 실망하는 것보다 아무것도 기대하지 않는 게 더 나쁜 거 같아요."

마릴라는 그날 평소처럼 자수정 브로치를 달고 교회에 갔다. 마릴라는 교회에 갈 때는 언제나 자수정 브로치를 달았다. 브로치를 빼놓는 것은 성경책이나 헌금을 빼먹는 것만큼이나 신성 모독처럼 느껴졌다. 자수정 브로치는 마릴라가 가장 소중히 여기는 보물이었다. 어머니가 배를 타던 친척에게 선물로 받은 걸 마릴라에게 물려준 물건이었다. 디자인이 구식인 작은 타원형 함에 어머니의 머리카락이 들어 있었고, 그 주위를 섬세한 자수정이 둘러싸고 있었다. 마릴라는 보석을 잘 몰라서 자수정의 실제 가치는 알지 못했지만 그래도 그 브로치가 예쁘다고 생각했고, 자기가 볼 수는 없어도 브로치가 갈색 새틴 드레스 깃에서 보라색으로 반짝이는 것을 좋아했다.

앤은 처음 그 브로치를 보았을 때 크게 감탄했다.

"아주머니, 너무 예쁜 브로치네요. 이런 걸 달고서 어떻게 설교나 기도에 집중하실 수 있나요? 저라면 못해요. 자수정은 정말 멋진 보석 같아요. 예전에는 다이아몬드를 자수정처럼 상상했어요. 오래전에, 다이아몬드를 글로만 읽고 아직 못 봤을 때 그게 어떤 모습일까 상상해봤거든요. 저는 그게 반짝이는 보라색 보석일 거라고 생각했어요. 그러다가 어느 날 어떤 여자분이 손에 낀 반지에서 진짜 다이아몬드를 보고 너무 실망해서 그만 울었어요. 물론 그 반지도 예뻤지만 제가 상상하던 다이아몬드는 아니었어요. 그 브로치를 잠깐 만져봐도 될까요? 자수정은 착한 제비꽃들의 영혼 같지 않나요?"

앤의 고백

소풍 이틀 전인 월요일 저녁에 마릴라가 근심스런 얼굴로 방에서 나와 아래층으로 내려왔다.

"앤." 마릴라가 아이를 불렀다. 앤은 깨끗한 식탁 옆에서 완두콩을 까면서 「개암 골짜기의 넬리」라는 노래를 부르고 있었다. 다이애나가 가르쳐준 덕분에 노래에 활기차고 풍부한 감정이 담겼다. "내 자수정 브로치 못 봤니? 어제 저녁에 교회에서 돌아와 바늘겨레에 꽂아둔 것 같은데 아무 데도 안 보이네."

"그…… 아까 오후에 아주머니가 교회 봉사회에 가셨을 때 봤어요." 앤의 말투가 느려졌다. "방 앞을 지나다가 보니 그게 바늘겨레에 꽂혀 있는 걸 보고 들어가서 봤어요."

"그래서 거기 손을 댔니?" 마릴라가 엄격한 얼굴로 물었다.

"그…… 네." 앤이 인정했다. "어떨까 하고 제 가슴에 달아봤어요."

"왜 그랬니? 어린아이가 그런 걸 만지는 건 잘못이야. 우선 내 방에 들어간 것도 잘못이고, 네 물건이 아닌 브로치에 손을 댄 게 그다음 잘못이야. 그리고 어디에 두었니?"

"아, 서랍장 위에 돌려놓았어요. 1분도 안 달았어요. 문제를 일으킬 생각은 아니었어요, 마릴라 아주머니. 방에 들어가서 브로치를 잠깐 달아보는 게 잘못이라고는 생각지 않았어요. 하지만 지금 보니 잘못이었네요. 다시는 그러지 않을게요. 제가 잘하는 게 그거예요. 똑같은 잘못을 두 번 하지 않는 거."

"하지만 안 돌려놓았어." 마릴라가 말했다. "브로치는 서랍장 위에 없어. 네가 가져갔거나 어떻게 한 거야, 앤."

"분명히 돌려놓았어요." 앤이 얼른 대꾸했고, 마릴라는 그 태도가 건방지다고 여겼다. "바늘겨레에 꽂았는지 도자기 쟁반에 놓았는지는 기억이 안 나요. 하지만 거기 돌려놓은 건 분명해요."

"내가 가서 다시 한번 보마." 마릴라는 확실히 하기로 마음먹고 말했다. "네가 돌려놓았다면 거기 있겠지. 하지만 거기 없으면 네가 돌려놓지 않은 거야!"

마릴라는 자기 방에 가서 꼼꼼히 찾아보았다. 서랍장 위뿐 아니라 브로치가 있을 만한 모든 곳을 샅샅이 살폈다. 브로치는 아무 데도 없었고, 그녀는 부엌으로 돌아왔다.

"앤, 브로치는 없어. 네 입으로 직접 네가 그걸 마지막으로

봤다고 말했고. 그러니 그걸로 뭘 했니? 어서 사실대로 말해. 가지고 나갔다가 잃어버렸니?"

"아니에요." 앤이 마릴라의 성난 눈을 똑바로 바라보면서 엄숙하게 말했다. "방에서 가지고 나오지 않았어요. 단두대가 기다린다고 해도 그게 사실이에요. 단두대가 뭔지는 잘 모르지만요. 그게 다예요, 마릴라 아주머니."

앤은 주장을 강조하려고 '그게 다'라고 말했을 뿐이지만, 마릴라는 그 말에서 반항을 느꼈다.

"거짓말을 하는 것 같구나, 앤." 마릴라가 날카롭게 말했다. "아니, 거짓말하는 게 분명해. 나는 사실이 아닌 어떤 말도 듣고 싶지 않아. 그러니 네 방에 들어가 있다가 잘못을 털어놓을 준비가 되면 그때 나와라."

"완두콩은 가지고 갈까요?" 앤이 조용히 물었다.

"아니, 내가 마저 까마. 내가 시킨 대로 해."

앤이 나가자 마릴라는 아주 심란한 마음으로 저녁 일들을 했다. 소중한 브로치가 걱정이었다. 앤이 잃어버렸으면 어떻게 하지? 그리고 누가 봐도 그 애가 가지고 나간 게 분명한데 아니라고 하다니 어떻게 저렇게 뻔뻔한 거지? 그것도 저렇게 순진한 얼굴로!

'내가 뭘 잘못한 걸까?' 마릴라가 불안하게 완두콩을 까면서 생각했다. '물론 앤이 브로치를 훔치려고 했다거나 그런 건 아닐 거야. 가지고 놀려고, 아니면 그 애가 좋아하는 상상을 하려고 가지고 갔겠지. 그 애가 가져간 게 틀림없어. 자기 입으로 그 방에 들어갔다고 했고, 그 뒤로 오늘 저녁 내가 올라갈 때까지 그 방에는 아무도 안 들어갔어. 그런데 브로치는 사라졌으니 그보다 더 분명한 게 어디 있어? 앤이 그걸 잃어버리고는 혼날까 봐 솔직하게 말하지 못하는 거야. 아이가 거짓말을 한다고 생각하니 괴로운걸. 화를 못 참는 것보다 훨씬 나쁜 일이야. 믿을 수 없는 아이하고 어떻게 한집에 살겠어? 앤은 지금 교활하고 거짓된 모습을 보여주었고, 그게 브로치보다 더 속상해. 솔직하게 말했다면 이렇게까지 화나지 않을 텐데.'

마릴라는 저녁 내내 시시때때로 방에 돌아가서 브로치를 찾아보았지만, 브로치는 나오지 않았다. 잠자기 전에 다락방에 들러본 일도 소득이 없었다. 앤은 브로치 일을 모른다는 말만 거듭했고, 마릴라는 그럴수록 앤이 거짓말을 한다고 확신했다.

다음 날 아침, 마릴라는 매슈에게 그 이야기를 했다. 매슈는 혼란스러워했다. 매슈는 앤에 대한 믿음을 바로 저버리지는 못했지만, 상황을 보면 의심이 가는 건 사실이라고 인정했다.

"서랍장 뒤로 떨어진 건 확실히 아니야?" 그가 생각할 수 있는 것은 그게 전부였다.

"서랍장을 들어내서 봤고 서랍도 다 꺼내서 구석구석 살펴봤어." 마릴라가 단호하게 대답했다. "브로치는 없어. 아이가 가져가 놓고 거짓말하는 거야. 어이없지만 분명한 사실이야, 매슈 커스버트, 그걸 외면하면 안 돼."

"저기, 그러면 어떻게 할 생각이야?" 매슈가 힘없이 물었고, 속으로는 자신이 아니라 마릴라가 이 상황을 해결해야 하는 게 다행이라고 느꼈다. 그는 이번에는 간섭하고 싶지 않았다.

"잘못을 털어놓기 전에는 그 방에서 못 나와." 마릴라가 얼마 전 그 방법으로 성공한 경험을 떠올리며 잘라 말했다. "그런 다음 두고 봐야지. 앤이 어디로 가지고 갔는지 털어놓으면 브로치를 찾을 수 있을지도 몰라. 그래도 앤이 크게 혼나야 하는 건 변함없어, 매슈."

"저기, 앤에게 벌주는 일은 네가 해야겠네." 매슈가 모자로 손을 뻗으며 말했다. "나는 이 일하고 상관없어. 네가 간섭하지 말라고 했으니까."

마릴라는 모두에게서 버림받은 느낌이었다. 린드 부인에게 조언을 구할 수도 없었다. 마릴라는 무거운 표정으로 동쪽 다락방에 갔다가 더욱 무거운 표정으로 나왔다. 앤은 잘못을 털어놓지 않았고, 계속 브로치를 훔치지 않았다고만 주장했다. 아이는 울던 얼굴이었고, 마릴라는 동정심이 이는 마음을 엄격하게 눌렀다. 밤이 되자 마릴라도 자기 말마따나 진이 빠졌다.

"잘못을 털어놓기 전에는 방에서 못 나와, 앤. 네가 마음만 먹으면 돼." 그녀가 단호하게 말했다.

"하지만 내일이 소풍이에요, 마릴라 아주머니." 앤이 애원했다. "소풍도 못 가게 하시지는 않겠죠? 오후에 잠깐 외출을 허락해주시면 그다음에는 계속 이 방에 있어도 불평하지 않을게요. 하지만 저는 소풍에 가야 해요."

"잘못을 털어놓기 전에는 소풍이고 뭐고 아무 데도 못 간다, 앤."

"아, 마릴라 아주머니." 앤이 한탄했다.

하지만 마릴라는 문을 닫고 방을 나갔다.

수요일 아침은 특별히 소풍을 위해 마련된 날처럼 쾌청하게 밝았다. 그린게이블스 곳곳에서 새들이 노래했고, 정원의 흰나리꽃이 뿜어내는 향기는 보이지 않는 바람에 실려 모든 문과 창문으로 들어와서는 축복의 정령들처럼 복도와 방들을 떠돌았다. 골짜기의 자작나무들은 앤이 평소와 다름없이 동쪽 다락방에서 아침 인사를 하는 것처럼 쾌활하게 손을 흔들었다. 하지만 앤은 창가에 없었다. 마릴라가 식사 쟁반을 가지고 올라갔을 때, 아이는 침대에 얌전하게 앉아 있었다. 안색은 창백했지만 꼭 다문 입술과 반짝이는 눈에는 굳은 결심이 담겨 있었다.

"마릴라 아주머니, 털어놓을게요."

"아!" 마릴라는 쟁반을 내려놓았다. 이번에도 자기 방법이 통했다. 하지만 그 성공에 가슴이 아팠다. "그래, 네 말을 들어

보자, 앤."

"제가 자수정 브로치를 가져갔어요." 앤이 마치 외운 것을 암송하듯 말했다. "아주머니 말대로 제가 가져갔어요. 방에 들어갈 때는 훔칠 생각이 없었어요. 하지만 가슴에 달아보니까 너무 예뻐서 유혹을 이기지 못했어요. 그걸 달고서 아이들와일드에서 귀부인 코딜리어 피츠제럴드 놀이를 하면 얼마나 좋을까 상상했어요. 진짜 자수정 브로치를 달면 제가 귀부인 코딜리어라고 상상하기가 훨씬 쉬울 것 같았어요. 다이애나와 저는 들장미 열매로 목걸이를 만들었지만, 장미 열매를 자수정에 비교할 수는 없잖아요? 그래서 브로치를 가져갔어요. 아주머니가 오시기 전에 다시 가져다놓을 수 있을 거라고 생각하고요. 그 시간을 더 길게 즐기려고 길을 멀리 둘러서 갔어요. 그리고 영롱한 물빛 호수 위 다리를 건너가다가 다시 한번 보려고 브로치를 뗐어요. 햇빛 아래서 보니까 브로치는 정말 예쁘게 반짝였어요! 그런데 다리 위로 몸을 굽히는데 그만 브로치가 손에서 빠져나가서…… 아래로…… 아래로…… 떨어졌고, 보라색을 반짝이며 영롱한 물빛 호수에 빠졌어요. 이게 제가 할 수 있는 최선의 고백이에요, 마릴라 아주머니."

마릴라는 다시 한번 뜨거운 분노가 심장으로 솟구치는 것을 느꼈다. 이 아이는 소중한 자수정 브로치를 몰래 가지고 나갔다가 잃어버리고는, 어떤 양심의 가책이나 참회하는 기색도 없이 침착하게 그 일을 설명하고 있었다.

"앤, 어쩌면 이럴 수가." 마릴라가 평정심을 잃지 않으려고 애쓰며 말했다. "너 같은 아이가 있다는 말은 들어본 적이 없다."

"그러실 거예요." 앤이 차분하게 말했다. "그러니까 저는 벌을 받아야 하고, 아주머니는 저를 벌주셔야 해요. 하지만 지금은 잠깐 잊어주세요. 홀가분한 마음으로 소풍을 가고 싶으니까요."

"소풍이라고! 지금 소풍 이야기가 나오니, 앤 셜리? 소풍을 못 가는 게 네가 받을 벌이야. 그것도 네가 저지른 일을 생각하면 절반도 안 되는 벌이지!"

"소풍에 못 간다고요!" 앤이 벌떡 일어나서 마릴라의 손을 잡았다. "하지만 가게 해준다고 하셨잖아요! 마릴라 아주머니, 저는 소풍에 가야 돼요. 그래서 털어놓은 거예요. 그것만 빼면 어떤 벌도 달게 받겠어요. 제발, 제발, 보내주세요. 아이스크림이 있다니까요! 평생 다시는 아이스크림을 못 먹어볼지도 몰라요."

마릴라는 앤의 손을 냉정하게 떼어냈다.

"애원해도 소용없어, 앤. 소풍은 못 가. 더는 한마디도 할 필요 없어."

앤은 마릴라가 마음을 바꾸지 않으리란 것을 깨달았다. 아이는 두 손을 잡고 길게 비명을 지르더니, 침대에 엎어져서 격렬한 울음과 몸부림으로 실망과 좌절을 표현했다.

"세상에, 기가 막혀서!" 마릴라가 서둘러 방에서 나오며 한숨을 쉬었다. "애가 미친 것 같아. 제정신인 아이가 저럴 수는 없지. 그게 아니라면 정말로 심성이 비뚤어진 거야. 아, 레이철의 말이 옳았던 모양이야. 하지만 이왕 시작한 일이니 어떻게든 헤쳐나가야 해."

오전의 분위기는 우중충했다. 마릴라는 다른 할 일이 보이지 않자 현관 바닥과 우유 가공실 선반들을 박박 닦았다. 선반도 현관 바닥도 청소할 필요가 없었지만 상관없이 청소했다. 그런 뒤 밖으로 나가서 갈퀴로 마당을 쓸었다.

점심때가 되자 그녀는 위층에 올라가서 앤을 불렀다. 앤은 난간 너머로 눈물에 젖은 비극적인 얼굴을 내밀었다.

"내려와서 밥 먹어라, 앤."

"저는 생각 없어요, 아주머니." 앤이 흐느끼며 말했다. "아무것도 못 먹어요. 가슴이 너무 아파요. 아주머니는 언젠가 제 가슴을 아프게 한 일로 양심의 가책을 받으실 거예요. 하지만 저는 아주머니를 용서해요. 그때가 오면 제가 아주머니를 용서한다는 걸 잊지 마세요. 하지만 밥 먹으라고는 하지 마세요. 특히 수육이랑 채소라면요. 수육과 채소는 고통에 시달리는 사람한테는 전혀 로맨틱하지 않아요."

마릴라는 화가 난 채 부엌에 내려가서 이런 어처구니없는 이야기를 매슈에게 퍼부었고, 매슈는 세상일에 대한 분별력과 앤에 대한 무분별한 연민 사이의 갈등으로 괴로워했다.

　　"저기, 그 애가 브로치를 가져간 건 잘못이야, 마릴라. 그리고 거짓말을 한 것도." 매슈는 인정하고, 로맨틱하지 않은 수육과 채소를 서글프게 내려다보았다. 매슈도 앤처럼 그런 음식은 이렇게 격렬한 시기에는 어울리지 않는다고 생각하는 것 같았다. "하지만 그 애는 아직 어리고…… 또 재미있잖아. 그렇게 소풍을 가고 싶어하는데 못 가게 하는 건 좀 심한 일 아닐까?"

　　"매슈 커스버트, 어떻게 그런 말을 하지? 그동안 내가 아이를 너무 오냐오냐했어. 앤은 자기가 얼마나 잘못했는지도 모르는 것 같아. 사실 그게 제일 걱정이야. 그 애가 정말로 후회한다면 그래도 괜찮을 거야. 그런데 오빠도 모르는 것 같네. 무슨 일이든 그 애를 감싸기부터 하고 말야."

　　"저기, 아이가 아직 어리잖아." 매슈가 다시 말했다. "조금씩 봐주기도 해야 해, 마릴라. 앤은 제대로 교육을 받은 적이 없으니까."

　　"지금 그 교육을 하는 거야." 마릴라가 쏘아붙였다.

　　그 말은 매슈를 설득시키지는 못했다 해도 침묵시키기는 했다. 점심 식탁은 아주 우울했다. 유쾌한 것은 농장 일꾼 제리 부트뿐이었고, 마릴라에게는 그가 보여주는 명랑함도 모욕적으로 여겨졌다.

설거지를 끝내고 빵 반죽을 마치고 암탉 모이까지 주자, 마릴라는 월요일 오후에 봉사회에서 돌아와서 아끼는 검정 레이스 숄을 벗을 때 그것이 약간 찢어진 일이 떠올랐다. 그래서 숄을 수선하려고 갔다.

숄은 트렁크 안 상자에 있었다. 마릴라가 숄을 집어드는데, 창문 앞 덩굴을 뚫고 들어온 햇빛이 숄에 걸린 무언가에 닿아서 반짝 하고 보라색 빛을 냈다. 마릴라는 놀라서 집어 들었다. 자수정 브로치가 레이스에 걸려 있었다.

"세상에나." 마릴라가 멍한 얼굴로 말했다. "이게 무슨? 배리네 연못에 빠졌다는 브로치가 여기 멀쩡하게 있잖아. 브로치를 들고 나갔다가 잃어버렸다는 앤 이야기는 대체 뭐야? 그린 게이블스가 뭐에 홀렸나 보네. 그러고 보니 내가 월요일에 숄을 벗어서 서랍장 위에 잠깐 두었지. 브로치가 어떻게 숄에 걸렸던 모양이야. 이런!"

마릴라는 브로치를 들고 동쪽 다락방으로 갔다. 앤은 울다 지쳐서 창가에 기운 없이 앉아 있었다.

"앤 셜리." 마릴라가 무겁게 말했다. "지금 보니까 브로치가 검정 레이스 숄에 걸려 있더라. 아침에 네가 말한 장황한 이야기는 뭐였니?"

"잘못을 털어놓기 전에는 여기서 못 나간다고 하셨잖아

요." 앤이 힘없이 대답했다. "소풍을 꼭 가고 싶어서 가짜로라도 털어놓아야겠다고 생각했어요. 어젯밤에 침대에 누워서 이야기를 꾸몄고, 잊어버리지 않게 계속 연습했어요. 하지만 그래도 소풍을 못 가게 됐으니 다 헛수고였어요."

마릴라는 자기도 모르게 웃음이 터졌다. 하지만 양심의 가책이 느껴졌다.

"앤, 너 정말 대단하구나! 하지만 잘못한 건 나야. 이제 알겠어. 네가 여태 한 번도 거짓말을 한 적이 없는데 너를 못 믿은 내가 잘못이야. 물론 네가 하지 않은 일을 털어놓은 것도 잘한 건 아니야. 그것도 잘못된 일이야. 하지만 내가 그렇게 만들었어. 그러니까 네가 나를 용서하면 나도 널 용서하고, 다시 시작하자꾸나. 어서 일어나서 소풍 갈 준비를 하렴."

앤은 로켓처럼 튀어 일어났다.

"이미 늦지 않았나요?"

"아냐, 이제 겨우 두 시인걸. 지금은 그냥 모여만 있을 거고, 한 시간은 지나야 도시락을 먹을 거야. 세수하고 머리 빗고 목공단 옷을 입으렴. 도시락 바구니를 준비하마. 구워놓은 빵과 과자가 많아. 그리고 제리한테 소풍 장소까지 마차로 태워다주라고 하마."

"아, 마릴라 아주머니." 앤이 소리치더니 세면대 앞으로 달려갔다. "5분 전까지만 해도 저는 불행에 빠져서 세상에 태어나지 않는 편이 좋았을 거라고 생각했는데, 지금이라면 천사하고도 자리를 바꾸지 않겠어요!"

그날 밤 앤은 큰 행복과 깊은 피로에 감싸여서 그린게이블스에 돌아왔다. 아이가 느낀 감격은 말로 설명할 수 없을 정도였다.

"마릴라 아주머니, 오늘은 정말로 충만했어요. 충만하다는 말은 오늘 배웠어요. 메리 앨리스 벨이 그 말을 하더라고요. 멋진 표현 아닌가요? 모든 게 다 좋았어요. 도시락을 맛있게 먹고, 그다음에는 하먼 앤드루스 아저씨를 따라 영롱한 물빛 호수에 가서 배를 탔어요. 한 번에 여섯 명씩요. 제인 앤드루스는 배에서 떨어질 뻔했어요. 수련을 따겠다고 바깥으로 몸을 내밀었는데, 앤드루스 아저씨가 때맞춰 허리띠를 잡지 않았다면 물에 빠져서 죽었을지도 몰라요. 저한테 그런 일이 있었으면 좋았을 텐데. 익사할 뻔하다가 살아나는 건 아주 로맨틱한 일 같아요. 다른 사람들한테 해줄 흥미진진한 이야기가 되죠. 그리고 아이스크림도 먹었어요. 아이스크림 맛은 어떤 말로도 설명할 수 없어요. 아주머니, 모든 게 끝내줬어요."

그날 저녁 마릴라는 양말 바구니를 앞에 놓고 매슈에게 그날 벌어진 일들을 이야기해주었다.

"인정해, 내가 실수했어." 그녀가 솔직하게 말했다. "하지만 나도 교훈을 얻었어. 앤이 한 '고백'을 생각하면 웃음을 참

을 수 없어. 거짓말이었으니까 그러면 안 되는데 말야. 하지만
그게 사실이었던 것보다 거짓말이었던 게 더 낫고, 또 어쨌건
일을 그렇게 만든 건 나야. 저 아이는 어떤 면에서는 이해하기
아주 힘들어. 하지만 잘 자랄 것 같아. 그리고 한 가지 분명한
건 저 애가 있는 한 우리 집은 심심해질 일이 없다는 거야."

학교라는 찻잔 속의 태풍

"날씨가 정말 아름답다!" 앤이 숨을 깊이 들이마시며 말했다. "이런 날은 살아 있다는 것 자체가 좋지 않니? 아직 태어나지 않은 사람들이 불쌍해. 이런 걸 못 누리니까. 물론 그 사람들도 좋은 날을 누릴 수 있지만 오늘은 못 누리잖아. 그리고 더 좋은 건 학교에 가는 길이 너무 아름답다는 거야."

"큰길로 둘러가는 것보다 이 길로 가는 게 훨씬 더 좋아. 큰길은 먼지도 많고 너무 더워." 다이애나가 현실적으로 말하고, 도시락 바구니를 들여다보며 거기 든 맛있는 라즈베리 파이를 열 명이 나눠 먹으면 한 사람이 얼만큼씩 먹게 될까 생각했다.

에이번리 학교의 학생들은 언제나 도시락을 나누어 먹었고, 라즈베리 파이 세 개를 혼자 다 먹거나 친한 친구들하고만 먹으면, 영원히 '욕심쟁이'라는 낙인을 피할 수 없었다. 하지만 열 명이 파이를 나눠 먹으려면, 자기 몫은 감질날 정도밖에 안 되었다.

앤과 다이애나가 학교로 가는 길은 정말로 아름다웠다. 앤은 다이애나와 함께 학교에 가는 이 길에는 상상으로 더할 것이 없다고 생각했다. 큰길에는 로맨틱한 것이 전혀 없었지만, 연인의 오솔길과 버들 연못과 제비꽃 동산과 자작나무 길이 이어진 이 길은 한껏 로맨틱했다.

연인의 오솔길은 그린게이블스의 과수원 아래에서 시작되어 커스버트 농장 끝에 있는 숲속으로 뻗어 있었다. 매슈와 마릴라는 그 길을 통해 소들을 뒤편 목초지로 데리고 가고, 겨울이면 집으로 장작을 실어 왔다. 앤은 그린게이블스에 와서 한 달도 지나지 않아 그 길에 연인의 오솔길이라는 이름을 붙였다.

"정말로 연인들이 그 길을 걷는다는 게 아니에요." 아이가 마릴라에게 설명했다. "하지만 다이애나하고 제가 읽는 재미있는 책에 연인의 오솔길이라는 게 나와요. 그래서 그 이름을 붙여주기로 했어요. 예쁜 이름 아닌가요? 정말 로맨틱해요! 그 길에 연인들이 있는 모습이 상상돼요. 그 길이 좋은 건 거기서 막 소리를 질러도 우리더러 미쳤다고 할 사람들이 없다는 거예요."

앤은 아침에 혼자 집에서 출발해서 연인의 오솔길을 따라 개울까지 갔다. 거기서 다이애나와 만나고는 함께 단풍나무 그늘이 드리워진 길을 걸어—"단풍나무는 정말 사교적이야. 항상 바스락바스락 우리한테 속삭이잖아." 앤이 말했다—통나무 다리에 이르렀다. 두 아이는 거기서 오솔길을 떠나 배리네 집 뒤편 들판과 버들 연못을 지나갔다. 버들 연못 너머에는 제비꽃 동산이 있었다. 제비꽃 동산이란 앤드루 벨네 넓은 숲에 있는 푸르고 움푹한 지대였다. "물론 지금은 거기에 제비꽃이 없어요." 앤이 마릴라에게 말했다. "하지만 다이애나 말로는 봄이면 몇백만 송이가 핀대요. 아, 마릴라 아주머니, 상상하기만 해도 숨이 막혀요. 저는 거기에 제비꽃 동산이라는 이름을 붙였어요. 다이애나는 멋진 장소의 이름을 저처럼 잘 짓는 사람을 못 봤대요. 잘하는 게 있다니 좋은 일 같아요. 하지만 자작나무 길은 다이애나가 이름을 붙였어요. 다이애나가 그러고 싶어해서 제가 그렇게 하라고 했어요. 하지만 저라면 자작나무 길 같은 평범한 이름 대신 시적인 이름을 지었을 거예요. 그런 이름은 아무나 지을 수 있어요. 하지만 자작나무 길은 세계 최고로 아름다운 곳이에요, 마릴라 아주머니."

그랬다. 앤 말고 다른 사람들도 그 길에 들어서면 그렇게 생각했다. 그 좁은 길은 긴 언덕을 구불구불하게 감아 올라가며 벨네 숲을 지나갔는데, 무수한 에메랄드 색 차단막을 뚫고 햇빛이 쏟아지는 그 숲은 다이아몬드의 중심처럼 완벽했다. 길가에는 어리고 가녀리고 하얗고 가지가 유연한 자작나무들이 줄지어 섰고, 그 밑에는 고사리, 기생꽃, 은방울꽃, 진홍색 자리공 덤불이 빽빽하게 자랐다. 공기는 상쾌하고 향기로웠으며, 머리 위 나무들에서 숲의 바람이 속삭이고 웃는 소리와 새들의 노랫소리가 끊이지 않았다. 이따금 조용히 길을 가다 보면 토끼가 길을 건너가기도 했지만, 앤과 다이애나가 조용히 길을 가는 일은 아주 드물었다. 자작나무 길은 계곡 아래에서 큰길과 만나고, 거기서 가문비나무 언덕만 오르면 학교였다.

에이번리 학교는 석회를 칠한 건물로, 처마가 낮고 창문이 컸다. 안에는 편안하고 튼튼한 구식 책상들이 놓여 있었다. 책상에는 여닫을 수 있는 뚜껑이 달렸고, 뚜껑에는 3세대에 걸쳐 학생들이 새긴 이니셜과 낙서가 가득했다. 학교 건물은 큰길에서 안쪽으로 들어와 있는데, 학교 뒤편에는 컴컴한 전나무 숲이 있고, 아침마다 학생들이 점심에 먹을 우유를 시원하게 보관해두는 개울이 흘렀다.

9월의 첫날, 마릴라는 가슴속에 큰 불안을 느끼며 앤이 학교로 떠나는 모습을 보았다. 앤은 정말로 특이한 아이였다. 다른 아이들과 어떻게 어울릴까? 학교에 머무는 동안 어떻게 입을 다물고 지낼 수 있을까?

하지만 일은 마릴라가 걱정하던 것보다 잘 흘러갔다. 그날 저녁 앤은 신이 나서 돌아왔다.

"저는 이 학교를 좋아할 것 같아요." 아이가 말했다. "선생님은 별로지만요. 그분은 계속 콧수염을 꼬면서 프리시 앤드루스만 봐요. 프리시는 거의 어른이잖아요. 나이가 열여섯 살이고 내년에 샬럿타운의 퀸스 아카데미에 들어가려고 입학 시험을 준비하고 있어요. 틸리 불터가 그러는데 선생님이 프리시한테 홀딱 빠져 있대요. 프리시는 피부가 좋고 갈색 곱슬머리인데, 머리를 아주 예쁘게 하고 와요. 뒤쪽 긴 의자에 앉아 있는데, 선생님도 대부분 거기 앉아 계세요. 프리시를 가르치려고 그런다는데, 루비 길리스 말로는 선생님이 프리시의 서판에 뭐라고 쓰니까 프리시가 얼굴이 빨개져서 키득거렸대요. 루비 길리스는 아마 공부하고 아무 상관 없는 내용이었을 거래요."

"앤 셜리, 다시는 내 앞에서 선생님을 그런 식으로 말하지 말아라." 마릴라가 엄격하게 말했다. "학교는 선생님 흉을 보려고 다니는 데가 아니야. 그분은 너한테 가르칠 게 있고, 그걸 배우는 게 네 할 일이야. 앞으로 집에 와서 선생님 흉을 봐서는 안 된다는 걸 알아둬라. 그런 일은 칭찬할 수 없어. 아무 말썽 안 피운 거지?"

"네." 앤이 편안하게 말했다. "걱정하시던 것만큼 힘들지 않았어요. 저는 다이애나 옆에 앉아요. 우리 자리는 창가라서 영롱한 물빛 호수가 내다보여요. 학교에는 좋은 여자애들이 많아서 점심 시간에 같이 재미있게 놀았어요. 같이 놀 애들이 많아서 너무 좋아요. 물론 제일 좋은 건 다이애나고, 그건 앞으로도 영원할 거예요. 전 다이애나가 정말 좋아요. 저는 다른 아이들한테 한참 뒤처져 있어요. 모두 5학년 책을 공부하는데 저만 4학년 책이에요. 그건 좀 부끄러워요. 하지만 아이들 중에 저만큼 상상력이 풍부한 사람은 없어요. 그건 금방 알았어요. 오늘은 읽기와 지리와 캐나다 역사와 받아쓰기를 했어요. 필립스 선생님은 제 맞춤법이 엉망이라고 하시면서, 틀린 표시가 된 제 서판을 들어서 모두에게 보여주셨어요. 얼마나 창피했는지 몰라요. 마릴라 아주머니. 학생한테 그렇게 창피를 주는 건 좀 너무해요. 루비 길리스는 저한테 사과를 주었고 소피아 슬론은 저한테 '같이 집에 갈래?'라고 적힌 분홍색 카드를 주었어요. 그 카드는 내일 소피아에게 돌려주어야 해요. 틸리 불터는 오후 내내 자기 구슬 반지를 끼게 해주었어요. 그리고 마릴라 아주머니, 제인 앤드루스가 미니 맥피어슨한테 들었다는데, 프리시 앤드루스가 세라 길리스한테 제 코가 예쁘다고 했대요. 제 외모를 칭찬받은 게 평생 처음이라서 기분이 얼마나 이상한지 몰라요. 마릴라 아주머니, 정말로 제 코가 예쁜가요? 아주머니는 사실대로 말씀해주시겠죠."

"네 코는 그만하면 괜찮아." 마릴라가 무뚝뚝하게 말했다. 속으로는 앤의 코가 아주 예쁘다고 여겼지만, 그렇게 말할 생각은 없었다.

그것이 3주 전이었고, 지금까지는 모든 일이 매끄럽게 흘러갔다. 그리고 이제 이 상쾌한 9월의 아침에, 앤과 다이애나는 자작나무 길을 유쾌하게 걸어갔다. 그들은 에이번리에서 가장 행복한 두 아이였다.

"오늘 길버트 블라이드가 학교에 올 거야." 다이애나가 말했다. "길버트는 여름 동안 뉴브런스윅에 있는 친척 집에 가 있다가 토요일 밤에야 왔어. 길버트는 진짜 잘생겼어, 앤. 그런데 여자애들을 지독하게 괴롭혀. 아주 못살게 굴지."

하지만 다이애나 목소리에는 그런 괴로움은 피하는 것보다 당하는 쪽이 더 좋다는 바람이 묻어났다.

"길버트 블라이드?" 앤이 물었다. "학교 현관 옆에 그 이름이 줄리아 벨 이름하고 같이 '얼레리꼴레리'라고 적혀 있는 걸 봤는데?"

"맞아." 다이애나가 고개를 획 쳐들며 말했다. "하지만 길버트가 줄리아 벨을 좋아할 리는 없어. 줄리아의 주근깨를 보면서 구구단을 외운다고 했거든."

"아, 나한테 주근깨 얘기는 하지 마." 앤이 말했다. "나도 주근깨가 많잖아. 하지만 학교 벽에 그런 낙서를 하는 건 멍청한 일 같아. 내 이름이 그런 낙서에 나온다면 웃길 거야." 그리고 앤은 서둘러 덧붙였다. "물론 그럴 일은 없겠지만."

앤은 한숨을 쉬었다. 자기 이름이 그런 낙서에 나오는 건 싫었지만, 그럴 위험이 전혀 없다는 건 약간 창피했다.

"말도 안 돼." 다이애나가 말했다. 다이애나는 검은 눈동자와 윤기 나는 머릿결로 에이번리 남학생들의 마음을 흔들어서, 그동안 '얼레리꼴레리' 낙서를 대여섯 번이나 당했다. "그건 다 장난이야. 그리고 네가 그런 일을 당할지 어떨지는 모르는 일이야. 찰리 슬론이 너를 좋아해. 자기 엄마한테—세상에, 엄마한테 말야—네가 여학생들 중 제일 똑똑하다고 말했다잖아. 예쁜 것보다 그게 더 좋은 거지."

"아냐, 안 그래." 앤이 천생 여자처럼 말했다. "나는 똑똑한 거보다 예쁜 게 더 좋아. 그리고 난 찰리 슬론이 싫어. 퉁방울눈은 싫어. 내 이름이 찰리 이름이랑 그런 낙서에 나타난다면 나는 그 충격을 극복하지 못할 거야, 다이애나 배리. 하지만 공부로 1등을 하는 건 좋은 일이지."

"그런데 이제 넌 길버트랑 같은 학년이 될 거야." 다이애나가 말했다. "전에는 길버트가 자기 학년에서 1등이었어. 길버트는 조금 있으면 열네 살이 되는데도 이제 4학년 과정이야. 4년 전에 아버지가 아파서 앨버타로 치료하러 갈 때 길버트도 같이 갔거든. 거기서 3년을 살았는데, 여기 돌아오기 전에는 학교를 못 다녔어. 너 이제는 1등 하기 어려울 거야, 앤."

"잘됐네." 앤이 얼른 말했다. "아홉 살, 열 살짜리 틈에서 1등 하는 거 별로 자랑스럽지 않았거든. 어제는 '비등ebullition'

이라는 단어를 배웠어. 시험에서 조시 파이가 1등이었는데, 커닝한 거야. 필립스 선생님은 못 봤지만―프리시 앤드루스를 보느라고 말야―난 봤어. 그래서 내가 노려보니까 조시는 얼굴이 빨개졌고, 그다음부터는 맞춤법을 다 틀리더라고."

"그 집 딸들은 다 그래." 다이애나가 왈칵 화를 내며 말했고, 그들은 큰길의 울타리를 뛰어넘었다. "거티 파이는 어제 개울의 내 자리에다가 자기 우유병을 놓았어. 어이가 없어서. 난 이제 거티랑 말 안 해."

필립스 선생님이 교실 뒤쪽에 앉아 프리시 앤드루스에게 라틴어 공부를 지도할 때, 다이애나가 앤에게 속삭였다.

"통로 건너편 바로 옆자리에 길버트 블라이드가 있어, 앤. 네가 보기엔 어떤지 한번 봐."

앤은 그 말에 따랐다. 그리고 아주 잘 볼 수 있었다. 길버트 블라이드는 앞자리에 앉은 루비 길리스의 길게 땋아 내린 노란 머리를 루비의 의자 등받이에 몰래 핀으로 박아놓는 데 정신이 팔려 있었기 때문이다. 길버트는 키가 큰 소년으로, 갈색 곱슬머리와 장난스런 연갈색 눈에, 입술 또한 장난스런 미소로 비틀어져 있었다. 잠시 후 루비 길리스가 계산을 마치고 선생님께 검사를 받으려고 일어섰다. 그러다가 머리카락이 몽땅 뽑히는 줄 알고 작은 비명을 꽥 지르며 의자에 주저앉았다. 모두가 루비를 보았고, 필립스 선생님이 루비를 노려보자 아이는 울음을 터뜨렸다. 길버트는 얼른 핀을 치우고 진지한 얼굴로 역사 책을 읽었다. 하지만 소동이 가라앉자 앤을 보더니 익살스런 윙크를 날렸다.

"네 말대로 길버트 블라이드는 잘생긴 것 같아." 앤이 다이애나에게 말했다. "하지만 되게 뻔뻔한걸. 처음 보는 여자애에게 윙크를 하다니 태도가 별로야."

하지만 정말로 문제가 생긴 것은 오후였다.

필립스 선생님은 다시 교실 뒤에 앉아서 프리시 앤드루스에게 대수학을 가르치고 있었고, 다른 학생들은 풋사과도 먹고, 조용히 수다도 떨고, 서판에 그림도 그리고, 복도에서 귀뚜라미 경주도 시키는 등 다들 각자 하고 싶은 일을 했다. 길버트 블라이드는 앤 셜리의 눈길을 끌려고 했지만 성공하지 못했다. 그 순간 앤의 머릿속에는 길버트 블라이드뿐 아니라 에이번리 학교의 모든 학생과 학교 자체가 없었다. 앤은 턱을 두 손으로 괴고 서쪽 창문 너머 살짝살짝 파란빛을 보이는 영롱한 물빛 호수에 시선을 고정한 채 환상적인 꿈나라로 떠나 있었기에 그 밖의 어떤 것도 눈과 귀에 들어오지 않았다.

길버트 블라이드는 여학생의 눈길을 끌려고 시도했다가 실패하는 일에 익숙하지 않았다. 저 아이는 왜 나를 안 보는 거지? 턱이 뾰족하고 커다란 눈이 에이번리 학교의 어떤 여학생과도 다른 앤 셜리라는 저 아이는.

길버트는 통로로 손을 뻗어 길게 늘어뜨린 앤의 땋은 머리 끝을 잡고 날카로운 목소리로 속삭였다.

"당근이다! 당근!"

그러자 앤은 무시무시한 눈길로 길버트를 노려보았다!

그리고 노려보는 데 그치지 않고 자리에서 벌떡 일어났다. 한없이 아름답던 공상이 산산이 부서졌다. 앤의 눈에 타오르던 분노의 불길은 이내 분노의 눈물로 변했다.

"못돼먹은 인간! 어떻게 그런 말을!" 앤이 부들부들 떨며 소리쳤다.

그리고 딱! 하는 소리가 났다. 앤이 서판으로 길버트의 머리를 내리쳐서 서판이 깨지는 소리였다.

에이번리 학생들은 싸움을 좋아했다. 이번 싸움은 특히나 재미있었다. 모두가 놀라움과 즐거움에 탄성을 터뜨렸다. 다이애나도 헉 소리를 냈다. 히스테리에 잘 빠지는 루비 길리스는 울음을 터뜨렸다. 토미 슬론은 깨진 서판을 멍하니 보다가 귀뚜라미를 다 놓쳤다.

필립스 선생님이 통로로 가서 앤의 어깨에 무겁게 손을 얹었다.

"앤 셜리, 대체 무슨 일이지?" 화난 목소리였다.

앤은 대답하지 않았다. 자신을 '당근'이라고 불러서 그랬다고 온 학생 앞에서 말하는 일을 감당할 수는 없었다. 길버트가 용감하게 말했다.

"제가 잘못했어요, 선생님. 제가 앤을 놀렸습니다."

필립스 선생님은 길버트가 하는 말을 듣지 않았다.

"내가 가르치는 학생이 그렇게 과격한 성미와 복수심을 보이다니 안타깝구나." 필립스 선생님은 자기 학생이 되면 불완전한 인간의 심장에서 모든 악이 사라져야 한다는 듯 말했다. "앤, 수업이 끝날 때까지 칠판 앞에 가서 서 있어라."

앤에게는 이 벌보다는 채찍을 맞는 편이 더 좋았을 것이다. 앤의 예민한 정신은 이런 벌을 받게 되자 채찍을 맞은 듯이 떨렸다. 앤은 창백하고 굳은 얼굴로 선생님 말에 따랐다. 필립스 선생님은 분필을 들고 앤의 머리 위 칠판에 적었다.

"앤 셜리는 성격이 급합니다. 앤 셜리는 급한 성격을 다스릴 줄 알아야 합니다." 그런 뒤 아직 글을 모르는 1학년 학생들도 이해하도록 그 글을 소리 내서 읽었다.

앤은 오후 내내 그 글을 머리에 두르고 서 있었다. 앤은 울지도 않고 고개도 떨구지 않았다. 가슴속 분노는 식지 않았고, 그것이 굴욕을 당하는 앤을 지탱해주었다. 앤은 분노로 가득한 눈과 붉게 달아오른 뺨으로 다이애나가 보내는 안타까운 눈길과 찰리 슬론이 보이는 성난 고갯짓과 조시 파이가 날리는 비꼬는 미소를 똑같이 맞받았다. 길버트 블라이드 쪽으로는 눈길을 주지 않았다. 다시는 그와 눈길도 마주치지 않고, 말도 하지 않을 생각이었다!

수업이 끝나자 앤은 빨강 머리를 꼿꼿하게 들고 학교 밖으로 나갔다. 길버트 블라이드가 현관 앞에서 앤에게 말을 걸려고 했다.

"네 머리 색깔을 놀려서 미안해, 앤." 그가 뉘우치듯이 말했다. "진심이야. 화를 풀어줬으면 좋겠어."

앤은 본 척도 들은 척도 하지 않고 경멸 어린 표정으로 지나갔다. "앤, 너 참 대단하다." 큰길에 접어들자 다이애나가 비난과 감탄이 섞인 목소리로 말했다. 다이애나는 자신이라면 길버트의 부탁을 거절할 수 없을 거라고 생각했다.

"나는 길버트 블라이드를 절대 용서하지 않아." 앤이 굳은 목소리로 말했다. "필립스 선생님도 내 이름을 쓸 때 e자를 뺐어. 이제 무쇠가 내 마음을 감쌌어, 다이애나."

다이애나는 그 말의 의미를 이해하지 못했지만, 좋지 않은 뜻이라는 건 알았다.

"길버트가 머리에 대해 놀렸다고 신경 쓸 것 없어." 다이애나가 달랬다. "길버트는 여자애들을 다 놀리는걸. 내 머리는 너무 까맣다고 놀려. 까마귀라고 열 번도 넘게 말했어. 길버트가 그러고 나서 사과하는 건 본 적이 없어."

"까마귀라고 하는 거랑 당근이라고 하는 거는 천지 차이야." 앤이 근엄하게 말했다. "길버트 블라이드는 나에게 극한의 고통을 안겨주었어, 다이애나."

그런 뒤 다른 일이 없었다면, 그 일은 더는 고통 없이 천천히 잊혔을지도 모른다. 하지만 일이란 한 번 일어나면 연달아 일어나게 마련이다.

에이번리 학교의 학생들은 점심 무렵이면 언덕 너머 넓은 초원에 펼쳐진 벨네 가문비나무 숲에 가서 나뭇진을 땄다. 거기에서는 필립스 선생님이 하숙하는 이븐 라이트네 집이 보였다. 선생님이 나오면 아이들은 학교로 달려갔다. 하지만 그 거리가 라이트네 집에서 오는 길보다 세 배는 길었기 때문에, 아이들은 항상 숨을 헐떡이며 도착했고, 3분 정도 늦는 아이들도 있었다.

그다음 날, 필립스 선생님은 가끔 그러듯 분위기를 개혁하겠다는 생각에 사로잡혀서, 자신이 돌아왔을 때 모두 자리에 앉아 있어야 한다고, 늦게 오는 학생은 벌을 받을 거라고 말하고 점심을 먹으러 갔다.

남학생 전체와 여학생 일부는 언제나처럼 '씹을거리'를 적당히 모으면 바로 돌아오겠다고 생각하고 벨네 가문비나무 숲으로 갔다. 하지만 숲은 유혹적이고 노란 나뭇진 따는 일도 재미있어서, 좀처럼 멈추지 못했다. 평소와 마찬가지로 그들에게 시간을 알려준 것은 지미 글러버가 커다란 가문비나무 꼭대기에서 "선생님 오신다" 하고 외치는 소리였다.

여학생들은 땅에 있어서 먼저 출발했고, 늦지 않게 학교로 돌아왔지만 그래도 아슬아슬했다. 남학생들은 허겁지겁 나무에서 내려와야 했기에 그들보다 늦었다. 그리고 나뭇진을 모으지 않고 숲 가장자리를 산책하던 앤은—고사리 풀숲에 허리까지 파묻혀 머리에 검정나리 꽃줄기를 두른 채 그늘진 곳의 야성적 여신처럼 조용히 노래를 부르며—가장 늦었다. 하지만 앤은 사슴처럼 달릴 수 있었다. 열심히 달린 끝에 문 앞에서 남학생들을 따라잡고, 필립스 선생님이 모자를 걸 때 남자아이들과 함께 교실에 들어갈 수 있었다.

필립스 선생님이 품었던 짧은 개혁의 에너지는 사라졌다. 열 명도 넘는 아이들에게 벌을 주고 싶지 않았다. 하지만 자기 말이 헛소리가 아니었음을 보여주려면 무언가 해야 했기에 희생양을 찾아 둘러보다가 앤이 숨을 헐떡이며 앉아 있는 것을 보았다. 미처 버리지 못한 나리 꽃줄기가 귀에 삐딱하게 걸려 있어서, 아이는 유난히 건방지고 흐트러져 보였다.

"앤 셜리, 남학생들하고 노는 걸 아주 좋아하는 것 같으니 오후 내내 네가 원하는 대로 해주마." 그가 조롱을 담아 말했다. "머리에서 꽃을 떼고 길버트 블라이드 옆에 앉아라."

남학생들이 키득거렸다. 다이애나는 얼굴이 창백해져서는 앤의 머리에서 꽃을 떼서 손에 꽉 쥐었다. 앤은 돌로 변한 것처럼 선생님을 가만 바라보기만 했다.

"내 말 못 들었니, 앤?" 필립스 선생님이 엄격하게 말했다.

"들었습니다. 하지만 정말로 그렇게 하라는 말씀은 아니시죠?" 앤이 천천히 말했다.

"정말로 그렇게 하라는 말이다." 그는 계속 비웃는 말투로 말했다. 학생들은 모두 그 말투를 싫어했지만, 앤은 특히 더 싫어했다. "당장 시킨 대로 해라."

앤은 잠시 그 말을 거역하려는 듯 보였다. 하지만 방법이 없다고 깨닫자, 고개를 꼿꼿이 들고 일어나서 통로를 건너갔다. 그리고 길버트 블라이드 옆에 앉아 책상에 두 팔을 얹고 얼굴을 묻었다. 그 순간 앤의 얼굴을 힐끔 본 루비 길리스는 집에 가는 길에 친구들에게 그런 얼굴은 본 적이 없다고, 새하얀 얼굴에 빨간 얼룩이 가득했다고 말했다.

앤은 이렇게 모든 것이 끝났다고 여겼다. 똑같이 잘못을 저지른 열 명도 넘는 학생들 가운데 혼자만 벌을 받는 것도 억울한데, 남학생 옆에 앉게 된 것은 더 기분 나빴다. 그 남학생이 하필 길버트 블라이드라는 것은 참을 수 없는 모욕 위에 모욕을 더한 것이었다. 앤은 이런 일은 견딜 수 없다고, 견디려고 해봐야 소용없다고 느꼈다. 앤의 온몸과 마음이 수치와 분노와 모욕감으로 타올랐다.

다른 학생들은 처음에는 서로 눈길을 주고받고 수군수군거리고 키득키득거리고 옆구리를 쿡쿡 찌르기도 했다. 하지만 앤이 고개를 들지 않고, 길버트가 온 영혼을 바칠 듯 분수 계산에 몰두하자, 각자 자기 일로 돌아갔고 앤은 잊혔다. 역사 수업이 끝났을 때 앤은 자기 자리로 가야 했다. 하지만 앤은 움직이지 않았고, 수업이 끝나기 전부터 '프리실라에게'라는 시를 쓰기 시작한 필립스 선생님은 딱 맞는 단어를 찾아 고민하느라 앤을 생각하지 않았다. 아무도 안 볼 때, 길버트가 '달콤해'라는 메모가 적힌 하트 모양 분홍 사탕을 책상에서 꺼내서 앤의 팔 안쪽에 넣어주었다. 그러자 앤은 고개를 들더니 손끝으로 사탕을 잡아 바닥에 떨구었다. 그리고 발뒤꿈치로 짓밟아 사탕을 가루로 만든 뒤 길버트에게 눈길 한번 주지 않고 본래의 자세로 돌아갔다.

수업이 모두 끝나자 앤은 자기 책상으로 가서 보란 듯이 그 안에 든 것을 모두—책, 서판, 펜과 잉크, 성경과 산수 책까지—꺼내서 깨진 서판 위에 차곡차곡 쌓았다.

"왜 그걸 전부 가져가는 거야, 앤?" 큰길에 오르자마자 다이애나가 물었다. 그전까지는 감히 물어볼 수가 없었다.

"나는 이제 학교 안 가." 앤이 말했다.

다이애나가 헉 놀라더니 진심이냐고 묻는 눈길로 앤을 바라보았다.

"마릴라 아주머니가 허락하실까?" 다이애나가 물었다.

"허락하실 수밖에 없어. 나는 저 사람이 있는 학교에는 다시 안 가." 앤이 말했다.

"아, 앤!" 다이애나는 울음이 터질 것 같은 표정이 되었다. "너무하는 거 아니니? 그러면 내가 어떻게 되겠어? 선생님은 나를 분명히 그 꼴도 보기 싫은 거티 파이 옆에 앉힐 거야. 지금 거티는 짝이 없으니까. 그러지 마, 앤."

"너를 위해서라면 나는 거의 모든 일을 할 수 있어, 다이애나." 앤이 서글프게 말했다. "너에게 도움이 된다면 팔다리가 잘려도 좋아. 하지만 이 일은 못해, 그러니까 부탁하지 말아줘. 그건 내 영혼을 괴롭히는 일이야."

"학교에서 재미있게 놀 일이 얼마나 많을지 생각해봐." 다이애나가 하소연했다. "우리는 개울가에 예쁜 새 집을 지을 거야. 그리고 다음 주에 소프트볼을 할 건데, 너 그거 해본 적 없잖아. 진짜 재미있어. 새 노래도 배울 거야. 제인 앤드루스가 지금 연습하고 있어. 앨리스 앤드루스는 다음 주에 팬지 작가가 새로 낸 책을 가지고 온대. 우리는 개울가에 가서 함께 소리 내어 읽을 거야. 넌 책을 소리 내어 읽는 거 좋아하잖아, 앤."

하지만 그 무엇도 앤의 마음을 움직이지 못했다. 앤은 완전히 마음을 정했다. 그리고 집에 가서는 마릴라에게 필립스 선생님의 학교에는 절대 가지 않을 거라고 말했다.

"헛소리하지 마." 마릴라가 말했다.

"헛소리 아니에요." 앤이 마릴라에게 진지하고 원망스런 눈빛을 보내며 말했다. "모욕을 당했다니까요."

"모욕을 당해? 너는 내일도 똑같이 학교에 갈 거야."

"싫어요." 앤이 조용히 고개를 저었다. "절대 안 가요, 마릴라 아주머니. 집에서 공부할게요. 말도 잘 듣고, 가능하다면 입도 꽉 다물고 있을게요. 하지만 학교에는 갈 수 없어요."

마릴라는 앤의 작은 얼굴에서 지독한 고집 같은 것을 보았다. 자기가 그것을 이기기 어려우리라는 걸 알았지만, 현명하게도 그 순간에는 아무 말도 하지 않는 쪽을 택했다.

'저녁에 레이철의 집에 가봐야겠어.' 마릴라는 생각했다. '지금 앤과 옥신각신해봐야 소용없어. 지금은 너무 화가 나 있고, 저 애가 한번 마음을 먹으면 고집이 얼마나 대단한지 잘 아니까. 앤의 말을 들으니 필립스 선생님이 지나쳤던 모양이긴 해. 하지만 아이에게 그렇다고 말할 수는 없지. 일단 레이철하고 이야기를 해봐야겠어. 레이철은 아이 열 명을 학교에 보냈으니 이런 일도 어떻게 해야 할지 알 거야. 게다가 지금쯤이면 레이철도 이 이야기는 다 들었겠지.'

린드 부인은 평소처럼 부지런하고 유쾌하게 조각보를 뜨고 있었다.

"내가 왜 왔는지 알고 있죠?" 마릴라가 약간 부끄러워하며 말했다.

린드 부인은 고개를 끄덕였다.

"앤이 학교에서 소동을 일으켰다면서요." 린드 부인이 말을 꺼냈다. "틸리 불터가 집에 가는 길에 들러서 알려주었어요."

"아이를 어떻게 해야 할지 모르겠어요." 마릴라가 말했다. "다시는 학교에 안 간대요. 그렇게 화난 건 처음 봤어요. 앤이 학교에 다니기 시작하면서 뭔가 문제가 생길 거라고 걱정은 했어요. 한참 동안 편안했지만, 그 상태가 오래갈 거 같지는 않았죠. 아이가 워낙 예민하니까요. 이럴 때 나한테 해줄 조언이 있나요, 레이철?"

"조언을 구하시니 말씀을 드리자면요, 마릴라." 린드 부인이 다정하게 말했다. 부인은 조언을 부탁받는 일을 아주 좋아했다. "처음에는 아이를 약간 달래주겠어요. 필립스 선생님이 잘못한 것 같아요. 물론 아이들한테 그렇게 말하면 안 되죠. 어제 아이가 화를 냈을 때 벌을 준 건 물론 잘한 거지만, 오늘은 달라요. 늦게 돌아온 다른 아이들한테도 똑같이 벌을 주었어야죠. 그리고 여학생을 남학생 옆에 앉히는 건 좋은 방법이 아니에요. 아주 경솔한 처사예요. 틸리 불터도 크게 화를 내더라고요. 그 애는 처음부터 앤 편이었고, 다른 학생들도 그랬대요. 앤은 어쩐 일인지 아이들한테 인기가 좋은가 봐요. 그렇게 잘 지낼 거라고는 생각지 못했는데 말이죠."

"그러면 아이를 그냥 집에 두는 게 좋다는 거로군요." 마릴라가 놀라서 말했다.

"네, 그러니까 나라면 아이가 자기 입으로 이야기를 꺼내기 전에 먼저 학교 이야기를 하지는 않을 거예요. 마릴라, 그렇게 한 주 정도만 지나면 아이는 틀림없이 화가 가라앉아서 학교에 가고 싶어질 거예요. 하지만 지금 억지로 학교에 보내면, 어떤 소동과 말썽을 더 일으킬지 몰라요. 가능한 한 조용히 넘어가는 게 좋다고 생각해요. 학교에 안 간다고 크게 놓치는 건 없을 거예요. 필립스 씨가 그렇게 유능한 교사는 아니니까요. 학생 관리도 엉망이죠. 저학년 학생들은 팽개치고, 퀸스 입학 시험 준비생들한테만 시간을 쏟고 있어요. 학교 이사회에 친척이 없었다면, 올해 다시 교직을 맡지 못했을 거예요. 거기다 그 친척이 다른 두 이사를 쥐고 휘두르니 사실 이사장이나 마찬가지죠. 우리 섬의 교육이 어떻게 되어가는 건지 모르겠어요."

레이철 부인은 자신이 지역 교육을 맡기만 했다면, 모든 일이 훨씬 더 잘 굴러갔을 거라고 말하는 듯 고개를 저었다.

마릴라는 레이철 부인의 조언을 받아들여서 앤에게 학교에 가라는 말을 하지 않았다. 아이는 집에서 공부하고, 집안일도 하고, 자주색을 띤 서늘한 가을 노을 속에서 다이애나와 함께 놀았다. 하지만 길이나 교회 학교에서 길버트 블라이드와 마주칠 때면, 길버트가 계속 화해하고 싶다는 소망을 보여도 전혀 마음을 풀지 않고 차가운 경멸을 보이며 지나갔다. 다이애나가 둘을 화해시키려고 노력했지만 허사였다. 앤은 평생토록 길버트 블라이드를 미워하기로 단단히 마음먹고 있었다.

하지만 앤은 길버트를 미워하는 것만큼 열렬하게 다이애나를 사랑했다. 앤은 좋아하는 것도 싫어하는 것도 다 강렬했다. 어느 날 저녁 마릴라가 과수원에서 사과를 따서 돌아와 보니 앤이 땅거미 지는 동쪽 창가에 앉아서 서럽게 울고 있었다.

"또 무슨 일이니, 앤?" 마릴라가 물었다.

"다이애나 생각 때문에요." 앤이 기쁨에 흐느꼈다. "저는 다이애나가 너무 좋아요, 마릴라 아주머니. 다이애나 없이는 못 살 것 같아요. 하지만 어른이 되면 다이애나는 결혼해서 제 곁을 떠날 거예요. 그러면 저는 어떻게 하죠? 저는 그 애 남편이 싫어요. 그냥 싫어요. 그걸 상상해봤어요. 결혼식이랑 그런 것들요. 눈처럼 하얀 드레스를 입고 베일을 쓴 다이애나는 여왕처럼 아름답고 위엄 있을 거예요. 저도 퍼프 소매가 있는 예쁜 드레스를 입고 들러리를 서겠지만, 웃는 얼굴 아래에 있는 심장은 찢어질 거예요. 그런 다음 다이애나에게 안녕 하고……." 거기서 앤은 말을 잇지 못하고 더욱 서럽게 울었다.

마릴라는 씰룩거리는 얼굴을 감추려고 얼른 고개를 돌렸지만 소용없었다. 그냥 가까운 의자에 주저앉아서 마릴라답지 않게 폭소를 터뜨렸고, 그 소리에 바깥 마당을 지나가던 매슈가 놀라서 걸음을 멈추었다. 마릴라가 저렇게 웃는 소리를 들은 게 언제였나?

"앤 셜리." 마릴라가 어느 정도 진정하고는 말했다. "그렇게 사서 걱정을 하겠다면 집에서 하는 게 낫긴 하겠다. 정말 대단한 상상을 했구나."

다이애나를 저녁 식사에 초대했다가
비극적인 결과를 낳다

그린게이블스의 10월은 아름다웠다. 골짜기의 자작나무들은 햇살 같은 금빛이 되고, 과수원 뒤편 단풍나무들은 짙은 자주색이 되었으며, 오솔길 주변의 벚나무들은 더없이 아름다운 진홍색과 녹갈색을 띠었다. 풀을 베어낸 들판에서는 다시 짧게 자란 풀들이 일광욕을 했다.

앤은 사방을 둘러싼 눈부신 색채를 한껏 즐겼다.

"아, 마릴라 아주머니." 어느 토요일 아침에 앤이 아름다운 가지들을 품에 안고 춤을 추면서 감탄했다. "10월이 있는 세상에서 사는 게 행복해요. 9월에서 11월로 건너뛴다면 너무 안타까울 것 같지 않나요? 이 단풍나무 가지를 보세요. 보기만 해도 몸이 떨려요. 서너 번씩이나요. 이걸로 제 방을 장식하려고 해요."

"지저분해." 미적 감각이 그리 발달하지 않은 마릴라가 말했다. "너는 방에다 바깥 물건을 너무 많이 갖다놓았어, 앤. 방은 잠을 자는 곳이야."

"하지만 방에서는 꿈도 꿔요, 마릴라 아주머니. 방에 예쁜 게 많으면 꿈도 더 잘 꿀 수 있어요. 이 가지들을 파란 꽃병에 꽂아서 테이블에 놓겠어요."

"계단에 이파리를 떨구지 않도록 조심해라. 나는 이따 오후에 카머디로 봉사회 모임을 갈 거고 어두워진 다음에야 올 테니, 네가 매슈하고 제리의 저녁을 차려주어야 해. 지난번처럼 차 끓이는 걸 잊지 말고."

"차를 잊은 건 잘못이었어요." 앤이 뉘우치듯이 말했다. "하지만 그때 저는 제비꽃 동산의 이름을 생각하고 있었고, 그래서 다른 걸 다 잊고 말았어요. 매슈 아저씨에게 정말 고마웠어요. 조금도 나무라지 않으셨으니까요. 아저씨가 직접 차를 올려놓았고, 조금 기다리는 건 문제가 안 된다고 하셨어요. 기다리는 동안 재미있는 동화를 들려드려서 그렇게 지루하시진 않았을 거예요. 아주 아름다운 동화였는데, 결말 부분을 잊어버려서 제가 지어서 이야기했어요. 그런데 아저씨는 어디서부터 제가 지어낸 건지 모르겠다고 하셨어요."

"매슈는 네가 한밤중에 일어나서 밥을 먹자고 해도 좋다고 할 거야, 앤. 하지만 이번에는 정신 차려야 해. 그리고 이래도 되는지 모르겠지만, 다이애나를 집에 불러 놀면서 같이 저녁을 먹어도 좋을 것 같다."

"아, 마릴라 아주머니!" 앤이 두 손을 맞잡았다. "너무 좋아요! 그러니까 아주머니도 상상력이 있으신 거예요. 안 그러면 제가 그런 일을 얼마나 간절히 원하는지 모르셨을 테니까요. 저녁 초대는 정말 근사하고 또 성숙한 느낌을 줄 거예요. 손님이 있다면 차 끓이는 일도 잊지 않을 거고요. 아주머니, 장미 무늬 찻잔 세트를 써도 되나요?"

"안 돼! 장미 무늬 찻잔 세트라니! 다음에는 뭘 요구할 거니? 그건 목사님이 오실 때나 봉사회 모임 때만 쓰는 거잖아. 갈색 찻잔 세트를 써. 하지만 노란 단지에 넣어둔 버찌 절임은 먹어도 돼. 어쨌건 그건 먹을 때가 됐어. 조금 더 있으면 상할 것 같아. 그리고 과일 케이크하고 쿠키, 생강 비스킷은 먹어도 돼."

"제가 상석에 앉아서 차를 따르는 모습이 상상돼요." 앤이 기쁨에 눈을 감으며 말했다. "그리고 다이애나에게 설탕을 넣을 건지 묻는 거예요! 안 넣는 걸 알지만, 그래도 모르는 척 물어볼 거예요. 그런 다음 과일 케이크나 버찌 절임을 좀 더 먹으라고 권유할 거예요. 아, 마릴라 아주머니. 생각만 해도 짜릿해요. 다이애나가 오면 모자를 손님방에 벗어두어도 되나요? 그런 다음에 응접실에 가고요?"

"안 돼. 너희한테는 거실이면 충분해. 하지만 지난번 교회 모임을 하고 나서 남은 라즈베리 음료 반 병이 있어. 거실 벽장 두 번째 선반에 있으니까, 원한다면 먹어도 좋아. 그리고 낮 동안 같이 먹을 쿠키도 있어. 매슈가 오늘 감자를 배에 실을 거라서 저녁에 늦을 거거든."

앤은 골짜기로 달려 내려가서 드라이어드의 거품과 가문비나무 길을 지나고 오처드슬로프로 가서 다이애나를 저녁에 초청했다. 다이애나는 거기 응해서, 마릴라가 카머디로 출발한 직후에, 두 번째로 좋은 옷을 입고 저녁 초대를 받은 손님에 딱 맞는 모습으로 그린게이블스에 왔다. 다른 날에는 노크도 하지 않고 부엌 문으로 뛰어들어 왔지만, 이번에는 숙녀답게 현관으로 가서 문을 두드렸다. 앤 역시 두 번째로 좋은 옷을 입고 숙녀답게 문을 열었고, 두 아이는 처음 만나는 사이처럼 조심스럽게 악수를 했다. 이런 어색한 엄숙함은 다이애나가 동쪽 다락방에 모자를 벗어놓고 거실에 가서 발끝을 가지런히 모은 자세로 10분 동안 앉아 있을 때까지 계속되었다.

"어머니는 어떠신가요?" 앤은 그날 아침 배리 부인이 건강하고 활기차게 사과를 따는 모습을 보지 못한 것처럼 공손하게 물었다.

"건강히 잘 계십니다, 고맙습니다. 커스버트 씨는 오후에 릴리 샌즈 호에 감자를 싣고 계시는 것 같습니다만?" 그날 아침 매슈의 수레를 타고 하면 앤드루스네 집에 갔던 다이애나가 말했다.

"네, 올해 저희 집 감자 작황이 아주 좋아요. 댁의 감자 작황도 좋기를 바랍니다."

"저희도 좋습니다, 고마워요. 사과는 많이 따셨나요?"

"아, 진짜 많이 땄어." 앤이 말하더니 위엄을 잊고 벌떡 일어났다. "과수원에 가서 레드스위팅 사과를 따자, 다이애나. 마릴라 아주머니가 나무에 남은 건 우리가 모두 먹어도 된다고 하셨어. 마릴라 아주머니는 아주 너그러워. 저녁때 과일 케이크하고 버찌 절임을 먹어도 된대. 하지만 손님한테 모임에서 무얼 먹을지 말해주는 건 예의가 아니라서, 아주머니가 마시라고 한 음료가 뭔지는 말해주지 않을 거야. 하지만 그건 '라'로 시작하는 거고 색깔이 아주 빨개. 나는 빨간 음료가 좋아. 다른 색깔보다 두 배는 더 맛있어."

열매의 무게로 나뭇가지들이 땅으로 휘어져 내린 과수원은 너무도 즐거운 곳이었고, 두 아이는 오후 내내 아직 서리가 닿지 않고 가을 햇살이 따뜻하게 머무는 풀밭 구석에 앉아 사과를 먹고 수다를 떨며 시간을 보냈다. 다이애나는 앤에게 해줄 학교 이야기가 많았다. 다이애나는 결국 거티 파이 옆에 앉게 되었고, 그래서 미치겠다고 했다. 거티는 연필로 자꾸 삑삑거리는 소리를 내는데, 다이애나는 그 소리만 들으면 소름이 끼쳤다. 루비 길리스는 크리크에 사는 메리 조 언니의 엄마가 준 마법 돌멩이로 사마귀를 모두 없앴다. 그 돌멩이로 사마귀를 문지르고 나서 초승달이 뜬 밤에 왼쪽 어깨 너머로 던졌더니 그렇게 되었다. 학교 현관 벽에 찰리 슬론과 엠 화이트의 얼레리꼴레리 낙서가 나타나서 엠 화이트가 엄청 화를 냈다. 샘 불터는 수업 중에 필립스 선생님에게 말대꾸를 했다가 회초리를 맞았는데, 샘의 아버지가 학교에 와서 자기 아이들에게 또다시 손을 대면 어떻게 될지 한번 보자고 협박했다. 매티 앤드루스는 빨간색 후드티와 파란색 술이 달린 어깨 숄을 새로 얻었는데, 그걸 입고 뻐기는 태도가 정말 재수없었다. 메이미 윌슨네 언니가 리지 라이트네 언니의 애인을 빼앗아서, 리지 라이트는 메이미 윌슨하고 말을 하지 않았다. 그리고 모두가 앤을 보고 싶어하고 앤이 학교에 돌아오기를 바란다. 그리고 길버트 블라이드는…….

하지만 앤은 길버트 블라이드 이야기는 듣고 싶지 않다고 했다. 그리고 자리에서 벌떡 일어나, 안에 들어가서 라즈베리 음료를 마시자고 했다.

앤은 거실 벽장 두 번째 선반을 살펴보았지만 거기에 라즈베리 음료는 없었다. 더 찾아보니 맨 위 선반 안쪽에 있었다. 앤은 병을 쟁반에 담아 큰 잔과 함께 테이블에 내려놓았다.

"마음껏 드시죠, 다이애나." 앤이 예의 바르게 말했다. "나는 이따 먹을게. 사과를 너무 먹어서 지금은 생각이 없어."

다이애나는 잔에 음료를 가득 따르고 새빨간 색깔에 감탄하더니 우아하게 입술을 댔다.

"야, 라즈베리 음료 정말 맛있다, 앤." 다이애나가 말했다. "라즈베리 음료가 이렇게 맛있는 줄 몰랐어."

"입에 맞는다니 다행이야. 마음껏 먹어. 부엌에 가서 불을 지피고 올게. 살림하는 사람들은 늘 신경 쓸 게 많아서 말이지."

앤이 부엌에서 돌아왔을 때 다이애나는 음료를 가득 따라 두 잔째 마시고 있었다. 그리고 앤이 더 마시라고 하자 세 번째 잔도 사양하지 않았다. 세 잔은 상당한 양이었지만, 라즈베리 음료는 정말로 맛있었다.

"내가 먹은 것 중에 최고야." 다이애나가 말했다. "린드 아주머니네 음료보다 훨씬 더 맛있어. 그 아주머니는 자기네 라즈베리 음료를 엄청 자랑하지만 말야. 이건 그 집 음료하고는 맛이 전혀 달라."

"마릴라 아주머니가 만든 게 린드 아주머니가 만든 것보다 훨씬 맛있을 거야." 앤이 충성심을 보이며 말했다. "마릴라 아주머니는 음식 솜씨가 좋거든. 나한테도 요리를 가르쳐주려고 하시는데, 너무 힘들더라. 요리에는 상상의 영역이 없어. 그냥 규칙에 따르는 게 전부야. 지난번에 케이크를 만들 때는 깜박하고 밀가루를 안 넣었어. 너하고 내가 주인공인 멋진 이야기를 생각하다가. 네가 천연두에 걸려서 모두가 너를 떠났지만, 나는 용감하게 네 곁에서 지극정성으로 간호해 살려놓았어. 그러다가 내가 천연두에 걸려서 죽고, 포플러나무가 있는 묘지에 묻혔어. 그런 뒤 네가 내 무덤 옆에 장미를 심고 눈물로 물을 주고, 너를 위해 목숨을 버린 어린 시절 친구를 평생 잊지 않는 거지. 아, 너무 슬픈 이야기야, 다이애나. 케이크 반죽을 하는데 눈물이 막 흘렀어. 하지만 밀가루를 안 넣어서 케이크는 엉망이 되었지. 밀가루 없이는 케이크가 안 되잖아. 마릴라 아주머니는 크게 화를 냈는데, 당연한 일이야. 내가 너무 말썽을 많이 피우니까. 지난주에는 푸딩 소스 때문에 창피를 당하셨거든. 화요일 점심에 자두 푸딩을 먹었는데, 푸딩 반쪽과 소스가 작은 항아리로 하나 정도 남았어. 아주머니는 그 정도면 두었다 먹어도 될 양이라고, 식품실 선반에 가져다가 덮어두라고 했어. 나는 그걸 잘 덮어두려고 했는데, 다이애나, 그걸 가지고 갈 때 내가 수녀가 됐다는 상상을 했어. 물론 나는 개신교인이지만, 그래도 가톨릭 신자라고 상상했어. 마음의 상처를 묻으려고 수녀원에 들어갔다고. 그러다가 푸딩 소스를 덮어두는 걸 잊었어. 다음 날 아침 그 생각이 나서 식품실로 달려갔지. 그런데 다이애나, 푸딩 소스에 쥐가 빠져 죽은 걸 보고 내가 얼마나 놀랐겠니? 쥐를 숟갈로 꺼내서 마당에 버리고, 숟갈을 세 종류의 물에 씻었어. 마릴라 아주머니는 밖에서 소젖을 짜고 계셔서, 아주머니가 돌아오시면 소스를 돼지 밥으로 줘도 될지 물어보려고 했는데, 막상 아주머니가 오셨을 때 나는 서리 요정이 되어서 숲을 날아다니며 나무들을 자기들이 원하는 대로 빨갛게 노랗게 물들인다는 상상을 하다가 또 푸딩 소스를 깜박했고, 아주머니는 나한테 사과를 따오라고 시키셨지. 그날 아침 우리 집에는 스펜서베일에서 체스터 로스 부부가 오셨어. 그분들은 아주 멋쟁이잖아. 특히 아주머니가 말야. 마릴라 아주머니가 날 불러서 가보니까 점심을 차려두었고, 모두 식탁에 앉아 있었어. 나는 최대한 얌전하고 예의 바르게 행동하려고 했어. 체스터 로스 부인한테 내가 예쁘지는 않아도 예의 바른 아이라는 인상을 주고 싶었으니까. 모든 일이 잘 흘러갔는데, 어느 순간 마릴라 아주머니가 한 손에 자두 푸딩을 들고, 다른 손에는 그 푸딩 소스를 데워서 가지고 오시는 거야. 다이애나, 완전히 끔찍했어. 나는 그게 뭔지 깨닫고 벌떡 일어나서 소리쳤어. '아주머니, 그 푸딩 소스 먹으면 안 돼요. 거기 쥐가 빠져 있었어요. 깜박 잊고 말씀을 못 드렸어요.' 아, 다이애나, 백 살까지 살아도 그 끔찍한 순간은 절대 못 잊을 거야. 체스터 로스 부인이 나를 보았고, 난 진짜 쥐구멍에라도 들어가고 싶었어. 그분은 완벽한 살림 솜씨로 유명한 분인데 우리를 어떻게 생각하시겠어? 마릴라 아주머니는 얼굴이 새빨개져서 아무 말도 하지 않았어, 어쨌건 그때는. 그냥 소스와 푸딩을 도로 가지고 나가서 딸기 절임을 가지고 오셨어. 심지어 나한테도 먹으라고 하셨지만, 한입도 못 먹었어. 부끄러워서 미칠 것 같았어. 그리고 체스터 로스 부인이 떠난 뒤에 엄청 혼났지. 그런데 다이애나, 왜 그래?"

다이애나가 비틀거리며 일어섰다. 그러더니 다시 털썩 앉아서 두 손으로 머리를 잡았다.

"속이…… 너무 안 좋아." 다이애나가 혀가 약간 꼬인 발음으로 말했다. "지…… 지…… 집에 갈래."

"저녁을 안 먹고 집에 갈 생각은 하지도 마." 앤이 놀라서 소리쳤다. "지금 당장 준비할게. 바로 저녁을 차릴게."

"집에 갈래." 다이애나가 둔하지만 단호하게 말했다.

"어쨌건 뭘 먹어야지." 앤이 말했다. "과일 케이크하고 버찌 절임을 줄게. 소파에 누워서 쉬면 곧 나아질 거야. 어디가 아프니?"

"집에 갈래." 다이애나가 말했고, 다른 말은 하지 않을 모양이었다. 앤이 부탁해도 소용없었다.

"손님이 왔다가 저녁 식사를 하지 않고 간다는 말은 들어본 적이 없어." 앤이 서글프게 말했다. "다이애나, 설마 네가 정말 천연두에 걸린 건 아니겠지? 그러면 내가 반드시 널 간호할 거야. 나는 절대 너를 저버리지 않아. 하지만 저녁을 먹고 갔으면 좋겠어. 아픈 데가 어디야?"

"너무 어지러워." 다이애나가 말했다.

그리고 정말로 다이애나는 비틀거리며 걸었다. 앤은 실망의 눈물을 흘리며 다이애나의 모자를 가져다주고 배리네 마당 울타리까지 다이애나를 배웅했다. 그리고 울면서 그린게이블스로 돌아와 남은 라즈베리 음료를 식품실에 돌려놓고, 매슈와 제리를 위해 저녁 식탁을 차렸지만 이제 열의는 모두 사라지고 없었다.

다음 날은 일요일이었고, 새벽부터 황혼까지 비가 쏟아졌기 때문에, 앤은 그린게이블스를 벗어나지 않았다. 월요일 오후에 마릴라는 앤을 린드 부인의 집으로 심부름을 보냈다. 그런데 앤은 금세 눈물을 줄줄 흘리며 돌아왔다. 아이는 부엌으로 뛰어들어 오더니 소파에 털썩 엎어졌다.

"무슨 일이니, 앤?" 마릴라가 걱정스럽게 물었다. "설마 또 린드 부인에게 버릇없이 군 건 아니겠지?"

앤은 아무 대답도 없이 그저 더 눈물을 쏟고 더 격렬하게 흐느낄 뿐이었다!

"앤 셜리, 내가 물었으면 대답을 해야지. 당장 일어나서 왜 우는지 말해봐."

앤은 일어나 앉았고, 그 모습은 비극의 화신이라도 된 것 같았다.

"린드 아주머니가 오늘 배리 아주머니네 집에 갔는데, 배리 아주머니가 화가 잔뜩 나 계셨대요." 아이가 울먹였다. "제가 토요일에 다이애나한테 술을 먹여서 다이애나가 취해서 집에 왔다고 하시더라는 거예요. 그리고 제가 정말 몹쓸 애라고, 다시는 다이애나하고 놀지 못하게 하신대요. 마릴라 아주머니, 너무 슬퍼서 어떻게 해야 할지 모르겠어요."

마릴라는 너무 황당해서 앤을 빤히 바라보았다.

"다이애나한테 술을 먹였다고!" 마침내 말문이 트이자 마릴라가 말했다. "앤, 네가 미친 거니? 아니면 배리 부인이 이상한 말을 하는 거니? 다이애나한테 무얼 먹였는데?"

"라즈베리 음료요." 앤이 흐느꼈다. "라즈베리 음료를 마시고도 취하는 사람이 있는 줄은 몰랐어요, 마릴라 아주머니. 다이애나가 세 잔 가득 마시기는 했지만요. 술에 취하다니 꼭 토머스 아주머니 남편 이야기 같아요! 하지만 다이애나가 그걸 마시고 취할 줄은 몰랐어요."

"술이라니 이게 무슨!" 마릴라는 거실 옆 식품실로 갔다. 그곳 선반에는 마릴라가 담근, 3년 된 산딸기 술병이 놓여 있었다. 마릴라가 담근 산딸기 술은 에이번리에서―배리 부인을 비롯해서 좀 더 엄격한 부류의 사람들은 못마땅하게 여겼지만―유명했다. 그것을 본 순간 마릴라는 앤에게 말한 것과 달리 라즈베리 음료를 거실 벽장이 아니라 지하실에 두었다는 사실이 떠올랐다.

그녀는 손에 술병을 들고 부엌으로 갔다. 자신도 모르게 얼굴이 씰룩거렸다.

"앤, 너는 정말 말썽을 일으키는 데는 천재로구나. 네가 다이애나한테 준 건 라즈베리 음료가 아니라 산딸기 술이야. 너도 몰랐니?"

"저는 안 먹었거든요." 앤이 말했다. "그게 음료인 줄 알았어요. 그냥 잘 대접하려고 한 건데, 다이애나가 속이 안 좋다고 집에 가겠다고 했어요. 배리 아주머니가 린드 아주머니한테 다이애나가 고주망태가 돼서 왔다고 말했대요. 아주머니가 다이애나한테 왜 그러느냐고 물으니까 바보처럼 웃기만 하다가 방에 들어가서 몇 시간 동안 잤다는 거예요. 배리 아주머니는 술 냄새를 맡고 다이애나가 취한 걸 알았대요. 다이애나는 어제 하루 종일 두통을 앓았고, 배리 아주머니는 화가 머리끝까지 나셨대요. 제가 일부러 그랬다고 생각하실 거예요."

"그게 뭐였건 석 잔이나 마실 정도로 식탐을 부리다니 다이애나도 혼이 나야 할 것 같다." 마릴라가 무뚝뚝하게 말했다. "큰 잔으로 석 잔이라니, 그게 라즈베리 음료였어도 탈이 났을 거야. 이 이야기는 산딸기 술을 담근다고 뭐라 하는 사람들에게 좋은 구실이 되겠구나. 목사님이 반대하신다는 말을 듣고 술을 안 담근 지 벌써 3년인데 말야. 그걸 버리지 않은 건 혹시라도 병이 났을 때를 대비한 거였어. 얘야, 그만 울어라. 그런 일이 일어났다니 안타깝지만 네 잘못은 아닌 것 같다."

"아뇨, 울어야 해요." 앤이 말했다. "속상해서 죽을 거 같아요. 이 세상이 저를 미워하고 있어요, 마릴라 아주머니. 이제 다이애나하고는 영영 이별이에요. 우리가 처음 우정을 서약했을 때는 이런 일은 꿈도 꾸지 못했어요."

"바보 같은 소리 말아라, 앤. 네 잘못이 아니라는 걸 알면 배리 부인이 마음을 바꿀 거야. 지금은 아마 네가 고약한 장난을 쳤다고 생각하고 있겠지. 저녁에 그 집에 가서 자초지종을 설명드려."

"성난 배리 아주머니를 보고 말씀드릴 용기가 안 나요." 앤이 한숨을 쉬었다. "아주머니가 가주셨으면 좋겠어요. 아주머니가 저보다는 훨씬 더 믿음직한 분이잖아요. 배리 아주머니는 제 말보다 마릴라 아주머니 말씀을 더 잘 들으실 거예요."

"그래, 그러마." 마릴라도 그게 더 나을 것 같다는 생각이 들어 말했다. "그러니까 이제 그만 울어, 앤. 다 잘될 거야."

하지만 오처드슬로프에 다녀온 마릴라는 다 잘될 거라는 생각이 바뀌었다. 앤은 마릴라가 돌아오는 것을 보자 현관으로 달려나갔다.

"마릴라 아주머니, 얼굴을 보니까 잘 안 된 것 같네요." 아이가 낙심해서 말했다. "배리 아주머니가 저를 용서하지 않으신 거죠?"

"기가 막혀서!" 마릴라가 차갑게 말했다. "말이 안 통하는 세상 모든 여자들 중에서도 그 여자가 최악이야. 다 실수였고 네가 잘못한 건 없다고 말하니까, 그걸 어떻게 믿느냐고 하더구나. 산딸기 술을 담근 것 자체가 잘못이고, 내가 늘 그 술은 아무 문제도 일으키지 않을 거라고 우겼다나. 그래서 나는 산딸기 술을 큰 잔으로 석 잔씩 마시라고 만든 게 아니라고, 우리 집 아이가 그렇게 식탐을 부리면 나는 내 아이부터 혼을 내겠다고 했지."

마릴라는 어두운 얼굴로 부엌으로 사라졌고, 낙심한 앤은 현관에 혼자 남았다. 앤은 잠시 후에 모자도 쓰지 않고 차가운 가을 저녁 어스름 속으로 들어갔다. 아이는 결연한 걸음으로 통나무 다리를 건너서 시든 클로버 들판을 지나 가문비나무 숲을 가로질렀다. 서쪽 하늘에는 창백한 달이 낮게 걸려 있었다. 소심하게 문 두드리는 소리에 배리 부인이 문을 여니, 입술이 하얗게 질리고 눈빛이 빛나는 아이가 문 앞에 서 있었다.

부인의 얼굴이 굳었다. 배리 부인은 편견도 혐오감도 강한 여자였고, 화가 나면 차갑고 부루퉁해져서 좀처럼 화를 풀지 않았다. 그나마 배리 부인을 옹호하자면, 부인은 정말로 앤이 장난기와 심술로 다이애나에게 술을 먹였다고 생각해서 자기 딸이 그런 아이와 어울려서 잘못되는 일을 막고 싶은 것이었다.

"왜 온 거니?" 그녀가 뻣뻣하게 물었다.

앤이 두 손을 모았다.

"배리 아주머니, 저를 용서해주세요. 저는 다이애나에게 술을 먹일 생각이 없었어요. 그런 일을 왜 하겠어요? 불쌍한 고아로 살다가 친절한 분들께 입양되어서, 이 세상에 한 명뿐인 단짝 친구를 사귀었다고 상상해보세요. 그런 친구에게 왜 일부러 술을 먹이겠어요? 저는 정말로 그게 라즈베리 음료인 줄 알았어요. 전혀 의심하지 않았어요. 제발 앞으로 다이애나하고 같이 놀지 못하게 하신다는 말씀은 말아주세요. 그렇게 하시면 제 인생을 슬픔의 먹구름으로 덮어버리시는 거예요."

린드 부인이 이런 말을 들었다면 마음을 풀었겠지만, 배리 부인에게는 짜증만 더 일으켰을 뿐 아무런 효과가 없었다. 부인은 앤의 거창한 표현과 극적인 몸짓을 믿을 수 없었고, 아이가 자신을 놀린다고 여겼다. 그래서 차갑게 말했다.

"너는 다이애나한테 어울리는 아이가 아닌 것 같다. 집에 돌아가서 옳은 행동법을 배우렴."

앤은 입술을 바르르 떨었다.

"그러면 마지막으로 작별 인사라도 하게 해주세요." 앤이 간청했다.

"다이애나는 아버지하고 같이 카머디에 갔어." 배리 부인은 문을 닫았다.

앤은 차분한 절망 속에 그린게이블스로 돌아갔다.

"마지막 희망이 사라졌어요." 아이가 마릴라에게 말했다. "배리 아주머니한테 직접 가서 말했는데, 아주머니는 저를 완전히 무시하셨어요. 아주머니, 그분은 별로 마음이 넓은 분은 아닌 거 같아요. 기도밖에 할 수 있는 게 없지만 그것도 소용없어 보여요. 하느님도 배리 아주머니처럼 고집 센 사람은 어쩌지 못하실 테니까요."

"앤, 그런 말을 하면 안 돼." 마릴라는 불경하게도 흘러나오려는 웃음을 누르며 나무랐다. 요즘 자꾸 그런 일이 생겨서 큰일이었다. 실제로 그날 밤 매슈에게 이야기를 전할 때 마릴라는 앤의 시련에 웃음을 터뜨렸다.

하지만 잠자리에 들기 전에 동쪽 다락방에 갔다가 앤이 울다 지쳐 잠든 모습을 보자, 마릴라의 얼굴에 익숙하지 않은 다정함이 떠올랐다.

"불쌍한 것." 그녀는 아이의 눈물 젖은 얼굴에서 머리카락한 올을 떼어내면서 말했다. 그런 뒤 고개를 숙여 베개에 묻힌 상기된 뺨에 입을 맞추었다.

인생의 새로운 관심

다음 날 오후, 앤이 부엌 창가에 앉아서 조각보를 꿰매다가 문득 밖을 내다보았더니, 다이애나가 드라이어드의 거품 앞에서 수수께끼처럼 손짓하는 모습이 보였다. 앤은 번개처럼 달려나가서 골짜기로 내려갔다. 앤의 생기 넘치는 눈에서 놀라움과 희망이 서로 싸웠다. 하지만 다이애나가 낙심한 얼굴로 바라보자 희망은 사그라들었다.

"어머니 생각이 안 변하셨어?" 앤이 불안한 목소리로 물었다.

다이애나가 서글프게 고개를 저었다.

"안 변하셨어. 앤, 다시는 너랑 놀지 말래. 계속 울면서 네 잘못이 아니라고 해도 소용없었어. 여기 와서 작별 인사를 하게 해달라고 설득하는 것도 정말 힘들었어. 10분 후에 돌아오라고 하셨고, 지금 시계 옆에서 시간을 재고 계셔."

"영원한 작별 인사를 하는 데 10분이라니 너무 짧잖아." 앤이 눈물을 흘리며 말했다. "다이애나, 어린 날 친구였던 나를 잊지 않겠다고 약속해주겠니? 더 가까운 친구들이 네 곁에 있어도?"

"응, 약속할게." 다이애나도 울었다. "그리고 다른 단짝 친구는 만들지 않을 거야. 그러고 싶지 않아. 누구도 너처럼 사랑할 수 없을 거야."

"아, 다이애나, 나를 사랑하니?" 앤이 다이애나 손을 잡고 소리쳤다.

"당연하지. 몰랐어?"

"몰랐어." 앤이 숨을 깊이 마셨다. "물론 좋아한다고는 생각했지만, 사랑까지는 희망하지 않았어. 다이애나, 누가 나를 사랑할 거라는 생각 자체를 못했어. 누구한테 사랑받은 기억이 없으니까. 아, 너무 멋지다! 이건 너를 잃고 어둠에 빠진 내 인생길을 영원히 비추어줄 한 줄기 빛이야, 다이애나. 다시 한번 말해줘."

"너를 사랑해, 앤." 다이애나가 흔들리지 않고 말했다. "그리고 앞으로도 영원히 사랑할 거야. 믿어도 돼."

"나도 너를 영원히 사랑할 거야, 다이애나." 앤이 엄숙하게 손을 내밀며 말했다. "앞으로 살아갈 세월 동안 너와 나눈 기억은 내 외로운 인생에 별처럼 반짝일 거야. 우리가 함께 읽은 마지막 책에 나온 구절처럼. 다이애나, 영원히 보물로 간직할 수 있게 네 칠흑 같은 머리카락을 좀 잘라주겠니?"

"자를 만한 게 있어?" 다이애나가 다시 흘러나오는 눈물을 닦으며 현실적인 질문을 했다.

"마침 앞치마 주머니에 바느질에 쓰던 가위가 있어." 앤이 말하고, 엄숙하게 다이애나의 곱슬머리를 잘랐다. "안녕, 사랑하는 친구. 우리는 이제 이웃에 살면서도 타인으로 지내야 해. 하지만 내 마음은 언제나 너에게 충실할 거야."

앤은 다이애나가 눈앞에서 사라질 때까지 지켜보며, 다이애나가 뒤를 돌아볼 때마다 안타까이 손을 흔들었다. 그런 뒤 로맨틱한 이별에 크게 위안을 받고 집으로 돌아왔다.

"다 끝났어요." 앤이 마릴라에게 말했다. "앞으로는 친구를 못 사귈 거예요. 예전보다 더 나빠졌어요. 이제는 케이티 모리스도 비올레타도 없으니까요. 그리고 혹시 있어도 전과 같지 않을 거예요. 진짜 친구를 사귀어봤더니 상상의 친구들은 조금 시시해졌어요. 다이애나와 저는 샘터에서 더없이 다정한 작별을 했어요. 그 일을 기억 속에 신성하게 간직할 거예요. 저는 생각할 수 있는 가장 슬프고 로맨틱한 말을 사용했어요. 다이애나는 저에게 머리카락을 잘라주었는데, 작은 주머니에 넣어 평생 동안 목에 걸고 다닐 거예요. 제가 죽으면 부디 그걸 함께 묻어주세요. 저는 오래 살지 못할 거니까요. 제가 죽어서 차갑게 누워 있으면 배리 아주머니도 자기 행동을 후회하고, 다이 애나가 제 장례식에 오도록 허락하실지 몰라요."

"네가 말만 할 수 있다면 슬픔으로 죽을 일은 없을 것 같다, 앤." 마릴라는 동조하지 않았다.

다음 주 월요일에 마릴라는 앤이 책 바구니를 품에 안고 입술을 꽉 다문 채 방에서 내려오는 걸 보고 놀랐다.

"학교에 갈래요." 앤이 말했다. "제 인생에 남은 건 그것뿐이에요. 친구와 이별을 했으니까요. 하지만 학교에 가면 다이애나를 볼 수 있고, 옛일을 추억할 수 있을 거예요."

"공부에 마음을 써야지." 마릴라는 뜻밖에도 이런 결과를 얻어 기뻤지만 내색하지 않고 말했다. "다시 학교에 가면, 이제 서판으로 남의 머리를 때리거나 했다는 이야기가 내 귀에 들리지 않게 해라. 규칙을 지키고, 선생님 말씀 잘 들어."

"모범생이 되려고 노력할게요." 앤이 슬픈 목소리로 말했다. "별로 재미는 없을 거예요. 필립스 선생님은 미니 앤드루스가 모범생이라고 하는데, 미니는 상상력도 생기도 안 보이거든요. 지루하고 답답하고, 진짜 재미없게 사는 것 같아요. 하지만지금 저는 우울에 빠져 있으니 그렇게 사는 것도 어렵지 않을거예요. 오늘은 큰길로 갈 거예요. 자작나무 길을 혼자 걷는다니 참을 수 없어요. 서러운 눈물이 터질 거예요."

앤이 학교에 돌아가자 모두가 반가워했다. 아이들은 놀이를 할 때는 앤의 상상력을, 노래를 할 때는 앤의 목소리를, 점심 시간에 책을 읽을 때는 앤의 연기력을 그리워했다. 루비 길리스는 성서 읽기 시간에 앤에게 몰래 자두 세 알을 건네주었다. 엘라 메이 맥피어슨은 꽃 카탈로그 표지에서 오린 노란 팬지를 주었다. 팬지는 에이번리 학교에서 책상 장식용으로 인기였다. 소피아 슬론은 새로 나온, 멋진 레이스 뜨기 패턴을 가르쳐주겠다고 했다. 앞치마 가장자리 장식으로 딱이라고. 케이티 불터는 서판 지우는 물을 담아둘 향수 병을 주었고, 줄리아 벨은 테두리가 잔물결 모양인 연분홍색 종이에 시 한 편을 정성껏 베껴 적어 보냈다.

앤에게
석양이 커튼을 내려서
별이라는 핀으로 고정할 때
너에게 친구가 있다는 걸 기억해줘.
지금은 먼 곳을 헤매고 있다고 해도.

"사람들이 알아주는 일은 참 기분 좋은 것 같아요." 그날 밤 앤이 기쁨에 한숨을 쉬었다.

앤을 '알아준' 것은 여학생들만이 아니었다. 앤이 점심 식사 후 자기 자리로 갔더니—필립스 선생님은 앤을 모범생 미

니 앤드루스 옆에 앉았다 ─ 책상에 크고 맛있는 '딸기향 사과'
가 있었다. 앤은 그것을 한입 베어 물려다가 에이번리에서 딸
기향 사과가 나는 곳은 영롱한 물빛 호수 맞은편에 있는 블라
이드 과수원뿐이라는 사실을 떠올렸다. 앤은 뜨거운 석탄이라
도 든 것처럼 사과를 떨구고, 여봐란 듯이 손수건으로 손을 닦
았다. 사과는 다음 날 아침까지 책상에 그대로 있었고, 아침에
학교를 청소하고 난롯불을 피우러 온 티모시 앤드루스가 가져
갔다. 찰리 슬론이 점심 시간 후에 앤에게 준 서판 연필 ─ 빨
간색과 노란색 종이로 멋지게 장식해서, 1센트짜리 평범한 연
필들과 달리 가격이 2센트나 하는 ─ 은 천대받지 않았다. 앤은
기쁘게 받고 찰리에게 미소로 답했다. 찰리는 그 미소에 너무
기쁜 나머지 받아쓰기를 엉망으로 했고, 필립스 선생님은 방과
후에 남아서 틀린 것을 다시 쓰라고 했다.

하지만 그럴수록

브루투스가 사라진 카이사르의 행렬은
로마 최고의 아들을 더욱 생각나게 할 뿐이었다.

라는 시구절처럼, 거티 파이 옆에 앉은 다이애나 배리가 자신
을 외면하고 있다는 사실이 더욱 강하게 느껴져서, 앤은 자신
이 얻은 조그만 성공이 더욱 쓰라렸다.

"다이애나가 미소 한번 정도는 지어줬는지도 몰라요." 그 날 밤 앤은 마릴라 앞에서 한숨을 쉬었다. 하지만 다음 날 아침 오묘하게 구겨지고 접힌 쪽지와 작은 물건이 앤에게 전달되었다.

앤에게[쪽지는 그렇게 시작되었다]
어머니가 너하고는 학교에서 만나도 같이 놀지도 말고 말하지도 말라고 하셔. 내 잘못은 아니니까 나한테 화내지 마. 언제나처럼 너를 사랑해. 너한테 내 비밀을 몽땅 말하고 싶어 죽겠어. 그리고 거티 파이는 너무 싫어. 빨간 박엽지로 책갈피를 하나 만들었어. 요새 이거 완전히 인기인데, 학교에서 만들 줄 아는 여학생은 셋뿐이야. 이걸 보면 날 기억해줘.

너의 진정한 친구
다이애나 배리

앤은 쪽지를 읽고 책갈피에 입을 맞춘 뒤 얼른 답장을 써 보냈다.

사랑하는 다이애나
어머니 말을 듣는 것뿐인데 어떻게 너한테 화를 내겠니. 우리의 영혼은 항상 함께 있을 거야. 그리고 네가 준 예쁜 선물을 영원히 간직하겠어. 미니 앤드루스는 상상력은 없지만 아주 착해. 그래도 다이애나의 단짝 친구였던 사람이 미니하고 단짝 친구가 될 수는 없어. 맞춤법 실수가 있다면 미안해. 많이 나아졌는데 아직도 맞춤법이 약해.

죽음이 갈라놓을 때까지 너의 친구인

앤 또는 코딜리어 셜리

추신. 오늘 밤 네 편지를 베개 밑에 넣고 잘 거야.

A. 또는 C.S.

앤이 다시 학교에 다니면서, 마릴라는 또 온갖 말썽이 생겨나리라 각오했다. 하지만 아무 일도 없었다. 어쩌면 앤에게 미니 앤드루스의 모범생 정신이 약간 옮았는지도 몰랐다. 적어도 그 뒤로 필립스 선생님과는 문제 없이 지냈다. 그리고 앤은 길버트 블라이드에게 한 과목도 뒤지지 않겠다는 생각으로 공부에 몰두했다. 두 사람이 경쟁한다는 사실은 금세 분명해졌다. 길버트로서는 아무런 악의 없는 경쟁이었다. 하지만 안타깝게도 앤에 대해서는 그렇게 말하기 어려웠다. 앤에게는 한번 품은 원한은 쉽게 풀지 않는, 바람직하지 못한 끈기가 있었다. 앤은 누구를 미워할 때도 사랑할 때처럼 강렬했다. 앤 스스로는 자신이 길버트를 공부로 이기려 한다는 사실을 인정하지 않았다. 길버트의 존재 자체를 철저히 무시하는 것처럼 행동했기 때문이다. 하지만 경쟁은 뚜렷했고, 1등이라는 명예는 두 사람 사이를 오갔다. 어느 날은 길버트가 맞춤법 수업에서 1등을 하는가 하면, 다음 날은 앤이 이겨서 빨강 머리를 가볍게 휘날렸다. 계산에서도 어느 날은 길버트가 정답을 모두 맞혀 칠판에 이름이 적혔지만, 다음 날은 앤이 전날 저녁 내내 소수를 가지고 씨름한 덕분에 1등을 했다. 어떤 황당한 날에는 두 사람이 공동 1등을 해서 이름이 나란히 적히기도 했다. 그 일은 거의 '얼레리꼴레리'만큼이나 기분 나빴고, 길버트가 기뻐하는 만큼 앤은 불쾌해했다. 월말고사 때면 긴장은 극에 달했다. 첫 달엔 길버트가 3점 앞섰다. 두 번째 달에는 앤이 5점 앞섰다. 하지만 길버트가 모든 학생 앞에서 앤을 축하하자 그 기쁨은 손상되고 말았다. 그가 패배에 부들부들 떨었으면 승리가 훨씬 더 달콤했을 것이다.

　필립스 선생님은 훌륭한 교사가 아니었을지 몰라도, 앤처럼 굳게 마음먹고 공부하는 학생은 어떤 교사가 가르치든 발전하지 않을 수 없었다. 학기 말에 앤과 길버트는 모두 5학년에 올라가서 '상급 과목'을 공부하게 되었다. 라틴어, 기하학, 프랑스어, 대수학이었다. 그리고 기하학은 앤에게 무시무시한 적수였다.

　"너무 괴로운 과목이에요, 마릴라 아주머니." 앤이 앓는 소리를 했다. "도저히 무슨 소리인지 모르겠어요. 거기에는 상상의 영역이 없어요. 필립스 선생님은 저 같은 기하학 둔재는 본 적이 없대요. 그런데 길…… 그러니까 어떤 애들은 기하학을 잘하고, 그래서 굴욕적이에요. 다이애나도 저보다 잘해요. 하지만 다이애나한테 진 건 상관없어요. 비록 지금은 인사도 안 하는 사이지만, 저는 다이애나에게 꺼질 수 없는 사랑을 품고 있으니까요. 가끔 그 애 생각을 하면 슬퍼져요. 하지만 마릴라 아주머니, 세상이 너무 재미있어서 그렇게 오래 슬퍼할 수가 없어요."

긴급 구조자 앤

큰일은 사소한 일로 끝나는 법이다. 처음에 캐나다 총리가 프린스에드워드섬 방문을 결정했을 때, 그 일은 그린게이블스에 사는 앤 셜리와는 별로, 아니면 전혀 상관없는 일이었다. 하지만 상관이 있었다.

총리는 1월에 샬럿타운에서 열린 대규모 집회에 지지자들을 만나러 왔고, 거기에는 그를 지지하지 않는 사람들도 제법 갔다. 에이번리 사람들은 정치적으로 거의 총리를 지지하는 입장이었다. 그래서 집회가 열리자 남자들 대부분과 여자들 상당수가 50킬로미터 거리에 있는 샬럿타운으로 갔다. 레이철 린드 부인도 갔다. 레이철 린드 부인은 정치에 관심이 많았기 때문에, 비록 정치적 입장은 반대였지만 그런 집회에 자신이 빠지는 일은 있을 수 없다고 여겼다. 부인은 샬럿타운에 가면서 남편도 데리고 갔고―남편은 말을 돌봐야 했다―마릴라 커스버트도 함께 갔다. 마릴라도 은근히 정치에 관심이 많았고, 총리를 실제로 볼 수 있는 유일한 기회라고 생각해서 망설임 없이 같이 가자는 제안을 받아들였다. 그래서 다음 날 그들이 돌아올 때까지 집에는 앤과 매슈만 남게 되었다.

마릴라와 레이철 부인이 대규모 집회를 즐기는 동안, 앤과 매슈는 그린게이블스의 따뜻한 부엌에서 둘만의 시간을 누렸다. 구식 워털루 스토브에서 불이 밝게 타올랐고, 유리창에는 청백색 서리 결정이 반짝였다. 매슈는 소파에서 「농민신문」을 든 채 졸았고, 앤은 식탁에 앉아, 그날 제인 앤드루스에게 빌린 새 책을 얹어둔 시계 선반을 이따금 안타깝게 바라보면서도, 흔들리지 않고 공부에 몰두했다. 제인은 그 책에 스릴인가 뭔가가 가득하다고 했고, 앤은 얼른 책을 읽고 싶어서 손가락이 간질거렸다. 하지만 그러면 내일 시험에서 길버트 블라이드에 게 질 것이다. 앤은 시계 선반을 등지고 책이 거기 없다고 생각하려고 했다.

"매슈 아저씨, 아저씨도 학교에서 기하학을 배우셨어요?"

"저기, 아니, 안 배웠어." 매슈가 졸다가 깜짝 놀라 깨어나면서 말했다.

"배우셨으면 좋았을 텐데." 앤이 한숨을 쉬었다. "그러면 지금 제 심정을 이해하실 테니까요. 하지만 공부하지 않으셨다니 제 심정을 잘 이해하지 못하실 거예요. 이게 제 인생 전체에 그림자를 드리우고 있어요. 저는 기하학에 완전히 둔재예요, 아저씨."

"저기, 잘 모르겠지만." 매슈가 부드럽게 말했다. "너는 어떤 일도 잘할 것 같아. 지난주에 카머디 블레어 상점에서 필립스 선생님을 만났는데, 선생님이 네가 학교에서 제일 똑똑하고 발전이 빠르다고 하시더라. '발전이 빠르다'고 딱 그렇게 말씀하셨어. 어떤 사람들은 테디 필립스를 욕하고 별로 좋은 선생이 아니라고 말하지만, 내가 보기엔 괜찮은 분 같아."

매슈는 앤을 칭찬하는 사람이라면 누구라도 '괜찮다'고 했을 것이다.

"선생님이 글자만 안 바꿔도 기하학이 이렇게 어렵지는 않을 거 같아요." 앤이 한탄했다. "공식을 외웠다 싶으면 선생님이 칠판에 그걸 그리고는 다른 글자로 바꿔서 완전히 헷갈리게 만들어요. 선생님이 그렇게 하는 건 너무 치사하지 않아요? 지금은 농업을 배우는데, 큰길이 왜 빨간색인지 드디어 알게 됐어요. 알고 나니까 마음이 편해졌어요. 마릴라 아주머니하고 린드 아주머니가 집회를 잘하고 계시는지 모르겠네요. 린드 아주머니는 지금 정부가 하는 일을 보면 캐나다가 곧 망할 거라고, 그게 유권자들에게 경고가 될 거라고 말씀하세요. 그리고 여자들에게도 선거권이 생기면 좋은 일이 많을 거라고 하세요. 아저씨는 어느 당에 투표하세요?"

"보수당이지." 매슈가 바로 말했다. 보수당에 투표하는 것은 매슈에게 종교와 같았다.

"그러면 저도 보수당이에요." 앤이 결연하게 말했다. "그리고 다행이네요. 왜냐면 길…… 아니 학교의 어떤 남학생들은 자유당 쪽이거든요. 필립스 선생님도 자유당일 거예요. 프리시 앤드루스의 아버지가 자유당 지지자니까요. 루비 길리스가 그러는데, 남자가 여자한테 연애를 걸려면 종교는 여자 어머니한테 맞추고, 정치는 여자 아버지한테 맞추어야 한대요. 그 말이 맞나요, 매슈 아저씨?"

"저기, 난 모르겠다." 매슈가 말했다.

"매슈 아저씨는 연애를 거신 적 없나요?"

"저기, 없어. 그런 적은 없다." 매슈가 말했다. 그는 평생토록 결단코 그런 일은 생각도 해보지 않았다.

앤은 턱을 두 손으로 괴고 생각에 잠겼다.

"좀 재미있을 것 같지 않나요, 아저씨? 루비 길리스는 어른이 되면 애인을 잔뜩 두고 다 자기한테 미치게 만들 거래요. 하지만 그런 일은 좀 힘들 거예요. 저는 그냥 생각이 바른 사람 하나만 있으면 돼요. 하지만 루비 길리스는 언니가 많아서 그런 일도 많이 알아요. 린드 아주머니는 길리스네 딸들은 내놓기만 하면 척척 팔렸다고 하시죠. 필립스 선생님은 거의 매일 오후에 프리시 앤드루스한테 가요. 공부를 도와주려고 그런다고 하는데, 미란다 슬론도 퀸스 입시를 준비하고, 사실 더 도움이 필요한 건 미란다예요. 머리가 훨씬 나쁘거든요. 하지만 선생님이 오후에 미란다의 공부를 봐주는 일은 없어요. 세상에는 제가 이해하기 어려운 일이 참 많은 거 같아요, 매슈 아저씨."

"저기, 나도 세상일을 다 이해하지 못해." 매슈가 인정했다.

"이제 다시 공부로 돌아갈게요. 공부를 마치기 전에는 제인이 빌려준 책을 펼칠 수 없어요. 하지만 유혹이 엄청 커요. 등을 돌리고 있는데도 눈앞에 보이는 것 같아요. 제인은 책을 읽으면서 엄청 울었대요. 저는 눈물 나는 책이 좋아요. 하지만 아무래도 책을 거실의 잼 보관장에 넣고 잠근 다음에 아저씨한테 열쇠를 드려야겠어요. 제가 무릎을 꿇고 사정해도 공부를 마치기 전에는 열쇠를 주시면 안 돼요. 유혹을 이기라고 말하는 건 쉽지만, 열쇠가 없다면 그 일은 훨씬 쉬워질 거예요. 그러면 제가 지하실에 가서 갈색 사과를 좀 가지고 올까요, 매슈 아저씨? 사과 드실래요?"

"저기, 잘 모르겠구나." 매슈가 말했다. 매슈는 갈색 사과를 먹지 않지만, 앤이 좋아한다는 것은 알았다.

앤이 지하실에서 접시 가득 갈색 사과를 담아 나왔을 때, 바깥의 얼어붙은 나무 통로에서 바쁘게 달리는 발소리가 나더니 다음 순간 부엌 문이 홀랑 열리고 다이애나 배리가 숨을 헐떡이며 들어왔다. 얼굴은 창백했고, 머리에 숄을 급하게 두른 듯했다. 앤은 놀라서 촛불과 접시를 놓쳤고, 접시와 촛불은 사과와 함께 지하실 사다리 아래로 떨어졌다. 다음 날 바닥에 녹아 붙은 기름 속에서 그것들을 수습한 마릴라는 집에 불이 나지 않은 것에 감사해야 했다.

"무슨 일이니, 다이애나? 드디어 어머니 마음이 풀렸니?" 앤이 소리쳤다.

"앤, 빨리 와줘." 다이애나가 덜덜 떨며 말했다. "미니 메이가 아파. 메리 조의 말로는 인후염이래. 아버지랑 어머니는 지금 샬럿타운에 가서 의사를 부르러 갈 사람이 없어. 미니 메이가 너무 아프고, 메리 조도 어쩔 줄 모르고, 아, 앤, 너무 무서워!"

매슈는 아무 말도 없이 모자와 코트를 집어 들고, 다이애나의 곁을 지나서 어두운 마당으로 나갔다.

"매슈 아저씨가 마차로 카머디에 가서 의사를 불러 오실 거야." 앤이 말했다. 앤도 서둘러 모자를 쓰고 재킷을 입었다. "말하지 않아도 알아. 아저씨하고 나는 결이 같아서 말로 듣지 않아도 아저씨 생각을 알 수 있어."

"카머디에 가셔도 의사가 없을 거야." 다이애나가 흐느꼈다. "블레어 선생님은 샬럿타운에 가셨고, 스펜서 선생님도 그랬을 것 같거든. 메리 조는 인후염에 걸린 사람을 처음 봤다고 하고, 린드 아주머니도 안 계셔. 아, 앤!"

"울지 마, 다이애나." 앤이 다이애나를 달랬다. "나는 인후염 환자를 돌보는 법을 잘 알아. 해먼드 아주머니가 쌍둥이를 세 번 낳았다는 거 잊었어? 쌍둥이 세 쌍을 돌보다 보면 많은 경험을 하게 마련이야. 아이들은 모두 시시때때로 인후염에 걸렸어. 내가 토근 시럽을 찾을 동안 기다려. 너네 집에 없을지도 모르니까. 이제 가자."

두 아이는 손을 잡고 나가서 연인의 오솔길을 지나고 그 너머 얼어붙은 들판을 달렸다. 숲길이 더 가까웠지만 눈이 깊어서 그리로는 갈 수 없었다. 앤은 미니 메이의 상태는 안타까웠지만, 그런 가운데에도 지금 상황이 얼마나 로맨틱한지, 또 결이 같은 친구와 그 로맨틱함을 다시 누리는 일이 얼마나 달콤한지 감지하지 않을 수 없었다.

밤은 맑고 추웠다. 그림자는 캄캄하고, 눈 덮인 기슭은 은빛이었다. 침묵에 잠긴 들판 위로 큰 별들이 반짝였다. 여기저기 뾰족한 전나무들이 눈가루를 인 채 어둡게 솟아올랐고, 그 사이로 바람이 휘파람을 불며 달렸다. 이 모든 신비와 아름다움 속을, 오랫동안 떨어져 지낸 단짝 친구와 함께 달리는 일은 앤에게는 너무도 기쁜 일이었다.

이제 겨우 세 살인 미니 메이는 상태가 정말로 안 좋았다. 부엌 소파에 누워 있었는데 열이 펄펄 끓고, 거친 숨소리가 온 집 안에 울렸다. 메리 조는 크리크에 사는 통통하고 얼굴이 넓적한 프랑스 아가씨로, 배리 부인이 집을 비운 사이 아이들을 돌봐주러 왔는데, 이런 상황에서는 어떻게 해야 할지를 몰랐고, 알았다 해도 그 일을 할 능력이 없어서 쩔쩔맸다.

앤은 능숙하고 빠르게 일에 착수했다.

"미니 메이는 인후염이 맞아. 상태는 심한 편이지만, 더 나쁜 경우도 많이 봤어. 우선 뜨거운 물이 많이 필요해. 그런데 다이애나, 주전자에 한 컵 분량밖에 없더라! 내가 주전자를 채웠으니까, 메리 조 언니는 스토브에 땔감을 넣으세요. 기분 나쁘라고 하는 말은 아니지만, 언니가 상상력이 있다면 벌써 이런 일을 생각했어야죠. 그리고 다이애나, 미니 메이의 옷을 벗기고 침대에 눕힐 테니까 부드러운 플란넬 옷을 찾아봐. 나는 토근 시럽부터 먹일게."

미니 메이는 순순히 먹으려 하지 않았지만, 앤이 쌍둥이 세 쌍을 키운 경험은 헛되지 않았다. 길고 힘든 밤이 지나는 동안 앤은 토근 시럽을 여러 차례 먹였고, 두 아이는 끈기 있게 미니 메이를 돌봤다. 그러는 동안 메리 조는 어떻게든 도움을 주려고 불을 이글이글 지피고, 인후염에 걸린 아기 몇십 명이 써도 남을 만큼 물을 끓였다.

매슈가 의사를 데리고 온 것은 세 시나 되어서였다. 스펜서베일까지 가야 했기 때문이다. 하지만 위급한 시간은 이미 지난 후였다. 미니 메이는 훨씬 상태가 좋아져서 곤히 자고 있었다.

"거의 포기할 뻔했어요." 앤이 의사에게 말했다. "미니는 점점 안 좋아져서 해먼드 쌍둥이들보다도 더 심해졌어요. 그집 막내 쌍둥이들보다도요. 이러다가 숨이 막혀 죽겠구나 생각했죠. 병에 있는 토근 시럽을 다 먹였고, 마지막으로 먹인 뒤에는 이렇게 생각했어요. 다이애나나 메리 조한테는 말하지 않았어요. 더 걱정끼치고 싶지 않았으니까요. 하지만 제 마음을 달래기 위해 속으로 말했어요. '이게 마지막 희망인데, 이것도 헛될까 두렵구나' 하고요. 하지만 3분 정도 지나서 아이가 가래를 뱉었고, 그 뒤로 바로 좋아지기 시작했어요. 제가 얼마나 안심했을지는 선생님이 상상해보세요. 말로 표현할 수는 없으니까요. 말로는 표현할 수 없는 것들이 있잖아요."

"그래, 안다." 의사가 고개를 끄덕였다. 그리고 말로는 표현할 수 없는 생각을 하는 듯한 얼굴로 앤을 보았다. 하지만 나중에는 그 생각을 배리 부부에게 표현했다.

"커스버트 가에서 키우는 빨강 머리 여자애는 보기 드물게 야무지더군요. 이 댁 아기의 목숨은 그 애가 구한 거라고 봐야 합니다. 제가 오기를 기다렸다면 늦었을 겁니다. 그 나이의 아이로서는 일 처리 솜씨도, 침착한 태도도 놀랍더군요. 그 아이가 저에게 상황을 설명할 때 보인 눈빛은 여지껏 어디서도 본 적이 없습니다."

앤은 서리가 하얗게 내린 멋진 겨울 아침 속을 걸어 집에 돌아왔다. 잠을 못 자서 눈은 무거웠지만, 그래도 매슈에게 계속 이야기를 하면서 그와 함께 길고 흰 들판을 건너고 연인의 오솔길에 단풍나무들이 만들어낸, 요정처럼 반짝이는 아치 밑을 지났다.

"매슈 아저씨, 정말 멋진 아침 아니에요? 이 세상은 하느님이 자기 즐거움을 위해 상상해낸 것 같아요. 저 나무들은 제가 입김을 불면 날아갈 것 같아요, 후! 저는 서리가 있는 세상에서 사는 게 기뻐요. 해먼드 아주머니가 쌍둥이를 세 번 낳은건 결국 저한테 좋은 일이었어요. 안 그랬으면 미니 메이를 어떻게 해야 할지 몰랐을 거예요. 아주머니가 자꾸 쌍둥이를 낳는다고 화를 냈던 게 미안해요. 하지만, 아저씨, 너무 졸려요. 학교에는 못 가겠어요. 눈도 못 뜨고 있을 거고, 머리도 멍할 거예요. 하지만 길…… 다른 아이가 1등을 할 거라 생각하면 학교에 가고 싶은데, 잠이 들면 다시 일어나기 너무 힘들 것 같아요. 물론 그게 힘들수록 일어났을 때 뿌듯함은 크지만요."

"저기, 너는 잘할 거야." 매슈가 앤의 작고 하얀 얼굴과 퀭한 눈을 바라보며 말했다. "얼른 네 방에 가서 자렴. 집안일은 내가 다 할 테니."

그래서 앤은 바로 침대에 누워서 오랫동안 푹 잤고, 희고 붉은 빛에 싸인 겨울 오후가 한참 지난 뒤에야 일어나서 부엌으로 내려갔다. 부엌에서는 그사이에 돌아온 마릴라가 뜨개질을 하고 있었다.

"마릴라 아주머니, 총리님 보셨어요? 어떻게 생겼어요, 아주머니?" 앤이 소리쳤다.

"그 사람은 인물로는 총리가 못 됐겠더라." 마릴라가 말했다. "코가 너무 못생겼어! 하지만 말은 기가 막히게 잘하더구나. 내가 보수당 지지자인 게 기뻤어. 물론 레이철 린드는 자유당 지지자니까 그 사람이 싫겠지. 네 식사는 오븐에 있다, 앤. 그리고 식품실에서 자두 절임을 가져다 먹어도 돼. 배가 고플 테니. 매슈한테 어젯밤 이야기 다 들었어. 네가 방법을 알고 있던 게 얼마나 다행인지. 나라도 어떻게 해야 할지 몰랐을 거야, 인후염에 걸린 사람을 본 적이 없으니까. 하지만 말은 그만하고 일단 식사부터 해라. 네 얼굴을 보니까 하고 싶은 말이 넘치는 거 같은데, 이따가 해."

마릴라는 앤에게 전할 말이 있었지만, 그 자리에서 바로 전하지 않았다. 그 이야기를 하면 앤이 너무 흥분해서 식사 같은 물질적 일은 팽개칠 게 분명했기 때문이다. 앤이 자두 절임 접시를 비운 뒤에야 마릴라가 입을 열었다.

"배리 부인이 오후에 우리 집에 다녀갔어. 너를 보고 싶다고 했지만 내가 너는 자야 한다고 했지. 아주머니는 네가 미니 메이의 목숨을 살려주어서 고맙다고, 산딸기 술 일로 너한테 그렇게 한 게 미안하다고 하더구나. 그리고 이제는 네가 일부러 다이애나에게 술을 먹인 게 아니라고 생각하니까, 아주머니를 용서하고, 다이애나하고 다시 친하게 지내기를 바란대. 원한다면 오늘 저녁에 그 집에 가도 좋아. 다이애나는 어젯밤에 감기에 걸려서 집 밖으로 나올 수 없다니까. 앤 셜리, 제발 그렇게 흥분하지 말아라."

그 경고는 불필요한 것이 아니었다. 벌떡 일어서는 앤의 표정과 태도가 너무도 들떠 있었기 때문이다. 얼굴에서는 활기의 불꽃이 번쩍 타올랐다.

"아, 아주머니, 지금 가면 안 되나요? 설거지 안 하고요? 설거지는 돌아와서 할게요. 이렇게 행복한 순간에 설거지처럼 로맨틱하지 않은 일에 묶여 있고 싶지 않아요."

"그래, 가렴." 마릴라가 너그럽게 말했다. "앤 셜리, 제정신이니? 당장 돌아와서 뭘 걸치고 가. 이런, 바람한테 얘기하는 거나 똑같아. 모자도 안 쓰고 외투도 안 두르고 갔어. 저렇게 머리를 날리면서 과수원을 달려가네. 감기에 걸리지 않으면 다행이겠어."

앤은 자주색 겨울 석양이 걸린 눈 덮인 들판 위로 춤을 추며 돌아왔다. 멀리 연한 황금빛과 분홍빛에 감싸인 남서쪽 하늘에서는 진줏빛 저녁별 하나가 떠올라 하얀 땅과 컴컴한 가문비나무 숲 위에서 반짝거렸다. 눈에 덮인 언덕들에서는 썰매 종소리가 찬 공기를 뚫고 요정 소리처럼 울렸지만, 그 음악은 앤의 심장과 입이 들려주는 노래만큼 달콤하지 않았다.

"아주머니는 지금 완벽하게 행복한 사람을 보고 계세요." 앤이 말했다. "저는 완벽하게 행복해요. 네, 빨강 머리라도 상관없어요. 지금 제 영혼은 빨강 머리를 초월했어요. 배리 아주머니가 울면서 저에게 입을 맞추시고 정말 미안하다고, 저한테 보답할 방법이 없다고 말씀하셨어요. 정말 어색했지만, 그냥 공손하게 말했어요. '아주머니를 원망하지 않아요. 저는 정말이지 그게 술인 줄 몰랐어요. 그러니 과거는 망각의 장막으로 덮어두겠어요' 하고요. 그런 말은 아주 위엄 있게 들리지 않나요? 배리 아주머니는 정말 부끄러워하시는 것 같았어요. 그리고 다이애나하고 저는 오후 내내 즐겁게 놀았어요. 다이애나는 카머디에 사는 이모한테서 배운 새로운 코바늘 뜨기를 가르쳐줬어요. 에이번리에서 그걸 아는 사람은 우리뿐이고, 우리는 다른 사람들한테 절대로 가르쳐주지 않기로 맹세했어요. 다이애나가 예쁜 카드를 주었는데, 거기에는 장미 그림도 있고 시구절도 적혀 있었어요.

내가 너를 사랑하듯 네가 나를 사랑한다면
죽음 아닌 어떤 것도 우리를 갈라놓지 못하리라.

그리고 그건 사실이에요, 아주머니. 우리는 필립스 선생님에게 우리를 다시 같이 앉게 해달라고 부탁할 생각이에요. 거티 파이는 미니 앤드루스하고 앉으면 되니까요. 저녁은 아주 멋졌어요. 배리 아주머니가 최고로 좋은 도자기 세트를 내오셔서, 제가 진짜 손님처럼 느껴졌어요. 얼마나 짜릿했는지 몰라요. 전에는 저에게 대접하려고 최고로 좋은 도자기를 꺼낸 사람이 없었어요. 우리는 과일 케이크하고 파운드케이크하고 도넛하고 두 종류의 과일 절임을 먹었어요. 그리고 배리 아주머니는 저한테 차를 마시느냐고 묻고 배리 아저씨한테 '여보, 앤한테 비스킷을 좀 줘요' 하고 말했어요. 어른이 되는 건 좋은 일 같아요, 마릴라 아주머니. 어른처럼 대접받는 것만도 너무 좋으니까요."

"그건 잘 모르겠다." 마릴라가 짧은 한숨 속에 말했다.

"어쨌건 제가 어른이 되면 아이들도 어른처럼 대할 거예요." 앤이 단호하게 말했다. "그리고 아이들이 거창한 말을 해도 웃지 않을 거예요. 제 슬픈 경험을 통해서 그게 얼마나 큰 상처가 되는지 알았거든요. 저녁 식사 후에는 다이애나하고 같이 캐러멜 사탕을 만들었어요. 별로 잘 만들지는 못했어요. 다이애나도 저도 처음 해본 거라서요. 다이애나가 자기가 접시에 버터를 바를 테니 그동안 저한테 시럽을 저으라고 했는데, 깜박하고 시럽을 태웠어요. 그런 뒤에 식히려고 밖에 내다놓았더니, 고양이가 접시 하나를 밟고 지나가서 그건 버려야 했어요. 하지만 만드는 일은 아주 재미있었어요. 그리고 이제 집에 간다고 하니까 배리 아주머니가 자주 놀러 오라고 하셨고, 다이애나는 창가에 서서 제가 연인의 오솔길에 들어설 때까지 계속 손을 흔들며 입맞춤을 보냈어요. 아주머니, 오늘 밤 저는 기도를 하고 싶어요. 이번 일을 기념하는 특별한 기도를 생각하겠어요."

음악회와 대실수와 고백

"마릴라 아주머니, 잠깐 다이애나 집에 다녀와도 되나요?" 2월
의 어느 저녁에 앤이 동쪽 다락방에서 헐레벌떡 뛰어 내려오면
서 물었다.

"해도 졌는데 무슨 일로 나가려는 거니?" 마릴라가 무뚝뚝
하게 말했다. "너하고 다이애나는 학교에서 같이 집에 왔고, 그
러고 나서는 30분 동안 눈을 맞으며 서서 계속 수다를 떨었어.
그러니 다시 다이애나를 보러 가야 할 일은 없어 보인다."

"하지만 다이애나가 불렀어요. 중요한 이야기가 있대요."
앤이 간청했다.

"그걸 어떻게 알아?"

"지금 창문에서 신호를 보냈어요. 저희가 촛불하고 종이
로 신호를 정했거든요. 창턱에 촛불을 켜놓고 그 앞에 종이를
움직여서 불빛이 깜박거리게 하는 거예요. 깜박이는 횟수에 따

라 뜻을 정했어요. 제 아이디어였어요, 마릴라 아주머니."

"그건 말하지 않아도 알겠다." 마릴라가 힘주어 말했다. "이제 그런 신호인지 뭔지를 주고받다가 커튼에 불을 붙이고 말겠구나."

"아주 조심하고 있어요, 아주머니. 그런데 아주 재미있어요. 두 번 깜박이면 '너 집에 있니?'예요. 세 번은 '응'이고, 네 번은 '아니'예요. 다섯 번은 '되도록 빨리 우리 집에 와. 중요한 이야기가 있어'예요." 다이애나가 방금 다섯 번을 신호했고, 무슨 일인지 궁금해 미치겠어요."

"미칠 건 없어." 마릴라가 놀리듯이 말했다. "보내줄 테니까. 하지만 정확히 10분 후에 돌아와야 한다. 명심해."

앤은 그 말을 명심하고 정한 시간에 돌아왔다. 그 중요한 이야기를 10분 안에 끝내는 게 앤에게 얼마나 힘든 일이었는지는 누구도 알 수 없지만, 어쨌건 앤은 그 시간을 잘 활용하고 돌아왔다.

"마릴라 아주머니, 어떻게 생각하세요? 내일이 다이애나 생일이에요. 배리 아주머니가 다이애나한테 학교 끝나고 저를 집에 데려와서 같이 놀고 같이 자도 좋다고 말씀하셨대요. 뉴 브리지에 사는 다이애나의 사촌들도 말 썰매를 타고 와서, 내일 밤 회관에서 열리는 토론 클럽 음악회에 간대요. 그 사촌들이 다이애나하고 저도 음악회에 데리고 간대요, 마릴라 아주머

니가 허락해주시면요. 허락해주실거죠, 아주머니? 너무 기대
돼요."

"기대할 것 없어. 허락 안 할 거니까. 너는 집에 있어야 해.
그리고 클럽 음악회라니 말도 안 돼. 여자애들은 그런 데 가면
안 돼."

"토론 클럽은 건전한 모임이에요." 앤이 간청했다.

"불건전하다는 건 아냐. 하지만 음악회니 밤샘 놀이니 하
며 쏘다니는 건 허락할 수 없어. 어린애들한테는 안 좋아. 배리
부인이 다이애나한테 그런 걸 허락했다는 게 놀랍다."

"하지만 아주 특별한 일이잖아요." 앤은 눈물이 차올라서
말했다. "다이애나의 생일은 1년에 딱 하루예요. 생일이 흔한
일은 아니잖아요, 아주머니. 프리시 앤드루스가 「오늘 밤은 통
금이 없다네」를 낭송한대요. 아주 도덕적인 시예요. 그 시 낭송
을 들으면 저한테 많은 도움이 될 거예요. 그리고 합창단은 찬
송가만큼 좋은, 아름답고도 슬픈 노래를 네 곡 부를 거예요. 그
리고 아주머니, 목사님도 출연해요. 맞아요, 목사님도 나와서
연설을 하세요. 그건 거의 설교하고 똑같을 거예요. 그러니 제
발 보내주세요, 마릴라 아주머니."

"내가 한 말 못 들었니, 앤? 이제 신발 벗고 방에 가서 자거
라. 벌써 여덟 시가 넘었어."

"하나만 더요, 마릴라 아주머니." 앤이 마지막 무기를 꺼내

듯이 말했다. "배리 아주머니가 다이애나하고 제가 손님방에서 자도 된다고 말씀하셨어요. 진짜 손님처럼 손님방에서 자도 된다니 영광이잖아요."

"그런 영광은 필요 없어. 방에 가서 자라, 앤. 더 이상 떠들지 말고."

앤이 눈물을 흘리며 위층으로 올라가자, 이런 대화가 오가는 동안 안락의자에서 곤히 자는 것 같던 매슈가 눈을 뜨고 결연하게 말했다.

"저기, 마릴라. 앤을 보내주는 게 좋겠어."

"안 돼." 마릴라가 잘라 말했다. "아이를 키우는 게 누구야? 오빠야 나야?"

"저기, 너지." 매슈가 인정했다.

"그럼 간섭하지 마."

"저기, 간섭하는 게 아니야. 네 의견에 간섭하지 않아. 그냥 내 의견은 앤을 보내주어야 한다는 거야."

"오빠는 앤이 원하기만 한다면 달나라라도 보내줘야 한다고 하겠지." 마릴라가 차갑게 말했다. "그게 전부라면 다이애나의 집에서 자라고 했을 거야. 하지만 음악회는 찬성할 수 없어. 거기 가면 감기도 걸리고, 머릿속에 헛된 생각과 흥분이 가득 찰 거야. 한 주 동안은 들떠서 지내겠지. 아이의 기질이 어떤지, 거기 좋은 게 뭔지 내가 오빠보다 더 잘 알아, 매슈."

"그래도 앤을 보내주는 게 좋겠어." 매슈는 물러서지 않았다. 그는 논쟁은 잘하지 못했지만, 끈질긴 고집은 확실한 강점이었다. 마릴라는 답답해서 한숨을 폭 쉬고, 침묵으로 물러났다. 다음 날 아침 앤이 식품실에서 설거지를 할 때 헛간으로 나가던 매슈가 걸음을 멈추고 마릴라에게 다시 말했다.

"앤을 보내주는 게 좋겠어, 마릴라."

한순간 마릴라의 얼굴은 뭐라고 말할 수 없을 만큼 험악해졌다. 하지만 매슈에게 맞설 수 없다는 것을 깨닫고 짧게 말했다.

"좋아, 보내, 그럼. 안 그러면 오빠가 투덜거리는 걸 막을 길이 없으니."

앤은 물이 뚝뚝 떨어지는 행주를 들고 식품실에서 튀어나왔다.

"아, 마릴라 아주머니, 그 복된 말 다시 해주세요."

"한 번 말한 걸로 충분해. 이건 매슈 때문이고, 나는 이 일에서 손을 떼겠어. 네가 남의 집에서 자다가, 아니면 한밤중에 열기 가득한 회관에서 나오다가 폐렴에 걸려도 나 대신 매슈를 원망해. 앤 셜리, 지금 바닥에 더러운 물을 뚝뚝 흘리고 있어. 이렇게 조심성이 없어서야."

"아, 제가 골칫거리라는 건 알아요, 마릴라 아주머니." 앤이 반성하듯이 말했다. "맨날 실수투성이죠. 하지만 제가 하지 않는 실수들도 생각해주세요. 학교에 가기 전에 모래로 얼룩을 닦아낼게요. 아, 마릴라 아주머니, 정말로 그 음악회에 너무도 가고 싶어요. 한 번도 음악회에 간 적이 없어서 학교에서 다른 아이들이 음악회 이야기를 하면 소외감이 느껴지거든요. 아주머니는 제 기분을 모르셨지만, 아저씨는 아셨어요. 아저씨는 저를 이해하세요. 그리고 이해받는 일은 정말 기분 좋은 일이에요."

앤은 들뜬 나머지 그날 수업에서는 평소 실력을 발휘하지 못했다. 길버트 블라이드가 맞춤법에서도 앤을 이기고, 암산에서도 앤을 멀찌감치 따돌렸다. 하지만 앤은 음악회와 손님방에 대한 기대에 가득 차서, 평소만큼 실망하지 않았다. 앤과 다이애나는 종일토록 쉬지 않고 그 일에 대해 떠들었고, 필립스 선생님이 아닌 좀 더 엄격한 교사였다면 불명예스러운 벌을 내렸을 것이다.

앤은 음악회에 못 가게 되었다면 견딜 수 없었을 것이다. 그날 학교에서는 온통 그 이야기뿐이었기 때문이다. 겨울 동안 2주에 한 번씩 모임을 한 에이번리 토론 클럽은 전에도 몇 차례 작은 무료 행사를 열었다. 하지만 이번에는 규모가 큰 행사였고, 도서관 후원 기금으로 입장료도 10센트나 받았다. 에이번리 학생들은 몇 주 동안 공연을 연습했고, 자기 언니와 형들이 출연하기 때문에 모두 관심이 컸다. 학교에서 아홉 살 이상의 학생은 캐리 슬론만 빼고 모두 음악회에 갈 예정이었다. 캐리네 아버지는 어린 여학생이 밤에 음악회에 가는 것에 대해서 마릴라와 의견이 같았다. 캐리 슬론은 오후 내내 문법 책을 붙들고 울었고, 인생은 살 가치가 없다고 느꼈다.

앤은 학교 수업이 끝나면서부터 정말 흥분하기 시작했고, 흥분은 점점 커져서 음악회에 갔을 때 절정에 이르렀다. 그들은 '완벽하게 우아한 저녁'을 먹었고, 그런 뒤에는 2층 다이애나의 작은 방에서 치장을 하는 즐거움을 누렸다. 다이애나는 앤의 앞머리를 유행하는 모양으로 부풀려주고, 앤은 다이애나의 리본을 자신만의 특별한 기술로 매주었다. 그런 뒤 둘은 뒷머리를 열두 가지도 넘는 방식으로 매만져보았다. 마침내 준비를 마친 두 아이는 뺨이 발갰고, 두 눈은 기대로 반짝거렸다.

물론 앤은 자신의 검고 투박한 베레모와 집에서 만든 투박하고 소매 좁은 회색 천 코트를 다이애나의 예쁜 털가죽 모자와 깔끔한 재킷에 비교하며 약간의 고통을 느끼지 않을 수 없었다. 하지만 자신에게는 상상력이 있으니 그걸 활용할 수 있다고 생각했다.

그러고 나서 다이애나의 사촌인 머레이네 사람들이 뉴브리지에서 왔다. 그들이 비좁게 타고 온 말 썰매에는 밀짚과 털가죽 덮개가 수북했다. 회관까지 가는 길도 즐거움이 한가득이었다. 새틴 천처럼 길을 매끈하게 덮은 눈이 썰매 날 아래에서 상쾌하게 부서졌다. 노을은 황홀했고, 눈 덮인 언덕과 세인 트로렌스 만의 짙푸른 물은 포도주와 불을 담은 커다란 진줏 빛, 사파이어 빛 그릇처럼 그들을 눈부시게 감싸는 듯했다. 썰 매 종소리가 들리고, 숲의 요정들이 파티를 하는 듯한 먼 웃음 소리도 사방에서 들렸다.

"아, 다이애나." 앤이 속삭이며, 엄지장갑을 낀 다이애나의 손을 털가죽 무릎 덮개 밑에서 꼭 쥐었다. "모든 게 아름다운 꿈 같아. 내가 평소하고 똑같아 보이니? 느낌이 평소랑 너무 달 라서 얼굴에서도 엿보일 것 같아."

"지금 진짜 예뻐. 피부가 아주 반짝거려." 다이애나가 말했 다. 방금 사촌 한 명에게 칭찬을 들어서 그 얘기를 전달해야 한 다고 느꼈다.

음악회 프로그램은 적어도 객석에 있는 한 사람에게는 '짜 릿한 떨림'의 연속이었고, 앤이 다이애나에게 말했듯이 떨림 은 공연이 진행될수록 커져갔다. 프리시 앤드루스가 분홍색 실 크 원피스를 입고, 하얀 목에 진주 목걸이를 걸고, 머리에는 진 짜 카네이션을 꽂고―소문에 따르면, 필립스 선생님이 샬럿타 운까지 사람을 보내서 사오게 했다―'빛줄기 하나 없는 어둠 속에서 끈적한 사다리를 올랐다네' 하는 대목을 낭송할 때, 앤 은 넘치는 공감에 몸을 떨었다. 합창단이 「데이지 들판 저 너머 에」를 부를 때, 앤은 천사의 그림이라도 그려진 듯 천장을 바라보았다. 샘 슬론이 '사커리가 암탉에게 알을 품게 하려고 한 이야기'를 낭송할 때는 앤이 너무 신나게 웃어서 옆자리 사람들까지 덩달아 웃었다. 이야기 자체는 에이번리에서 진부한 것이었기 때문이다. 그리고 필립스 선생님이 마르쿠스 안토니우스가 카이사르의 시체를 앞에 두고 한 연설을 열렬하게 웅변했을 때—문장이 끝날 때마다 프리시 앤드루스를 바라봤다—앤은 로마 시민 한 사람만 앞장선다면 자신도 그 자리에서 일어나 반란에 참여할 듯한 느낌이 들었다.

출연자 중에 앤의 관심을 끌지 못한 것은 한 명뿐이었다. 길버트 블라이드가 「라인 강변의 빙겐」을 낭송할 때, 앤은 로다 머레이가 도서관에서 빌려온 책을 읽었고, 낭송이 끝나자 다이애나가 손바닥이 아플 정도로 박수를 치는 동안 꼿꼿이 앉아 꼼짝도 하지 않았다.

그들은 11시에야 집에 돌아왔다. 그날 하루도 즐거웠지만, 이제 그 일을 이야기하는 새로운 즐거움이 기다리고 있었다. 식구들은 모두 잠든 것 같았고, 집은 어둡고 조용했다. 앤과 다이애나는 발끝으로 걸어 응접실로 들어갔다. 손님방은 길고 좁은 응접실을 지나야 있었다. 응접실은 따뜻했고, 벽난로의 깜부기불이 희미한 빛을 뿌리고 있었다.

"여기서 옷을 갈아입자. 따뜻하고 좋으니까." 다이애나가 말했다.

"정말 재미있지 않았니?" 앤이 기쁨 어린 한숨을 쉬었다. "무대에서 하는 시 낭송은 정말 멋져. 우리도 공연에 참여하는 날이 올까, 다이애나?"

"당연히 오지. 고학년 학생은 언제나 공연에 참가할 수 있어. 길버트 블라이드도 자주 했는데, 길버트는 우리보다 두 살밖에 많지 않잖아. 앤, 너는 어쩌면 그렇게 길버트가 낭송하는 시를 전혀 안 듣는 척할 수 있니? 그 부분 있잖아.

그리고 또 한 명이 있다네, 여동생 말고.

거기서 너를 딱 보던데."

"다이애나." 앤이 위엄 있게 말했다. "아무리 네가 내 단짝 친구라고 해도 내 앞에서 그 사람 이야기는 하지 말아줘. 이제 준비됐어? 침대까지 누가 먼저 가는지 경주할까?"

다이애나는 그 제안을 받아들였고, 그래서 흰 옷을 입은 여자아이 둘이 긴 방을 달려서 손님방으로 들어간 뒤 동시에 침대에 뛰어들었다. 그때 무언가가 밑에서 꿈틀거렸다. 헉 소리와 함께 비명이 울렸고, 누군가 이불에 막힌 목소리로 소리쳤다.

"이게 무슨 일이야!"

앤과 다이애나는 자신들이 어떻게 침대를 떠나 밖으로 나왔는지 몰랐다. 정신을 차렸을 때 그들은 덜덜 떨면서 살금살금 위층으로 올라가고 있었다.

"도대체 누구였지? 누구였어?" 앤이 속삭였다. 추위와 공포로 이가 딱딱 부딪쳤다.

"조세핀 할머니야." 다이애나가 정신없이 웃으며 말했다. "앤, 어떻게 해서 거기 계시는지는 모르겠지만 조세핀 할머니야. 아, 할머니가 엄청 화내실 거야. 무섭다. 진짜 무서워. 하지만 이렇게 웃긴 일은 처음 아니니, 앤?"

"조세핀 할머니가 누구야?"

"아버지의 고모인데 샬럿타운에 사셔. 나이가 아주 많고―어쨌건 70세는 넘으셨지―어렸을 때가 있었는지도 모르겠어. 할머니가 조만간 오실 거라고는 했는데 이렇게 일찍 오실 줄은 몰랐네. 아주 무서운 분이고, 이번 일로 크게 화내실 거야. 우리는 미니 메이랑 자야겠다. 그 애는 잠버릇이 진짜 험한데."

조세핀 배리 할머니는 다음 날 이른 아침에 차린 식탁에 나타나지 않았다. 배리 부인은 두 아이에게 다정한 미소를 보냈다.

"어젯밤에 재미있게 놀았니? 너희가 올 때까지 안 자려고 했어. 조세핀 할머니가 오셨으니까 너희는 2층에 가서 자야 한다고 말하려고 했는데, 너무 피곤해서 그만 잠이 들었구나. 너희가 할머니께 폐를 끼치지 않았기를 바란다, 다이애나."

다이애나는 신중하게 침묵을 지켰지만, 식탁을 사이에 두고 앤과 찔리는 미소를 주고받았다. 앤은 아침을 먹고 서둘러 집에 갔기 때문에, 다이애나의 집에서 어떤 일이 벌어졌는지 전혀 모르다가 오후 늦게 마릴라의 심부름으로 린드 부인 집에 가서 이야기를 듣게 되었다.

"너하고 다이애나가 어젯밤에 조세핀 할머니를 기겁하게 만들었다며?" 린드 부인은 엄격한 목소리로 말했지만 눈에는 즐거운 빛이 어렸다. "배리 부인이 조금 전에 카머디로 가는 길에 여기 들렀어. 어찌나 걱정을 하던지. 그 할머니는 아침에 일어나서 불같이 화를 내셨다는구나. 조세핀 배리 할머니는 성격이 장난이 아니란다. 앞으로 다이애나하고는 한마디도 말을 안 하실걸."

"다이애나 잘못이 아니에요." 앤이 죄의식을 느끼며 말했다. "제 잘못이에요. 침대에 누가 먼저 가는지 경주하자고 했거든요."

"그럴 줄 알았어!" 린드 부인이 예언자의 자부심을 보이며 말했다. "네 머리에서 나온 생각일 줄 알았다. 어쨌건 그 일로 문제가 커졌어. 조세핀 배리 여사는 원래 한 달 동안 지내기로 하고 오셨는데, 하루도 더 있기 싫다고 내일 바로 샬럿타운으로 돌아가겠다고 하셨대. 일요일인데도 상관없이 말야. 모시고 갈 사람만 있었으면 오늘 가셨을 거야. 그분은 원래 석 달 동안 다이애나의 음악 교습비를 대주기로 하셨지만, 이제 그런 말괄량이한테는 아무것도 못해주겠다고 하신대. 그 집은 오늘 아침에 엄청 시끄러웠을 거야. 그리고 집안 분위기가 엉망일 테고. 조세핀 할머니는 아주 부자라서, 다이애나의 가족은 그분하고 잘 지내고 싶어하거든. 물론 배리 부인이 그런 말을 하지는 않았지만, 나는 사람들 속을 잘 아니까."

"저는 정말 불운해요." 앤이 슬픈 목소리로 말했다. "항상 말썽을 일으키고, 제가 기꺼이 목숨도 내어줄 사람들까지 어려움에 빠뜨려요. 왜 그런 걸까요, 린드 아주머니?"

"네가 부주의하고 충동적이기 때문이지. 너는 생각을 안 하잖아. 머릿속에 뭐가 떠오르면 한순간도 돌아보지 않고 그냥 말하고 행동하잖아."

"그런데 그게 최고예요." 앤이 항변했다. "머릿속에 신나는 게 번쩍 떠오르면 바로 말해야 해요. 그걸 찬찬히 생각하면 재미가 없어져요. 그렇게 생각하신 적 없나요, 린드 아주머니?"

아니, 없을걸. 린드 부인은 현명하게 고개를 저었다.

"너는 생각을 좀 하며 살아야 돼, 앤. 네가 마음에 새겨야 할 속담은 '돌다리도 두드려보고 건너라'야. 특히 손님방 침대에 들어갈 때면."

린드 부인은 자기가 한 가벼운 농담에 웃었지만, 앤은 깊은 생각에 잠겼다. 그 상황에서 뭐가 웃긴지 알 수 없었고, 모든 게 암울하기만 했다. 린드 부인의 집을 나선 뒤 앤은 얼어붙은 들판을 지나 오처드슬로프로 갔다. 다이애나가 부엌 문 앞에서 앤을 맞았다.

"조세핀 할머니가 크게 화를 내셨다며?" 앤이 속삭여 물었다.

"응." 다이애나가 웃음을 참으며, 닫힌 거실 문을 두려운 표정으로 힐끔 돌아보았다. "할머니는 화를 주체하지 못하셨어. 얼마나 혼났는지 몰라. 나처럼 버릇없는 아이는 본 적이 없다고 하시고, 우리 부모님한테는 나를 이렇게 키우다니 부끄러운 줄 알라고 하셨어. 당장 돌아가신다고 하셨는데, 나는 상관없지만 아버지하고 어머니가 속상해하셔."

"왜 내 잘못이라고 말하지 않았어?" 앤이 물었다.

"내가 그런 일을 할 것 같아?" 다이애나가 나무라듯 말했다. "난 고자질 같은 거 안 해, 앤 셜리, 어쨌든 나도 똑같이 잘못했으니까."

"그러면 내가 직접 말씀드릴게." 앤이 결연하게 말했다.

다이애나가 앤을 바라보았다.

"앤 셜리, 무슨 소리야! 얼마나 화를 내실지 몰라!"

"안 그래도 겁나니까 더 겁나게 하지 마." 앤이 말했다. "차라리 대포 앞에 가는 게 더 나을 듯하지만, 그래도 해야 해, 다이애나. 내 잘못이라고 고백해야 돼. 다행히 나는 잘못을 털어놓은 경험이 있어."

"음, 할머니는 방에 계셔." 다이애나가 말했다. "원한다면 들어가. 나라면 그런 일 안 하겠지만. 아무 소용 없을 거야."

앤은 이런 격려 속에 호랑이 굴로 들어가는 심정으로 거실 문 앞까지 걸어가서 조용히 문을 두드렸다. 딱딱한 목소리가 "들어와" 하고 말했다.

깡마른 조세핀 배리 할머니는 난로 앞에 꼿꼿하고 새침하게 앉아 맹렬하게 뜨개질을 하고 있었다. 아직도 분이 풀리지 않은 얼굴이었고, 금테 안경을 낀 눈빛이 차가웠다. 할머니는 다이애나가 들어온 줄 알고 의자에 앉은 채 몸을 돌렸는데, 눈 앞에 나타난 것은 커다란 두 눈에 절박한 용기와 공포가 어린, 얼굴이 하얀 소녀였다.

"누구냐?" 조세핀 배리 할머니가 무뚝뚝하게 물었다.

"저는 그린게이블스에 사는 앤이에요. 할머니께 털어놓을 게 있어서 왔어요." 앤이 덜덜 떨면서 말했다. 두 손은 앤이 늘 그러듯 맞잡은 채였다.

"뭘 털어놔?"

"어젯밤에 침대로 뛰어든 건 모두 제 잘못이에요. 제가 그렇게 하자고 했어요. 다이애나는 그런 일을 꾸밀 아이가 아니에요. 다이애나는 아주 예의 바른 아이예요, 할머니. 그러니까 다이애나를 혼내시는 건 잘못이에요."

"잘못이라고? 어쨌건 다이애나도 같이 뛰어든 것 같은데. 점잖은 집에서 그런 행동을 하다니!"

"그냥 재미로 그런 거예요." 앤이 말했다. "저희가 잘못했다고 사과드렸으니 할머니가 용서해주셨으면 좋겠어요. 어쨌든 다이애나는 용서하시고 음악 교습을 시켜주세요. 다이애나는 음악 교습을 정말 받고 싶어했고, 원하던 걸 얻지 못하면 어떤 심정인지 저는 잘 알아요. 화를 내시겠다면 저에게 내세요. 저는 어려서부터 워낙 혼이 많이 나서 다이애나보다 그런 일을 훨씬 더 잘 견뎌요."

그러는 사이 조세핀 할머니의 눈에서는 차가운 기운이 거의 사라졌고, 그 자리에 흥미로운 관심이 들어섰다. 하지만 계속 엄격하게 말했다.

"너희가 그저 장난으로 그랬다고 해도 핑계가 되지 않아. 내가 어렸을 때 여자애들은 그런 장난을 치지 않았어. 힘들게 먼 길을 와서 곤히 잠들었는데 다 큰 여자애 둘이 펄쩍 뛰어들면 어떤 기분일지 너는 몰라."

"모르기는 하지만 상상은 할 수 있어요." 앤이 힘주어 말했다. "정말로 짜증날 거예요. 하지만 저희 입장에서도 할 말이 있어요. 할머니도 상상력이 있으시죠? 그러면 저희 처지를 한번 생각해보세요. 저희는 그 침대에 사람이 있는 걸 몰라서 정말로 까무러칠 뻔했어요. 그리고 저희도 괴로웠어요. 처음 약속과 달리 손님방에서 잘 수 없었으니까요. 할머니는 손님방이 익숙하시겠지만, 그런 대접을 받아본 적 없는 고아의 심정을 한번 상상해보세요."

이제 차가움은 모두 사라졌다. 오히려 조세핀 할머니는 웃었고, 그 소리에 바깥 부엌에서 초조하게 기다리던 다이애나는 안도하며 한숨을 쉬었다.

"내 상상력이 녹슬긴 했어. 그걸 써본 지 아주 오래됐지." 할머니가 말했다. "서로의 처지를 헤아려보자는 네 말은 내 말 못지않게 설득력 있구나. 모든 건 상황을 어떻게 보느냐에 달려 있지. 여기 앉아라. 네 이야기를 듣고 싶다."

"죄송하지만 그럴 수 없어요." 앤이 단호하게 말했다. "마음으로는 그러고 싶어요. 할머니는 재미있는 분 같으니까요. 어쩌면 겉보기와 달리 우리가 결이 같을 수도 있어요. 하지만 집에 가서 마릴라 커스버트 아주머니를 도와드려야 해요. 마릴라 커스버트 아주머니는 저를 키워주시는 친절한 분이세요. 저를 올바로 키우려고 노력하시지만 저는 늘 실망을 안겨드리죠. 제가 침대에 뛰어들었다고 아주머니를 나무라시면 안 돼요. 하지만 집에 가기 전에, 할머니께서 다이애나를 용서하시고 에이번리에서 본래 계획했던 만큼 지내셨으면 좋겠다는 말씀을 드리고 싶어요."

"네가 이따금 여기 와서 내 말벗 노릇을 해준다면 생각해

보마." 조세핀 할머니가 말했다.

그날 저녁 조세핀 할머니는 다이애나에게 은으로 된 고리 팔찌를 주고, 다이애나 어머니와 아버지에게 짐을 다시 풀었다고 말했다.

"앤이라는 아이하고 좀 더 친해지고 싶어서 남기로 했다." 할머니가 솔직하게 말했다. "재미있는 아이더구나. 내 나이가 되면 재미있는 사람을 만나기가 쉽지 않지."

마릴라가 그 이야기를 듣고 한 말은 "내가 뭐랬어"뿐이었다. 매슈 대신 한 말이었다.

조세핀 배리 할머니는 예정한 한 달을 넘겼다. 할머니는 다른 때만큼 까다롭지 않았다. 앤이 계속 할머니를 즐겁게 해 주었기 때문이다. 그들은 아주 친한 사이가 되었다.

집으로 돌아갈 때 조세핀 할머니가 말했다.

"앤, 잊지 말고, 샬럿타운에 오면 우리 집에 꼭 들르렴. 그러면 너한테 최고로 좋은 손님방을 주마."

"그러니까 어쨌건 조세핀 할머니는 결이 같은 사람이었어요." 앤이 마릴라에게 털어놓았다. "겉모습을 보면 절대 안 그럴 것 같지만 말이에요. 처음에 바로 알기는 힘들어요. 매슈 아저씨하고는 달라요. 결이 같은 사람이 예전에 생각하던 것만큼 드물지는 않네요. 세상에 그런 사람이 이렇게 많다니 기쁘지 뭐예요."

상상력의 잘못된 사용

그린게이블스에 다시 봄이 왔다. 아름답고 변덕스럽고 머뭇거리는 캐나다의 봄은 4월에서 5월까지 머물며, 상쾌하고 쌀쌀한 나날들 속에 분홍빛 노을과 더불어 부활과 성장의 기적을 펼쳤다. 연인의 오솔길에서는 단풍나무들이 새순을 빨갛게 내밀었고, 드라이어드의 거품 주위에서는 고사리들이 꼬불꼬불 돋았다. 사일러스 슬론네 댁 뒤편의 불모지에는 메이플라워가 갈색 이파리 아래 분홍색, 하얀색의 별 모양 꽃을 피웠다. 황금빛 가득한 어느 날 오후, 에이번리 학교의 학생들은 모두 그 꽃을 따서 품에 안거나 바구니에 담아들고 투명한 노을 속을 걸어 집으로 갔다.

"메이플라워가 없는 곳에 사는 사람들이 불쌍해요." 앤이 말했다. "다이애나는 그런 데는 더 좋은 게 있을 거래요, 하지만 메이플라워보다 더 좋은 게 있을 수 있나요, 마릴라 아주머니? 그리고 다이애나는 거기 사람들은 그 꽃을 아예 모르니까 그리워하지도 않을 거래요. 하지만 그건 정말 슬픈 일 같아요. 비극적이에요. 메이플라워가 어떤지도 모르고, 그걸 그리워하지도 않는 건요. 제가 메이플라워를 뭐라고 상상하는지 아세요, 아주머니? 그 꽃은 지난여름에 죽은 꽃들의 영혼이고, 여기는 그 꽃들의 천국이에요. 하지만 오늘은 정말 좋았어요. 옛우물 근처의 이끼 가득한 골짜기에서 점심을 먹었어요. 거기는 정말로 로맨틱한 장소예요. 찰리 슬론이 아티 길리스에게 우물을 뛰어넘어보라고 '도전'을 걸었고, 아티는 용기 없는 모습을 보이기 싫어서 진짜로 뛰어넘었어요. 학교에서는 도전 놀이가 대유행이에요. 필립스 선생님은 자기가 꺾은 메이플라워를 전부 프리시 앤드루스에게 주었고, 저는 선생님이 '어여쁜 아이에게 어여쁜 꽃을'이라고 말하는 걸 들었어요. 그건 책에 나온 말이에요. 하지만 그걸 보면 선생님한테도 상상력이 있어요. 저한테도 메이플라워를 주고 싶어하는 사람이 있었는데 거절했어요. 그 사람 이름은 말할 수 없어요. 평생 그 이름은 제 입에 올리지 않겠다고 맹세했으니까요. 우리는 메이플라워를 엮어서 모자에 얹었고, 집에 올 때는 둘씩 셋씩 짝을 지어서 큰길을 걸었어요. 꽃다발과 꽃 장식에 둘러싸여서 「언덕 위의 우리집」 노래를 불렀죠. 얼마나 재미있었는지 몰라요. 사일러스 슬론 아저씨네 식구가 전부 우리를 보러 나왔고, 길에서 만난 사

람들도 걸음을 멈추고 우리를 보았어요. 정말이지 시선 집중이
었다니까요."

"어련하겠니! 그런 꼴을 했으니!" 마릴라는 그렇게 반응
했다.

메이플라워가 지나간 다음에는 제비꽃이 왔고, 제비꽃 동
산은 보라색으로 덮였다. 학교에 가려고 그곳을 지나갈 때면
앤의 발걸음은 성지를 걷듯 경건해지고 눈에는 찬양이 어렸다.

앤이 다이애나에게 말했다. "여기를 걸을 때면, 나는
길…… 아니 누가 나보다 성적이 좋고 어쩌고 하는 게 다 시시
하게 느껴져. 하지만 학교에 가면 그런 마음은 다 사라지고 변
함없이 긴장이 되지. 내 안에는 아주 여러 앤이 있나 봐. 내가
그렇게 말썽을 많이 일으키는 것도 그 때문인지 몰라. 내 안에
앤이 한 명뿐이라면 훨씬 더 편하겠지만, 그러면 절반도 재미
있지 않을 거야."

어느 6월의 저녁, 과수원들이 다시 분홍 꽃을 피우고, 개
구리들이 영롱한 물빛 호수의 수원지 근처 습지들에서 낭랑하
게 노래하고, 공기 중에 클로버 들판과 전나무 숲의 향기가 가
득할 때, 앤은 다락방 창가에 앉아 공부를 했다. 날이 어두워서
책을 읽을 수 없게 되자, 앤은 눈의 여왕에 달린 가지 너머를
바라보며 눈을 뜬 채 몽상에 빠져들었다. 눈의 여왕은 다시 한
번 하얀 별 모양 꽃들로 뒤덮여 있었다.

다락방의 기본 구조는 전혀 변하지 않았다. 벽은 전처럼 흰색이고, 바늘겨레도 똑같이 단단하고, 노란 의자도 여전히 딱딱하고 꼿꼿했다. 하지만 방의 성격은 완전히 달라졌다. 방에는 생생하고 활기찬 개성이 가득했는데, 그것은 교과서나 옷이나 리본과도 무관하고, 심지어 사과꽃이 꽂힌 테이블 위의 깨진 파란색 꽃병과도 무관했다. 그 방에 사는 활기찬 영혼이 밤낮없이 꾸는 모든 꿈이, 물질은 아니지만 눈에 보이는 형태를 띠고 그 쓸쓸한 방을 무지개와 달빛으로 도배한 것 같았다. 마릴라가 새로 다린 학교 앞치마를 가지고 방으로 성큼성큼 들어왔다. 그리고 앞치마들을 의자에 걸어놓고 짧은 한숨을 쉬며 앉았다. 마릴라는 그날 오후에 지병인 두통에 시달렸고, 이제 통증은 사라졌지만 몸에 기운이 없었는데 마릴라의 표현을 쓰자면 '진이 빠졌다'. 앤은 안타까운 눈으로 마릴라를 보았다.

"제가 대신 두통을 앓았으면 좋겠어요, 마릴라 아주머니. 아주머니를 위해서라면 아파도 기쁠 거예요."

"네가 집안일을 해서 날 쉬게 해줬으니 네 몫은 다했어." 마릴라가 말했다. "일도 잘했고 평소보다 실수도 적었어. 물론 매슈 손수건까지 풀을 먹일 필요는 없었지만! 그리고 파이를 데우려고 오븐에 넣으면 사람들은 대개 그걸 꺼내서 먹지 까맣게 태우지 않아. 하지만 네 방식은 좀 다른 것 같구나."

마릴라는 두통을 앓고 나면 말에 약간 가시가 돋쳤다.

"아, 죄송해요." 앤이 죄책감을 느끼며 말했다. "파이는 지금까지 잊고 있었네요. 점심 식탁에 뭔가 빠졌다는 느낌이 들기는 했어요. 아침에 아주머니가 저한테 오늘의 살림을 맡기셨을 때 저는 아무런 상상도 하지 않고 사실에만 집중하기로 했어요. 파이를 오븐에 넣을 때까지만 해도 잘했는데, 갑자기 제가 마법으로 탑에 갇힌 공주라서 잘생긴 기사가 새까만 흑마를 타고 저를 구하러 온다는 상상이 닥쳤어요. 그래서 파이를 잊어버렸어요. 손수건에 풀을 먹인 줄도 몰랐어요. 다림질을 하면서 내내 다이애나하고 제가 개울 상류에서 발견한 섬에 붙일 이름을 생각했거든요. 얼마나 멋있는지 몰라요. 단풍나무가 두 그루 있고, 개울이 양옆으로 흘러요. 그러다가 빅토리아섬이라고 부르면 좋겠다는 생각이 떠올랐어요. 그걸 발견한 날이 여왕님 생신이었거든요. 다이애나도 저도 여왕님을 사랑해요. 하지만 파이하고 손수건 일은 죄송해요. 오늘은 중요한 기념일이라서 정말로 잘하고 싶었어요. 작년 오늘 무슨 일이 있었는지 아세요, 마릴라 아주머니?"

"아니, 별로 생각나는 게 없다."

"마릴라 아주머니, 제가 그린게이블스에 온 날이에요. 저는 그날을 절대 잊을 수 없어요. 제 인생의 전환점이었으니까요. 물론 아주머니한테는 그렇게 중요하지 않겠죠. 이곳에서 1년을 사는 동안 정말 행복했어요. 물론 말썽도 많이 피웠지만, 그런 건 시간이 지나면 잊게 되잖아요. 저를 키우기로 하신 걸 후회하시나요, 아주머니?"

"아니, 후회하지 않아." 마릴라가 말했다. 마릴라는 가끔 앤이 그린게이블스에 오기 전에 어떻게 살았는지 모르겠다는 생각이 들었다. "후회한다고 볼 수 없지. 그리고 앤, 공부를 마쳤으면 배리 아주머니네 가서 다이애나의 앞치마 패턴을 빌려 오렴."

"아…… 지금은…… 너무 어두운데요?" 앤이 말했다.

"어두워? 아직 해도 다 안 졌어. 그리고 네가 해가 떨어진 뒤에 수도 없이 나간 건 다 잊었니?"

"내일 아침 일찍 갈게요. 해가 뜨자마자 일어나서 다녀올게요, 마릴라 아주머니." 앤이 열렬한 목소리로 말했다.

"갑자기 왜 그러니, 앤 셜리? 그 패턴을 가져다가 오늘 밤에 네 앞치마를 재단해야 해. 엉뚱한 짓 하지 말고 지금 바로 다녀와."

"그러면 큰길로 돌아가야겠네요." 앤이 마지못해 모자를 집어 들면서 말했다.

"큰길로 가면 30분이나 더 걸려! 왜 그러는 거니?"

"유령의 숲으로는 갈 수 없어요, 아주머니." 앤이 절박하게 말했다.

마릴라는 멍하니 아이를 보았다.

"유령의 숲이라고! 너 제정신이니? 유령의 숲이 도대체 뭐야?"

"개울 건너편의 가문비나무 숲이요." 앤이 조용히 말했다.

"뭐라고! 유령의 숲 같은 건 없어. 누가 너에게 그런 말을 한 거니?"

"아무도 그런 말 안 했어요." 앤이 털어놓았다. "그냥 다이애나하고 제가 그 숲에 유령이 산다고 상상한 거예요. 여기 근처의 장소들은 모두…… 너무…… 너무…… 평범해서요. 저희끼리 재미로 그렇게 하기로 했어요. 4월부터요. 유령의 숲은 아주 로맨틱하잖아요, 마릴라 아주머니. 가문비나무 숲을 그렇게 부르기로 한 건 거기가 어두워서예요. 아, 저희는 진짜 끔찍한 상상을 많이 했어요. 지금 이 시간이면 흰옷을 입은 여자가 개울가에 나타나서 두 손을 비틀면서 울부짖어요. 그 여자는 가족 중 누가 죽을 때 나타나요. 그리고 아이들와일드 옆의 모퉁이에는 살해된 아이의 유령이 나타나요. 그 유령은 우리 등 뒤로 다가와서 우리 손에 그 차가운 손을 대요, 이렇게요. 아, 마릴라 아주머니, 생각만 해도 소름이 끼쳐요. 그리고 머리 잘린 남자가 오솔길을 어슬렁거리고, 나뭇가지 사이에서는 해골들이 우리를 노려봐요. 마릴라 아주머니, 무슨 일이 있어도 해가 진 뒤에는 유령의 숲으로 가지 않을 거예요. 나무 뒤에서 하얀 것들이 나와서 저를 잡을 거예요."

"이런 헛소리가 다 있나!" 마릴라가 멍하니 듣고 있다가 소리쳤다. "앤 셜리, 그러니까 지금 네가 그 상상 속 황당한 이야기들을 다 믿는다고 말하는 거니?"

"딱히 믿는 건 아니에요." 앤이 말을 더듬었다. "어쨌건 대낮에는 안 믿어요. 하지만 해가 진 뒤에는 달라요. 마릴라 아주머니. 그때는 귀신들이 나와서 다녀요."

"귀신이 어디 있다고 그러니, 앤?"

"있어요, 마릴라 아주머니." 앤이 뜨거운 목소리로 소리쳤다. "귀신을 본 사람들을 알아요. 다 점잖은 분들이에요. 찰리 슬론네 할머니는 할아버지가 돌아가시고 1년이 지난 뒤 어느 날 밤, 할아버지가 소들을 몰고 돌아오는 모습을 보셨대요. 찰리 슬론네 할머니가 거짓말을 할 분은 아니잖아요. 신앙심 깊은 분이니까요. 그리고 토머스 아주머니네 아버지도 어느 날 잘린 머리가 몸통에 간신히 매달린 불의 양에게 쫓긴 적이 있다고 하셨어요. 그분은 그게 형의 영혼이고, 자기가 9일 안에 죽는다는 뜻이라고 하셨어요. 실제로 9일 안에 돌아가시지는 않았지만 2년 후에는 돌아가셨어요. 그러니까 그 말은 진짜였던 거예요. 그리고 루비 길리스는……."

"앤 셜리." 마릴라가 단호하게 말을 잘랐다. "다시는 이런 이야기 듣고 싶지 않다. 너의 그 상상력이라는 거 처음부터 의심스러웠는데, 이게 그 결과라면 그런 일을 더 이상 허락하지 않을 거야. 곧장 배리 아주머니네 다녀와. 그리고 가문비나무 숲으로 가. 그게 너한테 공부도 되고 경고도 될 거야. 그리고 다시는 나한테 유령의 숲이니 어쩌니 하는 말 꺼낼 생각도 하지 마."

앤은 간청하며 울고 싶었고, 실제로 그렇게 했다. 앤의 공포는 진짜였기 때문이다. 앤은 상상력에 사로잡혀서 해진 뒤 가문비나무 숲을 극도로 두려워했다. 하지만 마릴라는 무자비했다. 유령에 벌벌 떠는 아이를 샘으로 내려보내서, 다리 건너 울부짖는 여자와 머리 없는 유령이 가득한 컴컴한 숲으로 똑바로 가라고 했다.

"마릴라 아주머니, 어떻게 그렇게 잔인하신가요?" 앤이 흐느꼈다. "하얀 것들이 저를 납치하면 아주머니 심정이 어떠실 것 같아요?"

"그건 내가 감수하마." 마릴라가 흔들리지 않고 말했다. "내가 공연한 말 안 하는 사람인 거 알지? 엉뚱한 곳에 귀신이 있다고 상상하는 그 버릇을 고쳐야겠어. 당장 떠나."

앤은 떠났다. 비틀거리며 다리를 건넜고, 건너편의 무시무시한 길을 덜덜 떨면서 갔다. 앤은 그 일을 잊지 못했다. 상상력을 그렇게 자유롭게 풀어놓았던 일을 뼈아프게 후회했다. 앤의 상상 속 도깨비들은 사방의 그림자 속에 웅크렸다가, 차갑고 앙상한 손을 뻗어서 자신들을 만들어낸 겁먹은 소녀를 붙잡으려고 했다. 골짜기에서 하얀 자작나무 껍질 조각이 날려 와서 갈색 숲 바닥에 떨어지자 앤은 심장이 덜컹 내려앉았다. 가지들이 서로 부딪쳐 문지르며 길고 섬뜩한 소리를 내자, 앤의 이마에는 땀이 송송 솟았다. 어둠 속에 날아가는 박쥐들은 저승의 날짐승 같았다. 윌리엄 벨네 들판에 갔을 때, 앤은 하얀 것들의 군단에 쫓기기라도 하는 듯 허겁지겁 달렸고, 배리네 부엌 문 앞에 도착했을 때는 너무도 숨이 차서 앞치마 패턴도 간신히 부탁했다. 다이애나가 집에 없었기 때문에 앤은 거기서 잠깐 쉴 핑계를 댈 수도 없었다. 다시 참혹한 귀갓길에 올라야 했다. 앤은 하얀 것들을 보느니 머리를 나뭇가지에 들이박는 위험을 감수하기로 하고, 눈을 감고 길을 갔다. 마침내 헐레벌떡 통나무 다리를 건너자 앤은 길게 안도하는 한숨을 쉬었다.

"그래서 유령이 널 붙잡든?" 마릴라가 별로 동정하지 않는 말투로 물었다.

"아, 마릴라 아주머니." 앤은 이를 딱딱 부딪쳤다. "이제 저는 펴, 평범한 장소들이라고 부, 불평하지 않겠어요."

케이크에 맛을 더하는 새로운 방법

"린드 아주머니 말처럼 이 세상에는 만남과 이별밖에 없어요."
6월의 마지막 날, 앤이 석판과 책을 식탁에 내려놓으며 서글프
게 말하고 젖은 손수건으로 충혈된 눈가를 닦았다. "오늘 학교
에 손수건을 한 장 더 가져간 게 다행이었지 뭐예요. 왠지 그게
필요할 것 같았어요."

"네가 필립스 선생님을 그렇게 좋아하는 줄 몰랐구나. 그
분이 떠난다고 손수건이 두 장이나 필요했다니." 마릴라가 말
했다.

"그분이 정말 좋아서 운 건 아니에요." 앤이 생각해보며
말했다. "그냥 다른 아이들이 다 울어서 같이 울었어요. 제일
처음에 운 건 루비 길리스였어요. 루비 길리스는 맨날 필립스
선생님이 싫다더니, 선생님이 작별 인사를 시작하니까 바로 눈
물을 터뜨렸어요. 그러니까 여자애들이 하나하나 다 울었어요.

저는 참으려고 했어요, 마릴라 아주머니. 필립스 선생님이 저를 길…… 어떤 남자아이 옆에 앉힌 일을 계속 떠올리려고 했어요. 그리고 칠판에 제 이름을 적을 때 e를 빼먹은 일도요. 그리고 저 같은 기하학 둔재를 본 적이 없다고 말한 거랑 제 맞춤법을 보고 웃은 일도요. 선생님이 저를 혼내고 비웃은 모든 일을요. 하지만 어쩐지 그럴 수가 없었어요. 그냥 울어야 했어요. 제인 앤드루스는 한 달 전부터 필립스 선생님이 떠나면 정말 기쁠 거라고, 눈물 한 방울 안 흘릴 거라고 했어요. 그런데 정작 제인이 제일 심하게 울어서, 자기 오빠 손수건까지 빌렸어요. 남학생들은 안 울었는데, 제인은 손수건이 필요할 줄 몰라서 하나도 안 가져왔거든요. 아, 정말 가슴 아팠어요. 필립스 선생님은 작별 인사를 아주 아름답게 시작했어요. '이제 우리가 헤어져야 할 때가 왔구나.' 진짜 감동적이었어요. 그리고 선생님도 눈물을 글썽거렸어요. 아, 학교에서 선생님 흉을 많이 보고 서판에 낙서도 하고, 선생님과 프리시를 놀린 일이 너무 미안하고 후회스러웠어요. 정말로 제가 미니 앤드루스 같은 모범생이었으면 좋았겠다 싶었어요. 미니는 마음에 거리낄 게 하나도 없으니까요. 여자애들은 집으로 오는 내내 울었어요. 캐리 슬론은 몇 분에 한 번씩 '이제 우리가 헤어져야 할 때가 왔다'하고 말했고, 그러면 우리는 기분이 좋아지려고 하다가도 다시 울었어요. 지금도 슬퍼요, 마릴라 아주머니. 하지만 두 달짜리 방학이 기다리는데 절망의 늪에 빠져 있을 수는 없지 않나요? 게다가 우리는 기차역에서 새로 오시는 목사님 부부도 만났어요. 필립스 선생님이 떠난 슬픔 속에서도 새 목사님에게 흥미를 느끼지 않을 수 없었어요. 사모님이 진짜 예뻐요. 물론 화려한 아름다움은 아니었어요. 목사님 부인이 화려하게 아름답다면 별로 안 좋겠죠. 사람들한테 모범이 되지 않으니까요. 린드 아주머니 말씀으론, 뉴브리지의 목사님 부인은 너무 멋쟁이처럼 옷을 입어서 사람들한테 모범이 안 된대요. 우리 새 목사님의 사모님은 예쁜 퍼프 소매가 달린 파란색 모슬린 원피스를 입고 장미로 장식한 모자를 썼어요. 제인 앤드루스는 퍼프 소매는 사모님이 입기에는 너무 세속적이라고 말했지만, 저는 그런 잔인한 말은 하지 않았어요. 전 퍼프 소매에 대한 소망을 아니까요. 게다가 목사님하고 결혼한 지 얼마 안 됐으니 약간 봐줘야 하지 않나요? 두 분은 목사관이 준비될 때까지는 린드 아주머니네서 지내신대요."

마릴라가 그날 저녁 린드 부인의 집에 갈 때 지난겨울에 빌린 조각보 작업대를 돌려준다는 것 말고 다른 동기가 있었다면, 그것은 에이번리 사람들 대부분이 공유한 점잖은 궁금증이었다. 린드 부인에게서 물건을 빌려간 여러 사람이 그날 밤 그 물건을 들고—그중에는 돌려받을 기대를 하지 않은 물건들도 있었는데—직접 부인의 집을 찾았다. 신임 목사, 거기다 부인이 있는 목사는 사건 사고가 별로 없는 조용한 시골 마을에서 합법적인 호기심 대상이었다.

앤이 상상력이 없다고 여긴 벤틀리 목사는 에이번리에서 18년을 보냈다. 벤틀리 목사는 홀아비로 와서 계속 그 상태로 지냈지만, 에이번리에 머물던 세월 동안 한 해도 빠짐없이 이 사람, 저 사람과 연결되는 소문이 돌았다. 지난 2월, 벤틀리 목사는 사직하고, 신도들이 아쉬워하는 가운데 떠났다. 설교 능력은 별로였지만, 사람들은 목사에게 오랜 세월을 함께해서 생겨난 애정을 품고 있었다. 그 뒤로 에이번리 교회는 일요일마다 시험 설교를 하러 오는 여러 후보와 '대리 목사'를 통해 다양한 종교적 취향을 만끽했다. 그들의 성공과 실패는 이스라엘의 아버지들과 어머니들이 결정했다. 하지만 커스버트 가족의 자리에 조용히 앉은 빨강 머리 소녀도 그들에 대해 나름대로 의견이 있었고, 그 생각을 매슈에게 꼬박꼬박 전했다. 마릴라는 어떤 형태로도 목사를 비판하는 일에 참여하지 않는다는 원칙을 고수했다.

"제가 볼 때 스미스 목사님은 안 될 것 같아요, 매슈 아저씨." 앤이 결론을 내렸다. "린드 아주머니는 스미스 목사님이 전달력이 형편없다고 하시지만, 저는 그분의 약점은 벤틀리 목사님하고 똑같다고 생각해요. 상상력이 없는 거죠. 테리 목사님은 반대로 상상력이 너무 많아요. 제가 유령의 숲에서 그런 것처럼 상상력을 지나치게 펼쳐요. 게다가 린드 아주머니는 그분의 신학이 건전하지 않대요. 그레섬 목사님은 좋은 분이고 신앙심도 깊지만, 재미있는 이야기를 너무 많이 해서 사람들이 교회에서 웃게 했어요. 그리고 권위가 없었어요. 목사님은 권위가 좀 있어야 하지 않나요, 아저씨? 마셜 목사님은 아주 매력적인 분 같았는데, 린드 아주머니가 그분은 결혼도 안 하고 약혼도 안 했대요. 아주머니가 따로 알아봤대요. 그리고 에이번리에 젊은 미혼 목사는 안 된대요. 교회 신도랑 결혼하게 되면 문제가 된다고요. 린드 아주머니는 정말 멀리까지 내다보시는 것 같지 않나요? 앨런 목사님으로 결정되어 기뻐요. 그분이 좋아요. 설교도 재미있고, 기도도 습관적으로 하지 않고 진심을 담아서 하시는 것 같아요. 린드 아주머니는 그분도 완벽하지는 않지만 1년에 750달러라는 돈으로 완벽한 목사를 모실 수는 없고, 또 그분의 신학은 건전하대요. 아주머니가 교리 하나하나를 다 물어보셨대요. 그리고 사모님 친척 분들을 아는데, 모두 점잖은 사람들이고 여자들은 다 정숙한 주부래요. 린드 아주머니는 목사 부부는 남자의 건전한 교리와 여자의 좋은 살림 솜씨가 결합되는 게 이상적이라고 하세요."

새 목사와 그 부인은 아직 신혼인 젊고 다정한 부부로, 자신들이 선택한 인생 길에 대한 성실하고 아름다운 열의로 가득했다. 에이번리는 처음부터 그들을 따뜻하게 맞았다. 주민들은 남녀노소 할 것 없이 솔직하고 밝고 이상이 높은 젊은 목사와 목사관의 안주인이 될 상냥한 부인을 좋아했다. 앤은 금세 앨런 부인을 사랑하게 되었다. 그녀도 앤과 결이 같은 사람 같았다.

"앨런 사모님은 정말 사랑스러운 분이에요." 어느 일요일 오후에 앤이 말했다. "저희 반을 맡으셨는데, 진짜 훌륭한 교사세요. 수업을 시작하자마자 교사가 질문을 다 하는 건 불공평한 일이라고 생각한다고 하셨어요. 제가 옛날부터 딱 그렇게 생각하고 있었거든요. 사모님은 우리에게 어떤 질문을 해도 좋다고 하셨고, 저는 진짜 질문을 많이 했어요. 저는 질문을 잘하는 것 같아요. 아주머니."

"그럴 것 같다." 마릴라가 강하게 공감했다.

"다른 아이들 중에서는 루비 길리스만 질문을 했는데, 이번 여름에 교회 학교 소풍을 가느냐는 거였어요. 저는 그건 별로 좋은 질문이 아니라고 생각했어요. 수업 내용하고 상관이 없었으니까요. 수업 내용은 사자 굴에 갇힌 다니엘 이야기였어요. 하지만 사모님은 미소를 짓고는 아마 그럴 것 같다고 말씀하셨어요. 사모님은 미소가 정말 예뻐요. 보조개가 너무 사랑스러워요. 저도 뺨에 보조개가 있으면 얼마나 좋을까요, 아주머니. 저는 여기 처음 왔을 때보다는 살이 붙었지만 아직 보조개는 없어요. 저한테 보조개가 있다면 사람들에게 좋은 영향을 미칠 수 있을지도 몰라요. 사모님은 우리가 항상 다른 사람들에게 좋은 영향을 주도록 노력해야 한다고 하셨어요. 사모님은 모든 것에 대해서 좋은 말씀만 하세요. 전에는 종교가 이렇게 유쾌한 것인 줄 몰랐어요. 종교는 항상 약간 우울한 줄 알았지만, 사모님의 종교는 안 그래요. 그래서 사모님처럼 될 수 있다면 저도 기독교인이 되고 싶어요. 벨 선생님 같은 기독교인은 되고 싶지 않아요."

"벨 선생님에 대해 그렇게 말하는 건 잘못이야." 마릴라가 엄격하게 말했다. "벨 선생님은 아주 좋은 분이야."

"당연히 좋은 분이죠." 앤이 동의했다. "하지만 그분에게는 종교가 아무런 위안이 안 되는 것 같아요. 제가 착한 사람이 될 수 있다면, 기뻐서 하루 종일 춤추고 노래하겠어요. 사모님은 나이가 있으니 춤추고 노래하기는 힘들고, 물론 목사님의 부인이 그러는 건 위엄이 없어서 안 되겠죠. 하지만 사모님은 자신이 기독교인이라서 기뻐하는 게 느껴져요. 기독교인만 천국에 가는 게 아니라고 해도 그분은 기독교인이 될 거 같아요."

"조만간 목사님 부부를 저녁 식사에 초대해야겠다." 마릴라가 생각에 잠겨서 말했다. "다른 집들은 거의 다 방문하셨어. 어디 보자. 다음 주 수요일이 좋겠구나. 하지만 매슈에게는 한 마디도 하지 말아라. 목사님 부부가 오신다는 걸 알면 어떻게든 핑계를 만들어서 집에서 나가려고 할 테니까. 벤틀리 목사님은 워낙 익숙해져서 상관을 안 했지만, 새 목사님이랑 친해지는 건 힘들어할 거야. 그리고 목사님의 부인이 온다고 하면 기겁할 거다."

"죽은 사람처럼 입을 다물게요." 앤이 말했다. "하지만 마릴라 아주머니, 그날 제가 케이크를 만들어도 될까요? 사모님을 위해서 무언가 하고 싶고, 아시다시피 이제 케이크를 꽤 잘 만들잖아요."

"그러면 레이어 케이크를 만들어보려무나." 마릴라가 말했다.

월요일과 화요일 동안 그린게이블스는 준비에 바빴다. 목사 부부를 저녁 식사에 초대하는 것은 엄숙하고도 중대한 일이었고, 마릴라는 에이번리의 어떤 주부에게도 뒤지지 않기로 결심했다. 앤은 들뜨고 기뻤다. 그래서 화요일 저물녘에 다이애나와 드라이어드의 거품 가의 크고 붉은 돌에 앉아서, 전나무 진에 담갔던 가지로 물에 무지개를 만들면서 그 일에 대해서 자세히 이야기했다.

"모든 준비가 됐어, 다이애나. 내 케이크만 빼고. 그건 아침에 만들 거야. 베이킹파우더를 넣은 비스킷은 마릴라 아주머니가 차 시간 직전에 구울 거고. 아주머니하고 내가 이틀 동안 얼마나 바빴는지 몰라. 목사님 부부를 저녁 식사에 초대하는 건 정말 큰 책임이 따르는 일이라서 말야. 나는 이런 일을 경험해본 적이 없어. 우리 집 식품실을 한번 봐야 돼. 진짜 엄청나.

닭고기 편육이랑 우설 요리를 낼 거야. 편육은 붉은색과 노란
색 두 종류야. 그리고 휘핑크림과 레몬 파이, 버찌 파이가 있고,
쿠키가 세 종류야. 과일 케이크도 있고, 마릴라 아주머니의 유
명한 노란 자두 절임도 있어. 그건 아주머니가 특별히 목사님
들을 위해 간직해둔 거야. 그리고 파운드케이크하고 레이어 케
이크에, 아까 말한 비스킷이 있어. 새로 구운 빵도 있고, 며칠
된 빵도 있어. 목사님이 소화불량이라서 새 빵을 못 드실지도
모르니까. 린드 아주머니가 목사님들은 대부분 소화불량을 앓
는다고 하시는데, 앨런 목사님은 목사님이 된 지 얼마 안 됐으
니까 아직 심하지는 않을 것 같아. 내 레이어 케이크를 생각하
면 식은땀이 나. 아, 다이애나, 제대로 만들지 못하면 어떻게 하
지? 어젯밤에는 머리가 커다란 레이어 케이크로 된 무서운 도
깨비한테 쫓겨다니는 꿈을 꾸었어."

　　"잘될 거야. 걱정 마." 편안한 친구 다이애나가 앤을 안심
시켰다. "2주 전에 아이들와일드에서 네가 만든 케이크를 먹었
잖아. 아주 훌륭했어."

　　"맞아, 그런데 케이크는 특히 잘 만들려고 할 때면 이상하
게 되는 경향이 있어서 말야." 앤이 한숨을 쉬면서, 나뭇진이
잘 밴 가지를 물에 띄웠다. "하지만 하늘의 섭리를 믿고 밀가루
를 잘 넣어야지. 다이애나, 이것 좀 봐. 무지개가 진짜 예쁘다!
우리가 떠난 뒤에 드라이어드가 나와서 이걸 스카프로 맬까?"

"드라이어드 같은 건 없다는 거 잘 알잖아." 다이애나가 말했다. 다이애나의 어머니는 유령의 숲에 대해 알게 된 뒤 크게 화를 냈다. 그 결과 다이애나는 이제 상상력의 날개를 달고 날아오르는 일을 피했고, 온순한 드라이어드라고 해도 요정이 있다는 생각 자체를 하지 않는 게 좋다고 여겼다.

"하지만 드라이어드가 있다고 상상하긴 너무 쉬워." 앤이 말했다. "나는 밤마다 자기 전에 창밖을 내다보면서 드라이어드가 정말 여기서 샘을 거울 삼아 머리를 빗을까 생각해. 가끔은 아침 이슬 속에서 드라이어드의 발자국도 찾아. 다이애나, 드라이어드를 버리지 마!"

수요일 아침이 왔다. 앤은 너무 들떠서 잠을 설쳤기 때문에 해가 뜨자마자 일어났다. 전날 밤에 샘에서 물을 첨벙거렸더니 지독한 두통 감기에 걸렸다. 하지만 그날 아침에는 완전한 폐렴이라 해도 요리에 대한 앤의 열정을 막을 수 없었다. 아침 식사 후 앤은 케이크를 만들기 시작했다. 그리고 마침내 오븐 문을 닫자 숨을 깊이 들이마셨다.

"이번에는 아무것도 안 잊어버린 것 같아요, 마릴라 아주머니. 하지만 제대로 부풀까요? 베이킹파우더가 품질이 나쁠 수도 있잖아요. 새로 산 것을 쓰긴 했어요. 그리고 린드 아주머니가 요새는 순수한 게 드물어서 베이킹파우더도 좋은지 어쩐지 알 수가 없대요. 린드 아주머니는 정부가 이 문제를 해결해야 하지만, 보수당 정부가 그럴 일은 없을 거라고 하세요. 마릴라 아주머니, 케이크가 제대로 부풀지 않으면 어떻게 하죠?"

"케이크 없이도 음식은 많아." 마릴라가 그 문제를 바라보는 방식은 냉정했다.

하지만 케이크는 잘 부풀었고, 황금빛 거품처럼 가볍고 포슬포슬한 모습으로 오븐에서 나왔다. 앤은 기쁨에 들떠서 빨간색 젤리를 층층이 넣은 뒤, 앨런 부인이 케이크를 먹고 한 조각 더 달라고 말하는 모습을 상상했다!

"제일 좋은 찻잔 세트를 내실 거죠, 아주머니?" 앤이 말했다. "제가 식탁을 고사리와 들장미로 장식해도 될까요?"

"필요 없을 것 같다." 마릴라가 잘라 말했다. "중요한 건 음식이지 겉치레가 아니야."

"배리 아주머니는 식탁을 장식하셨어요." 뱀의 지혜가 전혀 없지는 않은 앤이 말했다. "그리고 목사님이 칭찬하셨고요. 미각뿐 아니라 시각에도 성찬이라고 말씀하셨어요."

"그럼 좋을 대로 하렴." 마릴라가 말했다. 마릴라는 배리 부인뿐 아니라 그 누구에게도 뒤지고 싶지 않았다. "하지만 그릇과 음식을 놓을 자리는 남겨놓아야 해."

앤은 배리 부인을 가뿐하게 물리칠 장식을 준비했다. 풍성한 장미와 고사리에 앤의 예술적 취향이 더해져서 저녁 식탁이 아름다워졌고, 목사 부부는 자리에 앉자 식탁의 아름다움을 한 목소리로 칭찬했다.

"앤이 한 거예요." 마릴라가 공정하게 말했다. 앨런 부인이 칭찬하며 지은 미소는 앤에게 거의 천국 같은 기쁨을 주었다.

매슈도 자리에 있었는데, 매슈가 어떻게 거기 앉게 되었는지는 오직 하늘과 앤만이 알았다. 너무도 괴롭고 불안해서 마릴라는 포기했는데, 앤이 어찌나 잘 설득했는지 가장 좋은 옷에 흰 셔츠까지 입고 식탁에 앉아 목사와 제법 흥미롭게 대화를 나누었다. 매슈는 앨런 부인에게는 한마디도 하지 않았지만, 그것은 어쩌면 기대할 수 없는 일이었다.

모든 것이 즐겁게 흘러갔고 마침내 앤이 만든 케이크가 나왔다. 앨런 부인은 이미 너무 많은 음식을 먹은 터라 케이크를 사양했다. 하지만 마릴라는 앤의 얼굴에 실망이 떠오르자 미소를 지으며 말했다.

"하지만 한 조각 드셔보세요, 사모님. 앤이 사모님을 위해 특별히 만들었답니다."

"그렇다면 조금 먹어봐야겠네요." 앨런 부인이 웃으며, 세모 모양으로 케이크를 덜어갔고, 목사와 마릴라도 똑같이 했다.

앨런 부인이 케이크를 입에 넣자, 아주 기이한 표정이 얼굴에 지나갔다. 하지만 부인은 아무 말도 하지 않고 천천히 케이크를 먹었다. 마릴라는 그 표정을 보고 얼른 케이크 맛을 보았다.

"앤 셜리! 도대체 케이크에 뭘 넣은 거니?" 마릴라가 소리쳤다.

"요리법에 적힌 것만 넣었어요, 마릴라 아주머니. 아, 뭐가 잘못됐나요?" 앤이 낙심한 얼굴로 말했다.

"잘못된 정도가 아냐! 지독한 맛이야. 사모님, 억지로 들지 마세요. 앤, 네가 직접 먹어봐라. 무슨 향료를 넣었니?"

"바닐라요." 앤은 케이크를 먹어보고 부끄러움에 얼굴이 빨개져서 말했다. "바닐라밖에 안 넣었어요. 아, 마릴라 아주머니. 베이킹파우더가 문제였을 거예요. 전부터 그 베이킹파우……."

"베이킹파우더라니! 어서 가서 네가 쓴 바닐라 병을 가져와 봐."

앤은 식품실에 가서 작은 병을 가지고 돌아왔다. 병에는 갈색 액체가 약간 들어 있었고, 바깥의 노란 딱지에 '베스트 바닐라'라고 적혀 있었다.

마릴라가 병을 받아 뚜껑을 열고 냄새를 맡았다.

"세상에, 앤, 너 케이크에다 진통제 물약을 넣었어. 지난주에 약병을 깨뜨리는 바람에 남은 걸 빈 바닐라 병에 담았어. 내 잘못도 있구나. 너한테 말했어야 하는데. 하지만 냄새도 못 맡은 거니?"

앤은 이런 이중의 굴욕에 눈물을 터뜨렸다.

"냄새를 못 맡았어요. 감기에 걸렸거든요!" 그 말과 함께 앤은 다락방으로 달려가서 침대에 몸을 던지고 위로받을 수 없는 사람처럼 울었다.

잠시 후 계단에서 가벼운 발소리가 들리더니 누군가 방에 들어왔다.

"아, 마릴라 아주머니." 앤이 고개도 들지 않고 흐느꼈다. "너무 부끄러워요. 이 일은 평생 잊지 못할 거예요. 이야기가 금방 퍼지겠죠. 에이번리에서는 모든 이야기가 다 퍼지니까요. 다이애나는 케이크가 어떻게 되었느냐고 물을 테고, 저는 사실대로 말해야 할 거예요. 저는 영원히 케이크에 진통제를 넣은 아이라는 이야기를 들을 거예요. 길…… 남학생들은 저를 끝없이 비웃을 테고요. 아주머니, 기독교인의 자비를 베푸시려면 지금 아래층에 내려가서 설거지를 하라는 말씀은 하지 말아주세요. 목사님 부부가 떠나시면 그때 할게요. 하지만 사모님 얼굴은 다시 볼 수 없어요. 어쩌면 제가 식중독을 일으키려 했다고 생각하실지도 몰라요. 린드 아주머니는 자기를 거둬준 사람에게 독약을 먹이려고 한 고아 여자애를 안다고 했어요. 하지만 진통제는 독이 아니에요, 사람이 먹는 거니까요. 케이크에 넣는 건 아니지만. 사모님한테 그렇게 말씀해주시겠어요, 마릴라 아주머니?"

"네가 일어나서 직접 말하는 게 어떻겠니?" 다정한 목소리가 말했다.

앤이 벌떡 일어나보니, 앨런 부인이 침대 옆에 서서 웃음 띤 눈으로 앤을 바라보고 있었다.

"앤, 이렇게 울 거 없어." 부인은 엉망으로 얼룩진 앤의 얼굴을 보고 당황해서 말했다. "누구나 저지르는 우스운 실수일 뿐이야."

"아니에요. 그런 실수는 저밖에 안 해요." 앤이 서글프게 말했다. "그리고 사모님한테 정말로 좋은 케이크를 만들어서 드리고 싶었어요."

"그래, 알아. 그리고 분명히 말하는데 나는 그 케이크가 잘 만들어졌을 때와 똑같이 너의 따뜻한 마음씨와 깊은 배려에 감사해. 이제 그만 울고 같이 내려가서 너희 집 꽃밭을 구경시켜 주렴. 이 집에 너만의 꽃밭이 있다고 들었어. 그걸 보고 싶어. 나는 꽃에 관심이 많거든."

앤은 그래서 아래층으로 내려갔고, 앨런 부인이 결이 같은 사람이라 정말로 다행이라고 생각하며 마음을 달랬다. 사람들은 진통제 케이크에 대해서는 아무 말도 하지 않았고, 손님들이 떠난 뒤에 앤은 그런 참담한 실수가 있었는데도 그날 오후는 예상보다 훨씬 더 즐거웠음을 깨달았다. 그래도 앤은 깊이 한숨을 쉬었다.

"마릴라 아주머니, 다행인 건 내일은 아직 아무 실수도 저지르지 않은 새로운 하루라는 거예요."

"하지만 넌 또 많은 실수를 저지를 거야." 마릴라가 말했다. "실수에 관한 한 너를 능가하는 사람은 본 적이 없다, 앤."

"맞아요, 저도 잘 알아요." 앤이 서글프게 인정했다. "하지만 저한테 좋은 점도 있는 거 혹시 아세요, 마릴라 아주머니? 저는 같은 실수를 두 번 저지르지는 않아요."

"하지만 늘 새로운 실수를 저지르니 그게 그렇게 큰 장점인지 모르겠구나."

"모르세요, 마릴라 아주머니? 한 사람이 저지를 수 있는 실수는 분명 한계가 있을 거예요. 그러니까 그걸 다 저지르면 실수에서 벗어날 거예요. 그렇다고 생각하니 위안이 되네요."

"나가서 케이크를 돼지들한테 주렴." 마릴라가 말했다. "사람한테는 그 케이크를 줄 수가 없어. 제리 부트한테도."

앤이 저녁 초대를 받다

"왜 그렇게 눈을 휘둥그렇게 뜨고 있니?" 마릴라가 물었다. 앤은 심부름으로 우체국에 갔다가 돌아온 참이었다. "결이 같은 사람을 또 만났니?"

홍분한 기운이 앤에게 옷처럼 걸려 있었고, 눈에서 빛나고, 모든 이목구비를 환하게 했다. 앤은 8월 저녁의 부드러운 햇빛과 나른한 그림자에 잠긴 오솔길을 바람에 날리는 요정처럼 춤추며 왔다.

"아뇨, 마릴라 아주머니. 하지만 어떻게 생각하세요? 제가 내일 오후 목사관에 저녁 초대를 받았어요! 사모님이 우체국에 제 앞으로 편지를 맡기셨더라고요. 보세요, 아주머니. '그린 게이블스의 앤 셜리 양.' 누가 저를 '양'이라고 부른 것도 처음이에요. 기분이 아주 짜릿했어요! 제 소중한 보물로 간직하겠어요."

"사모님이 교회 학교 학생들을 차례로 저녁 식사에 초대하겠다고 하시더구나." 마릴라가 그 멋진 행사를 차분하게 받아들이며 말했다. "그렇게 들뜰 필요 없어. 좀 차분하게 반응하는 법도 배워라, 얘야."

앤에게 차분해지라는 말은 성격을 바꾸라는 말이었다. 앤은 '활기와 열정과 생기'로 가득해서 인생의 기쁨과 고통을 남들보다 세 배는 강하게 느꼈다. 마릴라는 아이의 그런 점 때문에 막연하게 걱정이 됐다. 인생의 굴곡이 이 충동적인 아이에게 고통을 안겨주리라고 생각해서였지만, 기쁨에 대한 큰 능력이 그것을 보상해주고도 남는다는 사실을 잘 이해하지 못해서이기도 했다. 그래서 마릴라는 앤에게 차분한 태도를 키워주어야 한다고 생각했지만, 그것은 여울에서 춤추는 햇빛을 훈육하는 것만큼 불가능하고 낯선 일이었다. 마릴라 스스로도 안타깝게 인정하듯이 별로 성과가 없었다. 소중한 희망이나 계획이 실패하면 앤은 '깊은 고통'으로 빠져들었다. 반대로 그것이 실현되면 어지러운 환희의 영토로 들어갔다. 마릴라는 이런 말괄량이를 점잖고 조신한 모범 소녀로 만드는 일을 단념하고 싶다는 생각도 들었다. 자신이 지금 그대로의 앤을 더 좋아한다는 생각은 아마 하지 못했을 것이다.

앤은 그날 밤 고통 속에 말을 잃고 방으로 갔다. 매슈가 북동풍이 이는 걸 보니 내일은 비가 올 것 같다고 말했기 때문이다. 집 주변에서 포플러 이파리들이 바스락거리는 소리는 걱정을 안겨주었다. 그것은 빗방울 소리와 너무도 비슷했고, 먼 바다에서 들리는 나직한 포효—다른 때에 앤은 그 특이하고 깊고 매혹적인 리듬을 좋아했다—는 맑은 하루를 각별히 소망하는 어린아이에게 폭풍과 재난의 예언처럼 들렸다. 앤은 다음 날 아침이 오지 않을 것만 같았다.

하지만 모든 일은 끝나게 마련이고, 목사관의 저녁 초대를 앞둔 전날 밤들도 끝나게 되어 있다. 매슈가 예언한 것과 달리 다음 날은 청명하게 밝았고, 앤의 기분은 하늘 높이 솟구쳤다.

"마릴라 아주머니, 오늘 저는 눈에 보이는 모든 사람을 그냥 사랑하게 되네요." 앤이 아침 식사 후 설거지를 하며 감탄했다. "아주머니는 지금 제 기분을 몰라요. 이런 기분이 계속 이어지면 좋지 않을까요? 매일 저녁 초대를 받는다면 저는 모범생도 될 수 있을 것 같아요. 하지만 마릴라 아주머니, 이건 엄숙한 일이기도 해요. 그래서 걱정돼요. 제가 실수하면 어떻게 하죠? 저는 목사관 저녁 식사에 가본 적이 없고, 필요한 예의범절을 다 아는지도 모르겠어요. 여기 온 뒤로「농민신문」의 예의범절 항목을 열심히 읽었지만요. 제가 바보 같은 짓을 하거나 해야 할 일을 잊을까 봐 겁이 나요. 음식이 아주 맛있으면 더 달라고 해도 괜찮은가요?"

"앤, 너의 문제는 너 자신에 대해 생각을 너무 많이 한다는 거야. 그저 사모님을 생각하고, 어떻게 하는 게 사모님에게 좋을지만 생각해." 마릴라가 평생 처음으로 건전하고도 간결한 조언을 해주었다. 앤은 그 말의 깊은 뜻을 깨달았다.

"맞아요, 아주머니. 저에 대한 생각은 그만하려고 노력하겠어요."

앤은 '예의범절'을 심하게 어기는 일 없이 저녁 식사를 마친 게 분명했다. 저물녘에 붉고 노란 구름에 덮인 하늘 아래로 신나게 돌아와서는, 부엌 문 옆의 붉은 사암 포석에 앉아 체크무명 치마를 입은 마릴라의 무릎에 피곤한 머리를 얹은 채 즐겁게 그 일을 이야기했기 때문이다.

서늘한 바람이 서쪽의 전나무 언덕에서 추수한 들판으로 불어와 포플러 가지에서 휘파람 소리를 냈다. 맑은 별 하나가 과수원 위에 걸리고, 반딧불이들이 연인의 오솔길 위로, 고사리와 바스락거리는 가지들 틈으로 날아다녔다. 앤은 이야기를 하면서 그 모습을 바라보았고, 바람과 별과 반딧불이들이 하나로 합쳐져서 말할 수 없이 달콤하고 매혹적인 것이 되었다고 느꼈다.

"마릴라 아주머니, 진짜로 너무 좋았어요. 제 인생이 헛되지 않았다는 느낌이고, 앞으로 두 번 다시 목사관 초대를 못 받아도 이 느낌은 변하지 않을 거예요. 가니까 사모님이 문 앞에서 저를 맞아주셨어요. 아주 예쁜 연분홍색 오건디 천으로 된 옷을 입고 계셨어요. 프릴이 많고 소매가 팔꿈치까지 왔죠. 그 모습이 꼭 천사 같았어요. 저도 자라면 목사의 부인이 되고 싶다는 생각도 들어요. 목사가 될 사람은 빨강 머리도 상관 안 할지 몰라요. 그런 세속적인 일에는 신경을 쓰지 않을 테니까요. 하지만 목사 부인은 착한 성품을 타고나야 하는데, 저는 그럴 수 없으니까 생각해봐야 소용없겠네요. 어떤 사람들은 착한 성품을 타고나는데 안 그런 사람들도 있잖아요. 저는 안 그런 사람이에요. 린드 아주머니는 제게 원죄가 많대요. 아무리 착해지려고 해도 착한 성품을 타고난 사람들만큼 될 수는 없어요. 그건 기하학이랑 비슷해요. 하지만 열심히 노력하면 좀 봐줘야 하지 않을까요? 앨런 사모님은 착한 성품을 타고난 사람이에요. 그분이 진짜 좋아요. 세상에는 매슈 아저씨나 앨런 사모님처럼 보자마자 좋아지는 사람들이 있어요. 반대로 린드 아주머니처럼 좋아하려고 노력해야 하는 사람들도 있죠. 그런 노력은 필요해요. 그분들은 아는 게 많고 교회 활동도 많이 하시니까요. 하지만 그 사실을 자꾸 되새기지 않으면 잊어버리게 돼요. 목사관의 저녁 자리에는 다른 여자애도 있었어요. 화이트샌즈 교회 학교의 학생인데, 이름은 로레타 브래들리고 좋은 애였어요. 결이 같다고 할 수는 없었지만, 그래도 좋은 애였어요. 우리는 우아하게 식사를 했고, 저는 예의범절을 잘 지킨 것 같아요. 식사를 한 뒤에는 사모님이 피아노를 치면서 노래를 했고,

저하고 로레타에게도 노래를 시켰어요. 사모님은 노래를 잘하셨고, 저보고 교회 학교 성가대에 들어오라고 하셨어요. 그 생각만으로도 가슴이 쿵쿵 뛰었어요. 저도 다이애나처럼 교회 학교 성가대에서 노래하고 싶었지만, 제가 꿈꿀 수 없는 일이라고 생각했거든요. 로레타는 일찍 집에 가야 했어요. 오늘 밤 화이트샌즈 호텔에서 큰 음악회가 있는데, 로레타의 언니가 거기서 노래를 한대요. 로레타 말로는 그 호텔에 묵는 미국인들이 샬럿타운 병원을 도우려고 2주일 한 번씩 음악회를 열고, 화이트샌즈 사람들한테 출연을 부탁한대요. 로레타도 언젠가 그런 부탁을 받을 거 같아요. 그 말에 감탄했어요. 로레타가 떠난 뒤 사모님과 마음을 터놓고 대화를 했어요. 모든 걸 다 이야기했어요. 토머스 아주머니하고 쌍둥이들 이야기도 하고, 케이티 모리스하고 비올레타 이야기도 하고, 그린게이블스에 오게 된 사연이랑 기하학 때문에 힘들다는 이야기도 했어요. 그런데 놀라운 거는요, 마릴라 아주머니, 사모님도 기하학에 둔재였대요. 그 말에 얼마나 힘이 났는지 몰라요. 제가 떠나기 직전에 린드 아주머니가 목사관에 오셨는데, 무슨 일이었는지 아세요? 이사회에서 새 선생님을 뽑았는데, 여자 선생님이래요. 이름은 뮤리얼 스테이시래요. 로맨틱한 이름 아닌가요? 린드 아주머니 말로는 에이번리에 여자 선생님은 처음이고, 이런 혁신은 지나친 것 같대요. 하지만 여자 선생님한테 배우는 건 좋을 것 같고, 개학까지 남은 2주를 어떻게 견딜지 모르겠어요. 새 선생님이 너무 궁금해요."

고통을 안겨준 대결

하지만 앤은 2주 이상을 견뎌야 했다. 진통제 케이크 사건 이후 한 달 가까이 되었으니, 슬슬 새로운 말썽을 일으킬 때가 되었다. 작은 실수들, 그러니까 탈지 우유를 돼지 여물통이 아니라 식품실의 털실 바구니에 쏟는다거나, 몽상에 빠져서 통나무 다리를 건너다가 개울에 빠진다거나 하는 일들은 거기서 빼야 했다.

목사관의 저녁 초대 후 1주가 지났을 때 다이애나 배리가 파티를 열었다.

"작고 오붓한 파티예요. 학교 여자애들만 가요." 앤이 마릴라에게 말했다.

그들은 재미있게 놀았고, 저녁 식사를 마칠 때까지 불운한 일은 일어나지 않았다. 그런데 저녁을 먹은 후에 정원으로 나가자, 아이들은 이런저런 놀이가 다 지겨워져서 무언가 짜릿한 장난을 치고 싶은 마음이 되었다. 그 장난은 '도전 걸기'라는 형태의 놀이가 되었다.

그 무렵 에이번리 아이들 사이에서는 도전 놀이가 유행이었다. 처음에는 남학생들 사이에서 시작했지만 곧 여학생들에게도 퍼졌고, 그해 여름 에이번리에서 도전을 걸고 도전을 수행하다가 벌어진 바보 같은 일들을 다 적으면 책 한 권이 꽉 찰 지경이었다.

가장 먼저 캐리 슬론이 루비 길리스에게 현관 앞 커다란 버드나무를 어느 지점까지 올라가보라고 했고, 루비 길리스는 나무에 들끓는 통통한 송충이들이 두려웠고, 새 모슬린 원피스가 찢어졌다간 어머니에게 혼날 일도 두려웠지만, 가볍게 그 일을 해내서 캐리 슬론을 좌절하게 만들었다.

다음에는 조시 파이가 제인 앤드루스에게 오른발을 들고 왼발 깽깽이로 한 번도 쉬지 않고 정원을 한 바퀴 돌라고 했는데, 제인 앤드루스는 용감하게 도전했지만 세 번째 모퉁이에서 지쳐서 졌다고 선언했다.

조시가 그 일에 보기 거북할 정도로 의기양양해하자, 앤셜리가 조시에게 정원 동쪽의 나무 울타리 위를 걸어보라고 했다. 나무 울타리 위를 걷는 일은 안 해본 사람들이 생각하는 것보다 머리와 뒤꿈치에 더 많은 기술과 균형이 필요하다. 하지만 조시 파이는 아이들에게 인기를 얻는 능력은 없을지 몰라도, 나무 울타리를 걷는 재주는 타고난 데다 잘 갈고닦기까지 했다. 조시가 배리네 정원 울타리를 어찌나 가볍게 걷는지 그렇게 쉬운 것에 '도전'을 건 것은 잘못이라는 느낌마저 주었다. 조시가 성공하자 아이들은 마지못해 칭찬을 했다. 여자애들 대부분은 울타리를 걸어보려고 하다가 많은 어려움을 겪어서, 그게 힘든 일이라는 것을 알았기 때문이다. 조시는 승리감에 달아오른 얼굴로 울타리에서 내려와서 앤에게 뻐기는 눈길을 던졌다.

앤이 땋아 내린 빨간색 머리를 탁 튕겼다.

"낮은 나무 울타리를 걷는 건 별로 대단하지 않아." 앤이 말했다. "내가 알던 메리스빌의 여자애는 지붕 용마루도 걸었다고."

"헛소리 하지 마." 조시가 바로 반박했다. "용마루를 걸을 수 있는 사람은 없어. 그리고 어쨌든 너는 하지 못해."

"내가 못한다고?" 앤이 발끈했다.

"그러면 너한테 도전을 걸까?" 조시가 대들듯 말했다. "이 집의 부엌 지붕 용마루를 걸어봐."

앤은 얼굴이 하얘졌지만, 그 상황에서 해야 할 일은 한 가지뿐이었다. 앤은 집 앞으로 걸어갔다. 부엌 지붕까지 사다리가 놓여 있었다. 5학년 여학생들은 모두 기대 반 걱정 반으로 "아!" 하는 탄성을 냈다.

“하지 마, 앤.” 다이애나가 앤을 말렸다. “거기서 떨어지면 죽어. 조시 파이 말 듣지 마. 그렇게 위험한 일을 시키는 건 잘못이야.”

“아냐, 해야 돼. 내 명예가 걸린 일이야.” 앤이 엄숙하게 말했다. “용마루를 걸을 거야. 아니면 그러다 죽겠지. 다이애나, 내가 죽으면 진주 반지는 네가 가져.”

앤은 얼어붙은 침묵 속에 사다리를 타고 용마루에 올랐고, 그 아슬아슬한 공간에서 균형을 잡고 걷기 시작했다. 어지러운 머릿속에서, 자신이 지금 숨 막히게 높은 곳에 있고 용마루를 걷는 일에는 상상력도 별로 도움이 안 된다는 것이 느껴졌다. 앤은 그런데도 몇 발짝을 걸었지만, 바로 참사가 닥쳤다. 앤은 중심을 잃고 넘어져서 햇빛에 익은 지붕 위를 우당탕퉁탕 굴렀다. 앤이 담쟁이덩굴을 뚫고 떨어져 내린 뒤에야 겁먹은 채 그 모습을 바라보던 아이들이 일제히 공포에 질린 비명을 질렀다.

앤이 자신이 올라간 쪽 지붕으로 떨어졌다면 다이애나가 즉시 진주 반지를 물려받았을 것이다. 다행히 앤은 반대 방향으로 떨어졌고, 그곳은 지붕이 현관 위까지 내려와서 땅과 좀 가까웠기 때문에 그쪽에서 떨어지는 게 훨씬 덜 위험했다. 어쨌건 놀란 다이애나와 여학생들이 모두 집 옆을 돌아 그곳으로 달려갔을 때―히스테리에 빠져 자리에 붙박인 루비 길리스만 빼고―앤은 얼굴이 하얗게 질린 채 엉망이 된 담쟁이덩굴 속에 힘없이 누워 있었다.

"앤, 너 죽었니?" 다이애나가 고함을 치며 그 옆에 털썩 무릎을 꿇었다. "앤, 앤, 한마디만 해줘. 너 정말 죽은 거니?"

모든 아이들, 특히 조시 파이에게 큰 안도감을 안겨주며―조시는 상상력은 없었지만, 앤 셜리를 어이없이 죽게 한 장본인이라는 낙인이 찍힌 채 평생을 살아간다는 생각은 공포스러웠다― 앤이 주춤주춤 일어나 앉더니 우물우물 말했다.

"아냐, 다이애나, 나 안 죽었어. 그런데 느낌이 없어."

"어디? 어디가? 앤?" 캐리 슬론이 흐느꼈다.

앤이 대답할 겨를도 없이 배리 부인이 나타났다. 앤은 부인을 보고 일어서려고 하다가 통증을 이기지 못하고 작은 비명을 지르며 털썩 주저앉았다.

"왜 그러니? 어딜 다친 거니?" 배리 부인이 물었다.

"발목이요." 앤이 숨을 헐떡였다. "다이애나, 아버지한테 나를 좀 집까지 데려다달라고 부탁해줄래? 도저히 걷지 못할 것 같아. 외발 깽깽이로는 못 갈 거야. 제인은 정원도 다 못 돌았잖아."

마릴라는 과수원에서 여름 사과를 따다가 배리 씨가 통나무 다리를 건너 기슭을 올라오는 모습을 보았다. 옆에는 배리 부인이 있었고, 뒤로는 여학생들이 잔뜩 따라왔다. 배리 씨는 앤을 안았는데, 그 어깨에 앤의 머리가 힘없이 놓여 있었다.

그 순간 마릴라는 깨달았다. 심장을 찌르는 격심한 공포 속에 앤이 자신에게 어떤 의미가 되었는지를 깨달았다. 마릴라는 자신이 앤을 좋아한다는 것을 인정했다. 많이 좋아한다는 사실도 인정했다. 하지만 언덕을 정신없이 달려 내려가는 동안 이제 자신에게는 앤이 세상 무엇보다 소중하다는 사실을 알게 되었다.

"배리 씨, 앤이 어떻게 된 건가요?" 마릴라가 숨을 헐떡였다. 마릴라는 언제나 침착해서 좀처럼 내색하지 않던 창백하고 당황한 모습을 보였다.

앤이 직접 고개를 들고 말했다.

"걱정 마세요, 마릴라 아주머니. 지붕 용마루를 걷다가 떨어졌어요. 발목이 삐었나 봐요. 하지만 목이 부러지는 일은 피했으니, 다행이에요."

"너를 그 파티에 보낼 때 이런 일이 있을 줄 알았다." 안심한 마릴라가 심술궂게 말했다. "이리 데리고 와서 소파에 눕어 주세요, 배리 씨. 세상에나, 애가 기절을 했네!"

사실이었다. 앤은 상처의 통증 때문에 소원 하나를 이루었다.

들판에서 불려 온 매슈는 곧장 의사를 데리러 갔고, 함께 도착한 의사는 부상이 생각보다 크다고 말했다. 앤은 발목이 부러졌다.

그날 밤, 마릴라가 동쪽 다락방에 가니 앤이 침대에 누워서 슬픈 목소리로 그녀를 맞았다.

"저 때문에 속상하시죠, 마릴라 아주머니?"

"다 네 잘못이었어." 마릴라가 블라인드를 내리고 램프에 불을 붙이며 말했다.

"그러니까 속상하시겠죠." 앤이 말했다. "제 잘못으로 그렇게 되었다는 사실이 이 일을 더 힘들게 하니까요. 다른 사람 잘못이었다면 훨씬 괜찮았을 거예요. 하지만 아주머니는 도전 놀이 하는데 누가 용마루를 걸으라고 시켰다면 어떻게 하셨겠어요?"

"나라면 단단한 땅을 떠나지 않고, 그런 놀이는 다른 아이들끼리 하라고 했을 거야. 그런 바보짓을 하다니!" 마릴라가 말했다.

앤이 한숨을 쉬었다.

"하지만 아주머니는 정신력이 강하시잖아요. 저는 안 그래요. 저는 조시 파이가 비웃으니 견디기 힘들었어요. 그 아이가 평생 저를 비웃으며 의기양양할 거 같아서요. 그리고 이미 큰 벌을 받았으니까 너무 화내지 마세요, 마릴라 아주머니. 기절하는 건 하나도 안 좋네요. 그리고 의사 선생님이 발목 뼈를 맞출 때 너무 아팠어요. 6주에서 7주 동안 꼼짝을 못 할 텐데, 그러면 새 선생님을 못 볼 거예요. 그리고 제가 학교에 갈 때쯤 선생님은 이미 새 선생님이 아닐 거예요. 그리고 길…… 모두가 저보다 성적이 앞서겠죠. 아, 제 인생은 고통에 빠졌어요. 하지만 아주머니가 저한테 화를 내시지만 않는다면 용감하게 견뎌보겠어요, 마릴라 아주머니."

"화가 난 게 아니야." 마릴라가 말했다. "네가 불운했던 건 맞아. 하지만 네 말대로 너는 그 일로 고통을 겪게 되었지. 이제 저녁 먹어라."

"제가 상상력이 많은 게 다행 아닌가요?" 앤이 말했다. "이 일을 견디는 데 도움이 될 거예요. 상상력이 없는 사람들은 뼈가 부러졌을 때 어떻게 하나요, 마릴라 아주머니?"

앤은 그 뒤로 지루하게 이어진 7주 동안 자기 상상력에 감사할 일이 많았다. 하지만 앤을 도와준 것은 그뿐이 아니었다. 손님들이 계속 찾아왔고, 여학생들은 매일같이 한두 명씩 문병을 와서 꽃과 책을 선물하고, 에이번리의 어린이 세계에서 벌어지는 온갖 사건 사고를 전해주었다.

"모두가 너무 다정하고 친절했어요, 아주머니." 앤이 절뚝거리면서나마 걸어다닐 수 있게 된 날, 기쁜 한숨을 쉬며 말했다. "다쳐서 누워 있는 건 별로 좋은 일이 아니지만, 거기에도 좋은 면이 있어요. 자기에게 친구가 얼마나 있는지 알 수 있다는 거예요. 심지어 벨 선생님도 문병을 오셨어요. 그분은 정말로 좋은 분이에요. 결이 같은 분은 아니지만, 그래도 그분이 좋고, 그분의 기도를 흉봤던 게 죄송해요. 지금 보니 그분은 진심을 담아서 기도를 하지만 말투가 안 그렇게 들린다는 점이 문제 같아요. 조금만 노력하면 해결하실 수 있을 거예요. 강하게 암시를 드렸어요. 저는 혼자 기도를 할 때도 재미있게 하려고 노력한다고 했죠. 선생님도 어렸을 때 발목이 부러진 적이 있대요. 벨 선생님에게 어린 시절이 있다니 참 어색한 느낌이에요. 제 상상력도 한계가 있나 봐요. 그것까지는 상상이 안 돼요. 벨 선생님의 어린 시절을 상상하려고 하면 교회 학교에서 보는, 희끗희끗한 수염과 안경을 쓴 모습밖에 안 떠올라요. 덩치만 작아져요. 그런데 앨런 사모님의 어린 시절은 상상하기 아주 쉬워요. 사모님은 저를 보러 열네 번이나 오셨어요. 자랑할 만한 일 아닌가요, 마릴라 아주머니? 목사님 부인이 그렇게 많은 시간을 내주셨어요! 그리고 사모님은 정말 기분 좋은 손님이에요. 제가 잘못한 거라거나 그 일로 배움을 얻었기 바란다거나 하는 말씀은 안 하세요. 린드 아주머니는 문병을 오실 때마다 그렇게 말씀하셨거든요. 그리고 아주머니 말투는 꼭 배움을 얻기를 바라기는 하지만 그런 일은 없으리라 생각하시는 거 같아요. 조시 파이도 문병을 왔어요. 저는 예의 바르게 그 애를 맞았어요. 그 애도 저한테 용마루 걷기 도전을 시킨 걸 후회할 테니까요. 제가 죽었으면 조시는 평생토록 무거운 후회를 지고 살아야 했겠죠. 다이애나는 정말 좋은 친구예요. 매일 와서 외로운 제 방에 활기를 불어넣어요. 하지만 학교에 갈 수 있으면 정말 좋겠어요. 애들이 새 선생님 이야기를 너무 많이 해서요. 여자애들은 모두 선생님을 좋아해요. 다이애나 말로는 선생님은 예쁜 금발 곱슬머리에 눈도 반짝반짝한대요. 옷도 아름답게 입고, 소매 퍼프는 에이번리에 사는 누구보다도 크대요. 2주에 한 번씩 금요일에 낭송회를 열어서 모두가 시나 대화문을 낭송하게 한대요. 생각만 해도 너무 멋져요. 조시 파이는 싫다는데, 조시는 워낙 상상력이 없잖아요. 다이애나와 루비 길리스와 제인 앤드루스는 다음 주 금요일에 '아침 방문'이라는 대화문을 낭송할 거예요. 그리고 낭송회가 없는 금요일이면 선생님은 아이들을 데리고 숲으로 '현장 학습'을 가서 고사리, 꽃, 새 들에 대해 공부한대요. 그리고 아침 저녁으로 체육을 한대요. 린드 아주머니는 그런 일은 생전 처음 듣는다고, 그게 다 선생님이 여자라서 그러는 거라고 하시네요. 하지만 전 그게 좋은 일이고, 스테이시 선생님은 분명히 저와 결이 같은 분일 거라고 생각해요."

"한 가지는 분명하구나, 앤." 마릴라가 말했다. "너는 배리 씨네 지붕에서 떨어지면서도 혀는 다치지 않았어."

스테이시 선생님과 학생들이
음악회를 꾸리다

다시 10월이 되었을 때, 앤은 학교로 돌아갈 수 있게 되었다.
눈부신 10월에는 모든 것이 붉고 노란 빛깔에 둘러싸이고, 부
드러운 아침마다 계곡들에 섬세한 안개가 가득 찼다. 안개들이
머금은 다양한 색깔―자수정빛, 진줏빛, 은빛, 장밋빛, 희푸른
빛―은 마치 가을 정령이 해에서 따라낸 것 같았다. 무거운 이
슬에 덮인 들판은 은으로 만든 천처럼 반짝거렸고, 울창한 골
짜기들에는 바스락거리는 낙엽이 두껍게 쌓여서 달리기를 할
수 없었다. 자작나무 길에는 노란 나뭇잎이 지붕을 이루고, 시
든 갈색 고사리가 길가를 둘렀다. 공중에는 경쾌하고 활기차게
학교에 가는 어린 학생들의 가슴을 흔드는 강렬한 향기가 있었
다. 그리고 다이애나의 옆자리로 돌아온 일도, 루비 길리스가
옆 분단에서 고개를 끄덕여주는 일도, 캐리 슬론에게서는 쪽
지를, 뒷자리 줄리아 벨에게서는 '나뭇진 껌'을 받는 일도 모두

즐거웠다. 앤은 연필을 깎고 책상 속 그림 카드들을 정돈하며 행복감에 숨을 깊이 마셨다. 인생은 정말이지 흥미로웠다.

스테이시 선생님도 진실하고 친절한 분이었다. 선생님은 밝고 이해심이 깊은 젊은 여자로, 학생들에게 사랑받고 또 아이들의 지성과 도덕을 향상시키는 능력을 지녔다. 이런 유익한 영향력 아래서 앤은 꽃처럼 피어났고, 집에 오면 매슈의 감탄과 마릴라의 비판 속에서 학교 공부와 목표에 대해 신이 나서 떠들었다.

"스테이시 선생님이 너무 좋아요. 태도도 우아하고 목소리도 좋아요. 제 이름을 부르실 때 보면, 이름 끝에 e자를 붙이시는 게 분명해요. 오늘 오후에 낭송회를 했어요. 두 분이 오셔서 제가 낭송하는 「스코틀랜드 메리 여왕」을 들으셨으면 좋았을 텐데. 영혼을 쏟아서 낭송했어요. 집에 오는 길에 루비 길리스가 그랬는데, 제가

여왕은 말했네, 아버지의 용기를 위해
여자의 심장에 작별을 고한다고.

이 부분을 낭송할 때 소름이 쫙 끼쳤대요."
"조만간 헛간에서 나한테도 낭송해다오." 매슈가 말했다.
"당연히 해드려야죠." 앤이 생각에 잠겨서 말했다. "하지

만 그렇게 잘하지는 못할 거예요. 온 학생이 숨죽이고 들을 때 같은 흥분이 없을 테니까요. 아저씨를 소름 끼치게 만들지는 못할 거예요."

"린드 부인은 지난 토요일에 남학생들이 까마귀 둥지를 보겠다며 벨네 언덕의 큰 나무들 위로 올라가는 모습을 보고 소름이 끼쳤다더구나." 마릴라가 말했다. "스테이시 선생님이 시켰다며?"

"자연 공부에 까마귀 둥지가 필요해서요." 앤이 설명했다. "그날 저희는 현장 학습을 했어요. 현장 학습은 진짜 재미있어요, 마릴라 아주머니. 그리고 스테이시 선생님은 모든 걸 멋지게 설명하세요. 저희는 현장 학습에 대해 작문도 해야 하는데, 제가 제일 잘 써요."

"허영심이 대단하구나. 그런 말은 선생님이 하셔야지."

"선생님이 그렇게 말씀하셨어요, 마릴라 아주머니. 그리고 저는 그 일에 허영심이 없어요. 어떻게 허영심을 갖겠어요? 기하학에 그렇게 둔재인데요. 전보다 조금 나아지긴 했지만요. 스테이시 선생님이 설명을 잘해주시거든요. 그래도 기하학을 잘하는 일은 없을 테고, 그걸 생각하면 겸손해져요. 하지만 작문하는 건 좋아요. 선생님은 주제는 자유롭게 정하라고 할 때가 많지만, 다음 주에는 뛰어난 인물에 대해서 작문해야 해요. 이 세상에 살았던 수많은 위인들 중 한 명을 고르는 건 어려운 일이에요. 훌륭한 업적을 남기고, 죽은 뒤에 사람들이 자신에 대해 글을 쓰게 되다니 참 멋지지 않나요? 아, 저는 훌륭한 사람이 되고 싶어요. 어른이 되면 간호사가 되고, 적십자에 들어가서 전쟁터에서 자비를 베풀겠어요. 해외 선교사가 되지 않는다면요. 선교사도 로맨틱하지만, 선교사는 아주 착해야 하고 그게 걸림돌이에요. 저희는 매일 체육도 해요. 자세를 바르게 해주고 소화에도 도움이 돼요."

"소화에 도움이 돼!" 마릴라가 말했다. 다 말도 안 되는 이야기라고 생각했기 때문이다.

모든 현장 학습과 금요일의 낭송회도 스테이시 선생님이 11월에 발표한 계획 앞에서는 빛을 잃었다. 크리스마스 날 밤에 이번리 학교의 학생들이 음악회를 연다는 계획이었다. 그리고 거기에는 학교 건물에 게양할 국기를 산다는 훌륭한 목적이 있었다. 학생들은 모두 그 계획을 반겨 맞았고, 즉시 프로그램 준비가 시작되었다. 그리고 출연이 결정된 사람 가운데 앤 셜리만큼 기뻐한 사람은 없었다. 앤은 마릴라가 반대했는데도 그 일을 열렬히 받아들였다. 마릴라는 그런 일은 다 바보짓이라고 했다.

"그 일은 네 머리를 쓸데없는 생각으로 채우고, 공부할 시간을 잡아먹을 거야." 마릴라가 불만스럽게 말했다. "아이들이 음악회를 하고 연습에 다니고 하는 일들이 다 마음에 들지 않

아. 그런 일은 아이들에게 허영심과 자만심을 심어주고, 쏘다니는 걸 좋아하게 만들어."

"하지만 좋은 목적으로 하는 행사예요. 국기는 애국심을 키워줄 거예요, 마릴라 아주머니." 앤이 항변했다.

"당치도 않은 소리! 네 머릿속에 애국심 같은 게 눈곱만큼이라도 있겠다. 너는 그냥 놀고 싶을 뿐이야."

"애국심과 노는 걸 결합할 수 있으면 좋은 일 아닌가요? 물론 음악회를 하는 건 정말 좋아요. 합창을 여섯 곡 하고, 다이애나가 독창을 할 거예요. 저는 대화문 두 개를 낭송해요. 「뒷공론 방지 협회」하고 「요정 여왕」이요. 남학생들도 대화문을 낭송해요. 그리고 저는 시 낭송도 두 개 해요, 마릴라 아주머니. 그 생각을 하면 몸이 떨리지만 기분 좋은 떨림이에요. 그리고 마지막에는 '활인화'(유명한 그림이나 역사의 한 장면을 정지 연기로 표현하는 일―옮긴이)를 해요. 주제는 '믿음, 소망, 사랑'이에요. 다이애나하고 루비하고 제가 거기 나와요. 모두 흰 옷을 입고 머리를 풀어내리고요. 저는 소망이에요. 두 손을 꼭 잡고―이렇게―두 눈은 하늘을 바라봐요. 제 방에서 낭송 연습을 할 거니까, 신음 소리가 나도 놀라지 마세요. 시 한 편에서 가슴 아프게 신음해야 돼요. 그리고 예술적으로 신음하는 건 정말 어려워요, 마릴라 아주머니. 조시 파이는 대화문에서 원하는 배역을 못 맡아서 삐쳤어요. 요정 여왕이 되고 싶어했는데, 그러면 웃겼을 거예요. 조시처럼 뚱뚱한 요정 여왕이 어디 있어요? 요정 여왕은 날씬해야 해요. 제인 앤드루스가 여왕이고 저는 시녀 중 하나예요. 조시는 요정이 빨강 머리인 건 뚱뚱한 것만큼 웃긴다고 했지만, 조시 말은 신경 안 써요. 저는 머리에 흰 장미로 만든 꽃줄기를 두를 거고, 루비 길리스가 가벼운 구두를 빌려줄 거예요. 제겐 가벼운 구두가 없는데, 요정은 가벼운 구두를 신어야 하잖아요. 요정이 무거운 구두를 신은 모습을 상상할 수 있나요? 특히 앞코에 구리를 댄 걸요? 회관은 가문비나무와 전나무 가지로 글자를 만들고 분홍색 종이 장미꽃을 꽂아서 장식할 거예요. 저희는 관객이 자리에 앉은 다음에 둘씩 짝을 지어 들어갈 거예요. 에마 화이트가 오르간으로 행진곡을 연주하고요. 아, 마릴라 아주머니, 아주머니가 저만큼 들뜨시지 않은 건 알겠지만, 멋지게 공연하는 저를 보고 싶지 않으세요?"

"내가 보고 싶은 건 네가 예의 바르게 행동하는 거야. 이 소동이 다 끝나서 네가 마음을 가라앉힐 수 있다면 좋겠다. 지금은 머릿속이 온통 대화문이니 신음이니 활인화니 하는 것들로 가득 차서 아무짝에도 쓸데가 없어. 그리고 네 혀는 정말이지 닳아 없어지지 않는 게 신기하구나."

앤은 한숨을 쉬고 뒷마당으로 나갔다. 풋사과빛 서쪽 하늘에서 초승달이 헐벗은 포플러 가지 사이로 반짝였다. 거기서 매슈가 장작을 패고 있었다. 앤은 매슈가 자신을 이해하며 공감해주리라 믿고 나무토막에 걸터앉아서 음악회 이야기를 했다.

"저기, 훌륭한 음악회가 될 것 같구나. 너도 맡은 역할을 잘할 거다." 매슈가 열의에 찬 앤의 얼굴을 보고 미소 지으며 말했다. 앤도 미소로 응답했다. 둘은 세상에서 가장 친한 사이였고, 매슈는 자신이 앤의 양육에 참여하지 않는 것을 늘 감사하게 여겼다. 그것은 마릴라가 독점하는 의무였다. 그런 의무를 맡았다면, 매슈는 소망과 의무 사이에서 수없이 갈등했을 것이다. 지금은, 마릴라의 표현을 빌리자면, 자유롭게 앤의 '응석을 받아'주었다. 하지만 그렇게 나쁜 조합이 아니었다. 약간의 '인정'이라도 때로는 세상 훈육을 모두 합한 것만큼 좋기 때문이다.

매슈가 퍼프 소매를 고집하다

매슈는 고통스런 10분을 보냈다. 춥고 우중충한 12월의 해질녘, 부엌에 들어와서 작업화를 벗으려고 모퉁이의 장작 보관대에 앉을 때, 매슈는 앤이 거실에서 학교 친구들과 「요정 여왕」을 연습하고 있다는 것을 전혀 몰랐다. 그런데 아이들이 거실에서 나오더니 웃고 떠들면서 부엌으로 들어왔다. 아이들은 매슈가 한 손에는 작업화 한 짝을, 다른 손에는 신발 벗는 도구를 들고 황급히 장작 보관대 너머로 숨는 것을 보지 못했고, 매슈는 앞서 말한 10분 동안 아이들이 모자를 쓰고 재킷을 입으며 대화문과 음악회 이야기를 하는 모습을 조용히 지켜보았다. 앤은 아이들 틈에 서 있었고, 다른 아이들과 똑같이 밝고 활기찼다. 하지만 매슈는 앤이 친구들과 어딘가 다르다고 느꼈다. 걱정스럽게도, 그 다른 점은 있어서는 안 되는 무언가라는 인상을 주었다. 앤은 친구들보다 얼굴도 더 밝고, 눈도 더 크고 빛났으며, 이목구비도 더 섬세했다. 수줍고 관찰력 없는 매슈도 이제 그런 것을 알았다. 하지만 그에게 걱정을 안겨준 차이는 그런 게 아니었다. 그러면 무엇인가?

매슈는 여학생들이 서로 팔짱을 낀 채 얼어붙은 길로 떠나고, 앤이 책을 붙들고 앉은 지 한참이 지날 때까지 그 질문을 떨치지 못했다. 마릴라에게 물어볼 수는 없었다. 마릴라는 그런 질문을 비웃고, 앤과 다른 아이들 사이의 차이라면 다른 아이들은 가끔 입을 다무는데 앤은 그러는 일이 없다는 점뿐이라고 할 게 분명했다. 그런 말은 도움이 될 것 같지 않았다.

매슈는 그날 저녁 차이점을 생각해내려고 파이프를 연달아 피웠고, 마릴라는 아주 못마땅해했다. 두 시간 동안 담배를 피우면서 생각한 결과, 매슈는 답을 찾았다. 앤은 다른 아이들과 옷차림이 달랐다!

생각하면 할수록 매슈는 앤이 다른 아이들처럼 옷을 입은 적이 없다는 확신이 들었다. 그린게이블스에 온 뒤 내내 그랬다. 마릴라는 앤에게 모두 똑같은 패턴으로 만든, 장식 없는 검은 옷을 입혔다. 매슈가 옷에 패션이라는 게 있다는 걸 안다고 해도, 그 이상은 몰랐다. 하지만 매슈는 앤의 옷소매가 다른 소녀들과는 달랐다고 확신했다. 그날 저녁 앤 주변에 앉았던 여학생들을 떠올려보았다. 모두 빨간색, 파란색, 분홍색, 흰색 같은 밝은색 옷을 입고 있었다. 그는 왜 마릴라가 앤에게 그렇게 칙칙한 옷만 입히는 것일까 의문이 들었다.

물론 큰 문제는 아닐 것이다. 마릴라는 현명했고, 아이를 키우는 것도 마릴라였다. 거기에는 어떤 알 수 없는 훌륭한 이유가 있으리라. 하지만 아이에게 예쁜 옷, 다이애나 배리가 입는 것 같은 옷을 한 벌쯤 주는 것도 나쁘지 않을 터였다. 매슈는 자신이 직접 그 일을 해결해야겠다고, 그건 쓸데없는 간섭이라는 비난을 받지 않을 거라고 생각했다. 크리스마스가 2주 앞으로 다가와 있었다. 예쁜 옷은 크리스마스 선물로 딱일 것이다. 매슈는 만족스런 한숨 속에 파이프를 치우고 잠자리에 들었고, 마릴라는 문을 전부 열고 집 안을 환기시켰다.

다음 날 저녁, 매슈는 어려움에 맞서 그 일을 해내기로 마음먹고 카머디로 옷을 사러 나갔다. 쉬운 일이 아닐 게 분명했다. 매슈도 어떤 물건들을 사는 데는 아무 문제 없고 흥정도 꽤 잘했지만, 여자아이 옷이라면 점원의 자비에 맡겨야 했다.

매슈는 생각을 거듭한 끝에 윌리엄 블레어 상점 대신 새뮤얼 로슨 상점에 가기로 했다. 매슈와 마릴라는 늘 윌리엄 블레어 상점에 갔다. 그것은 그들이 장로교회에 다니고 보수당에 표를 주는 것만큼이나 신념에 속하는 문제였다. 하지만 윌리엄 블레어 상점에서는 두 딸이 자주 가게를 보았고, 매슈는 그들이 두려웠다. 매슈가 원하는 게 분명하고 그것을 지목할 수 있을 때는 그들이 있어도 상관없지만, 설명과 의논이 필요한 이런 일에는 남자 점원이 필요했다. 그래서 새뮤얼이나 그의 아들이 가게를 보는 로슨 상점으로 갔다.

하지만 아뿔싸! 매슈는 새뮤얼이 최근에 가게를 확장하면서 여직원도 들였다는 사실을 몰랐다. 아내의 조카인 젊은 점원은 앞머리를 부풀리고 갈색의 큰 눈을 두리번거리는 화려한 아가씨로, 미소가 밝고도 알쏭달쏭했다. 한껏 멋을 낸 옷차림에, 움직일 때마다 팔에 겹겹이 찬 고리 팔찌들이 반짝이며 짤랑거렸다. 매슈는 여자 점원이 있다는 사실에 일단 당황했고, 팔찌들 때문에 정신이 완전히 혼미해졌다.

"뭘 도와드릴까요, 커스버트 씨?" 루실 해리스가 두 손으로 카운터를 가볍게 두드리며 싹싹하게 물었다.

"저기 혹시, 그게, 저기, 혹시…… 갈퀴 있나요?" 매슈가 더듬거리며 말했다.

해리스는 약간 놀랐고, 그건 당연했다. 12월 중순에 갈퀴를 찾는 사람은 드물었기 때문이다.

"한두 개 있을 거예요. 하지만 위층 창고에 있어요. 가서 볼게요." 그녀가 말했다.

해리스가 자리를 비운 사이 매슈는 이번에는 제대로 말하기 위해 흩어진 정신을 모았다.

해리스가 갈퀴를 가지고 돌아와서 쾌활한 목소리로 "또 필요하신 거 없나요, 커스버트 씨?" 하고 묻자, 매슈는 용기를 내서 말했다. "저기, 그렇게 말씀하시니까, 혹시, 그…… 건초 씨앗은 없나요?"

해리스는 매슈 커스버트가 특이한 사람이라는 말은 들었다. 그런데 이제 보니 제정신이 아닌 것 같았다.

"건초 씨앗은 봄에만 취급해요. 지금은 재고가 없네요." 그녀가 냉랭한 목소리로 말했다.

"아, 그렇죠…… 그래요, 당연하죠." 매슈가 우울하게 말을 더듬고는, 갈퀴를 들고 문으로 갔다. 그러다가 문 앞에서 돈을 안 냈다는 사실을 깨닫고 참담한 심정으로 다시 가게 안으로 들어갔다. 해리스가 거스름돈을 세는 사이 매슈는 마지막으로 사력을 다해 시도했다.

"저기…… 번거롭지 않으시다면, 그게, 저기…… 설탕은 없나요?"

"백설탕이요, 황설탕이요?" 해리스가 참을성 있게 물었다.

"아, 저기…… 황설탕이요." 매슈가 맥이 빠져서 말했다.

"저쪽에 있습니다." 해리스가 팔찌를 흔들며 말했다. "지금은 한 종류뿐이에요."

"10킬로그램 주세요." 매슈가 이마에 식은땀을 흘리며 말했다.

매슈는 집으로 절반 정도 와서야 정신을 차렸다. 혹독한 경험이었지만, 낯선 가게로 간 배신의 당연한 결과였다. 집에 도착하자 갈퀴는 연장 창고에 숨겼지만, 설탕은 마릴라에게 가지고 갔다.

"황설탕!" 마릴라가 소리쳤다. "도대체 무슨 일로 설탕을 이렇게 많이 사온 거야? 농장 일꾼이 먹을 죽이나 검은 과일 케이크를 만들 때를 빼면 내가 설탕을 전혀 안 쓴다는 걸 알잖아. 그런데 제리는 떠났고, 케이크는 이제 안 만들어. 거기다 이건 좋은 설탕도 아니야. 거칠고 색이 어두워. 윌리엄 블레어 상점의 설탕은 원래 이렇지 않은데."

"어, 언젠가 도움이 될지도 모르니까." 매슈는 그렇게 말하고 달아났다.

매슈는 생각을 거듭하고, 이런 상황은 여자의 도움을 받아야 한다는 결론을 내렸다. 마릴라는 아니었다. 마릴라는 매슈가 세운 계획에 찬물을 끼얹을 게 분명했다. 남은 것은 린드 부인뿐이었다. 매슈가 에이번리에서 조언을 구할 수 있는 여자는 달리 없었기 때문이다. 그래서 린드 부인에게 갔고, 부인은 혼란에 빠진 남자의 손에서 즉시 문제를 떠맡았다.

"앤에게 옷을 선물하려고 하신다고요? 분명히 도움을 드릴 수 있어요. 제가 내일 카머디에 가니까 그때 해결할게요. 특별히 마음에 두신 게 있나요? 없어요? 그러면 제 판단대로 할게요. 앤한테는 밤색이 딱 맞을 것 같아요. 그리고 윌리엄 블레어 가게에 아주 예쁜 글로리아 직물이 들어왔더라고요. 저한테 옷 만드는 일까지 부탁하시고 싶은 거 맞죠? 마릴라가 옷을 만들면 앤이 알아차리고 김이 빠질까 봐요? 네, 할 수 있어요. 아뇨, 피곤한 일 아니에요. 저는 바느질을 좋아해요. 제 조카 제니 길리스의 몸에 맞출게요. 앤은 제니하고 몸매가 똑같으니까요."

　"저기, 정말로 감사합니다." 매슈가 말했다. "그리고…… 그리고, 잘 모르겠지만…… 요즘…… 소매는 예전하고 다른 것 같아요. 과한 부탁이 아니라면, 새로운 모양으로 만들어주시면 좋겠습니다."

　"퍼프 소매요? 물론이죠. 전혀 걱정할 필요가 없어요. 최신 패션에 맞출게요." 린드 부인이 말했다. 그리고 매슈가 떠난 뒤 혼잣말로 덧붙였다.

　"그 불쌍한 아이가 이제 괜찮은 옷을 입을 거라고 생각하니 기쁜걸. 마릴라가 앤에게 입히는 옷들은 진짜 어이가 없어. 대놓고 이야기하고 싶은 적이 열두 번도 넘었지만 참았지. 마릴라가 다른 사람의 간섭을 원하지 않고, 또 결혼은 안 했더라도 아이 기르는 일을 나보다 더 잘 안다고 생각하니까. 하지만 언제나 그래. 아이들을 키워본 사람은 모든 아이에게 맞는 확실한 방식이란 없다는 걸 알아. 하지만 그런 경험이 없는 사람들은 아이 키우는 일이 단순하고 쉽다고 생각해. 세 숫자만 알면 답이 나오는 비례식처럼. 하지만 피와 살로 된 사람은 산수처럼 똑 떨어지지 않는데, 마릴라 커스버트는 그 부분을 착각하고 있어. 마릴라는 앤을 그렇게 입혀서 겸손의 미덕을 키워주려는 모양이지만, 그건 시샘과 불만만 키워주는 일이야. 그 아이는 자기 옷과 다른 아이들이 입은 옷의 차이를 분명히 알거야. 그런데 매슈가 그걸 알아차리다니! 60년도 넘게 잠을 자다가 이제 정신이 드는 모양이야."

마릴라는 그 뒤로 2주 동안 매슈에게 무슨 꿍꿍이가 있다는 것은 알았지만, 무엇인지는 짐작하지 못했다. 그런데 크리스마스 이브에 린드 부인이 새 옷을 가지고 왔다. 마릴라는 예의에 어긋나는 행동은 하지 않았지만, 마릴라가 옷을 만들면 앤이 눈치챌까 봐 매슈가 자신에게 일을 맡겼다는 린드 부인의 매끄러운 설명은 믿지 않았다.

"그러니까 지난 2주 동안 매슈가 뭔가 이상하게 굴고 혼자서 조용히 웃고 한 게 이것 때문이었군." 마릴라가 약간 뻣뻣하지만 참을성 있게 말했다. "수상한 일을 꾸미고 있다는 건 알았어. 나는 앤에게 새 옷이 필요하다고는 생각하지 않았어. 가을에 튼튼하고 따뜻하고 실용적인 옷을 세 벌 만들어주었으니까. 그 이상은 사치야. 저 소매에 들어간 천만으로도 상의를 하나 더 만들겠네. 매슈는 앤의 허영심을 채워주려고 안달이고, 아이의 허영심은 하늘을 찔러. 어쨌거나 이제 드디어 만족했으면 좋겠군. 그 바보 같은 소매가 유행하면서 계속 그걸 원했으

308

니까. 물론 말은 한 번밖에 안 했지만. 그 퍼프들은 점점 커지고 또 우스꽝스러워지고 있어. 지금은 거의 풍선만 해. 내년에는 퍼프 소매를 입으면 문을 옆으로 드나들어야 할 거야."

크리스마스 아침이 눈으로 덮인 아름다운 세상 위로 밝아 왔다. 온화한 12월이라서 사람들은 눈이 없는 '푸른 크리스마스'를 예상했지만, 밤 동안 에이번리를 딱 하얗게 만들 만큼만 눈이 조용히 내렸다. 유령의 숲 전나무들은 아름다운 깃털처럼 변했다. 자작나무와 벚나무들은 진주를 두른 것 같았다. 쟁기질이 된 들판들에는 눈 위의 보조개가 가득했다. 공중의 짜릿한 향기는 상쾌했다. 앤은 그린게이블스 전체가 울리도록 노래를 부르며 아래층으로 달려 내려갔다.

"메리 크리스마스, 마릴라 아주머니! 메리 크리스마스, 매슈 아저씨! 정말 아름다운 크리스마스 아닌가요? 화이트 크리스마스라서 기뻐요. 다른 크리스마스는 크리스마스 같지 않아요. 저는 푸른 크리스마스가 싫어요. 사실 푸른색도 아니에요. 시든 갈색과 잿빛뿐인데, 왜 그걸 푸른 크리스마스라고 하나요? 왜…… 어, 매슈 아저씨, 이거 제 선물인가요? 아, 아저씨!"

매슈는 종이 포장을 어색하게 풀고, 마릴라에게는 미안하다는 듯한 눈길을 보내며 옷을 앞으로 내밀었다. 마릴라는 못마땅한 얼굴로 찻주전자에 물을 넣는 척했지만 곁눈질로 힐끔 보는 눈길에는 흥미가 어려 있었다.

앤은 옷을 받아들고 바라보며 감격스런 침묵에 빠졌다. 옷은 너무도 예뻤다. 부드러운 갈색의 글로리아 천은 실크 같은 광택이 났다. 치마에는 귀여운 프릴과 셔링 장식이 달렸다. 상의 부분에는 유행하는 최신 방식의 가는 주름이 잡혔고, 목에는 얇은 레이스 러플이 있었다. 하지만 소매, 그것이 최고였다! 길다란 팔꿈치 커프스 위로 셔링과 갈색 실크 리본들이 달린 아름다운 퍼프 소매가 있었다.

"크리스마스 선물이란다, 앤." 매슈가 부끄러워하며 말했다. "왜, 왜, 앤, 마음에 안 드니? 저기…… 저기."

앤이 갑자기 눈물을 글썽거렸기 때문이다.

"마음에 들어요! 아저씨!" 앤은 옷을 의자 위에 걸쳐놓고 두 손을 맞잡았다. "정말 예뻐요. 어떻게 감사하다는 말씀을 드려야 할지 모르겠어요. 이 소매를 봐요! 정말 행복한 꿈 같아요."

"이제 아침을 먹자." 마릴라가 끼어들었다. "앤, 나는 너한테 새 옷이 필요하다고 생각하지 않았지만, 매슈가 선물했으니 아껴서 잘 입어라. 린드 부인이 머리끈도 만들어주셨어. 옷하고 똑같은 갈색이야. 이리 와서 앉아라."

"아침을 먹을 수 있을 것 같지 않아요." 앤이 기쁨에 들떠서 말했다. "이렇게 기쁜 순간에 아침 식사는 너무 평범한 것 같아요. 그보다는 눈으로 저 옷을 삼키겠어요. 퍼프 소매가 아직 유행이라서 기뻐요. 제가 퍼프 소매를 한 번도 못 입어보고 유행이 지났으면, 아쉬움을 떨치지 못하고 늘 허전함을 느꼈을 거예요. 린드 아주머니가 머리끈을 만들어주시다니 너무 고맙네요. 저는 착한 아이가 되어야겠어요. 이럴 때면 제가 모범생이 아니라서 속상해요. 마음으로는 항상 앞으로 모범생이 되겠다고 결심하죠. 하지만 큰 유혹이 닥치면 결심을 지키기가 힘들어요. 그래도 이 일 이후에는 특별히 더 노력할게요.”

평범한 아침 식사가 끝났을 때, 다이애나의 모습이 보였다. 다이애나는 어깨에 작은 망토가 달린 진홍색 코트를 입고 골짜기의 하얀 통나무 다리를 건너왔다. 앤은 비탈을 달려 내려가서 다이애나를 맞았다.

“메리 크리스마스, 다이애나! 정말 환상적인 크리스마스야. 너한테 보여줄 게 있어. 매슈 아저씨가 나한테 퍼프 소매가 달린 예쁜 옷을 선물해주셨어. 그보다 더 예쁜 옷은 상상도 못하겠어.”

“나도 너한테 줄 게 있어.” 다이애나가 숨을 헐떡이며 말했다. “여기, 이 상자야. 조세핀 할머니가 이 안에 별거 별거 다 넣어서 보내셨어. 너한테 보내신 거야. 어젯밤에 가져왔어야 하지만, 해가 진 뒤에야 상자가 왔는데 유령의 숲을 가로질러 오고 싶지 않아서.”

앤은 상자를 열고 안을 보았다. 먼저 ‘앤에게, 메리 크리스마스를 바라며' 하고 적힌 카드가 눈에 띄더니 예쁜 염소 가죽 구두가 보였다. 앞코에 구슬이 달리고, 새틴 리본과 반짝이는 버클도 달려 있었다.

"다이애나, 믿기지가 않아. 꿈인지 생시인지 모르겠다." 앤이 말했다.

"이런 걸 신의 섭리라고 해." 다이애나가 말했다. "이제 루비한테서 구두를 안 빌려도 돼. 잘됐지 뭐야. 루비 구두는 네 발에 너무 큰데, 요정이 신발을 질질 끌고 다니면 웃길 테고, 조시 파이가 좋아할 테니까. 그런데 지지난번 연습이 끝나고 로브 라이트가 거티 파이하고 같이 집에 갔어. 세상에 이보다 재미있는 이야기 들은 적 있니?"

그날 에이번리의 모든 학생은 크나큰 흥분에 감싸여 있었다. 회관을 장식해야 했고 또 최종 리허설도 진행해야 했기 때문이다.

저녁이 되어 음악회가 열렸고, 결과는 대성공이었다. 작은 회관은 관객으로 가득했다. 출연자들은 모두 자기 역할을 잘했지만, 그날의 최고 스타는 앤이었고, 조시 파이는 질투 속에서도 그 사실을 부정하지 못했다.

"정말 멋진 밤 아니었니?" 모든 일이 끝나고, 다이애나와 함께 별빛 가득한 밤하늘 아래를 걸어가면서 앤이 한숨을 쉬었다.

"모든 게 다 잘됐어." 다이애나가 현실적으로 말했다. "아마 10달러는 모았을 거야. 앨런 사모님이 샬럿타운 신문에 오늘 행사에 대한 글을 써서 보내실 거야."

　"다이애나, 그러면 우리 이름이 신문에 나는 거야? 그런 생각을 하니까 너무 짜릿한걸. 네 독창은 진짜 훌륭했어, 다이애나. 사람들이 앙코르를 요청했을 때 내가 너보다 더 뿌듯했어. 그 모습을 보면서 '지금 저 아이가 내 단짝 친구야' 하고 생각했어."

　"네 낭송도 인기가 좋았잖아, 앤. 그 슬픈 시는 진짜 멋있었어."

　"진짜 떨렸어, 다이애나. 사모님이 내 이름을 부를 때, 내가 어떻게 단상에 올라갔는지도 모르겠어. 백만 개나 되는 눈이 나를 노려보는 것 같았고, 한순간은 너무 겁이 나서 아예 시작도 못 할 지경이었어. 하지만 예쁜 퍼프 소매를 생각하고 용기를 냈지. 이 소매에 부끄럽지 않은 사람이 되어야 하니까, 다이애나. 그래서 시작했는데, 내 목소리가 아주 먼 데서 나오는 것 같더라. 앵무새가 된 느낌이랄까. 다락방에서 수도 없이 연습한 게 정말 다행이지 뭐야. 아니면 끝까지 못했을 거야. 내 신음 소리 괜찮았니?"

　"아주 우아한 신음이었어." 다이애나가 말했다.

　"자리에 앉으면서 보니까 슬론 할머니가 눈물을 훔치시더라고. 누군가에게 감동을 줬다고 생각하니까 기분이 끝내줬어. 음악회에서 공연하는 건 진짜 로맨틱하지 않니? 정말이지 잊을 수 없는 일이야."

"남자애들 대화문도 괜찮지 않았니?" 다이애나가 말했다. "길버트 블라이드는 진짜 훌륭했어, 앤. 난 네가 길버트한테 그러는 건 잘못이라고 생각해. 내 말 끝까지 들어. 네가 요정 대화문을 낭송하고 단상에서 내려갔을 때, 머리에서 장미꽃 한 송이가 떨어졌어. 그런데 길버트가 그걸 주워서 재킷 윗주머니에 꽂더라. 너는 로맨틱한 아이니까 그런 이야기 들으면 기분 좋지 않니?"

"그 사람이 하는 행동은 나한테 아무 의미도 없어." 앤이 도도하게 말했다. "그 사람에 대해서는 1초도 생각하지 않을 거야, 다이애나."

그날 밤, 20년 만에 처음으로 음악회를 관람하고 돌아온 마릴라와 매슈는 앤이 잠자리에 든 뒤 부엌 벽난로 앞에 잠시 앉아 있었다.

"저기, 우리 앤이 다른 아이들 못지않게 잘한 것 같아." 매슈가 뿌듯해하며 말했다.

"그래, 잘했어." 마릴라가 인정했다. "앤은 똑똑한 애야, 매슈. 그리고 아주 예뻐 보였어. 이 음악회라는 게 별로 탐탁지 않았지만, 그렇게 나쁘기만 한 건 아니었어. 어쨌건 오늘 밤 나도 앤이 자랑스러웠어. 물론 아이한테 그런 말은 안 할 거지만."

"저기, 나는 아이가 방에 올라가기 전에 자랑스럽다고 말했어." 매슈가 말했다. "우리는 이제 그 애한테 무얼 해줄 수 있는지 생각해봐야 해, 마릴라. 앤은 이제 곧 에이번리 학교로는 부족하게 될 거야."

"생각할 시간은 많아." 마릴라가 말했다. "내년 3월에 겨우 열세 살이 돼. 오늘 보니까 그 사이에 많이 크긴 했더군. 린드 부인이 옷을 좀 길게 만들어서 키가 더 커 보여. 아이가 공부를 잘하니까 우리로서는 얼마 후에 퀸스 아카데미에 보내는 게 최선일 거야. 하지만 앞으로 1, 2년 동안은 그런 이야기를 할 필요가 없어."

"저기, 이따금 생각해보는 게 나쁠 건 없겠지." 매슈가 말했다. "그런 일은 생각을 많이 할수록 좋으니까."

소설 창작 클럽을 만들다

에이번리의 어린 주민들은 평범한 일상으로 돌아가는 일에 어려움을 느꼈다. 특히 앤은 몇 주 동안 흥분의 잔을 마신 뒤로 모든 일이 몹시 밋밋하고 지루하고 의미 없다고 느꼈다. 이제 조용한 기쁨을 누리던 음악회 이전의 아득한 옛날로 돌아갈 수 있을까? 처음에 앤은 그럴 수는 없을 거라고 다이애나에게 말했다.

"그건 진짜 분명해, 다이애나. 인생이 지난날과 똑같아질 수는 없어." 앤이 50년 세월을 돌아보는 듯 서글픈 목소리로 말했다. "시간이 좀 지나면 결국 적응하겠지만, 음악회는 사람들이 일상생활을 하기 힘들게 만들어. 그래서 마릴라 아주머니가 음악회를 싫어하시는가 봐. 마릴라 아주머니는 진짜 현명한 분이라니까. 현명한 사람이 되는 게 훨씬 좋은 일 같지만, 내가 현명한 사람이 되고 싶은지는 잘 모르겠어. 그건 너무 로맨틱하지 않거든. 린드 아주머니는 내가 현명한 사람이 될 위험은 없다고 하시는데, 그건 알 수 없는 일이지. 지금 느낌으로는 현명한 어른이 될 수도 있을 것 같아. 하지만 그냥 피곤해서 이런 생각이 드는 걸 수도 있어. 어젯밤에 잠을 못 잤거든. 말똥말똥한 정신으로 누워서 음악회 장면을 계속 상상했어. 그런 일이 끝난 다음에 할 수 있는 멋진 일 한 가지가 그거야. 그런 회상은 진짜 즐거워."

결국 에이번리 학교는 예전 리듬으로 돌아갔고, 예전 관심사를 되찾았다. 어쨌거나 음악회는 분명한 자취를 남겼다. 단상 위 자리를 두고 싸운 루비 길리스와 에마 화이트는 3년 동안 쌓은 우정이 깨져서 이제 같은 책상에 앉지 않았다. 조시 파이와 줄리아 벨은 석 달 동안 서로 '말하지' 않았다. 조시 파이가 베시 라이트에게 줄리아 벨이 낭송을 하려고 일어나서 인사하는 모습이 꼭 닭이 머리를 까딱이는 것 같았다고 말했고, 베시가 줄리아에게 그 이야기를 전했기 때문이다. 슬론네 아이들은 벨네 아이들과 놀지 않게 되었다. 벨네 아이들이 슬론네가 공연에서 너무 많은 역할을 맡았다고 하자, 슬론네 아이들이 벨네 아이들은 자신들이 맡은 작은 역할도 제대로 못한다고 응수했기 때문이다. 그리고 마지막으로 찰리 슬론은 무디 스퍼전 맥피어슨하고 싸웠다. 무디 맥피어슨은 앤 셜리가 시 낭송을 하며 우쭐대더라고 말했다가 언어맞았다. 그래서 무디 스퍼전의 여동생 엘라 메이도 앤 셜리와 겨울 내내 '말하지' 않았다. 이런 몇 가지 사소한 갈등만 빼면 스테이시 선생님의 작은 왕국은 매끄럽고 규칙적으로 돌아갔다.

겨울날들이 휙휙 지나갔다. 드물게 온화한 겨울이었고, 눈이 별로 없어서 앤과 다이애나는 거의 매일 자작나무 길로 학교에 갈 수 있었다. 앤의 생일날, 두 아이는 그 길에서 계속 수다를 떨면서도 눈과 귀를 바짝 곤두세웠다. 스테이시 선생님이 곧 '겨울 숲 산책'이라는 주제로 작문을 할 거라고 했기 때문에 잘 관찰해두어야 했다.

"다이애나, 나는 오늘 열세 살이 돼." 앤이 감탄하며 말했다. "내가 이제 청소년이라는 게 믿기지 않아. 오늘 아침에 눈을 뜨니까 모든 게 달라진 것 같았어. 너는 한 달 전에 열세 살이 됐으니까 나만큼 신기하지 않겠지. 열세 살이 되니 인생이 훨씬 더 흥미로워져. 2년만 더 지나면 우리는 거의 어른이 돼. 그때가 되면 내가 거창한 말을 해도 사람들이 안 웃을 테니 그게 좋아."

"루비 길리스는 열다섯 살이 되면 바로 애인을 만들 거래." 다이애나가 말했다.

"루비 길리스는 맨날 애인 이야기만 해." 앤이 한심하다는 듯 말했다. "그 애는 얼레리꼴레리 낙서에 이름이 나오면 겉으로는 화를 내지만 속으로는 좋아해. 하지만 이런 말은 잔인한 말이겠지. 앨런 사모님이 사람들에 대해서 잔인한 말을 하면 안 된다고 하셨는데, 나도 모르게 자꾸 그런 말이 입에서 나와 버려. 조시 파이 이야기를 하려고 하면 잔인한 말을 하지 않는 게 불가능해서, 아예 그 애 이야기는 안 하려고 하는 중이야. 너도 눈치챘을지 몰라. 나는 앨런 사모님을 닮으려고 노력하고 있어. 그분은 진짜 완벽한 것 같거든. 목사님도 그렇게 생각하셔. 린드 아주머니가 그러는데, 목사님은 사모님이 밟는 흙도 소중히 여기는데, 목사가 사람에게 그렇게 애정을 기울이는 건 바람직한 일이 아니래. 하지만 다이애나, 목사님들도 사람이고 다른 사람들하고 똑같이 죄가 되는 약점이 있어. 지난주 일요일에 죄가 되는 약점에 대해서 사모님하고 흥미로운 대화를 했어. 일요일에 이야기하기에 적합한 주제가 몇 가지 있는데, 그게 그중 하나야. 내 경우에 죄가 되는 약점은 상상을 너무 많이 하고 의무를 잊는다는 거야. 그래도 극복하려고 노력 중이고, 이제 열세 살이 됐으니까 나아질 수도 있어."

"4년만 지나면 우리도 올림머리를 할 수 있어." 다이애나가 말했다. "앨리스 벨은 겨우 열여섯 살이면서 올림머리를 하는데, 그건 바보짓이라고 생각해. 나는 열일곱 살이 될 때까지 기다릴 거야."

"내가 앨리스 벨처럼 매부리코라면 절대로……." 앤이 단호하게 말했다. "봐! 또 잔인한 말을 하려고 했어. 거기다 내 코하고 비교하려고 했고, 그건 허영심이지. 오래전에 코가 예쁘다고 칭찬받은 이후 내 코 생각을 너무 많이 해. 정말 마음에 위안이 되거든. 다이애나, 저기 토끼가 있다. 숲 산책 작문에 쓸 만한 내용이야. 숲은 겨울에도 여름 못지않게 아름다워. 하얗고 고요해서, 꼭 예쁜 꿈을 꾸면서 자는 것 같아."

"그 작문은 괜찮아." 다이애나가 한숨을 쉬었다. "나도 숲에 대한 글은 쓸 수 있어. 하지만 월요일에 할 작문은 막막해. 우리가 직접 이야기를 창작해서 쓰라고 하시잖아!"

"그것도 쉬워." 앤이 말했다.

"너야 쉽지. 넌 상상력이 많으니까." 다이애나가 반박했다. "하지만 상상력 없이 태어난 사람은 어떻게 해? 그런데 벌써 작문을 끝낸 거야?"

앤이 고개를 끄덕였다. 너무 뿌듯해하지 않으려고 했지만 그럴 수 없었다.

"지난주 월요일 저녁에 썼어. 제목은 '사랑의 질투, 또는 죽음도 갈라놓지 못한 사랑'이야. 마릴라 아주머니한테 읽어드렸더니 헛소리라고 하셨어. 다음에는 매슈 아저씨한테 읽어드렸고, 아저씨는 좋다고 하셨어. 내가 좋아하는 비평은 그런 거야. 그 이야기는 슬프고 달콤해. 그걸 쓰면서 엉엉 울었어. 주인공은 같은 마을에 살면서 깊은 우정을 나누는 아름다운 두 여자아이 코딜리어 몽모랑시와 제럴딘 시머야. 코딜리어는 갈색 머리를 흑발 머리띠로 장식하고, 눈은 검은색이야. 제럴딘은 여왕 같은 금발에 눈은 부드러운 보라색이야."

"보라색 눈은 본 적이 없는걸." 다이애나가 고개를 갸웃했다.

"나도 못 봤어. 그냥 상상한 거야. 평범하지 않게 만들고 싶어서. 제럴딘은 이마가 설화석고 같아. 나는 이제 설화석고가 무언지 알아. 그건 열세 살의 장점 중 하나야. 열두 살 때보다 훨씬 더 많은 걸 알게 되는 거."

"그래서 코딜리어와 제럴딘이 어떻게 돼?" 다이애나가 흥미를 느끼고 물었다.

"두 사람은 아름답게 자라서 열여섯 살이 돼. 그때 버트럼 드비어가 그 마을에 왔다가 금발의 제럴딘하고 사랑에 빠져. 말이 제럴딘이 탄 마차를 끌고 멋대로 달려갔을 때, 버트럼이 제럴딘의 목숨을 구해주었어. 제럴딘은 버트럼의 품에서 기절했고, 버트럼은 제럴딘을 품에 안고 5킬로미터를 걸어서 집에 데려다주지. 알겠지만 마차가 박살났으니까. 청혼하는 대목은 상상하기가 어려웠어. 경험이 없어서. 그래서 루비 길리스한테 남자들이 어떻게 청혼하는지 아느냐고 물었어. 루비는 결혼한 언니들이 많으니까 그런 일을 잘 알지 싶었거든. 루비는 맬컴 앤드루스가 언니 수전에게 청혼할 때 식품실에 몰래 숨어서 들었대. 맬컴은 아버지가 자기한테 농장을 물려주었으니까 가을에 결혼하자고 했대. 그러니까 수전이 '좋아…… 싫어…… 몰라…… 글쎄' 했는데, 그러고 나서 번개처럼 약혼했대. 하지만 그런 청혼은 로맨틱하지 않아서 결국 내 머리로 열심히 상상해야 했어. 청혼 장면을 멋지고 시적으로 만들고 싶어서 버트럼이 한쪽 무릎을 꿇도록 했어. 루비 길리스는 요즘에는 그렇게 안 한다고 했지만 말야. 제럴딘은 청혼을 받아들이면서 자신의 심정에 대해 책 한 페이지를 채울 만큼 길게 말해. 그 대목을 쓰는 데 진짜 애를 썼어. 다섯 번을 고쳐 썼는데, 내가 쓴 것 중 최고 같아. 버트럼이 제럴딘에게 다이아몬드 반지하고 루비 목걸이를 주고, 신혼 여행은 유럽으로 가자고 해. 버트럼은 아주 부자거든. 하지만 안타깝게도 두 사람 인생에 그림자가 드리우고 말아. 코딜리어가 몰래 버트럼을 짝사랑하고 있어서, 제럴딘의 약혼 이야기를 듣고 분노에 사로잡혔어. 특히 목걸이와 다이아몬드 반지를 보고는 더 화가 났지. 제럴딘에 대한 모든 애정이 지독한 미움으로 변했고, 코딜리어는 둘의 결혼을 막기로 결심했어. 하지만 겉으로는 변함없이 친구인 척했지. 어느 날 저녁 두 사람이 물살이 센 강물 위의 다리에 서 있는데, 코딜리어가 주변에 아무도 없는 줄 알고 제럴딘을 다리 너머로 밀치면서 '하하하' 하고 웃었어. 하지만 버트럼이 그 모습을 보고 곧장 물속으로 뛰어들면서 '둘도 없는 나의 제럴딘. 내가 당신을 구하겠어' 하지. 하지만 안타깝게도 버트럼은 수영을 하

322

지 못했고, 두 사람은 서로를 끌어안은 채 죽었어. 두 사람의 시신은 나중에 강변에 밀려 올라왔어. 그들은 한 무덤에 묻혔고 장례식은 성대했어, 다이애나. 결혼식 대신 장례식으로 끝나는 게 훨씬 낭만적이야. 코딜리어는 죄책감에 미쳐서 정신병원에 들어갔어. 그게 죄를 저지른 코딜리어에 대한 권선징악적 결말이라고 생각했어."

"정말 아름답다." 비평에 관해서라면 매슈와 다를 바 없는 다이애나가 한숨을 쉬었다. "앤, 어떻게 그렇게 재미난 이야기를 잘 지어내니? 나도 너처럼 상상력이 풍부하면 좋을 텐데."

"너도 갈고닦으면 돼." 앤이 격려하며 말했다. "생각하던 게 하나 있어, 다이애나. 너하고 내가 소설 창작 클럽을 만들어서 이야기를 지어내는 거야. 네가 혼자 이야기를 쓸 수 있게 될 때까지 도와줄게. 너는 상상력을 갈고닦아야 해. 선생님이 그렇게 말씀하시잖아. 물론 방법이 제대로 돼야지. 선생님한테 유령의 숲 이야기를 했더니, 그건 상상력을 잘못 쓴 거라고 하셨어."

그렇게 해서 소설 창작 클럽이 생겨났다. 처음에는 다이애나와 앤뿐이었지만, 곧 제인 앤드루스와 루비 길리스, 그리고 상상력을 갈고닦아야겠다고 생각한 한두 명이 더 들어왔다. 남학생은 들어올 수 없었고 ― 루비 길리스는 남학생이 있으면 더 재미있을 거라고 했지만 ― 회원은 한 주에 한 편씩 이야기를 창작해야 했다.

"진짜 재미있어요." 앤이 마릴라에게 말했다. "아이들이 하나씩 자기가 지어낸 이야기를 소리 내서 읽은 뒤에 모두가 그 이야기에 대해서 평을 해요. 그 작품들은 신성하게 간직해 두었다가 후손에게 읽어줄 생각이에요. 저희는 모두 필명이 있어요. 제 필명은 로자먼드 몽모랑시예요. 아이들은 다 잘하고 있어요. 루비 길리스는 좀 신파적이에요. 사랑 이야기가 너무 많은데, 너무 많은 건 너무 적은 것보다 나쁘죠. 제인은 사랑 이야기가 없어요. 그걸 자기 입으로 읽으면 너무 어색하대요. 제인의 작품은 아주 현실적이에요. 다이애나는 살인 이야기가 너무 많아요. 자기는 사람들을 어떻게 해야 할지 몰라서 그냥 죽여버린대요. 무엇을 쓸지는 제가 항상 말해주는데, 그 일은 전혀 어렵지 않아요. 제 머릿속에는 이야깃거리가 몇백만 개나 되니까요."

"소설 클럽이라니 여태 듣던 얘기 중에서도 특히 바보 같구나." 마릴라가 코웃음을 쳤다. "머릿속에 헛소리를 가득 채워서 공부할 시간을 빼앗길 거야. 소설을 읽는 것도 나쁘지만 쓰는 건 더 나빠."

"하지만 저희는 작품에 도덕적 교훈을 꼭 넣어요, 마릴라 아주머니." 앤이 말했다. "제가 그 점을 강조해서, 착한 사람은 다 좋게 끝나고, 나쁜 사람들은 벌을 받아요. 그게 작품을 건전하게 만든다고 생각해요. 교훈은 좋은 거예요. 목사님이 그렇게 말씀하시거든요. 목사님하고 사모님한테 작품 하나를 읽어드렸는데, 교훈이 아주 좋다고 말씀하셨어요. 두 분이 이상한 데서 웃으신 것만 빼면 다 좋았어요. 저는 사람들이 우는 게 더 좋아요. 제인과 루비는 슬픈 장면만 나오면 울먹거려요. 다이애나가 조세핀 할머니한테 편지로 소설 클럽 이야기를 했더니, 할머니가 저희더러 소설 몇 편을 보내달라고 하셨어요. 그래서 저희는 제일 좋은 작품 네 편을 골라서 보내드렸어요. 할머니는 평생 그렇게 재미있는 이야기는 처음이라고 답장하셨어요. 그건 좀 이상했어요. 저희가 보낸 소설은 다 슬프고, 사람들이 거진 다 죽는 이야기였거든요. 하지만 조세핀 할머니가 좋아하셨다는 건 기뻐요. 우리 클럽이 세상에 좋은 일을 한다는 뜻이니까요. 앨런 사모님은 그게 모든 일의 목적이 되어야 한다고 하세요. 저도 그걸 목적으로 삼으려고 하지만 놀다 보면 늘 잊어버려요. 저는 어른이 되면 앨런 사모님을 닮고 싶어요. 그럴 가능성이 있을까요, 마릴라 아주머니?"

"별로 가능성이 커 보이지는 않는구나." 그것이 마릴라의 따뜻한 대답이었다. "사모님은 어렸을 때 너처럼 실수만 저지르지는 않았을 거야."

"맞아요. 하지만 지금처럼 착한 건 아니었어요." 앤이 심각한 표정으로 말했다. "저한테 직접 말씀하셨어요. 어렸을 때 아

주 골칫덩어리였고, 수도 없이 문제를 일으켰다고요. 그 말을
듣고 힘이 났어요. 다른 사람들이 말썽을 피웠다는 말에 힘이
났다니 저 정말 못됐죠, 아주머니? 린드 아주머니는 그렇대요.
린드 아주머니는 사람들이 나쁜 짓을 했다는 이야기를 들으면
아무리 사소한 일이라도 충격을 받는대요. 예전에 어느 목사님
이 어린 시절에 친척 집에서 딸기 파이를 훔친 적이 있다고 고
백했는데, 린드 아주머니는 그 말을 듣고 목사님에 대한 존경
심이 싹 가셨대요. 저는 안 그랬을 거예요. 그렇게 고백하다니
용기 있다고 생각했을 거예요. 그리고 나쁜 짓을 하고 후회하
는 남자애들이 자기들도 그런 일을 극복하고 목사가 될 수 있
다는 걸 알면 용기가 날 거라고요. 저는 그렇게 생각할 거예요,
마릴라 아주머니."

　　"지금 내가 생각하는 건 앤, 네가 당장 설거지를 해야 한다
는 거야." 마릴라가 말했다. "수다를 떠느라고 30분도 더 지체
했어. 일이 먼저고 수다는 나중이라는 걸 명심해라."

~~

허영심이 안겨준 절망

4월 말의 어느 날 저녁, 봉사회 모임을 마치고 집에 돌아오던 마릴라는 드디어 겨울이 끝났다는 사실에 짜릿한 떨림을 느꼈다. 봄이 젊고 생기 넘치는 사람들뿐 아니라 나이 들고 지친 사람들에게도 어김없이 안겨주는 감정이었다. 마릴라는 자기 생각과 기분을 헤아려보는 사람이 아니었다. 그래서 자신이 봉사회 일과 선교 후원회 기부금과 교회 부속실 새 카펫에 대해 생각한다고 여겼지만, 실제로는 저무는 햇빛 아래 연자줏빛 안개 속으로 사라지는 붉은 들판, 개울 건너 들판에 드리우는 길고 뾰족한 전나무 그림자, 거울 같은 물웅덩이 주변에 가만히 서서 진홍색 순을 내민 단풍나무, 눈을 뜨고 깨어나는 세상, 잿빛 잔디 아래서 떨리는 맥박의 조화를 느끼고 있었다. 봄은 세상에 퍼져 있었고, 차분한 중년의 발걸음은 그 깊고 원시적인 기쁨으로 가볍고 빨라졌다.

마릴라의 눈길은 나무들 틈새로 보이는 그린게이블스에 다정하게 머물렀다. 창문에 반사된 햇빛이 작고 눈부신 빛 몇 몇을 만들어냈다. 마릴라는 젖은 오솔길로 걸음을 재촉하면서, 앤이 그린게이블스에 오기 전과 같은 기쁨 없는 봉사회 저녁 모임을 하는 대신 난롯불이 타오르는 집과 말끔하게 차려진 저녁 식탁으로 돌아간다는 사실을 생각하며 기뻐했다.

그래서 부엌에 들어갔을 때 불이 꺼져 있고 앤이 아무 데도 보이지 않자, 마릴라는 당연히 실망과 불쾌감을 느꼈다. 앤에게 다섯 시까지 저녁을 차려놓으라고 했지만, 이제 마릴라가 두 번째로 좋은 옷을 급하게 벗고 들에서 돌아온 매슈를 위해 음식을 준비해야 했다.

"이 아가씨가 집에 돌아오면 혼을 내야겠어." 마릴라가 딱딱하게 말하며, 식탁용 고기 칼로 불쏘시개를 필요 이상으로 세차게 깎았다. 매슈는 이미 집에 돌아와서 늘 앉는 모퉁이 자리에서 참을성 있게 저녁을 기다렸다. "앤은 지금 다이애나하고 같이 어딘가에서 히히덕거리면서 소설을 쓰거나 대화문을 연습하거나 그런 허튼짓을 하느라, 지금이 몇 시인지도, 자기가 무슨 일을 해야 하는지도 까맣게 잊은 거야. 당장 그런 짓을 그만두게 해야겠어. 앨런 사모님이 앤처럼 똑똑하고 상냥한 애는 본 적이 없다고 말해도 상관없어. 똑똑하고 상냥할지는 몰라도, 머릿속에 헛생각이 가득해서 다음에 무슨 짓을 할지 알

수가 없는걸. 한 가지 이상한 짓에서 벗어나면, 새로운 이상한 짓을 시작해. 그런데 이런! 오늘 봉사회에서 레이철 린드가 앤을 흉봐서 기분이 나빴는데, 내가 그 말을 그대로 하고 있네. 그때 사모님이 앤을 두둔해줘서 기뻤지. 사모님이 끼어들지 않았으면 내가 사람들 앞에서 레이철을 쏘아붙였을 거야. 앤은 단점이 많아. 그걸 부정할 수는 없지. 하지만 그 애를 키우는 건 나지 레이철 린드가 아냐. 그 여자는 에이번리 주민이라면 가브리엘 천사도 흉볼 거야. 하지만 그건 그거고, 앤에게 오후에는 밖에 나가지 말고 집안일을 해놓으라고 했는데, 이러면 안 되지. 그 애는 단점이 많지만 내 말을 어기거나 무책임하게 행동한 적은 없는데, 지금 그렇게 행동하니 화가 나."

"저기, 난 모르겠어." 끈기 있고 현명하고, 무엇보다 배가 고픈 매슈는 마릴라가 화를 마음껏 발산하게 두는 게 좋다고 생각했다. 해야 하는 일이 무엇이건 마릴라가 일을 빨리 끝내게 하려면 괜한 말다툼을 하지 않는 편이 좋다는 것을 경험을 통해 알았기 때문이다. "너무 성급한 판단인지도 몰라, 마릴라. 아이가 네 말을 어긴 게 확실해질 때까지는 무책임하다고 하지 마. 아이 말을 들으면 이해할 수 있을지도 몰라. 앤은 언제나 이유를 잘 설명하니까."

"나가지 말라고 했는데 집에 없잖아." 마릴라가 쏘아붙였다. "그 이유를 내 마음에 들게 설명할 수는 없어. 물론 오빠는 앤 편을 들겠지. 하지만 아이를 키우는 건 오빠가 아니라 바로 나야."

저녁이 준비됐을 때는 해가 완전히 졌지만, 그래도 앤은 보이지 않았다. 아이가 시킨 일을 하지 않은 죄책감에 사로잡혀서 허겁지겁 통나무 다리를 건너거나 연인의 오솔길을 걸어오는 모습은 없었다. 마릴라는 우울한 얼굴로 설거지를 하고 그릇을 치웠다. 그런 뒤 지하실에 들고 내려갈 촛불이 필요해서 앤의 테이블 옆에 켜두는 초를 가지러 동쪽 다락방으로 갔다. 그리고 초에 불을 붙이고 돌아서다가 앤이 베개에 얼굴을 묻고 침대에 엎드려 있는 것을 보았다.

"이게 뭐야. 앤, 자고 있었니?" 마릴라가 놀라서 물었다.

"아뇨." 베개에 가로막힌 대답이 왔다.

"그러면 아픈 거니?" 마릴라가 걱정스런 목소리로 묻고, 침대 옆으로 갔다.

앤은 사람의 눈길을 완전히 피하고 싶다는 듯 얼굴을 베개 속에 더 깊이 묻었다.

"아뇨, 하지만 마릴라 아주머니, 제발 저를 보지 말고 그냥 나가주세요. 저는 절망의 늪에 빠져서 이제 학교에서 누가 1등이고, 누구 작문이 최고고, 교회 학교 성가대에서 누가 노래하는지 아무 상관 없어요. 그렇게 사소한 일들은 전혀 중요하지 않아요. 저는 이제 어디에도 갈 수 없는 사람이 됐으니까요. 제

인생 계획은 끝났어요. 제발 마릴라 아주머니, 저를 보지 말고 나가주세요."

"도대체 이게 무슨 어처구니없는 소리지?" 마릴라가 기가 막혀서 물었다. "앤 셜리, 도대체 뭐가 문제야? 무슨 짓을 한 거야? 당장 일어나서 말해봐, 당장. 대체 뭐야?"

앤이 잔뜩 움츠러든 채 바닥으로 내려왔다.

"제 머리를 보세요, 마릴라 아주머니." 앤이 속삭였다.

마릴라는 촛불을 들고 등 뒤로 무겁게 흘러내린 앤의 머리를 살펴보았다. 머리는 확실히 아주 이상했다.

"앤 셜리, 머리에 무슨 짓을 한 거니? 머리가 녹색이잖아?"

그 색깔에 이름을 붙이자면 녹색이라고 할 수 있겠지만, 실제로는 기묘하고 칙칙한 청동빛이었고, 여기저기 본래의 빨강 머리도 섞여서 더욱 섬뜩한 느낌을 주었다. 마릴라는 평생토록 그때 앤의 머리만큼 기이한 것을 본 적이 없었다.

"네, 녹색이에요." 앤이 울먹였다. "저는 세상에서 빨강 머리가 최악이라고 생각했어요. 그런데 이제 보니까 녹색 머리가 열 배는 나빠요. 아, 마릴라 아주머니, 제 심정이 얼마나 비참한지 아주머니는 몰라요."

"어쩌다가 이렇게 됐는지 들어야겠다." 마릴라가 말했다. "당장 부엌으로 내려와서 ― 이 방은 너무 추우니까 ― 무슨 일이 있던 건지 말해. 뭔가 일이 벌어질 때라는 생각은 했어. 두 달 동안 아무 말썽이 없었으니, 뭔가 생길 때가 됐다 싶었지. 그런데 머리는 왜 이렇게 된 거니?"

"염색했어요."

"염색을 해? 머리를 염색해! 앤 셜리, 그게 얼마나 요망한 일인지 몰랐니?"

"약간 요망하다는 건 알았어요." 앤이 인정했다. "하지만 빨강 머리를 없애려면 약간 요망한 건 괜찮다고 생각했어요. 그런 대가는 각오했어요. 그리고 그걸 메우려고 다른 일을 훨씬 더 잘하기로 결심했어요."

"그래." 마릴라가 냉소적으로 말했다. "내가 그런 각오를 하고 머리를 염색한다면, 그래도 괜찮은 색으로 하지 녹색으로는 안 할 거다."

"저도 녹색으로 염색할 생각은 없었어요, 마릴라 아주머니." 앤이 비참한 목소리로 말했다. "제가 요망했다면 요망한 목적이 있었겠죠. 그분은 제 머리가 까마귀처럼 까만색이 된다고 했어요. 완전히 장담했어요. 그 말을 어떻게 의심했겠어요? 저는 자기 말이 의심받는 기분을 잘 알아요. 그리고 앨런 사모님은 확실한 증거가 없다면 다른 사람이 거짓말을 한다고 의심하지 말라고 하셨어요. 그런데 이제는 증거가 있어요. 녹색 머리는 누가 봐도 확실한 증거니까요. 하지만 그때는 증거가 없었고, 그분 말을 무조건 믿었어요."

"그분이라니? 누구를 말하는 거야?"

"오늘 오후에 다녀간 행상인 아저씨요. 그 아저씨한테서 염색약을 샀어요."

"앤 셜리, 집에 이탈리아 잡상인들을 들이지 말라고 몇 번을 말했니! 그 사람들이 집에 꼬이게 만들면 안 돼."

"아, 집에 들이지 않았어요. 아주머니 말씀을 잊지 않았어요. 제가 밖으로 나가서 문을 닫고 계단에서 아저씨의 물건을 보았죠. 게다가 그 아저씨는 이탈리아 사람이 아니라 독일계 유대인이었어요. 큰 상자에 재미있는 물건이 가득했는데, 아내와 아이들을 독일에서 데려올 돈을 벌려고 열심히 일한다고 하셨어요. 가족 이야기가 너무 안타까워서 가슴이 뭉클했어요. 아저씨를 돕기 위해 뭐라도 사고 싶었어요. 그러다가 염색약을 본 거예요. 행상인 아저씨가 그 염색약은 어떤 머리도 아름다운 흑발로 만들어주고 절대 지워지지 않는다고 했어요. 아름다운 흑발이 된 모습을 떠올리자 유혹을 뿌리칠 수 없었어요. 하지만 염색약은 75센트인데 제가 그동안 모은 돈은 50센트가 전부였어요. 아저씨는 친절한 분 같았어요. 저한테는 특별히 50센트에 팔겠다고, 공짜로 주는 거나 마찬가지라고 했어요. 그래서 그걸 샀고, 아저씨가 가자마자 올라와서 사용법에 적힌 대로 빗으로 발랐어요. 한 병을 다 썼어요. 그런데 머리 색깔이 이렇게 끔찍하게 변한 걸 보고 요망을 부린 걸 후회했어요. 지금까지 계속 후회하고 있어요."

"어쨌건 제대로 참회하길 바란다." 마릴라가 엄격하게 말했다. "허영의 끝이 어떤지 똑똑히 보려무나, 앤. 그런데 어떻게 해야 할지 모르겠다. 일단 머리를 열심히 감고 그게 소용이 있는지 봐야겠다."

그래서 앤은 비누와 물로 머리를 박박 문질러보았지만, 애초의 빨간색을 지워내려고 하는 것이나 마찬가지였다. 행상인 말이 다 사실은 아니었지만, 염색이 지워지지 않는다는 말은 확실히 사실이었다.

"마릴라 아주머니, 어떻게 하죠?" 앤이 눈물이 그렁그렁해서 물었다. "이 일은 시간도 약이 안 돼요. 사람들은 제 다른 실수는 잘 잊었어요. 진통제 케이크나 다이애나한테 술을 먹인 일이나 린드 아주머니한테 화를 낸 일 같은 거요. 하지만 이런 일은 안 잊을 거예요. 제가 천박하다고 생각하겠죠. 마릴라 아주머니, '속임수를 꾸밀 때 우리는 얼마나 실을 헝클어뜨리는가.' 시에 나오는 말이지만, 너무도 딱 맞아요. 조시 파이가 얼마나 비웃을까요? 마릴라 아주머니, 조시 파이에게는 얼굴을 보일 수 없어요. 저는 지금 프린스에드워드섬에서 가장 불행한 사람이에요."

앤의 불행은 일주일 동안 이어졌다. 그동안 앤은 아무 데도 가지 않고 매일 머리를 감았다. 다른 사람들 중에서 그 비밀을 아는 것은 다이애나뿐이었지만, 다이애나는 비밀을 지키기로 맹세했고, 이제 보니 약속을 지킨 게 분명했다. 일주일이 지나자 마릴라가 단호하게 말했다.

"소용없구나, 앤. 진짜로 지독한 염색약이다. 머리를 잘라야겠어. 다른 방법은 없어. 그런 모습으로 다닐 수는 없으니까."

앤은 입술을 떨었지만, 마릴라의 가혹한 말이 맞다는 것을 알았다. 앤은 절망 어린 한숨을 쉬고 가위 앞으로 갔다.

"한 번에 다 잘라주세요, 마릴라 아주머니. 가슴이 미어지는 것 같아요. 이런 고통은 너무나 로맨틱하지 않아요. 책에 나오는 여자들은 열병에 걸려서 머리가 빠지거나, 좋은 일에 쓰려고 머리카락을 팔아요. 저도 그런 일로 머리를 자른다면 절반도 안타깝지 않을 거예요. 하지만 머리를 이상한 색깔로 염색해서 자르는 일에는 어떤 의미도 없어요. 방해가 안 된다면 머리카락을 자르는 내내 울겠어요. 너무 참혹한 비극이에요."

그리고 앤은 울었지만, 나중에 방에 올라가 거울을 보았을 때는 체념으로 차분해졌다. 마릴라는 일을 확실하게 해서 머리를 최대한 바짝 잘랐다. 그 결과는 점잖게 말하자면, 아름답지 않았다. 앤은 거울을 벽을 향해 돌려놓았다.

"머리가 자랄 때까지 다시는 거울을 보지 않겠어." 앤이 뜨거운 목소리로 외쳤다.

그러더니 다시 거울을 바로 돌렸다.

"아냐, 볼 거야. 그렇게 해서 내가 요망하게 행동한 걸 참회하겠어. 방에 들어올 때마다 내가 얼마나 못생겼는지 볼 거야. 상상으로 지우려고 하지 않을 거야. 나는 내가 하고많은 것 중 머리카락에 허영심이 있다고는 생각하지 않았는데, 이제 보니 있었어. 빨강 머리긴 했지만 길고 숱도 많고 곱슬머리였으니까. 다음에는 코에 무슨 일이 일어날지도 몰라."

다음 주 월요일, 바짝 자른 앤의 머리는 학교에서 많은 눈길을 끌었지만, 다행히 아무도 진짜 이유를 짐작하지 못했다. 조시 파이도 몰랐지만, 그래도 앤에게 허수아비 같다고 말하는 건 잊지 않았다.

"조시한테 그런 말을 들었지만 대꾸하지 않았어요." 앤이 그날 저녁 마릴라에게 털어놓았다. 마릴라는 그날도 두통을 앓고 소파에 누워 있었다. "참는 게 제가 받는 벌 가운데 하나라고 생각했거든요. 허수아비 같다는 말은 너무 심해서 대꾸하고 싶었지만 참았어요. 그저 한 번 쏘아보기만 했는데, 그런 다음에는 조시를 용서했어요. 사람을 용서하면 덕이 높아지는 느낌이 들지 않나요? 이런 경험을 했으니, 이제 모든 에너지를 착한 사람이 되는 데 바치고, 다시는 예뻐지려고 하지 않겠어요. 물론 착한 사람이 되는 게 더 좋죠. 저도 알지만, 때로는 알면서도 잘 안 믿겨요. 저는 정말 착한 사람이 되고 싶어요, 마릴라 아주머니. 아주머니나 앨런 사모님, 스테이시 선생님처럼요.

그리고 아주머니의 자랑이 되고 싶어요. 다이애나는 머리가 조금 자라면 검은 벨벳 띠를 머리에 두르고 나비 매듭을 지으래요. 잘 어울릴 거라고요. 그걸 머리 스카프라고 부를래요. 낭만적으로 들려서요. 그런데 제가 말이 너무 많은가요, 마릴라 아주머니? 제가 너무 떠들어서 머리가 아프세요?"

"머리는 조금 나아졌다. 오후에 지독했지. 두통이 갈수록 심해지는구나. 의사를 만나봐야겠어. 그리고 네 수다는 이제 별로 신경이 쓰이지 않아. 너무 익숙해져서 말이다."

그것은 이야기가 즐거웠다는 마릴라의 표현이었다.

백합 아가씨의 불운

"당연히 네가 일레인이 되어야지, 앤." 다이애나가 말했다. "나는 용기가 없어서 거기까지 못 떠내려가."

"나도." 루비 길리스가 몸을 떨면서 말했다. "배에 두세 명이 같이 타고 앉아 있을 수 있다면, 떠내려가도 괜찮아. 하지만 누워서 죽은 척하는 건 못해. 무서워서 죽을 거야."

"물론 낭만적이긴 할 거야." 제인 앤드루스가 인정했다. "하지만 나는 절대 가만히 못 있어. 1분에 한 번씩 벌떡 일어나서 어디까지 왔는지, 너무 떠내려간 건 아닌지 볼 거야. 하지만 그러면 효과가 안 나잖아, 앤."

"하지만 빨강 머리 일레인은 말도 안 돼." 앤이 항변했다. "나는 떠내려가는 것도 안 무섭고 사실 일레인이 되고 싶기도 해. 하지만 그래도 마찬가지야. 루비가 일레인이 돼야 해. 하얀 피부에 길고 예쁜 금발 머리잖아. 일레인에 대해선 '밝은 머리가 출렁거렸다'고 되어 있어. 일레인은 금발이고 백합 아가씨였어. 빨강 머리인 사람이 백합 아가씨가 될 수는 없어."

"얼굴은 너도 루비만큼 하얘." 다이애나가 강조했다. "그리고 네 머리도 자르기 전에 비하면 훨씬 어두워졌어."

"정말 그렇게 생각해?" 앤이 기쁨에 얼굴이 확 달아올라서 소리쳤다. "가끔은 나도 그런 생각이 들었는데, 다른 사람한테 묻지는 못했어. 아니라고 할까 봐. 이제는 적갈색이라고 해도 될 것 같니, 다이애나?"

"응, 그리고 아주 예쁜 색깔이야." 다이애나가 이제 경쾌해 보이는 검은 벨벳 띠로 나비 매듭을 지어 고정한, 앤의 짧고 윤기나는 곱슬머리를 기쁘게 바라보며 말했다.

그들은 오처드슬로프 아래쪽 연못 둑에 서 있었다. 둑에서 연못으로 작은 곶이 툭 튀어나갔고, 곶 양옆에는 자작나무들이 서 있었다. 그리고 곶 끄트머리에는 어부와 오리 사냥꾼들이 배를 대는 작은 나무 나루 시설이 물 위로 설치되어 있었다. 루비와 제인과 다이애나가 거기서 여름날 오후를 보내고 있을 때, 앤이 그들과 놀려고 찾아왔다.

앤과 다이애나는 그해 여름 대부분의 시간을 그 연못에서 놀았다. 아이들와일드는 과거의 일이 되었다. 봄에 벨 씨가 뒤쪽 목초지의 나무들을 베어냈기 때문이다. 앤은 그 일이 로맨틱하다는 것을 의식하면서 나무 그루터기에 앉아 울었다. 하지만 그 아픔은 빠르게 잊었다. 앤과 다이애나가 말했듯이, 어쨌건 이제 곧 열네 살이 되는 열세 살 아이들에게 놀이 집 같은 유치한 놀이는 어울리지 않았고, 연못에서 더 흥미진진한 놀이를 할 수 있었기 때문이다. 다리 위에서 송어 낚시를 하는 것도 재미있었고, 앤과 다이애나는 배리 씨가 오리 사냥 다닐 때 쓰는 바닥이 납작한 작은 배에 타고 노를 저어 다니는 법을 배웠다.

일레인 연극을 하자는 것은 앤의 제안이었다. 그들은 지난 겨울에 학교에서 테니슨의 시「왕의 목가」를 배웠다. 프린스에 드워드섬의 교육감이 그 작품을 영어 과목의 필수 작품으로 정했기 때문이다. 그들이 작품을 어찌나 열심히 분석하고 해부하고 갈갈이 쪼갰는지 거기에 남은 의미가 있다는 것도 놀라웠지만, 어쨌건 그들은 시에 나오는 아름다운 백합 아가씨와 랜슬롯과 귀너비어와 아서 왕에게 친숙해졌고, 앤은 자신이 캐멀롯에서 태어나지 않은 것을 조용히 한탄했다.

친구들은 앤의 제안을 환영했다. 그동안 아이들은 작은 배를 나루터에서 밀어내면, 배가 물살을 타고 다리 아래를 지나 연못 아래쪽 굽은 부분의 다른 곳에 걸려서 멈춘다는 사실을 알게 되었다. 그들은 그런 식으로 자주 배를 타고 내려갔고, 일레인을 연기하기에 그보다 적합한 곳은 없었다.

"그럼 내가 일레인을 할게." 앤이 어쩔 수 없이 결정에 따랐다. 주인공 역할을 맡는 것은 기쁘지만, 앤의 예술적 감각에 따르면 자신은 여러 가지 한계로 거기 적합하지 않다고 느꼈기 때문이다. "루비, 너는 아서 왕이 되고, 제인은 귀너비어가 되고, 다이애나는 랜슬롯이 되어야 해. 하지만 그전에 먼저 그 형제들과 아버지가 되어야 해. 하인은 못 들어가. 한 사람이 누우면 남는 자리가 없으니까. 검은 비단 천을 배 전체에 깔아야 해. 너네 어머니 숄이면 딱 맞을 것 같아, 다이애나."

검은 숄을 가져오자 앤은 그것을 배 위에 펼치고 바닥에 누워서 눈을 감고 두 손을 가슴에 포갰다.

"우아, 진짜 죽은 것 같아." 루비 길리스가 불안하게 속삭이며, 고요하고 작고 하얀 얼굴 위로 자작나무 그림자가 깜박이는 것을 보았다. "난 무서워, 얘들아. 이런 연극이 괜찮은 걸까? 린드 아주머니는 연극 자체가 요망한 일이라고 하시잖아."

"루비, 린드 아주머니 이야기는 하지 마." 앤이 잘라 말했다. "연극의 효과가 떨어져. 이 일은 린드 아주머니가 태어나기 몇백 년 전 일이야. 제인, 네가 진행해. 죽은 일레인이 말한다는 게 웃기잖아."

제인이 나섰다. 황금 덮개 천은 없었지만, 피아노 덮개로 쓰는, 일본풍 문양의 노란 크레이프 천은 훌륭한 대용품이 되었다. 백합꽃은 구할 수 없었지만, 앤이 포갠 손에 꽂아둔 길쭉한 파란 붓꽃은 효과 만점이었다.

"앤은 이제 준비됐어." 제인이 말했다. "우리는 잠든 앤의 이마에 입을 맞추어야 해. 다이애나, 너는 '자매여, 영원히 안녕' 하고 말하고, 루비, 너는 '안녕, 사랑스런 자매여' 하고 말해. 둘 다 최대한 슬픈 목소리로 해야 해. 그리고 앤은 살짝 미소를 지어야 해. 일레인은 '미소를 짓듯이 누워 있었다'고 나오니까. 그래, 좋아. 이제 배를 밀어."

배를 밀어내는데 오래된 나무 말뚝 하나가 배를 거칠게 긁었다. 다이애나와 제인과 루비는 배가 물살을 따라 다리 쪽으로 흘러가기 시작하는 모습까지만 보았다. 다리 아래를 지나면 배는 숲을 지나고 큰길을 지나 아래쪽 곶으로 갈 터였다. 그러면 아이들이 그곳에서 랜슬롯과 귀너비어와 아서 왕이 되어서 백합 아가씨를 맞을 예정이었다.

앤은 몇 분 동안 천천히 떠내려가면서 이런 상황이 주는 낭만성을 흠뻑 즐겼다. 그런데 전혀 로맨틱하지 않은 일이 일어났다. 배에 물이 차기 시작한 것이다. 일레인은 배에서 벌떡 일어나서 황금 덮개 천과 검은 비단 천을 집어 들고 바닥에 뚫린 커다란 틈으로 콸콸 쏟아져 들어오는 물을 멍하니 바라보아야 했다. 나루터의 뾰족한 말뚝이 배 바닥에 못으로 박힌 가로대를 뜯어낸 것이다. 앤은 그 사실을 몰랐지만, 엄청난 위험이 닥쳤음은 알 수 있었다. 이 속도라면 배에 금세 물이 차서 아래쪽 곶에 도착하기 훨씬 전에 가라앉아버릴 것이다. 노는 어디 있는가? 나루터에 두고 왔다!

앤은 한숨 같은 짧은 비명을 질렀지만, 누구도 듣지 못했다. 앤은 입술까지 하얘졌지만 평정심을 잃지 않았다. 기회는 오직 한 번뿐이었다.

"정말로 겁나서 죽는 줄 알았어요." 다음 날 앤은 앨런 부인에게 말했다. "다리까지 가는 길이 끝도 없이 길게 느껴졌고, 물은 콸콸 들어왔죠. 아주 간절하게 기도했지만, 눈을 감을 수는 없었어요. 하느님이 저를 살려주실 방법은 배를 최대한 다릿기둥 가까이 붙여서 제가 거기 기어 올라가도록 해주시는 것뿐이었으니까요. 그 다릿기둥들은 그냥 나무 줄기로 된 거라서, 옹이도 많고 가지 잘린 자리들도 튀어나와 있어요. 기도도 해야 했지만, 잘 살펴보면서 제 할 일도 해야 했죠. 저는 하느님께 계속 '이 배를 다릿기둥 근처로 가게 해주세요. 나머지는 제가 할게요' 하고 말했죠. 그런 상황에서 화려한 기도를 할 생각은 들지 않았으니까요. 하지만 제 기도는 응답을 받았어요. 배가 다릿기둥에 부딪혀서 잠깐 머물렀고, 저는 스카프와 숄을 어깨에 걸치고 그 섭리의 다릿기둥으로 올라갔어요. 그런 뒤 미끄러운 다릿기둥에서 올라가지도 내려가지도 못하고 매달려 있었죠. 정말로 로맨틱하지 않은 자세였지만 그때는 그런 생각을 하지 않았어요. 익사 직전에 탈출한 상태에서는 낭만까지 생각할 겨를이 없었으니까요. 바로 감사 기도를 드리고 온 힘을 다해 거기 매달려 있었어요. 누가 와서 구해주지 않으면 다시 마른 땅으로 돌아오기 어려웠으니까요."

배는 다리 아래쪽으로 떠내려가다가 이내 가라앉았다. 이미 아래쪽에 가서 기다리던 루비, 제인, 다이애나는 눈앞에서 배가 사라지는 것을 보았고, 앤이 배와 함께 가라앉았다고 의심 없이 믿었다. 그들은 공포에 얼어붙어 얼굴이 백지장처럼 하얗게 질린 채 잠시 가만히 있었다. 그러다가 목이 터져라 소리를 지르며 숲을 달리기 시작했다. 큰길을 건널 때도 다리 쪽을 보지 않았다. 앤은 그 불안한 공간에 매달린 채 아이들이 비명을 지르며 달려가는 모습을 보았다. 그래서 곧 도움이 오리라고 생각했지만, 그렇다고 해도 그 자세는 불편하기 짝이 없었다.

시간은 흘러갔고, 불쌍한 백합 아가씨는 매 순간이 한 시간 같았다. 왜 아무도 안 오는 거지? 애들은 어디로 간 거야? 모두 기절해버렸나? 아무도 안 오면 어떻게 하지? 힘이 빠지고 쥐가 나서 더는 버티지 못하게 되면? 앤은 길고 미끌거리는 그림자와 함께 발밑에서 출렁이는 사악한 물을 보고 몸을 떨었다. 앤의 상상력은 자신에게 닥칠 수 있는 온갖 끔찍한 일들을 떠올리기 시작했다.

그러다가 더는 팔과 손목의 고통을 견딜 수 없다고 생각한 순간, 길버트 블라이드가 하먼 앤드루스네 배를 타고 다리 아래로 노를 저어 왔다!

길버트는 고개를 들었다가 못마땅한 표정으로 자신을 내려다보는 작고 하얀 얼굴과, 겁먹었지만 역시나 못마땅함이 어린 회색 눈동자를 보고 깜짝 놀랐다.

"앤 셜리! 어쩌다 거긴 가게 된 거야?" 그가 소리쳤다.

길버트는 대답을 기다리지 않고, 다릿기둥 옆으로 가서 손을 내밀었다. 피할 방법은 없었다. 앤은 길버트 블라이드의 손을 잡고 더듬더듬 배로 내려와서 헝클어지고 분노한 상태로 뒤쪽에 앉았다. 가슴에는 물이 뚝뚝 떨어지는 숄과 크레이프 천을 안고 있었다. 그런 상황에서 위엄을 지키기란 아주 어려운 일이었다!

"어떻게 된 거야, 앤?" 길버트가 노를 집어 들면서 물었다.

"일레인 연극을 하고 있었어." 앤이 구조자의 얼굴을 바라보지도 않고 냉담하게 말했다. "내가 배를 타고 캐멀롯으로 떠내려가야 했는데, 배에 물이 차서 다릿기둥에 올라갔어. 아이들이 도움을 구하러 갔어. 나루터까지 태워다주겠어?"

길버트는 순순히 나루터로 노를 저었고, 앤은 도움을 거절하며 가볍게 땅으로 뛰어올랐다.

"뭐라 감사하단 말을 해야 할지 모르겠어." 앤이 도도하게 말하고 돌아섰다. 하지만 길버트도 배에서 뛰어내리더니 앤의 팔을 잡았다.

"앤." 길버트가 급하게 말했다. "나 좀 봐. 우리 친구가 되면 안 되니? 그때 네 머리 놀린 거 정말 미안해. 너를 화나게 하려고 한 게 아니라 그저 장난이었어. 그리고 벌써 오래전이잖아. 지금은 네 머리가 아주 예쁘다고 생각해. 정말이야. 그러니까 친구가 되자."

앤은 잠시 망설였다. 분노한 위엄 속에서도 길버트의 연갈색 눈에 담긴 수줍음과 열렬함이 보기 좋다는, 전에는 모르던 이상한 느낌이 들었다. 앤의 심장 박동이 빠르고 약간 불규칙해졌다. 하지만 해묵은 원한이 얼른 흔들리는 앤의 마음을 다잡아주었다. 2년 전 그 장면이 어제 일처럼 생생하게 떠올랐다. 길버트는 앤을 '당근'이라 불렀고, 결국 앤이 온 학생들 앞에서 망신을 당하게 만들었다. 앤의 분노는 다른 사람이나 어른들 눈에는 그 원인만큼이나 우스워 보여도 지난 세월 동안 전혀 누그러들지 않은 것 같았다. 앤은 길버트 블라이드가 싫었다! 절대 용서할 생각이 없었다!

"아니." 앤이 차갑게 말했다. "우리 둘은 친구가 될 수 없어, 길버트 블라이드. 난 그러고 싶지 않아!"

"좋아!" 길버트가 분노로 얼굴이 붉어져서 배에 뛰어들었다. "다시는 너한테 친구가 되자고 부탁하지 않겠어, 앤 셜리. 그리고 상관하지도 않아!"

길버트는 빠르고 반항적인 동작으로 노를 저어서 갔고, 앤은 단풍나무 아래 고사리들이 가득한 가파른 오솔길을 올라갔다. 앤은 고개를 꼿꼿이 들었지만 이상한 후회의 감정이 느껴졌다. 다른 대답을 할걸 그랬다는 생각까지 들려고 했다. 길버트가 자신을 그렇게 모욕했는데도! 이런저런 이유로 앤은 자리에 앉아서 울고 싶어졌다. 공포와 다릿기둥에 매달린 동안 느낀 지독한 긴장이 사라지면서 힘이 쭉 빠져나가는 것 같았다.

오솔길 중간쯤에서 앤은 연못으로 돌아오는 제인과 다이애나를 만났다. 아이들은 거진 미친 사람들 같았다. 그들은 오처드슬로프로 갔는데, 아무도 없었다. 배리 부부는 모두 외출 중이었다. 그러자 루비 길리스가 히스테리에 빠져서 거기 남겨두어야 했고, 제인과 다이애나는 유령의 숲을 지나고 개울을 건너 그린게이블스로 갔다. 하지만 거기도 사람이 없었다. 마릴라는 카머디에 갔고, 매슈는 뒤쪽 들판에서 건초를 만들고 있었기 때문이다.

"아, 앤." 다이애나가 앤의 목을 안고 쓰러지며 안도와 기쁨으로 눈물을 터뜨렸다. "앤…… 우리는 네가…… 네가…… 물에 빠진 줄 알았어. 그리고 우리가 널 죽였다고 생각했어. 우리가 너한테…… 네가…… 일레인이 되라고 했으니까. 그리고 루비는 히스테리 발작에 빠졌어. 아, 앤, 어떻게 빠져나왔니?"

"다릿기둥에 올라갔어." 앤이 지친 목소리로 말했다. "그리고 길버트 블라이드가 앤드루스 아저씨 배를 타고 와서 여기까지 데려다줬어."

"앤, 정말 멋지다! 너무 로맨틱하지 않니!" 제인이 마침내 말을 할 수 있을 만큼 숨이 돌아오자 말했다. "이런 일이 생겼으니 이제는 길버트하고 말을 하겠구나."

"당연히 안 해." 앤이 순식간에 예전 감정을 되찾고 말했다. "그리고 이제 로맨틱하다는 말 싫어, 제인 앤드루스. 너네를 걱정시켜서 미안해. 다 내 잘못이야. 나는 진짜 기구한 팔자를 타고났나 봐. 무슨 일을 하든 나 아니면 친구들을 곤경에 빠뜨려. 그리고 다이애나, 너네 아빠 배도 물에 빠뜨렸어. 앞으로는 연못에서 배를 타고 못 놀 것 같은 예감이 든다."

그 예감은 보통의 예감보다 적중률이 높았다. 오후의 사건이 알려지자 배리네와 커스버트네는 경악에 빠졌다.

"너는 정신을 차리긴 할 거니, 앤?" 마릴라가 한탄했다.

"네, 아마 그럴 거 같아요, 아주머니." 앤이 낙관적으로 말했다. 동쪽 다락방의 편안한 고독 속에서 한참을 울고 났더니, 앤은 마음이 가벼워져서 평소의 쾌활함을 되찾았다. "이제는 제가 현명해질 가능성이 어느 때보다 높은 것 같아요."

"어떻게 그런다는 거니?" 마릴라가 말했다.

"오늘 새롭고 귀중한 교훈을 얻었어요." 앤이 말했다. "그린게이블스에 온 뒤로 저는 계속 실수를 했고, 실수를 할 때마다 단점을 고치려고 노력했어요. 자수정 브로치 사건 이후로는 제 물건이 아닌 것에 손을 대지 않게 되었어요. 유령의 숲 사건 이후로는 엉뚱한 상상을 하지 않게 되었어요. 진통제 케이크 사건을 겪고는 요리할 때 주의를 기울이게 되었고요. 머리 염색 사건 이후로는 허영심을 버렸어요. 지금은 머리나 코 같은 건 생각하지 않아요. 한다고 해도 자주 하지는 않아요. 그리고 오늘 사건은 로맨틱한 걸 너무 좋아하는 문제를 고쳐줄 거예요. 에이번리에서 로맨틱함을 찾는 건 잘못이라는 결론에 도달했어요. 몇백 년 전 캐멀롯 성 같은 곳이라면 쉬울지 모르지만, 요즘에는 로맨틱함을 알아주지 않으니까요. 이 점에서는 제가 크게 발전할 거라고 말씀드릴 수 있어요, 마릴라 아주머니."

"그래, 그러기를 바란다." 마릴라가 의심스럽다는 듯이 말했다.

하지만 구석에 앉아서 가만히 듣던 매슈는 마릴라가 나간 뒤 앤의 어깨에 한 손을 얹었다.

"로맨틱한 걸 다 포기하지는 말아라, 앤." 매슈가 수줍게 속삭였다. "약간의 로맨틱은 좋은 거야. 물론 너무 많으면 안 되지만 다 버리지는 말아라, 앤. 약간은 간직하고 있어."

앤 인생의 기념비적인 사건

앤은 연인의 오솔길을 통해 뒤쪽 목초지의 소들을 집에 데려오고 있었다. 9월의 저녁이었고, 숲속의 빈 공간은 모두 루비 빛깔 노을로 가득 찼다. 오솔길도 여기저기 그 빛에 물들었지만, 대부분은 단풍나무 그늘 아래 상당히 어두워졌고, 전나무 아래쪽에는 맑은 포도주 같은 투명한 보라색 땅거미가 들어찼다. 바람은 나무들 꼭대기로 불었는데, 이 세상에 저녁에 전나무 사이로 이는 바람 소리보다 더 달콤한 음악은 없다.

소들은 평화롭게 오솔길을 걸었고, 앤은 몽상에 젖어 그 뒤를 따르며 서사시 「마미온」의 전투 대목을 계속 소리 내서 읊고—지난겨울 영어 시간에 그 시를 배울 때 스테이시 선생님은 학생들에게 그 대목을 외우게 했다—그 문장들의 힘찬 리듬과 창들이 부딪히는 이미지에 감탄했다. 그러다가 이런 구절에 이르렀다.

굳센 창기병들은 변함없고
어둡고 빽빽한 숲을 이루었네.

앤은 황홀감 속에 눈을 감고 서서 자신이 그 영웅들 틈에 있다고 상상했다. 앤이 다시 눈을 뜨자 다이애나가 배리네 들판 쪽 문으로 나와서 다가오는 모습이 보였다. 무언가 중요한 소식이 있는 듯 걸음이 당당했다. 하지만 앤은 너무 호기심을 보이고 싶지 않았다.

"이런 저녁 시간은 꼭 보라색 꿈 같지 않니, 다이애나? 이럴 때는 살아 있는 게 너무 행복해. 아침에는 항상 아침이 최고인 것 같은데, 저녁이 되면 저녁이 더 아름답다고 생각돼."

"아름다운 저녁이야." 다이애나가 말했다. "하지만 놀라운 소식이 있어, 앤. 한번 맞혀봐. 세 번의 기회를 줄게."

"샬럿 길리스가 결국 교회에서 결혼하기로 하고, 앨런 사모님이 결혼식 장식을 해주겠다고 하셨어." 앤이 소리쳤다.

"아냐, 그건 남자 쪽에서 허락하지 않아. 아직 교회에서 결혼한 사람이 없어서 분위기가 장례식 같을 거래. 그러면 재미있을 텐데 실망스러워. 어쨌건 다시 맞혀봐."

"제인의 어머니가 제인의 생일 파티를 열어준다?"

다이애나가 고개를 저었다. 다이애나의 검은 눈에서 기쁨이 춤을 추었다.

"몰라, 뭔지 모르겠어." 앤이 답답해서 말했다. "무디 스퍼 전 맥피어슨이 어젯밤 기도회 끝나고 너를 집까지 바래다줬다 는 게 아니면. 그랬니?"

"아니야." 다이애나가 발끈해서 소리쳤다. "그런 일이 있 었다 해도 내가 그걸 자랑하겠니? 짜증만 내지? 네가 못 맞힐 줄 알았어. 오늘 어머니가 조세핀 할머니한테서 편지를 받았는 데, 할머니가 너하고 나더러 다음 주 화요일에 샬럿타운에 오 래. 며칠 동안 지내면서 박람회 구경을 가자고. 어때?"

"다이애나." 앤은 속삭이며 단풍나무에 몸을 기대야 했다. "정말이야? 하지만 마릴라 아주머니가 허락해주시지 않을 거 야. 싸돌아다니는 건 안 된다고 하시겠지. 지난주에 제인이 자 기네 식구들이 화이트샌즈 호텔에서 열리는 미국인들의 음악 회에 갈 때 같이 가자고 했는데, 그렇게 말씀하셨거든. 가고 싶 었지만, 아주머니는 집에서 공부를 하는 게 낫다고 제인도 마 찬가지라고 하셨어. 속상했어, 다이애나. 너무 속상해서 기도 도 하지 않고 잤어. 하지만 잘못한 걸 깨닫고 밤중에 일어나서 기도를 했어."

"어머니한테 부탁해서 마릴라 아주머니한테 이야기해달 라고 할 거야." 다이애나가 말했다. "그러면 널 보내주실 테고, 우리는 인생 최고의 시간을 보내게 될 거야, 앤. 나는 박람회에 가본 적이 없어. 그래서 다른 아이들한테서 박람회 이야기를 들으면 짜증이 났어. 제인하고 루비는 두 번 갔다 왔고, 올해도 또 간대."

"내가 확실히 간다고 결정되기 전에는 그 일을 생각하지 않을래." 앤이 잘라 말했다. "기대하다가 실망하면 견디기 힘드니까. 하지만 가게 된다면, 새 코트가 생겨서 다행이야. 아주머니는 나한테 새 코트가 필요 없다고 하셨어. 있는 코트만으로도 이번 겨울을 나는 데 문제 없으니, 새 원피스로 만족하라고. 그 원피스는 아주 예뻐, 다이애나. 남색이고 최신 디자인이야. 아주머니는 이제 내 옷을 만들 때 유행에 맞춰주셔. 매슈 아저씨가 또 린드 아주머니한테 옷을 맡기는 건 싫다고. 나도 기뻐. 유행에 맞는 옷을 입으면 착한 행동을 하기가 훨씬 쉬워. 어쨌건 나는 그래. 착한 성품을 타고난 사람은 상관없을 거야. 하지만 매슈 아저씨가 나한테 새 코트가 있어야 한다고 하셔서, 아주머니가 파란색 브로드 천을 샀고, 카머디의 진짜 재봉사에게 맡겼어. 토요일 밤이면 완성될 거고, 나는 일요일에 새 옷을 입고 모자를 쓰고 교회에 가는 모습을 상상하지 않으려고 노력 중이야. 그런 상상을 하는 건 잘못이라는 생각이 들어서. 하지만 그래도 자꾸 상상하게 돼. 모자도 예뻐. 매슈 아저씨가 나랑 같이 카머디에 갔을 때 사주셨어. 지금 유행하는 파란색 벨벳 모자인데, 금색 줄과 술이 달렸어. 네 새 모자도 예쁘고 잘 어울려. 일요일에 네가 교회에 들어올 때 네가 내 단짝 친구라는

게 자랑스러웠어. 우리가 이렇게 옷에 대해서 생각을 많이 하
는 건 잘못일까? 마릴라 아주머니는 죄악이래. 하지만 너무 재
미있잖아?"

마릴라는 앤이 나들이를 하도록 허락했고, 배리 씨가 다음
주 화요일에 아이들을 데리고 가기로 했다. 샬럿타운은 50킬
로미터나 떨어져 있고 배리 씨는 그날 다시 돌아오고 싶어했기
때문에, 그들은 새벽같이 출발해야 했다. 하지만 앤은 그것도
즐거운 일로 여겨서, 화요일이 되자 해도 뜨기 전에 일어났다.
창밖을 보니 날씨는 맑을 모양이었다. 유령의 숲 전나무 뒤편
에 펼쳐진 동쪽 하늘이 구름 한 점 없는 은색이었기 때문이다.
나무들 틈새로 오처드슬로프 서쪽 다락방의 불빛이 보였다. 다
이애나도 일어났다는 뜻이었다.

매슈가 불을 지폈을 때 앤은 이미 옷을 다 입은 상태였고,
마릴라가 내려오기 전에 아침 식사 준비를 마쳤다. 하지만 정
작 자신은 들뜬 나머지 음식을 먹지 못했다. 식사 후에 앤은 경
쾌한 새 모자를 쓰고 코트를 입고서, 개울을 건너고 전나무 숲
을 지나 오처드슬로프로 달려갔다. 배리 씨와 다이애나가 앤을
기다리고 있었고, 그들은 곧 길을 떠났다.

먼 길이었지만, 앤과 다이애나는 매 순간이 즐거웠다. 추
수가 끝난 들판 위로 천천히 퍼지는 붉은 새벽빛을 뚫고 이슬
젖은 길을 덜컹덜컹 가는 일은 유쾌했다. 공기는 신선하고 상

쾌했고, 연기처럼 파르스름한 안개는 계곡들에서 피어올라 언덕 위로 날아갔다. 길은 때로는 단풍나무가 진홍색 깃발을 내거는 숲길로 이어졌고, 때로는 강물 위 다리로 이어졌는데, 다리를 지날 때면 앤은 즐거운 두려움에 짜릿해서 몸을 떨었다. 때로는 길이 바닷가를 달려서 비바람에 검게 변한 낚시 오두막들 앞을 지났고, 언덕 위로 올라가면 물결치는 고지대나 안개에 덮인 푸른 하늘이 멀리 내다보였다. 어느 길에서도 이야기할 게 많았다. 그들이 샬럿타운에 가서 조세핀 할머니의 집인 비치우드에 당도했을 때는 정오가 다 된 시각이었다. 비치우드는 길에서 멀찌감치 떨어져 자리 잡은, 오래되고 멋진 저택으로, 푸른 느릅나무와 가지를 넓게 벌린 너도밤나무들이 아늑하게 감싸고 있었다. 조세핀 할머니는 검고 예리한 눈을 반짝이며 현관에서 그들을 맞았다.

"결국 나를 보러 왔구나, 앤." 할머니가 말했다. "그런데 세상에, 이렇게 크다니! 이제 나보다 더 크네. 그리고 훨씬 예뻐졌어. 내가 말 안 해줘도 알 것 같다만."

"아뇨, 몰랐어요." 앤이 밝은 얼굴로 말했다. "주근깨가 줄었다는 건 알고 감사하고 있지만, 다른 점도 좋아지는 건 감히 바라지 않았어요. 그런 말씀을 들으니 기쁘네요, 할머니."

조세핀 할머니 집은 '웅장하다'고 앤은 나중에 마릴라에게 말했다. 조세핀 할머니가 점심 준비가 잘되고 있는지 보러 가자 따로 남은 두 시골 아이는 화려한 응접실에 어리벙벙해졌다.

"궁전 같지 않니?" 다이애나가 말했다. "나도 조세핀 할머니 집에 처음 왔는데, 이렇게 대단한 줄 몰랐어. 줄리아 벨한테 보여주고 싶다. 맨날 자기네 집 응접실을 자랑하잖아."

"벨벳 양탄자. 그리고 실크 커튼!" 앤이 호사스러움에 한숨을 쉬었다. "이런 것들을 꿈꾸기는 했어, 다이애나. 하지만 진짜로 보니까 그렇게 마음이 편하지는 않다. 방에 물건이 너무 많고 모든 게 다 화려해서 상상의 영역이 없어. 가난한 게 그 점에서는 좋은 거 같아. 상상할 게 많다는 거."

앤과 다이애나는 이후 오랜 세월을 두고 그 여행의 추억을 되새겼다. 처음부터 끝까지 즐거움이 가득했다.

수요일에 조세핀 할머니는 아이들을 박람회장에 데리고 가서 종일토록 있었다.

"진짜 끝내줬어요." 앤이 나중에 마릴라에게 말했다. "그렇게 재미있는 건 상상도 못했어요. 어떤 코너가 가장 재미있었는지도 고르기 어려워요. 말, 꽃, 편물 코너가 최고였다는 생각이 들어요. 조시 파이는 뜨개 레이스로 1등상을 받았어요. 그 일이 기뻤고, 제가 기뻐한다는 게 기뻤어요. 조시가 상을 탄 걸 기뻐할 수 있다니 제가 발전한다는 뜻 아닌가요, 마릴라 아주머니? 하면 앤드루스 아저씨는 그레이브스타인 사과로 준우

승을 했고, 벨 선생님은 돼지로 1등상을 받았어요. 다이애나는 교회 학교 교장 선생님이 돼지로 상을 받는 건 좀 웃기다고 했지만, 저는 안 웃겼어요. 아주머니는 어때요? 다이애나는 앞으로 벨 선생님이 엄숙하게 기도할 때마다 그 일이 생각날 거래요. 클레라 루이즈 맥퍼어슨은 그림으로 상을 받았고, 린드 아주머니는 수제 버터와 치즈로 1등을 했어요. 그러니까 에이번리 사람들도 상을 많이 받았어요. 린드 아주머니도 그날 거기 계셨고, 낯선 사람들 틈에서 아주머니의 익숙한 얼굴을 보니까 그렇게 반가울 수가 없었어요. 사람들이 몇천, 몇만 명이었어요, 마릴라 아주머니. 제가 정말로 미미하게 느껴지더라고요. 조세핀 할머니는 저희를 경마장에 데리고 가서 특석에 앉혀주셨어요. 린드 아주머니는 안 갔어요. 경마는 추악한 일이고, 기독교인으로서 자신은 그런 일을 피하는 모범을 보여야 한다고 하셨어요. 하지만 사람이 너무 많아서 린드 아주머니가 빠지는 건 전혀 티가 안 났을 거예요. 물론 저도 경마에 자주 가면 안 된다고 생각해요. 너무 짜릿하거든요. 다이애나는 완전히 흥분해서 붉은 말이 이긴다는 데 10센트를 걸 테니 내기를 하자고 했어요. 그럴 것 같지는 않다는 생각이 들었지만 내기에는 응하지 않았어요. 앨런 사모님께 박람회 일을 남김없이 이야기하고 싶었는데, 내기 이야기는 할 수 없다고 생각했거든요. 목사님 부인에게 말할 수 없는 일을 하는 건 잘못이에요. 목사님 부인이랑 친하게 지내는 건 양심이 하나 더 있는 거나 마찬가지예요. 그리고 내기를 하지 않은 게 다행이었어요. 붉은 말이 이겼더라고요. 자칫하면 10센트를 잃을 뻔했으니까요. 정말로 도덕을 지키는 게 남는 거죠. 풍선을 타고 하늘 위로 날아가는 남자도 보았어요. 저도 풍선을 타고 날아보고 싶어요. 진짜 짜릿할 거예요. 그리고 새점을 치는 남자도 있었어요. 10센트를 내면 새가 운세가 적힌 종이를 물어와요. 조세핀 할머니가 다이애나하고 저한테 10센트씩 주셔서 저희도 새점을 봤어요. 저는 피부가 검고 돈이 많은 남자하고 결혼하고, 물을 건너가서 산대요. 그 뒤로 피부가 검은 남자들을 유심히 봤는데 별로 마음에 드는 사람도 없었고, 어쨌거나 지금 결혼을 생각하는 건 너무 이르겠죠. 아, 평생 잊을 수 없는 날이었어요, 마릴라 아주머니. 너무 피곤해서 밤에 잠도 안 왔어요. 조세핀 할머니는 약속하신 대로 저희에게 손님방을 내주셨어요. 멋진 방이었지만, 손님방에서 자는 일은 제 생각과는 달랐어요. 그게 성장의 안 좋은 점인가 봐요. 어렸을 때는 무언가를 간절히 소망하지만, 정작 그 일이 실현되면 기대만큼 멋져 보이지 않아요."

목요일에 두 아이는 마차로 공원을 돌아다녔고, 저녁에는 조세핀 할머니와 함께 음악 아카데미의 음악회에 가서 이름난 프리마돈나의 노래를 들었다. 앤에게 그 음악회는 눈부신 기쁨의 환상 자체였다.

"아, 마릴라 아주머니. 그건 뭐라고 말할 수가 없어요. 완전히 황홀해져서 말도 안 나왔어요. 그러니 어느 정도였는지 아시겠죠? 그냥 넋이 나가버렸어요. 마담 셀리츠키는 정말 아름다운 분이었고, 하얀 새틴 드레스를 입고 다이아몬드로 치장했어요. 하지만 그분이 노래를 시작하자 다른 건 다 잊어버렸어요. 그 느낌은 도저히 말로 표현할 수 없어요. 이제 착한 사람이 되는 게 어렵지 않겠다는 느낌도 들고, 하늘의 별을 바라본다는 느낌도 들었어요. 눈물이 났는데, 정말 행복한 눈물이었어요. 음악회가 끝났을 때 얼마나 슬펐는지 몰라요. 조세핀 할머니한테 어떻게 평범한 일상으로 돌아갈 수 있을지 모르겠다고 말했어요. 할머니는 길 건너 레스토랑에 가서 아이스크림을 먹으면 기분이 좋아질 거라고 말씀하셨어요. 너무 물질적인 말 같았는데, 놀랍게도 정말이었어요. 아이스크림은 맛있었어요, 마릴라 아주머니. 그리고 밤 11시에 레스토랑에서 아이스크림을 먹자 무언가 흐트러진 듯한 즐거움이 느껴졌어요. 다이애나는 도시가 자기에게 맞는 것 같대요. 할머니가 너는 어떠냐고 물으셨는데, 저는 제대로 답하려면 생각을 해봐야겠다고 했어요. 그래서 잠자리에 누워서 생각해봤어요. 그때가 생각하기에 가장 좋은 시간이죠. 그리고 결론에 이르렀어요, 마릴라 아주머니. 도시 생활은 저에게 맞지 않는다고요. 그래서 기뻐요. 가끔 밤 11시에 멋진 레스토랑에서 아이스크림을 먹는 건 좋지만, 평소라면 11시에는 그냥 동쪽 다락방에서 곤히 자는 게 더 좋아요. 여기서는 자면서도 밖에 별이 빛나고 전나무 숲의 바람이 개울을 건너서 날아온다는 걸 알잖아요. 다음 날 아침을 먹으면서 조세핀 할머니께 그렇게 말씀드렸더니 웃으셨어요. 할머니는 제가 무슨 말을 해도 웃으셔요. 아주 진지한 말을 해도요. 그건 좀 별로예요. 웃기는 말을 하지 않았으니까요. 하지만 할머니는 저희를 진짜 따뜻하고 성대하게 대접해주셨어요."

금요일이 되자 아이들은 집에 돌아가야 했고, 배리 씨가 아이들을 데리러 왔다.

"재미있었기를 바란다." 조세핀 할머니가 작별 인사를 하며 말했다.

"재미있었어요." 다이애나가 말했다.

"그리고 너, 앤은?"

"재미없던 시간이 한순간도 없었어요." 앤이 말하면서, 충동적으로 할머니 목을 끌어안고 주름진 뺨에 입을 맞추었다. 감히 그런 일을 하겠다고 생각도 하지 못하는 다이애나는 앤의 대담함에 깜짝 놀랐다. 하지만 조세핀 할머니는 기뻐했다. 할머니는 베란다에 서서 마차가 떠나는 모습을 지켜본 뒤 한숨을 쉬며 넓은 집 안으로 돌아갔다. 활기찬 어린 생명들이 떠나니 집이 너무 외롭게 느껴졌다. 사실을 말하면, 조세핀 할머니는 약간 이기적인 사람이라서 자기 외의 다른 사람은 별로 신경 쓰지 않았다. 사람들을 판단할 때도 자신에게 도움이 되거나 즐거움을 주는지가 기준이었다. 앤은 할머니를 즐겁게 했기 때문에 높은 평가를 받았다. 하지만 조세핀 할머니는 이제 앤의 이상한 말보다 아이의 구김살 없는 열정, 솔직한 감정 표현, 사람을 사로잡는 매력, 사랑스런 눈과 입술을 더 많이 생각하게 되었다.

"고아원에서 여자애를 입양했다는 말을 듣고, 마릴라 커스버트가 바보짓을 했다고 여겼지." 할머니가 혼잣말을 했다. "하지만 이제 보니 그건 실수가 아니었던 거 같아. 앤 같은 아이가 이 집에 있다면 나는 더 너그럽고 행복한 사람이 될 수 있을 텐데."

앤과 다이애나가 집에 가는 길은 집을 떠나던 길만큼이나 즐거웠다. 아니, 그보다 더 즐거웠다. 그 길 끝에 집이 기다린다는 걸 알기 때문이었다. 마차가 화이트샌즈를 지나 바닷가 길에 들어섰을 때 해가 저물기 시작했다. 멀리 주황색 하늘 아래 에이번리의 언덕들이 거뭇거뭇하게 보였다. 그 너머로 바다 위에 달이 떠올랐고, 달빛에 물든 바다는 완전히 다른 모습이었다. 구불구불한 바닷가 길 옆으로, 육지에 갇힌 작은 만마다 잔물결이 눈부시게 춤을 추었다. 물결은 아래쪽 바위들에 찰싹찰싹 부딪혔고, 강렬하고 상쾌한 공기 속에 바다 냄새가 가득했다.

"살아 있는 것도, 집에 가는 것도 참 좋다." 앤이 나직이 말했다.

앤이 통나무 다리를 건너자, 그린게이블스의 부엌 불빛이 앤에게 다정하게 인사를 했고, 열린 문 안쪽에서 빨갛게 타오르며 가을밤 한기를 물리치는 벽난로 불빛이 보였다.

"이제 돌아온 거냐?" 마릴라가 뜨개질거리를 접으며 말했다.

"네, 아, 집에 와서 너무 좋아요." 앤이 기뻐하며 말했다. "집 전체에 입을 맞추고 싶어요. 시계에도요. 그런데 마릴라 아주머니, 닭구이네요! 설마 저를 위해 하신 건 아니겠죠?"

"너를 위해 한 거 맞아." 마릴라가 말했다. "먼 길을 오느라 배가 고플 테고, 맛있는 걸 먹어야 할 것 같아서. 얼른 방에 가서 옷을 갈아입어라. 매슈가 들어오면 바로 식사를 하자. 네가 돌아와서 기쁘다. 네가 없으니까 정말 쓸쓸하더구나. 이렇게 긴 나흘은 처음이었어."

저녁 식사를 마친 뒤 앤은 벽난로 앞 매슈와 마릴라 사이에 앉아서 여행 이야기를 자세하게 들려주었다.

"그야말로 환상적이었어요." 앤이 기쁘게 이야기를 마무리했다. "이건 제 인생의 기념비적인 사건 같아요. 하지만 가장 좋은 건 집에 돌아오는 거였어요."

퀸스 입시반이 꾸려지다

마릴라는 무릎에 뜨개질거리를 내려놓고 의자에 몸을 기댔다. 눈이 피로했고, 다음에 시내에 나가면 안경을 바꿔야겠다는 생각이 막연하게 들었다. 요즘 눈이 자주 피로했기 때문이다.

날은 거의 저물었고, 그린게이블스에는 침침한 11월의 석양이 드리웠다. 부엌에 남은 빛은 스토브에서 춤추는 붉은 불길뿐이었다.

앤은 난로 앞 깔개에 책상다리로 앉아서, 단풍나무 장작이 수많은 여름 햇살을 뽑아내는 유쾌한 불빛을 바라보고 있었다. 처음에는 책을 읽었지만 이제 책은 바닥에 떨어졌고, 앤은 살짝 벌린 입에 미소를 띤 채 꿈을 꾸었다. 앤은 생생한 상상의 안개와 무지개로 환상 속 성채를 지으며, 눈부신 모험을 했다. 그런 모험은 언제나 승리로 끝났고, 현실과 달리 말썽을 일으키지도 않았다.

마릴라는 어룽거리는 난로 불빛보다 더 밝은 빛 속에서도 본심을 드러내지 않을 다정한 눈빛으로 앤을 보았다. 사랑을 말이나 눈빛으로 표현하는 일은 마릴라가 익힐 수 없는 일이었다. 하지만 회색 눈동자를 한 이 가녀린 아이에 대한 마릴라의 사랑은 표현하지 않기에 더욱 깊었다. 실제로 그 사랑의 크기 때문에 아이를 너무 느슨하게 키우는 게 아닐까 걱정도 되었고, 앤을 생각하듯 사람에게 마음을 쏟는 일은 죄악에 가깝다는 불안도 느꼈다. 그래서 어쩌면 아이를 덜 사랑했더라면 덜 보였을 엄격하고 까다로운 태도는 마릴라로서는 무의식적인 참회 행위인지도 몰랐다. 물론 앤은 마릴라가 자신을 얼마나 사랑하는지 몰랐다. 가끔은 마릴라가 정말 무뚝뚝하고 공감도 이해도 부족하다고 안타까워했다. 하지만 그러고 나면 늘 마릴라가 자신에게 무엇을 해주었는지 생각하면서 자책했다.

"앤." 마릴라가 불쑥 말했다. "오후에 네가 다이애나하고 같이 외출했을 때 스테이시 선생님이 다녀가셨다."

앤은 놀라서 한숨을 쉬며 몽상에서 깨어났다.

"정말요? 왜 하필 제가 없을 때? 그리고 왜 저를 부르지 않으셨어요, 마릴라 아주머니? 다이애나하고 저는 요 앞 유령의 숲에 있었는데요. 그 숲은 지금 아주 예뻐요. 숲의 온갖 생명들―고사리도 새틴 같은 이파리와 풀산딸나무도―은 누가 봄까지 낙엽 이불 밑에 숨겨두기라도 한 듯 잠들었어요. 제가 볼 때는 지난번 달밤에 무지개 스카프를 두른 회색 요정이 조용히 와서 그렇게 만든 거예요. 다이애나는 별말 안 하지만요. 다이애나는 유령의 숲을 상상하고서 어머니한테 크게 혼났거든요. 그 일로 다이애나의 상상력이 타격을 받았어요. 그냥 시들어버렸어요. 린드 아주머니가 머틀 벨이 시들었다고 하시길래, 루비 길리스한테 머틀 벨이 왜 시들었냐고 물으니까, 루비는 아마 남자한테 배신당해서 그럴 거래요. 루비 길리스는 온통 남자 생각밖에 없어요. 나이가 들수록 더 심해져요. 남자들이 필요없는 건 아니지만, 모든 일에 남자를 끌어오는 건 안 되잖아요? 다이애나와 저는 결혼하지 않고 평생 독신으로 같이 살까 진지하게 생각하고 있어요. 다이애나는 아직 결심을 못했어요. 야성적인 나쁜 남자하고 결혼해서 착한 사람으로 만드는 게 더 고귀하대요. 저하고 다이애나는 이제 이렇게 심각한 이야기를 많이 해요. 이제 전보다 나이가 들었으니까 어린애 같은 이야기는 어울리지 않는 느낌이에요. 열네 살이 다 된다는 건 진짜로 진지한 일이죠, 마릴라 아주머니. 스테이시 선생님은 지난 수요일에 열세 살 넘은 여학생 전체를 시냇가로 데리고 가서 그 일을 이야기하셨어요. 우리가 청소년 시절에 얻는 습관과 이상이 얼마나 중요한지 아무리 강조해도 지나치지 않다고요. 사람은 스무 살까지 인격이 발달하고, 거기에 미래 인생 전체의 기초가 놓인대요. 기초가 흔들리면 그 위에 어떤 좋은 것도 세울 수 없다고요. 다이애나하고 저는 집에 오면서 그 일을 이야기했고, 정말 진지해졌어요, 마릴라 아주머니. 우리는 정말로 좋은 습관을 들이고 많은 걸 배우고 최대한 현명해져서, 스무 살 때 좋은 인격을 갖기로 했어요. 스무 살이 된다고 생각하면 아찔해요, 마릴라 아주머니. 너무 어른 같아요. 그런데 스테이시 선생님이 오늘 왜 오셨나요?"

"그 말을 하려고 했다. 나한테 말할 기회를 준다면 말야. 선생님은 너 때문에 오셨어."

"저 때문에 오셨다고요?" 앤은 약간 놀랐다. 그러더니 얼굴이 빨개져서 소리쳤다.

"아, 왜 오셨는지 알아요. 마릴라 아주머니, 말씀드리려고 했는데, 그만 잊었어요. 어제 오후 캐나다 역사 시간에 제가 『벤허』를 읽다가 걸렸어요. 제인 앤드루스한테 빌린 거예요. 점심 시간부터 읽었는데, 전차 경주 장면이 나올 때 수업이 시작되었어요. 결과가 너무 궁금해서―벤허가 이길 것 같기는 했어요. 안 그러면 권선징악이 안 되니까요―책상 위에 역사책을 펼쳐놓았지만 무릎에는 『벤허』를 놓았어요. 겉으로는 캐나다 역사를 공부하는 척하면서 실제로는 계속 『벤허』를 읽었죠. 책에 너무 빠져서 선생님이 옆에 와서 저를 질책이 담긴 눈으로 내려다보시는 줄도 몰랐어요. 얼마나 부끄러웠는지 몰라요, 마릴라 아주머니. 특히 조시 파이가 키득거려서 더 그랬어요. 선생님은 그때는 『벤허』책을 가져가시기만 하고 아무 말씀도 안 하셨어요. 그리고 쉬는 시간에 저를 불러서 제가 두 가지 점에서 크게 잘못했다고 말씀하셨어요. 하나는 공부에 쏟아야 할 시간을 낭비한 거고, 또 하나는 역사를 공부하는 척하고 소설 책을 읽어 교사를 속인 거라고요. 그 말씀을 듣고 제가 사람을 속이려고 했다는 걸 깨닫고, 충격을 받았어요. 그래서 울면서 선생님한테 용서해주시면 다시는 그런 일 안 하겠다고 말씀드렸어요. 그리고 반성하는 의미로 일주일 동안 『벤허』를 읽지 않겠다고 했어요. 전차 경주 결말도 안 보겠다고요. 하지만 선생님은 그럴 필요 없다고 그냥 용서해준다고 하셨어요. 그런데 그 일 때문에 오셨으면, 용서를 안 하신 모양이네요.”

　　“스테이시 선생님은 그런 이야기는 한마디도 안 하셨다, 앤. 네가 괜히 죄책감에 그러는 것뿐이야. 학교에 소설 책을 가지고 가다니 정말 잘못했구나. 너는 어쨌건 소설을 너무 많이 읽어. 내가 어릴 적에는 소설 책에 눈길을 주는 것도 허락되지 않았어.”

　　“하지만 『벤허』는 그냥 소설이 아니라 종교적인 책이에요.” 앤이 항변했다. “물론 너무 흥미진진해서 일요일에 읽기에 적합하지는 않지만요. 하지만 저는 평일에만 읽었어요. 그리고 저는 스테이시 선생님이나 앨런 사모님이 열세 살 9개월짜리 여학생이 읽기에 부적합하다고 하시는 책은 아무것도 안 읽어요. 스테이시 선생님한테 약속드렸어요. 전에 『유령 집의 섬뜩한 비밀』이라는 책을 읽다가 선생님한테 들켰거든요. 루비 길리스한테 빌린 책인데, 진짜 소름이 쭉 끼쳐요. 피가 얼어붙는 것 같았어요. 하지만 선생님은 그 책은 한심하고 불건전한 책이니 더는 읽지 말고, 그런 종류의 책은 다 읽지 말라고 하셨어요. 그런 책을 더 안 읽는 건 괜찮았지만, 책의 결말을 모르고 돌려주는 건 정말 힘들었어요. 하지만 제가 선생님을 워낙 좋아해서 그렇게 할 수 있었어요. 누군가에게 기쁨을 주고 싶을 때 사람은 정말 놀라운 능력을 갖게 되나 봐요, 마릴라 아주머니."

"다시 램프를 켜고 바느질을 해야겠다." 마릴라가 말했다. "스테이시 선생님이 무슨 말씀을 하셨는지 듣고 싶은 마음이 전혀 없구나. 그저 네가 하고 싶은 말만 떠들 뿐이지."

"아니에요, 마릴라 아주머니, 들을게요." 앤이 반성하면서 소리쳤다. "이제 아무 말 안 할게요. 제가 말이 너무 많은 걸 알지만, 정말로 안 그러려고 노력하고 있어요. 그리고 말하고 싶지만 말하지 않는 게 얼마나 많은지 아신다면, 저를 조금은 봐주실 거예요. 이제 말씀해주세요, 마릴라 아주머니."

"스테이시 선생님은 상급반 학생들 중 퀸스 아카데미 입학 시험을 준비하는 학생들로 특별반을 꾸리고 싶다고 하셨어. 방과 후에 한 시간씩 보충 수업을 하시겠다는구나. 그리고 너를 그 반에 넣어도 좋을지 매슈하고 나한테 물으러 오신 거야. 어떠니, 앤? 퀸스에서 공부해서 교사가 되고 싶니?"

"아, 마릴라 아주머니!" 앤은 무릎을 모은 채 몸을 일으키고는 두 손을 맞잡았다. "그건 제 인생의 꿈이었어요. 그러니까 여섯 달 전부터요. 루비하고 제인이 퀸스 아카데미 이야기를 시작했을 때부터요. 하지만 저는 그 이야기에 끼어들지 않았어요. 쓸데없을 거라고 생각해서요. 교사가 되고 싶어요. 하지만 학비가 비싸지 않나요? 앤드루스 아저씨는 프리시를 거기 보내는 데 150달러가 들었다고 하시거든요. 그리고 프리시는 기하학에 둔재도 아니었고요."

"그건 걱정할 것 없다. 매슈하고 내가 너를 키우기로 했을 때, 우리는 너를 위해 최선을 다하고 교육을 잘 시키기로 결심했어. 나는 실제로 필요가 있든 없든 여자도 돈을 벌 능력을 갖추어야 한다고 생각해. 너는 매슈와 내가 있는 한 그린게이블스에 살 수 있지만, 이런 불확실한 세상에서는 무슨 일이 일어날지 아무도 모르니 준비를 해두는 게 좋지. 그러니까 원한다면 퀸스 입시반에 들어가도 좋다, 앤."

"마릴라 아주머니, 고마워요." 앤은 마릴라의 허리를 감싸안고, 감동한 표정으로 그녀를 올려다보았다. "아주머니하고 매슈 아저씨께 정말로 감사드려요. 두 분께 자랑이 되도록 열심히 공부할게요. 기하학은 기대하시면 안 되지만, 열심히 하면 다른 과목은 괜찮을 거예요."

"너는 잘할 거야. 스테이시 선생님이 네가 똑똑하고 성실하다고 하셨어." 마릴라는 스테이시 선생님이 실제로 한 말을 그대로 전할 생각은 없었다. 그 말은 앤의 허영심만 부추길 거였다. "너무 공부만 할 필요는 없어. 서두를 필요도 없어. 입학시험까지는 아직 1년 반이나 남았으니까. 하지만 제때 시작해서 준비를 철저히 해두는 게 좋지. 스테이시 선생님 말대로."

"이제 전보다 더 열심히 공부할게요." 앤이 기쁨에 겨워 말했다. "인생에 목표가 생겼으니까요. 목사님은 우리 모두가 인생의 목표를 갖고 성실히 그걸 추구해야 한다고 하시잖아요. 물론 훌륭한 목적이어야 한다고 하시고요. 스테이시 선생님 같은 교사가 되겠다는 건 훌륭한 목표 아닌가요, 마릴라 아주머니? 교사는 고귀한 직업이에요."

그에 따라 퀸스 입시반이 꾸려졌다. 길버트 블라이드, 루비 길리스, 제인 앤드루스, 조시 파이, 찰리 슬론, 무디 스퍼전 맥피어슨이 참여했다. 다이애나 배리는 빠졌다. 부모님이 다이애나를 퀸스에 보내고 싶어하지 않았기 때문이다. 앤에게는 큰 비극이었다. 미니 메이가 인후염에 걸린 날 이후로 앤과 다이애나는 모든 일을 함께했다. 퀸스 입시반이 첫 보충 수업을 하는 날, 다이애나가 다른 아이들과 함께 학교에서 천천히 빠져나가는 모습―그런 뒤에는 자작나무 길과 제비꽃 동산을 혼자 걸어갈 것이다―을 보자, 앤은 친구를 따라 달려나가고 싶은 충동을 꾹 참아야 했다. 목이 울컥하자, 앤은 라틴어 책을 들어 올려 눈물을 가렸다. 무슨 일이 있어도 길버트 블라이드나 조시 파이에게 눈물을 들킬 수는 없었다.

　"하지만 마릴라 아주머니, 다이애나가 혼자 나가는 모습을 보았을 때, 저는 정말로 죽음을 맛본 것 같았어요. 지난 일요일에 목사님이 설교하면서 하신 말씀처럼요." 그날 밤 앤이 서글프게 말했다. "다이애나도 같이 입시 준비를 하면 정말 좋겠지만, 린드 아주머니 말처럼 이 불완전한 세상에서 모든 게 완벽하기를 바랄 수는 없죠. 린드 아주머니도 가끔은 마음을 불편하게 만드시지만, 맞는 말씀을 많이 하시는 건 맞죠. 그리고 퀸스 입시반은 재미있을 거예요. 제인과 루비는 교사가 되는 게 목표래요. 그 이상의 꿈은 없대요. 루비는 졸업하면 2년만 교직에 있다가 결혼할 거라지만, 제인은 평생 교사로 일하고 결혼은 절대 안 한대요. 교사로 일하면 월급을 받는데, 남편이 돈도 안 주면서 생활비를 보태라고 하면 화만 날 거라고요. 제인은 개인적 경험으로 그렇게 말하는 건가 봐요. 린드 아주머니가 제인의 아버지는 성격이 아주 괴팍하고 인색하시다고 했거든요. 조시 파이는 돈을 벌 필요는 없고 퀸스에는 그저 배움을 얻으러 가는 거래요. 하지만 사회의 자선으로 살아가는 고아들은 악착같이 노력해야 한다나요. 무디 스퍼전은 목사가 될 거래요. 린드 아주머니는 이름이 그러니 목사 말고 다른 직업은 안 어울릴 거라고 하시죠. 그런데 제가 너무 못됐는지 모르겠지만, 마릴라 아주머니, 무디 스퍼전이 목사님이 된다고 생각하면 정말 웃겨요. 얼굴이 너무 크고 뚱뚱한 데다 눈은 조그맣고 귀는 툭 튀어나와서 우스꽝스럽게 생겼잖아요. 하지만 어른이 되면 좀 더 지성적으로 보일지도 모르죠. 찰리 슬론은 정치를 해서 국회 의원이 될 거라는데, 린드 아주머니는 안 될 거래요. 슬론네 사람들은 모두 정직한데, 요즘은 뻔뻔한 사람 아니면 정치에 못 들어간다고요."

"길버트 블라이드는 뭐가 되고 싶다고 하니?" 앤이 카이사르의 책을 펼치는 모습을 보면서 마릴라가 물었다.

"길버트 블라이드의 인생 목표는 뭔지 몰라요. 그런 게 있다면요." 앤이 코웃음치며 말했다.

길버트와 앤의 경쟁 관계는 이제 명백해졌다. 이전까지 경쟁은 약간 일방적이었지만, 이제는 길버트도 앤 못지않게 1등을 목표로 삼는 게 분명했다. 그는 만만한 상대가 아니었다. 입시반의 다른 학생들은 두 사람의 실력을 인정하고, 그들과 겨루겠다는 꿈도 꾸지 않았다.

연못가에서 앤에게 용서를 빌었다가 거절당한 이후, 길버트는 이런 경쟁 상황을 빼면 앤 셜리의 존재를 인식한다는 표시를 하지 않았다. 다른 여학생들과는 수다도 떨고, 농담도 하고, 책과 놀잇감을 교환하고, 학업 내용과 계획을 이야기하고, 때로 기도회나 토론회를 마친 뒤 여학생 몇몇과 집에 함께 가기도 했다. 하지만 앤 셜리는 완전히 무시했고, 앤은 무시당하는 게 유쾌하지 않다는 것을 깨달았다. 고개를 치켜들고 신경을 안 쓴다고 생각해봐야 소용없었다. 고집스럽고 여성적인 심장 안쪽에서 앤은 자신이 신경을 쓰며, 이제 영롱한 물빛 호수에서 똑같은 기회가 생긴다면, 그때와 다른 대답을 하리라는 것을 알았다. 갑작스럽고도 짜증스럽게도, 그동안 그렇게 악착같이 품었던 미움이 완전히 사라졌다는 걸 깨달았다. 하필 앤에게 그 감정의 에너지가 가장 필요할 때 그렇게 되었다. 첫 사건의 모든 면모와 감정을 되새기며 분노를 느껴보려 해도 소용없었다. 그날 연못가가 그 미움의 마지막 불꽃이었다. 앤은 자신도 모르는 사이 그를 용서했음을 깨달았지만 이제 와서 할 수 있는 건 없었다.

그리고 어쨌건 길버트는 물론 다른 누구도, 심지어 다이애나마저도 앤이 달라졌고 지난날의 오만한 행동을 후회한다는 사실을 알아차리지 못했다! 앤은 '감정을 깊은 망각 속으로 감추기로' 결심했고 그 일을 아주 잘해내서, 겉으로 보이는 것만큼 무심하지 않을 길버트도 자기가 드러내는 경멸감을 앤이 알아챘다는 위안을 얻을 수 없었다. 그저 앤이 찰리 슬론을 무자비하게, 계속적으로, 부당하게 냉대하는 모습에서 유일하고도 시시한 위안을 얻을 뿐이었다.

그것을 빼면 겨울은 유쾌한 의무와 학업 속에 유유히 흘러갔다. 앤은 매일매일이 1년이라는 목걸이에서 황금 구슬처럼 빠져나가는 것 같다고 느꼈다. 앤은 기쁘고, 열렬하고, 흥미진진했다. 해야 할 공부가 있고, 얻어야 할 명예가 있었다. 읽어야 할 즐거운 책, 교회 학교 합창단에서 새로 연습할 곡, 토요일 오후 목사관에서 앨런 사모님과 함께 보내는 즐거운 시간이 있었다. 그리고 앤이 깨닫기도 전에 그린게이블스에 다시 봄이 왔고, 세상은 또 한 번 꽃으로 가득 찼다.

그즈음에는 학구열이 약간 시들해졌다. 다른 학생들이 푸른 오솔길과 잎이 무성한 숲길과 목초지 샛길로 흩어진 뒤에도 남아 있던 퀸스 입시반 학생들은 라틴어 동사와 프랑스어 연습 문제를 공부하며 지난겨울 같은 짜릿함을 느끼지 못했다. 앤과 길버트마저 열의를 잃고 무심해졌다. 학기가 끝나고 반가운 방학이 다가와 그들 앞에 장밋빛 날들이 펼쳐지자 교사도 학생들도 모두 기뻐했다.

"한 학년 동안 모두 열심히 했다." 마지막 수업에서 스테이시 선생님이 학생들에게 말했다. "모두 방학을 즐겁게 보낼 자격이 있어. 야외에서 즐겁게 놀면서 새로운 학년을 버틸 건강과 열정과 꿈을 키워서 돌아오렴. 입시까지 1년이구나."

"새 학기에도 저희 학교로 돌아오시나요, 선생님?" 조시 파이가 물었다.

조시 파이는 언제나 거리낌없이 질문을 했는데, 이번에는 나머지 아이들이 그런 조시에게 고마워했다. 누구도 선생님에게 직접 묻지 못했지만, 모두가 궁금해했기 때문이다. 얼마 전부터 스테이시 선생님이 새 학년이 되면 학교를 떠난다는 걱정스러운 소문이 돌았다. 선생님 고향에 있는 초등학교에서 와달라고 제안했고, 선생님이 그 제안을 수락하려 한다는 소문이었다. 퀸스 입시반 아이들은 긴장 속에 대답을 기다렸다.

"그럴 생각이야." 스테이시 선생님이 말했다. "다른 학교로 갈까 고민하기도 했는데, 에이번리에 남기로 했어. 솔직히 말하면 이곳 학생들에게 관심이 너무 커져서 떠날 수가 없어. 그래서 여기서 가르치면서 너희와 쭉 함께할 거야."

"만세!" 무디 스퍼전이 외쳤다. 무디 스퍼전은 그렇게 감정에 휩쓸려 행동한 적이 없었기에, 그 뒤로 일주일 동안 그 일이 떠오를 때마다 얼굴을 붉혔다.

"정말 기뻐요, 선생님." 앤이 눈을 반짝이며 말했다. "선생님이 돌아오시지 않으면 아주 끔찍했을 거예요. 다른 선생님이 오시면 계속 공부하고 싶은 마음이 있을지 알 수 없었거든요."

앤은 그날 저녁 집에 돌아오자 교과서를 모두 다락방의 낡은 트렁크에 넣고 잠근 다음 열쇠를 이불함에 던져 넣었다.

"방학 동안 교과서는 쳐다보지도 않을 거예요." 앤이 마릴라에게 말했다. "학기 중에 할 수 있는 데까지 열심히 공부했고, 기하학은 첫 권의 공식을 다 외울 만큼 들여다보았어요. 글자들이 바뀐 공식도요. 분별 있는 생활은 이제 지겨우니, 여름 동안은 상상을 즐기겠어요. 아, 놀라지 마세요, 마릴라 아주머니. 선은 지킬 테니까요. 하지만 올여름은 정말로 재미있게 보내고 싶어요. 이번이 어린 여자아이로 지내는 마지막 여름일 테니까요. 린드 아주머니는 제가 내년에도 올해처럼 크면 이제 긴 치마를 입어야 할 거라고 하세요. 먹는 게 다리하고 눈으로만 가는 거 같대요. 긴 치마를 입게 되면, 거기 맞게 살고 무게 있게 행동해야겠죠. 요정도 믿으면 안 될 테고요. 그래서 올여름 동안은 열심히 믿으려고요. 방학 동안 재미있게 지낼 거예요. 루비 길리스가 곧 생일 파티를 열 거고, 교회 학교 소풍도 있고, 다음 달에 선교 음악회도 있어요. 배리 아저씨는 저하고 다이애나를 화이트샌즈 호텔에 데리고 가서 밥을 한번 사주신다고 하셨어요. 그 호텔은 저녁때 식당을 하거든요. 제인 앤드루스가 작년 여름에 가봤는데, 전깃불하고 꽃하고 화려한 옷차림을 한 여자들로 아주 눈이 부시대요. 제인은 그때 처음으로 상류 사회를 보았는데, 죽는 날까지 잊지 못할 거래요."

레이철 부인이 다음 날 오후, 마릴라가 왜 목요일 봉사회 모임에 나오지 못했는지 알아보러 왔다. 마릴라가 봉사회에 못 나오면 다들 그린게이블스에 문제가 있다고 여겼기 때문이다.

"목요일에 매슈의 심장에 문제가 생겨서 혼자 두고 나갈 수 없었어요." 마릴라가 말했다. "아, 네, 지금은 괜찮아졌지만, 안 좋아지는 일이 전보다 잦아져서 걱정이에요. 의사 선생님은 심장에 무리가 되는 자극을 피해야 한대요. 그건 쉬운 일이에요. 매슈는 예나 지금이나 자극을 찾는 사람이 아니니까요. 하지만 힘든 일도 하지 말라는데, 매슈한테 일을 하지 말라는 건 숨을 쉬지 말라는 거나 똑같아요. 모자랑 물건은 이쪽에 놓으세요, 레이철. 저녁 드시고 가실래요?"

"마릴라가 청하니 그러는 게 좋겠네요." 레이철 부인이 말했지만, 애초에 그럴 생각으로 온 것이었다.

레이철 부인과 마릴라가 응접실에 편안히 앉아 있는 동안, 앤이 저녁을 준비했고, 레이철 부인도 트집 잡을 수 없을 만큼 가볍고 하얀 비스킷을 구웠다.

"앤은 정말 똑똑하게 자랐어요." 저물녘, 레이철 부인을 오솔길 끝까지 배웅하는 마릴라에게 레이철 부인이 인정했다. "마릴라한테 큰 도움이 되겠지요."

"맞아요." 마릴라가 말했다. "지금은 아주 착실하고 믿을 만해요. 그렇게 덤벙대는 성격을 못 고칠까 봐 걱정스러웠는데, 지금은 걱정 없이 모든 일을 믿고 맡겨요."

"3년 전 여기에서 앤을 처음 본 날은 이렇게 잘 자랄 거라고 생각 못 했어요." 레이철 부인이 말했다. "세상에, 그 애가 성질 부리던 모습은 평생 못 잊을 거예요! 그날 집에 가서 토머스에게 말했죠. '토머스, 마릴라 커스버트는 언젠가 저 아이를 왜 들였을까 후회할 거야.' 하지만 잘못 생각했어요. 아이가 잘 자라 기쁘네요. 저는 스스로 잘못을 인정하는 사람이 아니에요, 마릴라. 앤을 잘못 판단하긴 했지만, 그게 특별히 이상할 건 없죠. 이 세상에 앤보다 더 특이하고 예측 불가능한 아이가 또 있겠어요? 다른 아이들한테 통하는 규칙으로 앤을 파악할 수는 없었어요. 지난 3년 동안 앤은 정말 놀라울 정도로 변했어요. 특히 외모가 많이 변했어요. 앤은 아름다워질 거예요. 그렇게 창백하고 눈이 큰 스타일은 딱히 좋아하지 않지만요. 저는 다이애나 배리나 루비 길리스처럼 밝고 혈색이 좋은 스타일이 더 끌려요. 루비 길리스는 외모가 정말 돋보이죠. 하지만 어쩐지 — 왠지는 모르겠지만 — 앤은 그 애들하고 같이 있으면 그 절반도 예쁘지 않지만, 다른 아이들이 뭔가 평범하고 또 과해 보여요. 하얀 수선화 옆에 있는 붉은 모란꽃들처럼요.”

개울과 강이 만나는 곳

앤은 여름을 더없이 즐겁게 보냈다. 다이애나와 함께 바깥에서 많은 시간을 보내며, 연인의 오솔길과 드라이어드의 거품과 버들 연못과 빅토리아섬이 주는 모든 기쁨을 한껏 맛보았다. 마릴라는 앤이 싸돌아다녀도 막지 않았다. 인후염에 걸린 미니 메이를 진료하러 왔던 스펜서빌 의사가 방학 초기의 어느 날 환자를 진료하러 왔다가 앤을 만났는데, 그때 앤을 보고는 입을 다물고 고개를 젓더니 다른 사람을 통해 마릴라 커스버트에게 말을 전했다.

"여름 동안 그 빨강 머리 여자애가 바깥에서 뛰어놀게 하세요. 발걸음에 더 힘이 생길 때까지 책은 읽지 못하게 하세요."

마릴라는 그 이야기에 깜짝 놀랐다. 조언에 따르지 않으면 앤이 폐병으로 죽게 될 거라고 받아들였다. 그 결과, 앤은 자유와 즐거움에 관해서라면 더없이 충만한 여름을 누렸다. 들길을 걷고, 배를 타고, 숲속에서 열매를 따고, 꿈도 충분히 꾸었다. 그렇게 해서 9월이 오자 눈에는 생기가 가득했고, 발걸음에는 스펜서빌 의사도 만족할 만큼 기운이 넘쳤고, 심장에는 다시 꿈과 열정이 차올랐다.

　"이제 최선을 다해서 열심히 공부할 거예요." 앤이 다락 창고에서 책을 가지고 내려오면서 말했다. "옛 친구들아, 너희의 변함없는 얼굴을 보니 반갑구나. 그래, 너 기하학 책도. 정말 즐거운 방학을 보냈어요, 마릴라 아주머니, 그리고 이제 경주에 나선 운동선수처럼 설레요. 지난주에 목사님이 그런 비유를 하셨죠. 앨런 목사님은 정말 설교를 잘하시지 않나요? 린드 아주머니는 목사님이 나날이 발전한다고, 곧 도시의 교회에서 목사님을 채가고 우리는 다시 풋내기 성직자를 모셔다 키워야 할 거라고 하시죠. 하지만 미리 걱정할 필요는 없을 것 같은데, 아주머니는 어떤가요? 앨런 목사님이 계신 동안은 그냥 기쁘게 설교를 듣는 편이 좋겠어요. 제가 남자라면 목사가 되고 싶어요. 건전한 신학을 갖고 있으면, 사람들한테 좋은 영향을 줄 수 있으니까요. 그리고 멋진 설교로 신도들의 심장에 감동을 안겨주면 짜릿하겠죠. 왜 여자는 목사가 될 수 없나요? 린드 아주머니한테 여쭤보니까, 아주머니는 황당해하면서 말도 안 되는 소릴 한다고 하셨어요. 미국에는 여자 목사가 있을지도 모르고, 아마 있을 것 같은데, 캐나다는 아직 거기까지 안 갔다고, 그런 일은 앞으로도 없기를 바란다고 하셨어요. 하지만 왜 그런지 모르겠어요. 여자도 얼마든지 훌륭한 목사가 될 수 있을 거예요. 사교 모임이나 교회 식사 모임, 기금 마련 행사 같은 건 여자들이 주도하잖아요. 린드 아주머니도 벨 선생님만큼 기도를 잘하시고, 연습만 조금 하면 설교도 잘하실 거예요."

"나도 그렇게 생각한다." 마릴라가 살짝 비꼬아서 말했다. "지금도 비공식적인 설교를 많이 하니까. 레이철이 살피는 한 에이번리가 잘못될 일은 별로 없을 거다."

"아주머니." 앤은 갑자기 속마음을 털어놓고 싶어졌다. "여쭤보고 싶은 게 있어요. 아주머니는 어떻게 생각하시는지 알고 싶어요. 일요일 오후마다 걱정이 돼요. 그러니까 그 일을 생각할 때마다요. 저는 정말 착한 사람이 되고 싶어요. 아주머니하고 같이 있을 때나 앨런 사모님, 스테이시 선생님하고 있을 때는 그런 마음이 더 커지고, 정말로 세 분을 기쁘게 해서 인정을 받고 싶어져요. 그런데 린드 아주머니랑 같이 있을 때면 마음이 자꾸 비뚤어져서, 하지 말라는 일을 하고 싶어져요. 정말로 너무 그러고 싶어져요. 그런 생각이 드는 이유가 뭘까요? 제가 정말로 나쁜 아이고 정신이 썩어서 그런 걸까요?"

마릴라는 잠시 미심쩍어하는 듯 보이더니 이내 웃었다.

"듣고 보니 나도 그런 것 같다, 앤. 나도 레이철을 보면 똑같은 기분이야. 가끔은 레이철이 사람들에게 잔소리를 덜 하는 게 세상에 더 도움이 될 거라는 생각이 들어. 십계명에 잔소리를 하지 말라는 계명도 있어야 하는데. 하지만 이런 말을 하면 안 되지. 레이철은 선량한 기독교인이고, 다 좋은 뜻으로 하는 말이니까. 에이번리에 레이철보다 더 친절한 사람도 없고, 또 무슨 일이건 열심히 하니까."

　"아주머니도 똑같다니 기쁘네요." 앤이 확고한 목소리로 말했다. "안심이 돼요. 이제 그 일을 그렇게 걱정하지 않을 거예요. 다른 걱정이 생기긴 하겠지만요. 걱정은 늘 생겨나니까요. 어떻게 해야 할지 모르는 일들이요. 한 가지 문제를 해결하면 바로 다른 문제가 생겨나요. 어른이 되어가면서 생각하고 결정해야 할 일이 너무 많아요. 항상 그런 것들을 생각하고 무엇이 옳은지 판단하느라 정신이 없어요. 어른이 되는 건 심각한 일 아닌가요, 마릴라 아주머니? 하지만 아주머니나 매슈 아저씨, 앨런 사모님, 스테이시 선생님 같은 좋은 분들이 옆에 계시니까 저는 잘 자라야 하고, 그러지 못한다면 다 제 잘못이에요. 기회가 한 번뿐이니까 정말 잘해야 돼요. 제대로 크지 않는다고 돌아가서 다시 클 수는 없잖아요. 올여름에 키가 5센티미터나 자랐어요, 마릴라 아주머니. 길리스 아저씨가 루비의 생일 파티 때 재주셨어요. 아주머니가 새 옷을 길게 만들어주셔서 다행이에요. 그 진녹색 옷은 진짜 예쁘고, 치맛단에 주름을 달아주셔서 마음에 들어요. 그게 딱히 필요한 건 아니었지만,

올가을에는 치맛단 주름이 유행이고, 조시 파이는 모든 옷에 주름이 달렸어요. 옷 때문에 더 공부를 잘할 수 있어요. 그 주름이 마음속 깊은 곳에 편안한 느낌을 안겨주거든요."

"그런 느낌을 갖는 건 괜찮은 일이야." 마릴라가 인정했다.

에이번리 학교에 다시 돌아온 스테이시 선생님은 학생들이 새로이 학구열에 불타는 것을 느꼈다. 특히 퀸스 입시반은 학년 말에 치를 무시무시한 '입시'가 벌써 희미하게 그림자를 드리웠기 때문에 마음을 다잡아야 했다. 입시를 생각하면 모두가 불안과 초조를 느꼈다. 떨어지면 어쩐단 말인가! 겨울 내내 앤은 눈을 뜨고 있을 때마다 그 생각에 사로잡혔고, 걱정은 일요일에도 이어져서 도덕과 신학적 문제를 생각하기 힘들었다. 앤은 길버트 블라이드의 이름이 맨 위에 있고 자기 이름은 빠진 합격자 명단을 멍하니 바라보는 악몽을 꾸었다.

하지만 겨울은 유쾌하고 바쁘고 즐겁고 빠르게 지나갔다. 수업은 전처럼 재미있었고, 경쟁도 전처럼 치열했다. 생각과 감정과 야심의 새로운 세계, 탐험하지 않은 지식이라는 새롭고 환상적인 영토가 앤의 열정적인 눈앞에 펼쳐지는 기분이었다.

언덕 너머 언덕이, 알프스 너머 알프스가 솟았네.

스테이시 선생님이 유능하고 신중하고 관대하게 지도한

덕이 컸다. 선생님은 학생들이 스스로 생각하고 탐색하고 발견하게 하고, 아이들이 낡은 길에서 벗어나도록 격려해서, 기존의 방법을 개혁하려는 모든 시도를 의심스럽게 보는 린드 부인과 학교 이사회에 충격을 주었다.

앤은 공부 이외에 사교 생활도 활발하게 했다. 마릴라가 스펜서빌 의사의 지시를 잊지 않고, 이따금 외출하도록 허락했기 때문이다. 토론 클럽은 잘 돌아갔고, 음악회도 몇 차례 열렸다. 거의 어른들 파티와 비슷한 모임도 한두 번 있었다. 썰매 나들이도 하고, 스케이트 나들이도 자주 즐겼다.

그사이에 앤은 자라났다. 어찌나 쑥쑥 자랐는지, 어느 날 마릴라는 앤 옆에 섰다가 앤이 자기보다 큰 것을 깨닫고 깜짝 놀랐다.

"앤, 정말 많이 컸구나!" 마릴라는 믿을 수 없다는 듯이 말했다. 그리고 한숨을 쉬었다. 앤의 성장은 기묘한 안타까움을 안겨주었다. 마릴라가 마음을 열고 사랑하게 된 어린아이는 사라지고, 그 자리에 이제 키 크고 눈빛이 진지한, 이마에는 신중함이 드러나고 고개는 꼿꼿하게 든 열다섯 살 소녀가 있었다. 마릴라는 그 어린아이를 사랑한 것처럼 이 소녀도 사랑했지만, 기이하고 서글픈 상실감은 어쩔 수 없었다. 앤이 다이애나와 함께 기도회에 간 어느 날 밤, 마릴라는 겨울 노을 빛 속에 홀로 앉아서 스스로에게 눈물을 허락했다. 매슈가 손전등을 들고 들어오다가 그 모습을 보고 어찌나 놀란 얼굴이 되었는지 마릴라는 눈물 속에서도 웃음을 터뜨렸다.

"앤을 생각하고 있었어." 마릴라가 말했다. "아이가 이제 다 컸네. 내년 겨울이면 우리 곁에 없을 거야. 얼마나 보고 싶을까."

"집에 자주 올 거야." 매슈가 달랬다. 매슈에게 앤은 여전히 4년 전 6월의 어느 날 브라이트리버에서 데려온 작고 명랑한 아이였고, 그 사실은 영원히 변함없을 터였다. "그때는 카머디까지 철도 지선이 들어올 거야."

"늘 여기 있을 때와는 다르겠지." 마릴라는 우울하게 한숨을 내쉬었다. 그리고 위로 없는 슬픔이라는 호사를 누려보기로 했다. "남자들은 이런 기분 이해 못하겠지만."

앤은 몸이 변하면서 다른 것들도 변화했다. 그런 변화 중 하나로, 훨씬 조용한 아이가 되었다. 예전보다 생각도 더 많이 하고 꿈도 계속 많이 꿀 테지만 드러내 말하는 일은 확연히 줄었다. 마릴라가 그것을 알아차리고 말했다.

"예전의 반만큼도 수다를 떨지 않는구나, 앤. 예전처럼 거창한 말도 안 하고. 왜 그런 거니?"

앤은 얼굴을 붉히고 가볍게 웃더니, 책을 내려놓고 창밖을 몽롱하게 바라보았다. 창밖 덩굴에는 봄 햇살이 유혹하는 대로 빨갛고 통통한 새순들이 돋아나고 있었다.

"모르겠어요. 전처럼 수다를 떨고 싶지 않아요." 앤이 턱을 검지손가락으로 누르며 신중하게 대답했다. "소중한 생각들은 마음속에 보물처럼 간직해두는 게 더 좋아요. 그런 걸 말해서 사람들에게 비웃음과 의심을 받기 싫어요. 그리고 이제 거창한 말도 별로 하고 싶지 않아요. 그러는 건 좀 안타까워요. 이제는 제가 원한다면 그런 말을 해도 좋을 나이가 되어가는데 말이죠. 어른으로 자라는 건 몇 가지 재미있는 면도 있지만, 예상하던 재미는 아니에요, 마릴라 아주머니. 배울 것도, 할 것도, 생각할 것도 너무 많아서 거창한 말을 할 시간이 없어요. 게다가 스테이시 선생님이 말은 짧게 할수록 효과적이라고 하셨어요. 작문도 되도록 단순하게 하라고 하시죠. 처음에는 힘들었어요. 멋지고 거창한 말들을 생각나는 대로 다 써넣는 게 자연스러웠고, 그런 생각은 아주 많이 났으니까요. 하지만 이제는 익숙해졌고, 단순한 게 훨씬 더 좋아요."

　"소설 클럽은 어떻게 됐니? 그 이야기 못 들은 지 한참 됐구나."

　"소설 클럽은 이제 없어요. 그럴 시간이 없어요. 그리고 모두가 거기에 싫증이 났어요. 사랑과 살인과 비밀 결혼과 미스터리에 대해 글을 쓰는 건 바보 같아졌어요. 스테이시 선생님은 가끔 작문 시간에 창작 이야기를 쓰라 하시는데, 에이번리에서 실제로 일어날 법한 일들만 쓰라고 하세요. 그리고 저희가 작문한 걸 예리하게 비판하고 저희 스스로도 비판해보라고 하세요. 직접 살펴보니까 제 작문에 문제가 얼마나 많은지 알 수 있었어요. 너무 부끄러워서 다 그만두고 싶었지만, 선생님이 자기 작품을 엄격하게 보는 훈련을 하면 잘 쓰게 될 거라고 하셨어요. 그래서 그러려고 노력하고 있어요."

"입학 시험까지 이제 겨우 두 달 남았구나. 합격할 수 있겠니?" 마릴라가 물었다.

앤은 몸을 떨었다.

"모르겠어요. 어쩔 때는 합격할 것 같다가도 겁이 나기도 하고 그래요. 우리는 열심히 공부했고, 선생님도 철저히 준비시키셨지만, 그래도 떨어질지도 몰라요. 각자 약점이 있어요. 저는 당연히 기하학이고, 제인은 라틴어, 루비하고 찰리는 대수학, 조시는 연산이에요. 무디 스퍼전은 영국사에 낙제하리란 예감이 뼛속 깊이 느껴진대요. 스테이시 선생님이 6월에 입학 시험과 비슷한 모의 고사를 준비해주시고, 실제 입시처럼 치르고 채점해주신대요. 저희가 어느 정도 점수를 받을지 알아보도록 말이죠. 얼른 끝났으면 좋겠어요, 마릴라 아주머니. 걱정을 떨칠 수 없어요. 때로는 밤에 자다가도 깨어서 시험에 떨어지면 어떻게 하나 걱정해요."

"내년에 다시 공부해서 시험을 보면 되지." 마릴라가 침착하게 말했다.

"아, 그럴 용기는 안 날 거예요. 떨어지면 너무 창피하겠죠. 특히 길…… 다른 아이들이 합격하고 저만 떨어지면요. 그리고 시험을 칠 때면 너무 긴장해서 다 망칠 거 같아요. 제인 앤드루스처럼 담력이 세면 좋겠어요. 제인은 언제나 침착해요."

앤은 한숨을 쉰 뒤 봄의 세계가 펼치는 마법들, 손짓해 부르는 산들바람과 파란 하늘, 정원에 돋는 초록 생명체들에서 눈을 돌리고, 결연히 책에 자신을 묻었다. 앞으로도 봄은 계속 오겠지만, 입학 시험에 떨어지면 다시는 봄을 즐길 수 없을 거란 기분이 들었다.

합격자 명단이 나오다

6월 말에 학기가 끝나면서, 스테이시 선생님의 에이번리 학교 근무도 끝났다. 앤과 다이애나는 그날 저녁 침착하게 집으로 걸어갔다. 빨개진 눈과 젖은 손수건은 스테이시 선생님의 작별 인사가 3년 전 필립스 선생님이 한 작별 인사만큼 감동적이었음을 말해주었다. 다이애나는 가문비나무 언덕 기슭에서 학교를 돌아보고 깊은 한숨을 쉬었다.

"모든 게 다 끝난 것 같지 않니?" 다이애나가 안타깝게 말했다.

"너는 내 절반만큼도 속상하지 않을 거야." 앤이 손수건의 젖지 않은 부분을 헛되이 찾으며 말했다. "너는 다음 학기에 다시 이 학교에 돌아올 테지만, 나는 이제 이 학교를 영원히 떠날지도 몰라. 물론 운이 좋다면 그렇겠지만."

"그래도 전혀 달라. 스테이시 선생님도 안 계시고, 너도 제인도 루비도 없을 거 아냐. 나는 혼자 앉아야 하겠지. 너 말고 다른 아이하고 짝이 되는 건 싫으니까. 그동안 정말 재미있었지, 앤? 그런 시절이 다 끝났다고 생각하니까 너무 슬프다."

다이애나의 코 양옆으로 굵은 눈물 두 방울이 흘러내렸다.

"네가 울음을 그치면 나도 안 울 수 있어." 앤이 간청하듯 말했다. "손수건을 치웠다가도 네가 눈물을 쏟는 걸 보면 나도 다시 울게 돼. 린드 아주머니는 '슬픔을 이길 수 없으면 감추라'고 하시잖아. 어쨌건 나도 다시 여기 돌아올 거야. 지금 생각으로는 도저히 합격할 것 같지 않아. 이런 생각이 점점 더 자주 들어."

"스테이시 선생님이 내주신 모의 시험에서는 좋은 성적을 냈잖아."

"그래, 하지만 그 시험들을 볼 때는 떨리지 않았어. 진짜 시험을 생각하면 심장이 얼마나 떨리는지 짐작도 못 할 거야. 게다가 내 수험 번호는 13번인데, 조시 파이가 그건 재수없는 번호래. 나는 미신을 안 믿고, 그런 건 상관없다는 걸 알지만, 그래도 13번인 건 기분이 나빠."

"나도 너하고 같이 가면 좋을 텐데." 다이애나가 말했다. "그러면 재미있지 않겠니? 하지만 너는 저녁마다 집중적으로 공부를 해야 하니까."

"아냐, 선생님은 시도 때도 없이 책만 붙들고 있지는 말라고 하셨어. 그러면 피곤하고 헷갈리기만 하니까 산책도 하고, 가끔은 시험 일을 잊고 잠도 일찍 자라고 하시는데, 좋은 조언이지만 따르기는 어려워 보여. 좋은 조언이 원래 좀 그렇지. 프리시 앤드루스는 시험을 치르던 주에 잠을 반만 자고 악착같이 공부했대. 그러니 적어도 그만큼은 해보려고. 조세핀 할머니가 샬럿타운에서 시험을 치르는 동안 비치우드에서 지내게 해주셨으니 정말 고마운 일이지 뭐야.”

“가면 나한테 편지할 거지?”

“화요일 밤에 편지를 써서 첫날 시험 이야기를 해줄게.” 앤이 약속했다.

“수요일이면 우체국 문턱이 닳도록 드나들 거야.” 다이애나가 말했다.

앤은 다음 주 월요일에 샬럿타운으로 갔고, 수요일에 다이애나는 앤에게 말한 대로 문턱이 닳도록 우체국에 드나들다가 편지를 받았다.

사랑하는 다이애나,

지금은 화요일 밤이고, 비치우드의 서재에서 편지를 써. 어젯밤에 방에 혼자 있을 때는 너무 외로웠고, 네 생각이 진짜 많이 나더라. 벼락치기 공부는 할 수 없었어. 스테이시 선생님한테 안 그러기로 약속했거든. 하지만 수업이 시작됐다고 소설 책을 접어두기 힘든 것처럼, 역사 교과서를 펼치지 않는 것도 힘들었어.

아침에 스테이시 선생님이 오셔서 같이 아카데미로 갔고, 가는 길에 제인, 루비, 조시도 불러서 함께 갔어. 루비가 자기 손을 만져보라고 해서 만져봤더니 진짜 얼음장 같았어. 조시는 나보고 한잠도 못 잔 얼굴이라고, 시험에 합격해도 몸이 약해서 힘든 교직 과정을 견딜 수 있겠냐고 하더라. 아무래도 조시 파이를 좋아하려는 내 노력에 별 성과가 없나 봐.

아카데미에 가니까 우리 섬 전역에서 온 학생들이 잔뜩 모여 있었어. 가장 먼저 무디 스퍼전을 봤는데, 무디는 현관 앞 계단에 앉아서 혼자 뭘 중얼거리고 있었어. 제인이 뭐 하냐고 물으니까, 불안을 달래려고 구구단을 외고 있다고, 제발 방해하지 말라더라. 잠시라도 쉬면 겁이 나서 아는 걸 다 잊어버릴 것 같은데, 구구단을 외면 잘 기억할 수 있다고!

스테이시 선생님은 우리가 고사장을 배정받자 떠나셨어. 제인과 나는 나란히 앉았는데, 제인의 침착함이 너무 부러웠어. 착하고 성실하고 현명한 제인에겐 구구단이 필요 없었지! 나는 불안이 얼굴에 다 그려져 있지는 않은지, 온 교실에 내 심장 뛰는 소리가 들리지는 않는지 걱정되더라. 잠시 후 어떤 남자가 들어와서 영어 시험지를 나눠주었어. 시험지를 잡아드는데 손은 차가워지고 머리는 빙글빙글 돌았지. 숨 막히는 한순간―다이애나, 4년 전에 마릴라 아주머니한테 내가 그린게이블스에 살 수 있느냐고 물어볼 때와 같은 기분이었어―이 지나가자 머릿속이 맑아지면서 심장이 다시 뛰었어. 방금 전까지 멈춰 있었거든! 어쨌건 이제 그 종이로 무언가 할 수 있다는 걸 알았으니까.

정오에 집에 가서 점심을 먹고 오후에 다시 가서 역사 시험을 봤어. 역사 시험은 어려웠고, 연도가 많이 헷갈렸어. 하지만 오늘은 괜찮게 본 것 같아. 그런데 다이애나, 내일은 기하학 시험을 치러야 하고, 그 생각을 하면 내가 가진 의지력을 전부 끌어모아야 기하학 책을 펼치고 싶은 마음을 누를 수 있어. 구구단 외는 게 도움이 된다면, 아침까지도 구구단을 욀 거야.

저녁에는 다른 여자애들을 만나러 가다가, 길거리에서 방황하는 무디 스퍼전을 만났어. 무디는 역사 시험에 낙제한 게 분명하다고, 부모님에게 실망만 끼쳤다고, 내일 아침 기차로 집에 돌아갈 거라고, 어쨌건 목사보다는 목수가 되는 게 훨씬 쉽겠다고 했어. 나는 시험은 일단 끝까지 보라고, 중간에 포기하면 스테이시 선생님한테 잘못하는 거라고 무디를 달랬어. 가끔 내가 남자가 아니라서 안타까웠는데, 무디 스퍼전을 보면 내가 여자고 또 무디의 형제자매가 아니라 다행이라는 생각이 들어.

아이들이 묵는 하숙집에 가보니까, 루비가 히스테리에 빠졌더라고. 영어 시험에서 큰 실수를 했는데, 방금 알게 됐대. 우리는 루비가 정신을 차릴 때까지 기다렸다가 시내에 나가서 아이스크림을 먹었어. 모두 네가 함께 있으면 얼마나 좋을까 하고 아쉬워했지.

다이애나, 기하학 시험만 끝난다면! 린드 아주머니는 내가 기하학 시험에 낙제하든 말든 태양은 계속 뜨고 질 거라고 말씀하셨어. 맞는 말이지만, 별로 위안은 되지 않아. 실패하면 해가 안 뜨는 게 차라리 나을 것 같아!

너를 사랑하는

앤

마침내 기하학 시험도 다른 시험도 모두 끝났고, 앤은 금요일 저녁에 집으로 돌아왔다. 약간 피곤했지만, 고난으로 정화된 모습이었다. 앤이 집에 오자 다이애나가 그린게이블스로 왔고, 두 사람은 몇 년 동안 헤어져 있던 사람처럼 만났다.

"앤, 다시 만나니까 너무 좋다. 네가 샬럿타운에 간 지 백년은 된 거 같았어. 시험은 어땠어?"

"기하학만 빼고 다른 과목은 다 잘 봤어. 합격할지 어떨지는 모르겠고, 아무래도 떨어질 것 같아서 불길해. 아, 돌아오니까 너무 좋다! 그린게이블스는 세계 최고로 편안하고 아름다운 곳이야.”

“다른 애들은 어땠어?”

“여자애들은 다 떨어질 거라고 하지만, 내가 볼 때는 잘 치른 것 같아. 조시는 기하학이 열 살짜리도 풀 수 있을 만큼 쉬웠대! 무디 스퍼전은 아직도 역사 시험에 낙제했을 거라고 하고, 찰리는 대수학에 낙제했을 거래. 하지만 합격자 명단이 나오기 전에는 아무도 모르지. 명단은 2주 안에 발표될 거야. 이런 불안 속에 2주를 보내야 하다니! 그냥 잠이 들었다가 다 끝났을 때 깨어나면 좋겠어.”

다이애나는 길버트 블라이드 일은 물어봐야 소용없다는 것을 알았기 때문에 이렇게만 말했다.

“합격할 거야. 걱정 마.”

“낮은 석차로 붙는 것보다는 차라리 떨어지는 게 나을 것 같아.” 앤이 불쑥 말했고, 그 말은―다이애나도 알아차렸듯이―길버트 블라이드를 이기지 못하면 합격해도 불쾌할 거라는 뜻이었다.

앤은 그러기 위해 시험 기간 동안 모든 신경을 곤두세웠다. 길버트도 마찬가지였다. 그들은 길거리에서 열 번도 넘게 마주쳤지만 아는 척하지 않았고, 그때마다 앤은 고개를 더 꼿꼿이 들었다. 친구가 되자는 길버트의 부탁을 거절한 일이 더 후회스러워졌지만, 시험에서 그를 이기겠다는 결심도 굳어졌다. 다른 에이번리 아이들도 모두 누가 이길지 궁금해한다는 사실을 앤도 알았다. 심지어 지미 글로버와 네드 라이트는 내기도 걸었고, 조시 파이는 당연히 길버트가 이길 거라 말했다는 것도 알았다. 앤은 자신이 떨어지면 그 굴욕을 참기 힘들 거라 생각했다.

하지만 앤이 좋은 석차를 원하는 데는 고귀한 동기도 있었다. 앤은 매슈와 마릴라, 특히 매슈를 위해서 '우수한 성적으로 합격'하고 싶었다. 매슈는 앤에게 '네가 섬의 모든 학생들을 다 이길 거'라고 말했다. 앤은 그렇게 헛된 희망을 품는 건 어리석은 일이라고 느꼈다. 하지만 그래도 상위 10등 안에는 들어서, 매슈의 친절한 갈색 눈동자가 자신에 대한 자부심으로 반짝이는 것을 보고 싶었다. 그러면 앤이 그동안 기울인 모든 노력, 상상력 없는 방정식과 동사 변화에 매달려 공부한 것에 대한 달콤한 보상이 될 거라고 느꼈다.

2주가 지나자 앤도 제인, 루비, 조시와 근심 어린 무리를 이루어 우체국을 '문턱이 닳게 드나들기' 시작했다. 차갑고 떨리는 손으로 샬럿타운의 신문을 펼칠 때마다 입시를 치르던 때처럼 가슴이 덜컹했다. 찰리와 길버트도 이런 일을 피하지 못했지만, 무디 스퍼전은 결연히 그 행렬을 외면했다.

"나는 거기 가서 냉정하게 신문을 펼쳐볼 용기가 없어."

무디가 앤에게 말했다. "그냥 누가 와서 내가 합격했는지 떨어졌는지 불쑥 알려줄 때까지 기다릴 거야."

3주가 지났지만 합격자 명단은 나오지 않았고, 앤은 긴장을 견디기가 너무 힘들었다. 입맛이 떨어지고, 에이번리 일들에 관심이 시들었다. 린드 부인은 교육감이 보수당 소속이니 뭘 더 바라겠느냐고 말했고, 앤이 매일 오후 우체국에 갔다가 창백하고 무표정한 얼굴로 힘없이 돌아오는 모습을 본 매슈는 다음 선거에서는 자유당을 찍어야 하나 심각하게 고민하기 시작했다.

하지만 어느 날 저녁 소식이 왔다. 앤은 열린 창가에 앉아서 잠시 시험 스트레스와 세상 걱정을 잊고 아름다운 여름날의 노을과 정원에서 올라오는 달콤한 꽃향기, 바스락거리는 포플러 이파리 소리에 취해 있었다. 전나무 꼭대기 너머 동쪽 하늘이 서쪽 하늘을 반사해서 희미한 분홍색을 띠었고, 앤이 그 모습을 보며 색깔의 정령이 저렇게 생겼을까 생각하는데, 다이애나가 손에 신문을 들고 전나무 길과 통나무 다리를 지나 기슭을 달려 올라오는 모습이 보였다.

앤은 신문에 무슨 소식이 실렸을지 깨닫고 벌떡 일어났다. 합격자 명단이었다! 머리가 빙글빙글 돌고, 심장이 아플 정도로 거세게 뛰었다. 한 발짝도 움직일 수 없었다. 다이애나가 복도를 지나 앤의 방에 들어올 때까지 한 시간은 걸리는 것 같았다. 다이애나는 너무 들떠서 노크도 하지 않고 들어왔다.

"앤, 너 합격했어." 다이애나가 소리쳤다. "1등이야. 너하고 길버트가 공동 수석이야. 하지만 네 이름이 앞에 나와. 너무 자랑스럽다!"

다이애나는 테이블에 신문을 던지고 앤의 침대에 뛰어들었다. 너무 숨이 차서 더는 말하지 못했다. 앤은 램프를 켜려고 했다가 성냥통을 뒤엎고 성냥 대여섯 개를 버린 끝에야 떨리는 손으로 간신히 불을 켰다. 그리고 신문을 집어 들었다. 그랬다, 앤은 합격했다. 200명의 명단 꼭대기에 자신의 이름이 있었다! 정말로 삶의 보람이 느껴지는 순간이었다.

"정말 잘했어, 앤." 일어나 앉아서 말할 만큼 진정이 되자 다이애나는 가쁜 숨을 쉬며 말했다. 앤이 눈만 반짝이며 넋이 나가서는 아무 말도 못했기 때문이다. "아버지가 10분 전에 브라이트리버에서 신문을 가지고 오셨어. 신문은 오후 기차로 왔고, 알다시피 우편으로는 내일 아침에나 배달돼. 신문에서 합격자 명단을 보고서 미친 듯이 달려왔어. 전부 합격했어. 역사 시험을 다시 보는 조건이기는 하지만 무디 스퍼전까지도 모두. 제인과 루비도 성적이 좋아. 중간 정도 돼. 찰리도 그렇고. 조시는 합격선보다 겨우 3점 높지만 분명히 1등을 한 것처럼 굴 거야. 스테이시 선생님이 얼마나 기뻐하실까? 아, 앤, 자기 이름이 합격자 명단 꼭대기에 실린 걸 보는 기분이 어떠니? 나라면 좋아서 제정신이 아닐 것 같아. 난 지금도 좀 그런데 너는 봄날 저녁처럼 차분하네."

"머릿속은 어지러워." 앤이 말했다. "하고 싶은 말이 몇백 가지나 되는데, 표현을 못하겠어. 이런 일은 꿈꾼 적도 없어. 아니, 딱 한 번은 꿈꿨어! 딱 한 번 '내가 1등을 하면 어떨까?' 하는 생각을 해봤지만, 생각을 하는 것만으로도 떨렸어. 내가 섬 전체에서 1등을 한다는 건 너무 오만하고 뻔뻔한 생각 같았지. 잠깐 기다려줘, 다이애나. 당장 들판으로 나가서 매슈 아저씨에게 알려야겠어. 그런 다음에 다른 아이들한테도 이 좋은 소식을 전하자."

두 아이는 매슈가 건초 더미를 만들고 있는 헛간 아래쪽 들판으로 달려갔다. 그때 마침 린드 부인이 오솔길 울타리에서 마릴라와 이야기를 하고 있었다.

"매슈 아저씨." 앤이 소리쳤다. "저 합격했어요. 1등이에요. 공동 1등이지만요! 우쭐하는 건 아니지만, 너무 감사해요."

"저기, 내가 항상 말했잖니." 매슈가 환한 얼굴로 합격자 명단을 바라보며 말했다. "네가 모두 가볍게 이길 거라고 생각했다."

"잘했다, 앤." 마릴라는 앤에 대한 크나큰 자부심을 린드 부인의 비판적인 눈길에서 감추려 하며 말했다. 하지만 정작 린드 부인은 진심으로 말했다.

"앤은 늘 잘했어요. 저도 주저없이 말할 수 있어요. 앤, 너는 우리 모두의 기쁨이란다. 네가 정말 자랑스럽구나."

그날 밤 앤은 목사관에서 앨런 부인과 짧지만 진지한 이야기를 나누고 돌아와, 달빛 환한 창가에 무릎을 꿇고 앉아 마음 깊은 곳에서 우러나는 감사와 열망을 담아 기도를 했다. 지난 시간들에 대한 감사와 미래에 대한 경건한 소망을 담은 기도였다. 앤이 하얀 베개에 머리를 누이고 잠들었을 때, 그 꿈은 비할 데 없이 맑고 밝고 아름다웠다.

호텔 음악회

"흰색 오건디 옷이 좋아, 앤." 다이애나가 단호하게 말했다.

두 아이는 동쪽 다락방에 있었다. 바깥에는 이제 겨우 해가 저물었다. 맑고 파랗고 구름 없는 하늘에 아름다운 황록색 노을이 퍼졌다. 창백한 흰색에서 번쩍이는 은색으로 변한 달이 유령의 숲 위에 크고 둥글게 떠올랐다. 공중에는 달콤한 여름의 소리가 가득했다. 졸린 새들이 지저귀는 소리, 변덕스러운 산들바람 소리, 멀리서 들려오는 말소리와 웃음소리. 하지만 앤의 방은 블라인드를 내리고 램프를 켜놓고 있었다. 중요한 치장이 이루어지고 있었기 때문이다.

동쪽 다락방은 앤이 그 썰렁함을 뼛속까지 느꼈던 4년 전과는 완전히 다른 장소가 되었다. 마릴라가 모르는 체하는 동안 조금씩 변화가 생겼고, 이제 그곳은 누구의 방도 부럽지 않은 사랑스러운 둥지가 되었다.

앤이 처음에 꿈꾼 분홍 장미 무늬의 벨벳 양탄자와 분홍색 실크 커튼은 생기지 않았다. 하지만 앤이 자라나면서 꿈도 바뀌었으니, 그다지 아쉬워하지는 않았을 것이다. 바닥에는 예쁜 매트가 깔렸고, 높은 창문에는 그림을 그린 연녹색 모슬린 천 커튼이 떠도는 바람에 팔랑거렸다. 벽에는 금실 은실로 짠 태피스트리 대신 예쁜 사과꽃 벽지를 붙이고, 앨런 부인이 준 좋은 그림 몇 점을 장식했다. 가장 눈에 띄는 자리에는 스테이시 선생님의 사진을 걸었고, 아래쪽 받침대에 잊지 않고 새 꽃을 꽂아놓았다. 오늘은 백합꽃들이 꿈꾸던 향수처럼 방 안에 은은한 향을 뿌렸다. '마호가니 가구'는 없지만, 책이 가득한 흰색 책꽂이, 쿠션을 댄 고리버들 흔들의자, 흰 모슬린을 두른 화장대, 전에는 손님방에 걸려 있던 거울—가장자리에 금테가 둘러 있고 꼭대기 아치에는 통통하고 발그레한 큐피드와 보라색 포도가 그려진—과 낮은 흰색 침대가 있었다.

앤은 화이트샌즈 호텔에서 열리는 음악회에 갈 준비를 하고 있었다. 호텔 손님들이 샬럿타운 병원을 도우려고 꾸린 행사였고, 공연을 위해 인근의 아마추어 인재들을 찾았다. 화이트샌즈 침례 교회 성가대의 버사 샘슨과 펄 클레이가 이중창을 하기로 했고, 뉴브리지의 밀턴 클라크가 바이올린 독주를 하게 되었다. 카머디의 위니 아델라 블레어는 스코틀랜드 민요를 부르고, 스펜서빌의 로라 스펜서와 에이번리의 앤 셜리가 시 낭송을 하기로 했다.

앤이 전에 말했듯이, 그것은 '인생의 기념비적인 사건'이었고, 앤은 그 일에 대한 기대로 달콤한 흥분에 감싸였다. 매슈는 앤에게 그런 영예가 주어지자 더없는 자부심과 기쁨을 느꼈고, 마릴라 역시 기쁘기는 마찬가지였지만 겉으로는 자기 마음을 내보이지 않고 그저 어린 학생들이 인솔자 없이 호텔로 쏘다니다니 좋은 일 같지 않다고 말했다.

앤과 다이애나는 제인 앤드루스, 그리고 제인의 오빠 빌리와 함께 제인네 마차를 타고 가게 되었다. 다른 에이번리 남학생과 여학생 몇 명도 동행할 예정이었다. 샬럿타운에서도 손님들이 올 거고, 음악회가 끝나면 출연자들에게 식사를 제공한다고 했다.

"정말로 오건디 옷이 제일 좋을까?" 앤이 불안해하며 물었다. "그보다는 파란 꽃무늬 모슬린 옷이 더 예쁠 것 같은데. 그 옷은 유행에도 좀 뒤떨어지잖아."

"하지만 그게 너한테 더 잘 어울려." 다이애나가 말했다. "부드럽고 프릴이 있고 몸에 붙으니까. 모슬린 옷은 뻣뻣하고, 너무 꾸민 느낌이야. 하지만 그 오건디 옷은 딱 너한테 맞춘 것 같아."

앤은 한숨을 쉬며 복종했다. 다이애나는 옷 입는 일에 안목을 인정받기 시작했고, 아이들은 다이애나에게 자주 조언을 구했다. 그날 밤 다이애나는 앤에게는 영원히 금지된 사랑스런 꽃분홍색 옷을 입었고, 그 모습이 아주 예뻤다. 하지만 다이애나는 음악회에 출연하지 않기 때문에 자기 옷차림은 중요하게 여기지 않았다. 다이애나는 모든 수고를 앤에게 기울였는데, 에이번리를 위해 앤의 옷차림과 머리 모양과 장신구 모두 여왕 같은 안목으로 꾸며야 한다고 했다.

"프릴을 조금 더 빼봐. 그렇게, 여기, 허리띠 묶어줄게, 이제 구두. 머리는 두 갈래로 두껍게 땋아서, 중간을 하얀 리본으로 묶을 거야. 아냐, 이마에 곱슬머리를 늘어뜨리지 말고 가볍게 가르마를 타. 그게 너한테 가장 잘 어울려, 앤. 앨런 사모님은 네가 그렇게 가르마를 하면 성모상 같다고 하셔. 귀 뒤에는 하얀 장미를 꽂을 거야. 우리 집 장미 나무에 딱 한 송이 피어서 너를 위해 간직해두었어."

"진주 목걸이 해도 돼?" 앤이 물었다. "매슈 아저씨가 지난주에 시내에서 사오셨는데, 그걸 걸면 기뻐하실 거야."

다이애나는 입을 꾹 다물고, 까만 머리를 옆으로 기울인 채 까다롭게 살피더니 목걸이를 허락했고, 그래서 앤은 가는 우윳빛 목에 진주 목걸이를 둘렀다.

"네게는 뭔가 세련돼 보이는 게 있어, 앤." 다이애나가 시샘 없이 감탄하며 말했다. "고개도 꼿꼿하고. 몸매 때문인 것 같아. 내 몸은 울퉁불퉁한 덩어리인데 말야. 늘 이렇게 될까 격정했는데, 이제 인정해야지 뭐. 그냥 체념하고 감수해야겠어."

"하지만 너는 예쁜 보조개가 있잖아." 앤은, 바짝 다가온 생기 넘치는 얼굴에 다정한 미소를 보내며 말했다. "사랑스런 보조개야. 크림에 살짝 팬 구멍 같아. 나는 보조개가 생기지 않을까 하는 희망을 모두 버렸어. 그 꿈은 실현되지 않을 거야. 하지만 다른 꿈이 많이 실현됐으니 불평할 수는 없지. 이제 끝난 거야?"

"응, 다 됐어." 다이애나가 말했을 때, 마릴라가 문 앞에 나타났다. 흰머리가 늘어난 마릴라는 여전히 야위었지만 얼굴은 훨씬 부드러웠다. "들어와서 우리 낭송자를 보세요, 마릴라 아주머니. 정말 예쁘죠?"

마릴라는 '킁'과 '흥'의 중간쯤 되는 소리를 냈다.

"단정하고 깔끔하구나. 머리 모양이 마음에 든다. 하지만 그 옷은 마차를 타고 먼지와 이슬 속을 달리면 망가질 것 같아, 이렇게 습기 찬 날에 입기엔 너무 얇아 보여. 오건디는 세상에서 가장 실용적이지 못한 천이라고, 매슈가 그 천을 사왔을 때 말해주었지. 하지만 요새 매슈에게는 무슨 말을 해도 소용이 없어. 예전에는 내 조언을 듣기도 했지만, 이제는 그냥 앤만 생각하고 아무거나 사니까. 카머디 사람들은 매슈를 구슬리면 어떤 물건도 팔 수 있다는 걸 알아. 이게 예쁘고 유행이라고 하면 매슈가 덥석덥석 사거든. 치마가 바퀴에 쓸리지 않게 조심해라, 앤. 그리고 따뜻한 외투를 입어."

그런 뒤 마릴라는 아래층에 내려가며, 앤이 정말 예쁘다는 생각에 자부심을 느꼈다. 유명한 시 한 구절이 떠올랐다.

이마에서 왕관으로 이어진 달빛 한 줄기

마릴라는 자신이 직접 음악회에 가서 앤의 낭송을 듣지 못하는 게 안타까웠다.

"이 옷은 이렇게 습기 찬 날에는 안 맞을 거야." 앤이 불안하게 말했다.

"아냐." 다이애나가 창문의 블라인드를 올리며 말했다. "오늘 밤은 완벽해. 이슬도 내리지 않을 거야. 달빛을 봐."

"내 방은 동향이라 해 뜨는 게 보여서 좋아." 앤이 다이애나 옆으로 다가가며 말했다. "아침이면 해가 긴 언덕들 위로 올라와 뾰족뾰족한 전나무 꼭대기에서 눈부시게 반짝이거든. 매일 아침이 새롭고, 내 영혼을 그 첫 햇살에 씻는 느낌이야. 아, 다이애나, 나는 이 작은 방을 너무 사랑해. 다음 달에 이 방을 떠나 샬럿타운에 가면 어떻게 살지?"

"오늘 밤에는 떠나는 이야기 하지 마." 다이애나가 말했다. "그 생각은 하기 싫어. 그 일을 생각하면 너무 슬퍼져, 오늘 저녁은 그냥 즐겁게 보내고 싶어. 그런데 네가 낭송하는 게 뭐야,

앤? 떨리지는 않아?"

"안 떨려. 그동안 사람들 앞에서 낭송을 많이 해봐서 이제 괜찮아. 내가 낭송할 건 「아가씨의 맹세」라는 슬픈 시야. 로라 스펜서는 재미있는 낭송을 할 거야. 하지만 나는 웃게 하기보다 울게 만들고 싶어."

"사람들이 앙코르를 하면 뭘 낭송할 거야?"

"나한테 앙코르를 할 리 없어." 앤이 웃어넘겼지만, 속으로는 은근히 바라는 마음도 있었고, 머릿속으로는 이미 다음 날 아침 식탁에서 매슈 아저씨에게 그 일을 이야기하는 자기 모습을 상상했다. "빌리와 제인이 왔어. 마차 소리가 나. 가자."

빌리 앤드루스가 앤이 자신과 앞께 앞자리에 앉아야 한다고 해서, 앤은 원치 않게 거기 앉게 되었다. 앤은 뒷자리에 친구들과 함께 앉아서 웃고 떠들고 싶었다. 빌리에게서는 웃음도 수다도 기대할 수 없었다. 그는 덩치 크고 뚱뚱하고 둔감한 스무 살 청년으로, 둥근 얼굴은 무표정했으며, 대화에 재능이 전혀 없었다. 그는 앤을 대단하게 보았고, 그 여위고 꼿꼿한 소녀를 옆에 태우고 화이트샌즈로 간다는 데 자부심을 느꼈다.

앤은 어쨌건 그런 상황에서도 어깨 너머로 친구들과 대화하고, 이따금 빌리에게 예의 바른 말을 몇 마디 건네며—그러면 빌리는 미소를 짓거나 소리 내 웃었지만 때맞춰 적절한 답을 하지는 못했다—그 마찻길을 즐겼다. 즐거움을 위한 밤이었다. 길에는 호텔로 가는 마차가 가득했고, 사방에서 은구슬 같은 웃음소리가 울렸다. 그들이 도착했을 때, 호텔은 꼭대기에서 바닥까지 휘황한 불빛에 싸여 있었다. 음악회 위원회의 여자들이 그들을 맞았고, 그중 한 사람이 앤을 출연자 대기실로 안내했다. 대기실은 샬럿타운 관현악 클럽 회원들로 복작거렸는데, 그들 틈에 들어가자 앤은 갑자기 어색하고 겁이 난 데다 자신이 촌스럽게 느껴졌다. 동쪽 다락방에서 예쁘게만 보이던 옷은 거기서는 밋밋하고 시시해 보였다. 사방에 반짝이고 바스락거리는 실크와 레이스가 가득했기 때문일 것이다. 옆자리의 덩치 크고 당당한 부인의 다이아몬드 목걸이에 비하면 앤의 진주 목걸이는 뭐란 말인가? 그리고 다른 사람들이 단, 온실에서 키워낸 꽃들 옆에 앤의 하얀 장미는 얼마나 초라해 보일까! 앤은 모자와 재킷을 벗고 움츠러든 채 구석으로 갔다. 그린게이블스의 하얀 방으로 돌아가고 싶었다.

앤이 곧 자리 잡은 호텔의 넓은 음악회장 무대는 더 나빴다. 전기 조명 때문에 눈이 부셨고, 향기와 소음이 어지러웠다. 앤은 다이애나와 제인과 함께 객석에 앉아 공연을 즐기면 얼마나 좋을까 생각했다. 앤은 분홍색 실크 드레스를 입은 뚱뚱한 부인과 하얀 레이스 드레스를 입고 얼굴을 찌푸린 키 큰 여자 사이에 끼었다. 뚱뚱한 부인은 이따금 고개를 돌려 안경을 통해 앤을 훑어보았고, 앤은 그 시선이 너무 불쾌해서 소리를 지르고 싶을 지경이었다. 하얀 드레스 차림의 여자는 객석을 보니 '시골뜨기'와 '동네 미인'이 다 나왔다고, 프로그램에 올라온 지역 인재들의 공연이 '얼마나 웃길지' 아주 기대된다고 다른 사람들에게 들리도록 옆자리 사람과 떠들었다. 앤은 그 하얀 드레스 입은 여자를 죽는 날까지 미워할 것 같았다.

거기다 안타깝게도 호텔에는 전문 낭송가가 묵고 있어서, 그 공연에도 출연할 예정이었다. 검은 눈의 낭송가는 유연한 몸매에 달빛으로 짠 듯 아른거리는 멋진 회색 드레스를 입고, 목과 검은 머리에는 보석을 장식했다. 목소리가 자유자재로 변했고, 표현력이 대단했다. 관객은 그 낭송에 열광했다. 앤은 한동안은 자기 자신과 자신이 처한 어려움을 잊고, 귀를 쫑긋 세운 채 눈을 반짝이며 낭송을 들었다. 하지만 낭송이 끝나자 두 손으로 얼굴을 가렸다. 도저히 그다음 순서로 나가서 낭송을 할 수는 없었다. 내가 낭송을 잘한다고 생각한 적이 있던가? 아, 지금 그린게이블스로 돌아갈 수만 있다면!

이런 고통스런 순간, 앤의 이름이 불렸다. 앤은 자신도 모르게―하얀 드레스 입은 여자가 살짝 놀라 움찔하는 것을 알아차리지 못했고, 알아차렸다 해도 거기 담긴 미묘한 찬사를 이해하지 못했겠지만―일어나서 어지러움 속에 앞으로 나갔다. 앤의 얼굴이 너무 창백해서, 객석에 앉은 다이애나와 제인은 걱정스러워 서로의 손을 잡았다.

앤은 감당할 수 없는 무대공포증에 사로잡혔다. 그동안 사람들 앞에서 시 낭송을 많이 했다지만 이렇게 많은 관객은 처음이었고, 그 광경에 앤은 모든 에너지가 마비되는 느낌이었다. 이브닝드레스를 입은 여자들, 날카롭게 바라보는 얼굴들, 주변에 있는 부와 교양이 넘치는 사람들의 분위기…… 모든 것이 너무 낯설고 화려하고 당황스러웠다. 친구와 가족과 이웃의 꾸밈없고 수수한 얼굴로 이루어진 토론 클럽의 관객들과는 너무도 달랐다. 이 사람들은 자신의 공연을 냉혹하게 비판하리라. 어쩌면 저 사람들도 하얀 레이스 드레스를 입은 여자처럼 앤의 '촌스런' 노력을 우스꽝스러운 재미 정도로 기대하는지도 몰랐다. 앤은 아득할 만큼 수치스럽고 비참했다. 무릎이 떨리고 심장이 울렁거리고 머리가 어지러웠다. 한마디도 못할 것 같다는 생각이 들자, 앤은 평생 치욕을 달고 산다고 해도 단상에서 달아나고 싶었다.

앤이 공포에 질려 객석을 보는데, 뒤쪽에 길버트 블라이드가 미소 띤 얼굴로 몸을 앞으로 내밀고 있는 모습이 보였다. 앤에게는 그 미소가 의기양양함과 놀림을 담은 미소로 보였다. 실제로는 전혀 그렇지 않았다. 길버트는 전체적으로 그날 공연이 즐거웠고, 그중에서도 특히 앤의 날씬하고 하얀 몸과 가냘픈 얼굴이 야자나무 배경과 잘 어울린다고 느꼈기 때문에 미소를 지었을 뿐이다. 길버트와 함께 마차를 타고 온 조시 파이가 옆자리에 있었는데, 조시는 확실히 승리감과 조롱이 어린 표정을 지었다. 하지만 앤은 조시를 보지 못했고, 보았어도 상관하지 않았을 것이다. 앤은 숨을 깊이 들이마시고, 고개를 당당하게 들었다. 용기와 결단력이 전기 충격처럼 몸에 퍼졌다. 길버트 블라이드 앞에서 실패할 수는 없었다. 길버트에게 비웃음당할 수는 없었다! 앤은 두려움과 걱정을 떨치고 낭송을 시작했다. 앤의 맑고 낭랑한 목소리는 떨리지도 갈라지지도 않고 객석 구석구석까지 전달되었다. 앤은 완전히 자신감을 찾아, 끔찍했던 무력감에 대한 반동으로 그 어느 때보다도 힘차게 낭송했다. 낭송이 끝나자 박수 갈채가 쏟아졌다. 부끄러움과 기쁨에 감싸여 자리로 돌아와 앉자 분홍 드레스를 입은 뚱뚱한 부인이 앤의 손을 잡고 흔들었다.

"애야, 정말 잘했어." 부인이 감탄했다. "눈물이 울컥 솟았단다. 저기 봐, 사람들이 앙코르를 청하고 있어. 너더러 다시 나오래!"

"아뇨, 못 나가요." 앤은 당황했다. "하지만 나가야겠죠. 안 그러면 매슈 아저씨가 실망할 테니까요. 아저씨는 사람들이 앙코르를 할 거라고 하셨어요."

"그래, 그분을 실망시키지 말아라." 분홍 옷을 입은 부인이 웃으며 말했다.

앤은 상기된 얼굴에 미소를 띠고 눈을 반짝이며, 다시 나가서 고풍스럽고도 재미난 시를 낭송했고, 관객은 더욱 열광했다. 그날 앤에게는 끝까지 좋은 일만 있었다.

음악회가 끝나자 분홍 옷을 입은 뚱뚱한 부인 — 미국 백만장자의 부인이었다 — 이 앤을 모든 사람에게 소개했고, 모두가 앤에게 따뜻한 말을 건넸다. 전문 낭독가 에번스 부인도 앤에게 와서 목소리가 예쁘고 작품을 아름답게 '해석했다'고 칭찬했다. 심지어 하얀 레이스 드레스를 입은 여자도 마지못한 칭찬을 보냈다. 사람들은 크고 아름다운 식당에서 저녁을 먹었다. 다이애나와 제인도 앤과 함께 와서 식사에 초대받았지만, 그런 식사 자리가 두려워서 도망쳐버린 빌리는 보이지 않았다. 하지만 행사가 다 끝나고 세 친구가 즐거움에 젖어 하얗고 고요한 달빛 속으로 나왔더니 빌리가 마차를 준비해두고 기다리고 있었다. 앤은 숨을 한껏 들이마시고, 전나무의 검은 가지들 위로 펼쳐진 맑은 하늘을 바라보았다.

맑고 고요한 밤길을 다시 달리는 일도 즐겁기 짝이 없었다! 부드럽게 출렁이는 바닷물 소리도, 그 너머 마법에 걸린 해안을 보호하는 거인처럼 컴컴하게 선 절벽들도 모두 웅장하고 고요하고 멋졌다.

"정말로 환상적이지 않았니?" 마차에서 제인이 한숨을 쉬었다. "나도 부유한 미국인이 되어서, 여름 내내 호텔에서 지내며 보석을 두르고 가슴이 깊이 팬 드레스를 입고, 날마다 아이스크림과 치킨 샐러드를 먹을 수 있으면 좋겠어. 그건 아이들을 가르치는 일보다 훨씬 재미있을 거야. 앤, 너의 시 낭송은 정말 좋았어. 처음에는 네가 안 하려는 줄 알았어. 내가 볼 때는 네가 에번스 부인보다 잘했어."

"아냐, 그런 말 하지 마, 제인." 앤이 얼른 말했다. "말도 안 되는 소리야. 에번스 부인보다 잘하는 건 불가능해. 그분은 전문가고, 나는 낭송에 재주가 약간 있는 학생일 뿐이야. 어쨌건 사람들이 내 낭송도 좋아했다니 대만족이야."

"내가 들은 칭찬 하나를 전해줄게, 앤." 다이애나가 말했다. "어쨌건 나는 그게 칭찬이라고 생각해. 칭찬하는 목소리였거든, 약간은. 제인하고 내 뒤에 미국 사람이 앉아 있었어. 아주 로맨틱하게 생긴 남자였어. 머리카락하고 눈동자가 칠흑 같았어. 조시 파이 말로는 그 사람은 유명한 화가고, 보스턴에 사는 조시 파이의 친척이 그 사람하고 같은 학교를 다녔대. 그 사람이 이렇게 말했어. '저 티치아노 색깔의 머리를 지닌 여학생이 누구죠? 그려보고 싶은 얼굴이네요' 하고. 그런데 앤, 티치아노 색깔이 뭐니?"

"빨강 머리라는 뜻일 거야." 앤이 웃었다. "티치아노라는 유명한 화가가 빨강 머리 여자를 많이 그렸어."

"여자들이 단 다이아몬드 장식들 봤니?" 제인이 한숨을 쉬었다. "진짜 눈이 부시더라. 얘들아, 부자가 되면 얼마나 좋을까?"

"우리는 부자야." 앤이 힘주어 말했다. "우리는 16년 동안 쌓은 멋진 추억이 있고, 여왕처럼 행복하고, 크건 작건 모두 상상력이 있어. 은색으로 빛나는 저 얕은 바다를 봐, 얘들아. 눈에 보이지 않는 것들의 환상까지도. 우리가 백만 달러를 가지고 수많은 다이아몬드를 소유했다 해도 저 아름다움을 더 누릴 수는 없어. 가능하다면 거기서 본 여자들처럼 되지는 마. 너는 그 하얀 드레스의 여자처럼, 이 세상을 경멸하려고 태어난 듯 평생 얼굴을 찌푸리고 살고 싶니? 아니면 그 분홍색 드레스를 입은 부인처럼 ─ 물론 친절하고 좋은 분이지만 ─ 뚱뚱하고 키도 작아서 몸매랄 게 없는 사람이 되고 싶어? 아니면 에번스 부인처럼 눈빛이 슬픈 사람? 그런 표정을 보면 그분은 인생에서 큰 불행을 겪은 게 분명해. 그런 사람들이 되고 싶지는 않겠지, 제인 앤드루스?"

"잘 모르겠어." 제인이 확신 없이 말했다. "다이아몬드는 사람에게 많은 즐거움을 줄 거야."

"나는 나 자신이 아닌 다른 누구도 되고 싶지 않아." 앤이 말했다. "평생 다이아몬드를 못 가져도, 진주 목걸이를 건 그린게이블스의 앤에 완전히 만족해. 매슈 아저씨가 이 목걸이에 담아준 사랑은 분홍 드레스를 입은 부인의 보석 못지않으니까."

퀸스 아카데미 생활

그 뒤로 3주 동안 그린게이블스는 바빴다. 앤이 퀸스로 떠날 준비를 하면서, 바느질할 것도, 의논할 것도, 결정할 것도 많았기 때문이다. 앤의 옷은 많고 또 예뻤다. 매슈가 그렇게 만들었는데, 마릴라는 처음으로 매슈가 무얼 사오든 사자고 하든 반대하지 않았다. 거기다 어느 날 저녁에는 마릴라가 섬세한 연녹색 천을 품에 안고 동쪽 다락방으로 올라왔다.

"앤, 이건 가볍고 멋진 드레스를 만들 천이야. 너한테 딱히 필요한 것 같지는 않아. 이미 옷이 많으니까. 하지만 샬럿타운에서 파티 같은 데라도 가게 되면 거기 맞는 멋진 옷이 있는 것도 좋겠지. 제인과 루비와 조시는 '이브닝드레스'라는 것을 장만했다더구나. 네가 걔네들한테 뒤지게 하고 싶지는 않아. 지난주에 시내에서 앨런 사모님 도움을 받아서 이걸 샀는데, 바느질은 에밀리 길리스에게 맡기려고 해. 에밀리는 안목도 있고, 바느질 솜씨도 따라갈 사람이 없으니까."

"마릴라 아주머니, 정말 예쁘네요." 앤이 말했다. "너무 고마워요. 이렇게까지 안 하셔도 되는데. 집을 떠나는 게 점점 더 어려워져요."

에밀리는 자기 안목이 허락하는 만큼 많은 주름과 프릴과 셔링을 넣어서 녹색 드레스를 만들었다. 어느 날 저녁 앤은 부엌에서 그 옷을 입고 매슈와 마릴라를 관객 삼아 「아가씨의 맹세」를 낭송했다. 마릴라는 앤의 밝고 생기 넘치는 얼굴과 우아한 몸짓을 바라보다가 앤이 처음 그린게이블스에 왔을 때를 떠올렸다. 볼품없는 황갈색 면모직 옷을 입은, 겁에 질린 아이와 눈물과 고통이 가득하던 눈이 떠오르자 마릴라도 눈물이 솟았다.

"이런, 제 시 낭송에 마릴라 아주머니가 눈물을 흘리셨어요." 앤이 밝게 말하고 허리를 굽혀 마릴라의 뺨에 가볍게 입을 맞추었다. "이건 정말 대단한 성과인데요."

"아냐, 난 시 낭송에 운 게 아니야." 마릴라는 '시 나부랭이'에 우는 일을 비웃는 사람이었기에 말했다. "네 옛날 모습이 떠올라서 그랬어, 앤. 나는 네가 그렇게 사고를 치는데도 계속 어린아이로 남았으면 하고 바랐어. 그런데 이제는 이렇게 자라서 우리 곁을 떠나게 되었구나. 키도 크고 그 옷을 입으니까 아주 세련되고…… 또…… 또…… 너무 달라 보인다. 에이번리 사람이 아닌 것 같아. 그런 생각이 드니까 쓸쓸해졌어."

"마릴라 아주머니!" 앤이 체크 무명 치마를 입은 마릴라의 무릎에 앉아서 두 손으로 마릴라의 주름진 얼굴을 감싸고, 그 눈을 진지하고 다정하게 들여다보았다. "저는 하나도 안 변했어요. 진짜로요. 그냥 좀 다듬어지고 좀 자라난 것뿐이에요. 진짜 앤은―이 안쪽은―그대로예요. 어딜 가든 겉모습이 얼마나 변하든 여기는 달라지지 않아요. 깊은 곳에서 저는 언제나 아주머니의 앤이에요, 평생토록 날마다 마릴라 아주머니와 매슈 아저씨와 그린게이블스를 더욱더 사랑하는 앤이요."

앤은 팽팽한 뺨을 마릴라의 시든 뺨에 대고, 한 손을 뻗어 매슈의 어깨를 두드렸다. 마릴라는 자신에게 앤처럼 자기 감정을 말로 표현하는 능력이 없어 안타까웠지만, 천성과 습관이 그렇지 않았기에 그저 두 팔로 앤을 끌어안은 채 가슴 아파할 뿐이었다.

매슈는 눈에 수상한 물기가 차오르자 일어나서 밖으로 나갔다. 그리고 흥분한 걸음으로 별빛 쏟아지는 푸른 여름밤 속을 걸어 포플러나무들이 내려다보이는 대문 앞으로 갔다.

"저기, 아이는 별로 응석받이가 되지 않았어." 매슈가 자랑스럽게 중얼거렸다. "내가 이따금 간섭했지만 문제가 되지 않았어. 앤은 똑똑하고 예쁘고 거기다 다정한데, 그중에 다정한 게 제일이지. 아이는 우리에게 축복이었어. 스펜서 부인이 저지른 실수가 최고의 행운이 되었어. 그런 걸 행운이라고 한다면. 하지만 그런 건 믿지 않아. 그건 섭리였어. 전능하신 분이 우리에게 이 아이가 필요하다는 걸 아셨던 거야."

마침내 앤이 샬럿타운으로 떠날 날이 왔다. 어느 맑은 9월의 아침에 앤과 매슈는, 다이애나와 눈물 어린 작별을 하고 마릴라와는 눈물 없고 침착한 작별을—어쨌건 마릴라 쪽에서는—한 뒤, 마차로 떠났다. 다이애나는 앤이 떠나자 눈물을 닦고 카머디의 사촌들과 화이트샌즈 해변으로 소풍을 가서는 그럭저럭 잘 놀았다. 마릴라는 필요 없는 일들을 맹렬히 시작해서 하루 종일 힘을 쏟은 뒤, 지독한 두통에 시달렸다. 격렬하고 지독하고 눈물로 씻을 수 없는 두통이었다. 하지만 마릴라는 그날 밤 잠자리에 누웠을 때, 복도 끝 다락방에 이제 젊고 발랄한 생명도 없고 거기서 부드러운 숨소리도 들리지 않는다는 사실을 절감하고는 얼굴을 베개에 묻은 채 흐느꼈고, 나중에 평정을 찾았을 때는 자신이 죄 많은 인간에게 그토록 몰두하는 어리석음에 빠졌다는 생각에 당혹감을 느껴야 했다.

앤과 다른 에이번리 학생들은 샬럿타운에 도착하자마자 아카데미로 바쁘게 떠났다. 첫날은 신입생 전체를 만나고, 교수들과 인사하고, 공부할 과정을 신청하면서, 유쾌하고 정신없이 지나갔다. 앤은 스테이시 선생님의 조언에 따라 2학년 과정을 신청했다. 길버트 블라이드도 똑같이 했다. 그것은 2년이 아니라 가능다하면 1년 만에 1급 교사 자격증을 딴다는 뜻이었다. 하지만 그러려면 해야 할 공부가 훨씬 더 많고 힘들었다. 그다지 야심이 넘치지 않는 제인, 루비, 조시, 찰리, 무디 스퍼전은 2급 과정을 신청했다. 앤은 강의실에 가득한 학생 50명 가운데 아는 사람이라고는 교실 한편의 키 큰 갈색머리 남학생뿐이라는 사실에 외로움을 느꼈다. 그 남학생을 아는 것은 안타깝게도 별로 도움이 되지 않았다. 하지만 앤은 길버트와 같은 반이라 기뻤다. 이곳에서도 옛날처럼 경쟁할 수 있었고, 그게 없으면 앤은 어떻게 해야 할지 몰랐다.

'길버트와 경쟁할 수 없으면 편치 않을 거야.' 앤이 생각했다. '길버트는 결심이 확고한 모양이야. 메달을 따기로 굳게 마음먹었나 봐. 저 턱선 좀 봐! 전에는 몰랐어. 제인과 루비도 1급 과정에 들어왔으면 얼마나 좋았을까. 하지만 인사를 나누고 서로 알게 되면 낯설고 어색한 느낌은 줄어들 거야. 여기 여학생 중 누가 친구가 될까. 재미있는 추측이야. 물론 다이애나에게 퀸스에서 아무리 좋은 친구를 사귀어도 다이애나 같은 단짝을 만들지는 않겠다고 약속했어. 하지만 두 번째로 친한 친구는 많이 만들 수 있어. 갈색 눈동자에 진홍색 옷을 입은 저 여학생이 괜찮아 보이네. 생기 넘치고 혈색이 밝아. 그리고 창밖을 내다보는, 얼굴이 창백한 금발 여학생도. 머리 모양이 예쁘고, 꿈에 대해서 뭔가 아는 것 같아. 두 사람 다 알고 싶어. 잘 알고 싶어. 허리를 잡고 함께 산책하고 별명을 부를 수 있을 만큼. 하지만 지금은 나도 저 애들을 모르고 저 애들도 나를 모르고, 특별히 나를 알고 싶어하지 않을지도 몰라. 아, 외롭다!'

그날 해질녘에 혼자 하숙방에 있자 앤은 더욱 큰 외로움을 느꼈다. 앤은 함께 하숙할 친구가 없었다. 친구들은 모두 샬럿타운에 친척이 있어서 거기서 살았다. 조세핀 할머니는 기꺼이 앤에게 집을 내주고 싶어했지만, 비치우드는 아카데미에서 너무 멀었다. 그래서 조세핀 할머니는 하숙집을 구해주고, 매슈와 마릴라에게 앤에게 딱 좋은 곳이라고 안심시켰다.

"하숙집 주인은 형편이 어려워진 양갓집 부인이에요." 조세핀 할머니가 말했다. "남편은 영국군 장교였고, 하숙생을 함부로 받지 않아요. 그 집에서라면 앤은 불쾌한 사람들하고 마주칠 일이 없어요. 식사도 잘 나오고, 아카데미에서도 가깝고, 동네도 조용해요."

이 모든 것이 사실일지 모르고, 실제로 사실이었지만, 앤이 처음 느낀 향수의 고통을 달래주지는 못했다. 앤은 기운 없이 자신의 작은 하숙방을, 칙칙한 벽지를 바른 그림 한 점 없는 벽과 작은 철제 침대와 텅 빈 책장을 둘러보았다. 그린게이블스의 하얀 방을 떠올리니 목이 메었다. 바깥은 웅장하고 푸르고 고요했고, 정원에는 스위트피가 자라고, 과수원에는 달빛이 떨어지고, 기슭 아래 개울과 그 건너편에는 밤바람에 까딱이는 가문비나무가 있고, 나무들 틈으로 다이애나 방 창문의 불빛이 보였다. 여기에는 그런 것이 전혀 없었다. 창밖에는 전화선이 하늘을 가르는 차가운 거리, 낯선 발소리, 낯선 얼굴을 비추는 불빛 몇천 개가 있었다. 앤은 울음이 터질 것 같았지만 참았다.

"안 울어. 그건 어리석고 약한 일이야. 그런데 코 옆으로 세 번째 눈물이 흐르고, 더 나오려고 하네! 재미있는 걸 생각해서 눈물을 멈춰야 해. 하지만 에이번리와 관계된 게 아니고는 재미있는 게 없어서 생각할수록 안 좋아져. 넷, 다섯…… 다음 금요일이면 집에 가지만 백 년은 남은 것 같아. 아, 매슈 아저씨는 지금쯤 집에 다 가셨겠지. 여섯, 일곱, 여덟…… 아, 눈물을 세봐야 소용없어! 이제 홍수처럼 쏟아질 거야. 기운이 나지 않고, 그러고 싶지도 않아. 그냥 속상한 채로 있을래!"

정말로 눈물이 홍수처럼 쏟아질 뻔했지만, 마침 그 순간 조시 파이가 나타났다. 앤은 친숙한 얼굴을 보니 반가워서, 자신이 조시를 별로 좋아하지 않는다는 사실도 잊었다. 에이번리 출신이었기에 조시 파이조차 반가웠다.

"널 보니까 기쁘다." 앤이 솔직하게 말했다.

"울고 있었구나." 조시가 조롱 섞인 동정을 담아 말했다. "향수병 걸렸나 봐. 어떤 사람들은 그 점에서 자제력이 부족하지. 나는 향수병 따위는 안 걸려. 에이번리 같은 시골보다는 도시가 훨씬 좋아. 내가 왜 거기서 그렇게 오래 살았는지 모르겠어. 앤, 너는 울면 안 돼. 안 어울려. 코하고 눈까지 빨개지면 얼굴 전체가 빨개 보이잖니. 오늘 아카데미 수업은 정말로 즐거웠어. 프랑스어 교수님은 완전히 멋있더라. 그 콧수염을 보면 심장이 쿵 한다니까. 뭐 먹을 거 좀 있니? 배고파 죽겠다. 마릴라 아주머니가 케이크를 잔뜩 싸보냈을 것 같은데 말야. 그래서 들른 거야. 안 그러면 프랭크 스토클리하고 같이 공원에 가서 악단의 공연을 봤을 테니까. 프랭크는 나하고 같은 하숙집에 사는 멋진 남학생이야. 오늘 수업 시간에 나한테 그 빨강 머리 여학생이 누구냐고 묻더라. 그래서 커스버트 가에서 입양한 고아라고, 그전에는 어떻게 살았는지 아무도 모른다고 대답했어."

앤이 조시 파이와 함께 있는 것보다는 고독과 눈물이 낫지 않을까 생각할 때쯤 제인과 루비가 나타났는데, 둘 다 외투에 퀸스 아카데미의 자주색과 진홍색 리본을 자랑스럽게 달고 있었다. 그때 조시는 제인하고 말을 하지 않는 시기였기에, 조용히 입을 다물어야 했다.

"있잖아." 제인이 한숨을 쉬며 말했다. "오늘 아침 이후 몇 달은 산 것 같아. 집에 가서 베르길리우스를 공부해야 하는데―그 지독한 노교수님이 내일 아침에 공부할 대목 스무 줄을 숙제로 내주셨거든―오늘 밤은 차분히 앉아서 공부할 수가 없어. 앤, 얼굴에 눈물 자국이 있는 것 같은데. 울고 있었다면 털어놔. 그러면 나도 덜 비참할 거야. 나도 루비가 오기 전에 펑펑 울었거든. 다른 사람이 울보라면 나도 울보여도 돼. 케이크? 조금만 줄래? 고마워. 이거 진짜 에이번리 맛이다."

루비는 책상에 놓인 퀸스 일정표를 보고 앤에게 금메달을 받기로 마음먹었냐고 물었다.

앤은 얼굴을 붉히며 맞다고 털어놓았다.

"그 말을 들으니까 생각나는데." 조시가 말했다. "퀸스에서도 한 사람이 에이버리 장학금을 받을 거래. 오늘 소식이 왔어. 프랭크 스토클리가 말해줬어. 그 애 삼촌이 학교 이사회에 있거든. 내일 아카데미에서 공지할 거야."

에이버리 장학금! 앤의 심장 박동이 빨라지고, 꿈의 지평이 마법처럼 넓어졌다. 조시 이야기를 듣기 전까지 앤이 품은 가장 큰 꿈은 1년 후에 지방 교원 1급 자격증을 따고, 나아가 금메달까지 따는 것이었다! 그런데 이제 앤은 조시가 한 말의 여운이 사라지기도 전에, 자신이 에이버리 장학금을 받아 레드먼드 대학에 가서 학사 과정을 밟고, 학사 가운과 학사모를 쓰고 졸업하는 모습을 상상했다. 에이버리 장학금은 영문학 전공자에게만 주기 때문에, 앤에게 딱 맞는 느낌이었다.

뉴브런스윅의 부유한 사업가가 죽으면서 재산 일부를 인근 세 개 주의 여러 명문 고등학교와 아카데미에 나누어주도록 장학금으로 내놓았다. 퀸스도 그 장학금의 수혜 대상이 될지 많은 추측이 오가다가 마침내 그 의문이 풀렸고, 이제 학년 말에 영문학에서 최고 점수를 받은 학생이 에이버리 장학금을 받게 되었다. 레드먼드 대학에서 공부하는 4년 동안 매년 250달러가 지급된다. 그날 밤 잠자리에 들 때 앤의 뺨이 달아오른 것도 당연했다!

　　"열심히 공부해서 되는 거라면 내가 그 장학금을 받겠어." 앤은 결심했다. "내가 학사 학위를 받으면 매슈 아저씨가 얼마나 자랑스러워하겠어? 꿈을 갖는 건 좋은 일이야. 나한테 꿈이 많아서 기뻐. 꿈에는 끝이 없고, 바로 그게 제일 좋은 점이야. 한 가지 꿈을 달성하면 앞에서 더 높은 꿈이 반짝거려. 꿈을 가지면 인생이 정말 흥미진진해져."

퀸스의 겨울

앤의 향수병은 사그라들었는데, 주말마다 집에 간 덕이 컸다. 눈이 너무 많이 오지 않는 한, 에이번리 학생들은 금요일 밤마다 새로 건설된 지선 철도로 카머디까지 갔다. 그러면 다이애나를 비롯한 에이번리 친구들이 마중 나왔다가 에이번리까지 즐겁게 함께 걸어갔다. 앤은 금요일 저녁에 상쾌한 황금빛 공기를 뚫고 에이번리 불빛이 멀리 보이는 가을 언덕을 넘어가는 시간이 한 주 중 가장 행복했다.

길버트 블라이드는 대부분 루비 길리스와 함께 걸었고, 루비의 가방을 들어주었다. 루비는 예쁜 아이였고, 자신이 거의 어른이라고 생각했는데, 그게 사실이기도 했다. 루비는 어머니가 허락하는 한 치마를 최대한 길게 입었고, 집에 갈 때는 머리를 내렸지만 샬럿타운에서는 올렸다. 루비는 투명한 파란색의 큰 눈에 피부가 환했고, 몸매는 보기 좋게 살집이 있었다. 웃음도 많고 유쾌하고 선량하고, 인생의 좋은 것들을 솔직하게 즐겼다.

　"하지만 내 생각에 루비는 길버트가 좋아하는 유형이 아니야." 제인이 앤에게 속삭였다. 앤도 같은 생각이었지만, 에이버리 장학금을 준다 해도 그 말을 할 마음은 없었다. 그래도 길버트 같은 친구와 농담을 나누고, 책과 공부와 꿈 이야기를 한다면 즐거울 거라는 생각을 막을 수는 없었다. 길버트에게는 꿈이 있었고, 루비 길리스는 그런 것을 적절하게 나눌 상대가 아닌 듯했다.

　길버트에 대한 생각에 어리석은 감상은 없었다. 앤이 남학생에 대해 생각하는 거라곤 좋은 동료가 될 수 있는가 하는 것뿐이었다. 길버트와 친구였다면, 앤은 길버트가 누구와 어울리는지, 누구와 길을 걷는지 전혀 신경 쓰지 않았을 것이다. 앤은 친구를 잘 사귀었다. 여자 친구들은 아주 많았다. 하지만 남자인 친구도 있으면 우정의 개념을 살찌우고, 판단과 비교의 관점을 넓히는 데 도움이 될 것 같았다. 앤이 그 일에 대한 감정을 뚜렷이 파악한 것은 아니었다. 기차 역에서부터 상쾌한 들판과 고사리 샛길을 길버트와 함께 걷는다면, 눈앞에 새롭게 열리는 세계와 두 사람이 거기서 품게 될 희망과 꿈에 대해서 즐겁고 흥미로운 대화를 많이 할 수 있겠다고 생각했을 뿐이다. 길버트는 똑똑한 친구였고, 세상에 대한 주관도, 인생에서 최상의 것을 얻어내고 최고의 노력을 기울이겠다는 결의도 확고했다. 루비 길리스는 제인 앤드루스에게 길버트 블라이드가 하는 얘기는 반도 못 알아듣겠다고 말했다. 길버트도 앤 셜리처럼 무언가 생각이 나면 정신없이 말하는 편이었는데, 루비는 필요할 때가 아니라면 책이나 그런 종류에 신경 쓰는 일을 재미있어하지 않았다. 프랭크 스토클리가 훨씬 활기차고 씩씩했지만, 그는 길버트의 반만큼도 잘생기지 않았고, 그래서 루비는 누가 더 좋은지 판정할 수가 없다고 했다!

아카데미에서 앤은 친한 친구들 무리가 생겼다. 모두 앤만큼 사려 깊고 상상력이 풍부하고 꿈이 많은 학생들이었다. 앤은 '장밋빛 뺨'을 지닌 여학생 스텔라 메이너드와 '몽상하는 여학생' 프리실라 그랜트와 금세 가까운 친구가 되었고, 프리실라가 창백하고 가녀린 생김새와 달리 장난기 많고 농담을 좋아하며, 검은 눈에 생기가 넘치는 스텔라에게는 앤만큼이나 몽환적이고 무지개 같은 아련한 꿈과 공상이 가득하다는 것을 알게 되었다.

크리스마스 방학이 지나자 에이번리 학생들은 금요일이면 집으로 돌아가는 일을 포기하고 공부에 몰두했다. 이때쯤 퀸스의 학생들은 모두 각자 순위를 찾아갔고, 다양한 수업들은 저마다 확실한 개성을 드러내게 되었다. 분명해진 사실들도 있었다. 메달 경쟁자는 길버트 블라이드, 앤 셜리, 루이스 윌슨 셋으로 좁혀졌다. 에이버리 장학금은 더욱 알 수 없어서, 여섯 후보 중 누구라도 받을 가능성이 있었다. 수학 동메달은 뚱뚱한 체격에 이마에 여드름이 가득하고 헝겊을 덧댄 코트를 입고 다니는, 우스꽝스럽고 자그마한 오지 출신 남학생이 받을 것이 거의 확실했다.

　루비 길리스는 그해 아카데미에서 가장 아름다운 여학생이 되었다. 2학년 과정에서는 스텔라 메이너드가 미인상을 받았지만, 까다로운 몇몇은 앤 셜리를 선택했다. 에설 마는 유능한 심판들의 전원 합의로 가장 뛰어난 헤어스타일의 소유자로 인정받았고, 제인 앤드루스―수수하고, 성실하고, 착실한―는 가정학 과목에서 영예를 얻었다. 조시 파이마저 퀸스 최고의 독설가라는 평가를 받았다. 그러니까 스테이시 선생님의 제자들이 더 넓은 교육의 장에서 각자 자리를 차지했다고 말할 수 있었다.

　앤은 성실하게 공부했다. 길버트와의 경쟁은 에이번리 학교에서처럼 강력하게 이어졌지만, 여기서는 그 사실을 아는 사람이 드물었다. 그리고 어째서인지 이제는 그때 같은 미움이 없어졌다. 앤이 1등을 하고 싶은 것은 전처럼 길버트를 이기기 위해서가 아니라 뛰어난 적수를 이기는 기쁨을 얻기 위해서였다. 이기는 것은 보람 있지만, 이제는 이기지 못하면 인생을 견딜 수 없을 거라는 생각은 들지 않았다.

학생들은 공부를 하는 사이사이에 여러 가지 즐거움도 누렸다. 앤은 시간이 나는 대로 비치우드에 자주 갔고, 일요일이면 대개 거기서 식사도 하고 조세핀 할머니와 함께 교회도 갔다. 조세핀 할머니는 스스로도 인정하듯 나이가 들어갔지만 검은 눈이 전혀 흐려지지 않았고, 매서운 혀도 누그러들지 않았다. 하지만 앤에게는 가시 돋친 말을 하지 않았다. 앤은 변함없이 그 까다로운 노부인이 가장 좋아하는 사람이었기 때문이다.

"앤은 언제나 점점 발전해." 조세핀 할머니가 말했다. "다른 애들은 금방 싫증이 나. 항상 똑같아서 보기 싫고 지겹지. 그런데 앤은 무지개처럼 색채가 다양하고, 모든 색이 다 예쁘게 반짝거려. 어릴 때만큼 재미있는지는 모르겠지만, 그래도 여전히 사랑받는 법을 알고, 나는 사랑받는 법을 아는 사람이 좋아. 내가 노력을 해야 사랑할 수 있는 사람은 아주 피곤하거든."

거의 아무도 모르는 사이에 봄이 왔다. 에이번리에서는 눈이 군데군데 남은 황야에 메이플라워들이 하나둘 분홍색 얼굴을 내밀었다. 그리고 숲과 계곡에 '초록빛 안개'가 일었다. 하지만 샬럿타운에서는 불안에 사로잡힌 학생들이 시험만 생각하고 시험 이야기만 했다.

"학년이 끝나간다니 믿기지 않아." 앤이 말했다. "지난가을에는 이때가 아득해 보였는데 겨울 동안 할 공부와 수업이 너무 많아서 말이야. 그런데 다음 주면 벌써 시험이야. 애들아,

가끔은 시험이 전부라는 생각도 들지만, 저 밤나무에 큼직한 새순이 돋고 길 끝에서 안개 낀 푸른 공기가 솟아오르는 모습을 보면, 시험은 그 절반도 중요하지 않다고 여기게 돼."

앤의 하숙집에 들른 제인과 루비와 조시는 그런 생각에 동의하지 않았다. 그들에게 다가오는 시험은 변함없이 중요했다. 밤나무 새순이나 5월의 안개보다 훨씬 더 중요했다. 앤은 어쨌든 합격할 게 분명했기에 시험을 가볍게 여길 수 있지만, 인생 전체가 시험에 달렸으면―그들은 정말로 그렇다고 생각했다―그렇게 초연해질 수 없었다.

"2주 동안 몸무게가 3킬로그램 줄었어." 제인이 한숨을 쉬었다. "걱정하지 말라는 말은 하지 마. 걱정할 거니까. 걱정을 하고 있으면 약간 도움이 돼. 뭔가 하는 것 같은 느낌이 드니까. 겨우내 퀸스에 다니면서 그렇게 큰돈을 썼는데 자격증을 못 딴다면 너무 끔찍할 거야."

"난 상관 안 해." 조시 파이가 말했다. "올해 떨어지면 내년에 다시 시험을 칠 거야. 우리 아버지는 그만한 돈이 있으니까. 앤, 프랭크 스토클리가 그러는데, 트러메인 교수님이 메달은 길버트 블라이드가 받을 게 확실하고, 에이버리 장학금은 에밀리 클레이가 받을 가능성이 가장 높다고 하셨대."

"내일 그런 이야기를 듣는다면 기분 나쁠지도 몰라." 앤이 웃었다. "하지만 지금쯤 제비꽃들이 그린게이블스 아래쪽 골짜기를 보라색으로 물들이고, 연인의 오솔길에서 고사리들이 고개를 내밀겠지 생각하면, 내가 에이버리 장학금을 타든 말든 별로 중요하지 않아. 나는 최선을 다했고, '수고의 기쁨'이란 말이 무슨 의미인지 조금은 알겠어. 노력해서 성공하는 것 다음으로 좋은 건 노력하고 실패하는 거야. 얘들아, 시험 이야기는 하지 말자! 저 집들 위로 펼쳐진 연녹색 하늘을 보고, 에이번리의 검보라색 너도밤나무 숲 위의 하늘은 어떨지 상상해봐."

"졸업식에는 뭐 입고 갈 거야, 제인?" 루비가 현실적인 질문을 던졌다.

제인과 조시가 거기 대답했고, 대화는 패션이라는 부차적 주제로 흘러갔다. 하지만 앤은 창턱에 팔꿈치를 얹고 깍지 낀 두 손에 한쪽 뺨을 댄 채, 두 눈에 환상을 가득 담고 도시의 지붕과 첨탑 위로 눈부시게 펼쳐진 노을을 바라보며 젊음의 낙관주의라는 황금빛 직물로 미래의 꿈을 엮었다. 장밋빛 가능성을 품은 모든 미래가 앤의 것이었다. 그 미래는 해마다 약속의 장미 한 송이를 불멸하는 화관에 엮어넣을 것이다.

영광과 꿈

모든 시험의 최종 결과가 퀸스의 게시판에 발표되는 날 아침, 앤과 제인은 함께 길을 갔다. 제인은 기쁜 미소를 지었다. 시험이 끝났고, 어쨌건 합격은 했을 거라는 확신이 있었다. 제인은 그 이상은 신경 쓰지 않았다. 제인은 드높은 꿈이 없기에 그에 따르는 불안에도 시달리지 않았다. 우리가 세상에서 얻는 모든 것에는 대가가 있기 때문이다. 훌륭한 꿈이라 해도, 그것을 이루려면 그에 걸맞은 노력, 인내, 불안, 낙심을 대가로 치러야 한다. 앤은 파리하고 조용했다. 이제 10분만 있으면 누가 메달을 받고 에이버리 장학금을 타는지 알 수 있었다. 그 10분 뒤에도 이 세상에 시간이 있으리란 생각은 들지 않았다.

　"너는 당연히 둘 중 하나는 받을 거야." 제인이 말했다. 제인은 학교에서 그와 달리 결정한다면 완전한 부당 행위라고 생각했다.

"에이버리 장학금은 희망이 없어." 앤이 말했다. "다들 에밀리 클레이가 받을 거래. 그리고 나는 사람들이 모인 게시판 앞에 가서 공지를 보지 않을 거야. 용기가 안 나. 그냥 여학생 휴게실로 갈래. 네가 보고 와서 말해줘, 제인. 우리 오랜 우정의 이름으로 되도록 빨리 알려줬으면 좋겠어. 내가 떨어졌어도 말 돌리지 말고 사실 그대로 말해줘. 그리고 어떤 일이 있어도 나를 위로하지 마. 약속해줘, 제인."

제인은 엄숙하게 약속했지만, 그 약속은 필요 없었다. 두 사람이 퀸스 아카데미 앞 계단을 올라가는데, 남학생들이 길버트 블라이드를 어깨에 메고 다니며 소리를 질렀다. "블라이드, 메달 수상자!"

앤은 잠시 패배의 고통과 실망을 느꼈다. 그러니까 길버트가 앤을 이겼다! 아, 매슈 아저씨가 실망할 텐데. 매슈는 앤이 메달을 받을 거라고 굳게 믿었다.

그런데!

누가 소리쳤다.

"앤 셜리 만세, 에이버리 장학금 수상자!"

"아, 앤." 제인이 감탄했고, 둘은 환호성을 받으며 여학생 휴게실로 달려갔다. "앤, 정말 자랑스러워! 너무 멋지지 않니?"

곧 여학생들이 그들을 둘러쌌고, 밝게 웃으며 앤을 축하했다. 여학생들은 앤의 어깨를 두드리고 열렬하게 악수했다. 앤은 이리저리 밀리고 당겨지고 안겼는데, 그러는 사이 제인에게 간신히 속삭였다.

"매슈 아저씨와 마릴라 아주머니가 얼마나 기뻐하실까! 당장 집에 편지를 써야겠어."

그다음의 중요 행사는 졸업식이었다. 식은 아카데미 대강당에서 열렸다. 여러 사람이 축사를 하고, 졸업사를 읽고, 노래를 부르고, 졸업장과 상장과 메달이 수여되었다.

매슈와 마릴라도 졸업식에 참석했고, 단상 위 오직 한 명에게 눈과 귀를 집중했다. 큰 키에 연녹색 옷을 입고, 상기된 뺨에 눈이 반짝이는 한 여학생. 최고의 졸업사를 읽고, 사람들이 에이버리 장학금 수상자라고 소곤거리는 여학생에게.

"앤을 키우길 잘했다고 생각하지, 마릴라?" 앤이 졸업사를 마치자 매슈가 졸업식장에 들어와서 처음으로 조용히 말했다.

"그렇게 생각한 지 벌써 오래됐어." 마릴라가 말했다. "자꾸 강조하지 마, 매슈 커스버트."

그들 뒤쪽에 앉은 조세핀 할머니가 몸을 숙여 양산으로 마릴라의 등을 찔렀다.

"두 분도 앤이 자랑스럽죠? 나도 그래요."

앤은 그날 저녁 매슈와 마릴라와 함께 에이번리로 돌아갔다. 4월 이후 처음으로 가는 집이었고, 앤은 하루도 더 기다리고 싶지 않았다. 사과꽃이 피었고, 세상은 새롭고 싱그러웠다.

다이애나는 그린게이블스에 미리 와서 앤을 맞았다. 마릴라는 앤의 방 창턱에 장미를 가져다놓았고, 앤은 주변을 둘러보고 행복한 한숨을 길게 쉬었다.

"다이애나, 돌아와서 정말 좋다. 저 뾰족한 전나무가 분홍빛 하늘을 찌르는 모습을 다시 봐서 너무 좋아. 그리고 저 하얀 과수원하고 눈의 여왕도. 박하 향기가 달콤하지 않니? 그리고 저 월계화, 저건 노래와 소망과 기도가 한데 합쳐진 거야. 그리고 다이애나, 너도 다시 만나서 좋고!"

"나보다 스텔라 메이너드를 더 좋아하는 줄 알았는데." 다이애나가 삐친 듯이 말했다. "조시 파이가 그러던데? 네가 그 애한테 홀딱 빠졌다고."

앤은 웃음을 터뜨리고 꽃다발 속의 시든 수선화로 다이애나를 때렸다.

"스텔라 메이너드는 이 세상에서 딱 한 사람만 빼고 가장 소중한 친구고, 그 한 사람은 바로 너야, 다이애나." 앤이 말했다. "너를 전보다 더 사랑해. 너한테 하고 싶은 이야기가 너무 많아. 하지만 지금은 그냥 앉아서 너를 보는 것만으로도 기쁘다. 좀 피곤해. 열심히 공부하고 꿈을 품고 하는 일이 피곤하게 만드나 봐. 내일 적어도 두 시간은 아무 생각 없이 과수원 풀밭에 누워 있고 싶어."

"정말 잘했어, 앤. 그런데 에이버리 장학금을 받았으니 교사 일을 하지는 않는 거지?"

"응, 9월에 레드먼드 대학으로 갈 거야. 멋지지 않니? 황금 같은 방학 석 달을 보낸 뒤에 다시 새로운 꿈을 향해 나아갈 거야. 제인하고 루비는 교사가 될 거야. 무디 스퍼전이랑 조시 파이까지 모두 합격했다니 놀랍지 않니?"

"뉴브리지 이사회는 벌써 제인을 교직에 초빙했어." 다이애나가 말했다. "길버트 블라이드도 교사가 될 거야. 그렇게 할 수밖에 없어. 길버트 아버지는 아들을 대학에 보낼 형편이 안 되니까, 길버트는 자기 힘으로 돈을 벌어서 대학에 가겠대. 아마 에임스 선생님이 그만두면 에이번리 학교에 올 것 같아."

앤은 안타까움과 놀라움이 섞인 야릇한 느낌을 받았다. 그런 이야기는 처음 들었고, 길버트도 자신과 같이 레드먼드 대학에 갈 줄 알았다. 길버트와 경쟁하지 않고 앤이 어떻게 공부를 할까? 친구이자 적수인 길버트가 없다면 진짜 학위를 주는 대학 공부도 밋밋하지 않을까?

다음 날 아침 식탁에서 앤은 문득 매슈가 별로 좋아 보이지 않는다고 느꼈다. 그는 1년 전보다 확실히 더 나이가 들어 보였다.

"아주머니, 매슈 아저씨 건강은 괜찮나요?" 그가 나가자 앤이 머뭇거리며 물었다.

"아니, 괜찮지 않아." 마릴라가 걱정스런 목소리로 말했다.

"올봄에 심장에 여러 번 심각한 문제가 있었어. 하지만 매슈가 쉬려고 해야 말이지. 걱정이긴 한데, 얼마 전부터는 좀 괜찮아 졌고, 좋은 일꾼도 한 명 들였으니까 이제 좀 쉬면서 건강을 되 찾았으면 좋겠어. 네가 집에 왔으니 좋아질 거다. 매슈는 너를 보면 언제나 기분이 좋아지니까."

앤은 식탁 위로 몸을 굽히고 두 손으로 마릴라 얼굴을 감 쌌다.

"아주머니도 제가 원하는 만큼 좋아 보이지 않으세요. 피 곤해 보여요. 너무 열심히 일하시는 게 문제예요. 제가 집에 왔 으니 이제 쉬세요. 오늘 하루만 예전에 놀던 곳들을 다니면서 추억을 되새길게요. 그러고 나면 제가 일을 다 할 테니까 아주 머니는 쉬세요."

마릴라는 앤에게 다정한 미소를 보냈다.

"일 때문이 아니라 두통 때문이야. 머리가 너무 자주 아 파…… 눈 뒤쪽. 스펜서 선생님은 안경을 쓰라고 난리인데, 나한텐 소용없어. 6월 말에 유명한 안과 의사가 우리 섬에 온 다니까 그때 진료를 받아보려고. 그래야 할 것 같아. 지금은 책 도 못 읽겠고, 바느질도 하기 힘들어. 어쨌건 앤, 퀸스에서 아주 잘했다. 1년 만에 1급 교사 자격증을 따고 에이버리 장학금을 받다니. 린드 부인은 교만에는 재난이 따르고 여자는 고등교육 을 받을 필요가 없다고 하더구나. 여자의 진정한 영토에는 안 어울린다나. 나는 그런 말을 하나도 안 믿는다. 그런데 레이철 말이 나왔으니 말인데, 너 최근에 애비 은행에 관련된 소식 들은 거 있니, 앤?"

"거기가 불안하다는 말은 들었어요. 왜요?" 앤이 말했다.

"레이철도 그렇게 말했거든. 지난주에 여기 와서 그런 이야기가 돈다고 했어. 매슈가 걱정이 많아. 우리는 전재산을 그 은행에 맡겨두었으니까. 나는 처음부터 세이빙스 은행이 좋다고 생각했는데, 애비 씨가 우리 아버지하고 절친하셨기 때문에 매슈는 항상 그 은행과 거래했거든. 애비 씨가 대표로 있는 은행은 믿을 수 있다고."

"애비 씨는 이름만 대표인 지 여러 해 됐을걸요." 앤이 말했다. "그분은 나이가 아주 많고, 지금은 조카들이 그곳을 경영해요."

"레이철에게 이야기를 듣고 매슈에게 당장 돈을 인출하라고 했더니, 매슈는 생각해보겠다고 했어. 그런데 러셀 씨가 어제 매슈에게 은행에는 아무 문제가 없다고 말했다는구나."

앤은 바깥 세상에서 즐거운 하루를 보냈다. 앤은 그날을 잊지 않았다. 너무도 빛나고 따사롭고 맑았고, 그늘 없이 꽃이 가득했다. 앤은 그 풍성한 시간 일부를 과수원에서 보냈고, 드라이어드의 거품과 버들 연못과 제비꽃 동산에도 갔다. 목사관에도 가서 앨런 부인과 즐거운 대화를 나누었다. 그리고 마침내 저녁이 되자, 매슈와 함께 소들을 데리러 연인의 오솔길을 지나 뒤쪽 목초지로 갔다. 숲은 눈부신 노을에 잠겼고, 그 따뜻한 광휘는 서쪽 언덕의 틈새로 흘러들었다. 매슈는 고개를 숙이고 천천히 걸었다. 키가 크고 꼿꼿한 앤은 탄력 있는 걸음을 그에게 맞추었다.

"오늘 너무 열심히 일하셨어요, 매슈 아저씨. 좀 쉬엄쉬엄 하세요." 앤이 나무라듯 말했다.

"저기, 그게 잘 안 돼." 매슈가 말하며 소를 들이려고 마당 문을 열었다. "늙어서 그런지 자꾸 잊어버려. 나는 평생을 열심히 일했고, 일하다가 죽는 게 좋아."

"제가 두 분이 처음에 바란 대로 남자였으면," 앤이 안타깝다는 듯 말했다. "지금쯤 일도 많이 도와드리고 몇백 가지 방법으로 힘이 되어드렸을 텐데. 딱 그 이유 때문에 제가 남자였으면 좋겠다는 생각이 들어요."

"저기, 나는 남자아이 열을 준다 해도 너 하나하고 안 바꾼다, 앤." 매슈가 앤의 손을 두드리며 말했다. "남자아이 열을 줘도. 저기, 에이버리 장학금을 받은 것도 남자애가 아니잖아. 자랑스러운 우리 집 여자애가 받았지."

그는 마당으로 들어서면서 앤에게 수줍은 미소를 보였다. 그날 밤 앤은 그 기억을 가지고 자기 방에 돌아간 뒤 열린 창가에 오래도록 앉아 지난날을 생각하며 미래를 꿈꾸었다. 창밖에는 눈의 여왕이 달빛 속에 하얗게 아른거렸다. 개구리들은 오처드슬로프 너머 습지에서 노래했다. 앤은 그날 밤의 아름다운 은색 평화와 향기로운 고요를 언제나 잊지 않았다. 앤의 인생에 슬픔의 손길이 닥치기 전 마지막 날이었다. 그 차가운 운명이 닿은 뒤에는 누구도 다시 전과 같은 인생을 살 수 없다.

죽음이라는 이름의 손님

"매슈…… 매슈…… 무슨 일이야? 매슈, 어디 아파?"

당혹한 마릴라의 목소리가 들렸다. 앤은 손에 흰 수선화를 들고 복도를 지나가다가―앤은 그 뒤로 오랜 시간이 지나서야 흰 수선화의 모습과 향기를 다시 사랑할 수 있게 되었다―마릴라의 목소리를 듣고 매슈가 현관에 서 있는 모습을 보았다. 매슈는 손에 접은 신문을 들고 있었고, 얼굴은 이상하게 일그러지고 안색이 거뭇거뭇했다. 앤은 꽃을 떨구고 부엌을 지나 마릴라와 동시에 그에게 갔다. 하지만 둘 다 늦었다. 그들이 다가가기 전에 매슈는 문턱 위로 쓰러졌다.

"매슈가 기절했어." 마릴라가 놀라서 말했다. "앤, 가서 마틴을 데려와. 어서! 헛간에 있어."

마차로 우체국에 나갔다가 돌아온 농장 일꾼 마틴은 즉시 의사를 부르러 갔고, 가는 길에 오처드슬로프에 들러서 배리 부부를 보냈다. 일이 있어서 그 집에 와 있던 린드 부인도 함께 왔다. 그들이 도착해 보니, 앤과 마릴라는 정신없이 매슈의 의식을 되살리려 애쓰고 있었다.

린드 부인이 부드럽게 둘을 옆으로 밀어내고 맥박을 살핀 뒤 심장에 귀를 댔다. 부인이 슬픈 얼굴로 두 사람의 불안한 얼굴을 보았고, 눈에 눈물이 솟았다.

"아, 마릴라. 할 수 있는 게 아무것도 없는 것 같아요." 그녀가 무겁게 말했다.

"린드 아주머니, 설마…… 아저씨가……." 앤은 그 무시무시한 말을 할 수가 없었다. 앤의 얼굴은 새하얬다.

"그래, 아무래도 그런 것 같다. 매슈의 얼굴을 보렴. 저런 얼굴을 나만큼 자주 보면 그게 무슨 의미인지 알 거야."

앤은 그 고요한 얼굴을 보고, 거기에 '하늘의 손길'이 내려왔다는 걸 알았다.

마침내 도착한 의사는 매슈가 갑작스런 충격을 받고 한순간에 죽었으니 고통은 없었을 거라고 말했다. 충격을 준 것은 매슈가 손에 들고 있던 신문이었다. 마틴이 아침에 우체국에서 받아온 신문에는 애비 은행이 파산했다는 기사가 실려 있었다.

소식은 에이번리에 빠르게 퍼졌고, 하루 종일 많은 친구와 이웃이 그린게이블스에 와서 죽은 자와 산 자들을 도와주었다. 수줍음 많고 조용한 매슈 커스버트는 처음으로 관심의 중심이 되었다. 죽음이라는 순백의 위엄이 내려와서 매슈에게 왕관을 씌워주었다.

그린게이블스에 고요한 밤이 슬며시 다가오자 낡은 집은 침묵과 평온함에 잠겼다. 응접실에는 매슈 커스버트의 관이 있었다. 하얗게 센 긴 머리카락이 감싼 평온한 얼굴에는 기분 좋은 꿈을 꾸며 잠이라도 자는 듯 다정한 미소가 떠올라 있었다. 주위에는 꽃들이 놓여 있었다. 매슈의 어머니가 새신부 시절 정원에 심은 달콤하고 예스러운 그 꽃들을, 매슈는 평생토록 조용히 사랑해왔다. 앤이 꽃들을 꺾어왔다. 앤의 하얀 얼굴에서 눈물 없는 눈이 고통스럽게 타올랐다. 앤이 매슈에게 마지막으로 해줄 수 있는 건 그것뿐이었다.

배리 부부와 린드 부인이 함께 밤을 지새워주었다. 다이애나가 동쪽 다락방에 와서 창가에 서 있는 앤에게 부드럽게 말했다.

"앤, 오늘 밤 같이 잘까?"

"고마워, 다이애나." 앤은 친구의 얼굴을 바라보며 진지하게 말했다. "내가 혼자 있고 싶다고 해도 오해하지 않겠지? 나는 무섭지 않아. 그 일이 일어나고부터 한순간도 혼자 있지 못했어. 지금은 혼자 있고 싶어. 조용히 이 일을 곱씹어보고 싶어. 실감이 안 나거든. 어쩔 때는 매슈 아저씨가 죽었을 리가 없다는 생각이 들고, 반대로 어쩔 때는 아저씨가 오래전에 돌아가셔서 내가 계속 고통에 빠져 산다는 생각도 들어."

다이애나는 잘 이해할 수 없었다. 타고난 침착함과 평생의 습관을 깬 마릴라의 폭풍 같은 오열이 앤의 눈물 없는 슬픔보다 더 이해하기 쉬웠다. 그래도 어쨌건 다이애나는 앤이 홀로 슬픔 속에서 장례의 첫 밤을 지내도록 조용히 떠나갔다.

앤은 혼자 조용히 울고 싶었다. 매슈를 위해 눈물 한 방울 흘리지 못하는 것은 끔찍한 일 같았다. 앤이 그토록 사랑하고 앤에게 그렇게 따뜻했던 매슈 아저씨, 마지막 날 자신과 함께 노을 속을 걷고, 지금은 이마에 안타까운 평온을 담은 채 아래층 어두운 응접실에 누워 있는 매슈 아저씨. 처음에는 눈물이 나오지 않았다. 어두운 창가에 무릎을 꿇고 언덕들 너머 별을 바라보며 기도를 해도 마찬가지였다. 눈물은 나오지 않고, 결국 앤이 하루의 고통과 긴장에 지쳐 잠이 들 때까지 지독하게 둔한 고통이 지속될 뿐이었다.

그렇게 잠들었다가 깨어났더니 고요와 어둠 속에서 그날의 일이 슬픔의 물결처럼 밀려들었다. 전날 밤 그들이 마당 문 앞에서 헤어질 때 자신을 보고 미소 짓던 매슈 아저씨의 얼굴이 떠올랐고, '자랑스러운 우리 집 여자애'라고 말하던 목소리가 들리는 것 같았다. 그러자 눈물이 터져나와서 앤은 가슴이 미어질 듯 울었다. 마릴라가 그 소리를 듣고 앤을 달래려고 들어왔다.

"저런…… 저런, 울지 말아라, 얘야. 그런다고 매슈가 돌아오지 않아. 그렇게 우는 건 잘못이야. 나도 알기는 했지만, 오늘은 참지 못했어. 매슈는 나한테 언제나 착하고 따뜻한 오빠였으니까. 하지만 모든 게 신의 뜻이란다."

"아, 울게 해주세요, 마릴라 아주머니." 앤이 흐느꼈다. "눈물이 그 아픔만큼 힘들지는 않아요. 잠깐 여기 계셔주세요. 그리고 저를 안아주세요…… 네, 그렇게요. 다이애나가 같이 있어주겠다고 했는데 괜찮다고 했어요. 다이애나는 착하고 고맙지만, 이건 다이애나의 슬픔이 아니에요. 그 애는 외부인이고, 제 마음 깊은 곳을 달래줄 수 없어요. 이건 우리의 슬픔, 아주머니와 저의 슬픔이에요. 아, 마릴라 아주머니, 아저씨 없이 우리는 어떻게 하죠?"

"그래도 우리 둘이 있잖니, 앤. 네가 없었다면…… 네가 안 왔다면 내가 어떻게 했을지 모르겠다. 앤, 너를 엄격하게 대했다는 건 알지만, 그렇다고 내가 매슈보다 너를 덜 사랑한 건 아니야. 이 기회에 말해야겠다. 나는 언제나 감정을 솔직히 표현하지 못하는 사람이지만, 이럴 때는 쉽게 입이 떨어지니까. 너를 내 피붙이나 다름없이 사랑한단다. 너는 그린게이블스에 온 그날부터 내게 기쁨과 위안이었어."

그들은 이틀 뒤 매슈 커스버트의 관을 들고 나가 그가 경작한 들판과 그가 사랑한 과수원과 그가 심은 나무들을 지나갔다. 그러고 나서 에이번리는 평소의 평온을 되찾았고, 그런게 이블스도 옛날의 리듬으로 돌아가서 모든 일과 업무가 전처럼 규칙적으로 수행되었다. 물론 '익숙한 것들 속의 상실'이라는 고통은 남았다. 슬픔에 익숙하지 않은 앤은 이런 사실, 매슈 없이도 옛날처럼 살아갈 수 있다는 사실이 약간 슬펐다. 전나무 뒤의 해돋이와 정원의 연분홍 새순을 보면 여전히 기쁨이 밀려오고, 다이애나가 찾아오면 기분이 밝아지고, 다이애나가 즐거운 말이나 행동을 하면 웃음이 나고 미소를 짓는 게 부끄럽고 죄스러웠다. 하지만 꽃과 사랑과 우정이 있는 아름다운 세상은 앤의 감각과 심장에 변함없이 짜릿한 떨림을 안겨주었고, 인생은 여전히 끈질긴 여러 목소리로 앤을 불렀다.

"매슈 아저씨가 떠난 뒤에도 이런 일들에 기쁨을 느끼는 건 어쩐지 배신 같아요." 앤이 목사관 정원에서 앨런 부인에게 서글프게 말했다. "아저씨가 많이 그리워요. 항상 그리워요. 그런데도 여전히 세상과 인생은 아름답고 흥미로워요. 오늘 다이애나가 재미있는 말을 해서 막 웃었어요. 그 일이 일어났을 때는 제가 평생 다시는 웃지 못할 줄 알았어요. 그리고 어쩐지 그러면 안 된다는 생각이 들었고요."

"커스버트 씨는 네 웃음소리를 좋아하고, 네가 주변의 일들에서 기쁨을 찾는 걸 좋아하셨어." 앨런 부인이 부드럽게 말했다. "지금은 다른 곳에 계시지만 그건 예전과 똑같으시겠지.

우리는 자연이 주는 치유력을 받아들여야 해. 하지만 물론 네 감정은 충분히 이해해. 우리 모두 똑같은 경험을 하니까. 기쁨을 나눌 사랑하는 사람이 곁에 없어도 즐거움을 누릴 수 있다는 생각 자체가 싫지. 인생에 다시 흥미가 느껴지면 우리가 슬픔을 배신한다는 생각까지 들어."

"오늘 오후에 매슈 아저씨 무덤에 장미 덩굴을 심었어요." 앤이 꿈을 꾸듯 말했다. "아저씨의 어머니가 오래전에 스코틀랜드에서 가져온 하얀 장미 가지를 잘라서요. 아저씨는 항상 그 꽃을 가장 좋아했어요. 가시 돋친 가지에 아주 작고 향기로운 꽃이 피어요. 아저씨 무덤가에 그 나무를 심을 수 있어서 기뻤어요. 그 꽃을 아저씨 곁에 가져가면 아저씨가 기뻐하실 거 같아요. 천국에서 아저씨 곁에 그 꽃이 많았으면 좋겠어요. 어쩌면 아저씨가 여름마다 사랑한 그 많은 흰 장미꽃의 영혼이 거기서 아저씨를 맞아주었을지도 몰라요. 이제 집에 가야겠네요. 마릴라 아주머니 혼자 계시는데, 해가 지면 쓸쓸해하세요."

"네가 대학에 가면 더 쓸쓸해하시겠구나." 앨런 부인이 말했다.

앤은 거기 대답하지 않고 작별 인사를 한 뒤 천천히 그린게이블스로 돌아갔다. 마릴라는 현관 앞 계단에 앉아 있었고, 앤은 그 옆에 앉았다. 등 뒤로 열린 현관 문은, 반들거리는 안쪽에 바다의 노을을 담은 듯한 붉은 소라고둥으로 고정되어 있었다.

앤은 연노란 인동덩굴 꽃 몇 송이를 따서 머리에 꽂았다. 움직일 때마다 머리 위에 천상의 축복 같은 달콤한 향기가 맴도는 것이 좋았다.

"네가 여기 없을 때 스펜서 선생님이 다녀가셨어." 마릴라가 말했다. "내일 샬럿타운에 전문의가 오니까 나더러 꼭 가보라고 하시더라. 가서 진료를 받아봐야겠어. 그 사람이 내 눈에 맞는 안경을 만들어준다면 얼마나 고마울까. 거기 다녀오는 동안 혼자 있어도 괜찮겠지? 마틴하고 같이 다녀올 건데, 그 사이에 다림질도 하고 빵도 구워놓아야 해."

"괜찮아요. 다이애나가 같이 있어줄 거예요. 다림질도 해놓고 빵도 잘 구워놓을게요. 손수건에 풀을 먹이거나 케이크에 진통제를 넣을 걱정은 안 하셔도 돼요."

마릴라가 웃었다.

"예전에는 정말 실수가 많았지. 말썽이 끊일 날이 없었어. 정말 뭐에 씌인 아이 같았다니까. 너 머리에 염색한 일 기억나니?"

"네, 그 일은 절대 못 잊을 거예요." 앤이 미소 지으며 예쁜 두상을 감싼 숱많은 땋은 머리를 만졌다. "그때 머리 때문에 속상했던 일을 생각하면 가끔 웃음이 나요. 하지만 많이 웃지는 않아요. 그때는 진짜 고민이었거든요. 머리 색깔이랑 주근깨가

448

진짜 고민이었어요. 주근깨는 완전히 사라졌고, 사람들은 친절하게 이제 제 머리가 적갈색이라고 말해줘요. 조시 파이만 빼고요. 조시는 어제도 제 머리가 전보다 더 빨개졌다고, 아니면 검은 상복 때문에 더 빨개 보인다고, 빨강 머리 사람들은 자기 머리 색깔에 익숙해지느냐고 묻더라고요. 마릴라 아주머니, 저는 조시 파이를 좋아하려는 노력을 거의 포기할 뻔했어요. 그동안 조시를 좋아하려고 엄청난 노력을 기울였는데, 조시 파이는 누가 자기를 좋아하는 게 싫은가 봐요."

"조시도 파이 집안이니까." 마릴라가 예리하게 말했다. "그래서 삐딱한 심성을 버리지 못해. 그런 사람들도 사회에 분명 쓰임새가 있겠지만, 엉겅퀴만큼도 그 쓰임새를 모르겠다. 조시도 교사 일을 한대니?"

"아뇨, 조시는 내년에도 퀸스에 다닌대요. 무디 스퍼전하고 찰리 슬론도요. 제인하고 루비는 교직에 들어갈 거고, 학교도 구했어요. 제인은 뉴브리지로 가고, 루비는 서쪽에 있는 어떤 학교로 간대요."

"길버트 블라이드도 교사 일을 한다고 하지 않았니?"

"네." 짤막한 대답이었다.

"그 애는 참 잘생겼더구나." 마릴라가 가볍게 말했다. "지난주 일요일에 교회에서 봤는데, 키도 크고 남자답더라. 그 나이 때 자기 아버지랑 정말 닮았어. 존 블라이드도 좋은 남자였지. 우리는 아주 가까웠단다. 사람들은 존이 내 애인이라고 말했어."

앤은 갑자기 관심이 생겨서 고개를 들었다.

"마릴라 아주머니, 그런데 어떻게 된 거예요? 왜 그러면 그때……."

"싸웠어. 존이 용서를 빌어도 용서해주지 않았지. 시간이 지나면 용서할 생각이었지만, 그때는 화가 너무 나서 우선 혼내주고 싶었어. 하지만 존은 돌아오지 않았어. 블라이드 집안 사람들은 다 자존심이 강해. 나는 그 일이 늘 안타까웠어. 기회가 있을 때 존을 용서할걸 그랬다는 생각이 항상 있었지."

"그러니까 아주머니 인생에도 로맨스가 있었던 거네요." 앤이 부드럽게 말했다.

"그래, 그렇게 말해도 되겠지. 전혀 그렇게 보이지 않지? 하지만 사람은 겉만 보고는 모른단다. 사람들은 나와 존의 일을 잊었고 나도 잊었어. 그런데 지난주 일요일에 길버트를 보니 불현듯 그때 일이 생각나더구나."

길의 굽이

마릴라는 다음 날 샬럿타운에 갔다가 저녁에 돌아왔다. 앤이 다이애나와 함께 오처드슬로프에 있다가 돌아와 보니, 마릴라가 부엌 식탁에 앉아 손으로 머리를 괴고 있었다. 그 쓸쓸한 모습에 앤은 심장이 덜컹 했다. 마릴라가 그렇게 무력하게 앉아 있는 모습은 본 적이 없었다.

"피곤하세요, 아주머니?"

"응…… 아니…… 모르겠다." 마릴라가 고개를 들고 기운 없이 말했다. "피곤하긴 하구나, 그런 생각을 한 건 아니지만. 문제는 그게 아니야."

"안과 의사를 만나셨어요? 그분이 뭐래요?" 앤이 걱정스럽게 물었다.

"그래, 만났지. 의사가 내 눈을 진찰했어. 내가 책도 안 읽고, 바느질도 안 하고, 눈에 무리가 되는 어떤 일도 안 하고, 울지도 않고, 또 자신이 만들어준 안경을 쓰면, 눈도 더 나빠지지 않고 두통도 나을 거래. 하지만 안 그러면 6개월 후에 눈이 먼다는구나. 눈이 멀다니! 앤, 도대체 그게 무슨!"

앤은 놀라서 짧게 소리를 지르고는, 잠시 동안 가만히 있었다. 아무 말도 할 수 없을 것 같았다. 잠시 후 용기를 내서 목멘 소리로 말했다.

"마릴라 아주머니, 그런 생각은 하지 마세요. 의사 선생님은 희망을 준 거예요. 조심하면 시력을 잃지 않을 거예요. 그리고 안경으로 두통이 없어지면 좋은 일이잖아요."

"그게 무슨 큰 희망 같지는 않구나." 마릴라가 씁쓸하게 말했다. "책도 못 읽고 바느질도 못하고 그런 일을 다 못하면 내가 살아서 무얼 하겠니? 그건 눈이 먼 거나 마찬가지야. 또 죽은 거하고도 다를 바 없고. 그리고 울지도 말라는데, 외로울 때면 울지 않을 수가 없어. 이런 말이 무슨 소용이겠니. 차를 한잔 끓여주면 고맙겠다. 너무 피곤하구나. 어쨌건 당분간은 아무에게도 이야기하지 말아다오. 사람들이 이것저것 묻고 위로하고 떠들고 하는 건 싫으니까."

식사를 마치자 앤은 마릴라를 설득해서 잠자리에 들게 했다. 앤은 동쪽 다락방 어두운 창가에 혼자 앉아 무거운 마음으로 눈물을 흘렸다. 집에 돌아와서 거기 앉은 첫날 이후 세상이 얼마나 슬프게 변했나! 그날은 희망과 기쁨이 가득했고, 미래는 약속을 품고 장밋빛으로 빛났다. 그 뒤로 시간이 몇 년은 흐른 듯 느껴졌지만, 앤은 침대에 눕기 전에 입술에는 미소를, 마음에는 평화를 찾았다. 용기를 가지고 자기 의무를 정면으로 바라보니, 그것은 적이 아니라 친구였다. 우리가 솔직히 마주하면 언제나 그렇듯이.

며칠이 지난 어느 날 오후, 마릴라가 마당에서 방문객과 이야기를 하고 천천히 들어왔다. 앤도 아는, 카머디에서 온 존 새들러였다. 앤은 그 사람이 무슨 말을 했기에 마릴라 표정이 그런지 의아했다.

"새들러 씨가 무슨 말을 하던가요, 마릴라 아주머니?"

마릴라는 창가에 앉아 앤을 바라보았다. 눈에서 안과 의사가 금지한 눈물이 흘렀고, 목소리가 갈라졌다.

"그린게이블스를 팔 거라는 이야기를 들었다고, 자기가 사겠다고 하더구나."

"산다고요?" 앤은 자신이 제대로 들었는지 믿을 수가 없었다. "아주머니, 설마 그린게이블스를 파시려는 건 아니겠죠?"

"앤, 달리 방법을 모르겠다. 그동안 계속 생각을 해봤어. 눈이 멀쩡하면 여기 살면서 사람을 사서 농장을 돌볼 수 있겠지. 하지만 그렇게는 할 수가 없어. 시력을 완전히 잃을지도 모르고, 어쨌든 농장을 관리할 만큼은 안 될 테지. 아, 내 집을 팔날이 올 줄은 꿈에도 몰랐다. 하지만 상황이 점점 나빠지다 보면, 나중에는 이 집을 팔 수도 없을 거야. 우리 돈은 전부 그 은행에 있었어. 그리고 매슈가 지난가을 돈을 빌리고 써준 어음들도 기한이 돌아올 거고. 린드 부인은 나한테 농장을 팔고 하숙 생활을 하라더라. 자기 집에 들어오라는 이야기 같아. 집을 팔아봐야 큰돈은 안 되겠지만―집도 작고 건물들도 낡았으니―내가 먹고살 돈은 될 거야. 네가 장학금으로 학교를 다닐 수 있어서 얼마나 다행인지 모르겠다, 앤. 방학 때 돌아올 집이 없어져서 안타깝다만 그래도 너는 잘 견딜 거야."

마릴라는 더 참지 못하고 눈물을 흘렸다.

"그린게이블스를 팔면 안 돼요." 앤이 단호하게 말했다.

"앤, 나도 팔고 싶지 않아. 하지만 너도 알듯이 나 혼자 여기서 살 수는 없어. 문제도 많이 생기고 외로움도 참기 어려울 어려울 거야. 그리고 시력도 잃고 말 거야, 분명해."

"여기서 혼자 사시지 않아도 돼요, 마릴라 아주머니. 제가 곁에 있을게요. 저는 레드먼드에 가지 않아요."

"레드먼드에 안 간다고? 그게 무슨 소리냐?" 마릴라는 지친 얼굴에서 두 손을 떼고 앤을 보았다.

"들으신 그대로예요. 장학금은 안 받을 거예요. 아주머니가 샬럿타운에서 돌아오신 그날 밤 결정했어요. 아주머니가 저한테 어떻게 해주셨는데, 제가 아주머니를 이런 곤경에 혼자 두고 떠나겠어요? 제 생각이랑 계획을 말씀드릴게요. 배리 아저씨가 내년에 우리 농장을 빌리고 싶어하세요. 그러니까 그 일은 신경 쓰지 않으셔도 돼요. 그리고 저는 교사 일을 할 거예요. 에이번리 학교에 지원을 했어요. 될 것 같지는 않지만요. 이사회가 이미 길버트 블라이드를 채용하겠다고 약속했다니까요. 하지만 그러면 카머디의 학교에 가면 돼요. 블레어 씨가 어젯밤 가게에서 그렇게 말씀하시더라고요. 물론 에이번리 학교만큼 편하지는 않겠죠. 하지만 카머디라면 집에서 마차로 통근할 수 있어요. 따뜻한 계절에는요. 그리고 겨울에도 금요일마다 집에 올 수 있어요. 그래서 말이 있어야 돼요. 계획을 다 세웠어요, 아주머니. 제가 아주머니한테 책을 읽어드리고 즐겁게 해드릴게요. 심심하거나 외롭지 않게 해드릴게요. 여기서 아주머니하고 저, 둘이 아늑하고 행복하게 지낼 거예요."

마릴라는 꿈을 꾸는 듯 앤의 말을 들었다.

"앤, 네가 여기 있다면야 편하겠지. 하지만 네가 나 때문에 희생해서는 안 돼. 그건 가혹한 일이야."

"아뇨!" 앤이 밝게 웃었다. "희생이 아니에요. 그린게이블스를 포기하는 것보다 나쁜 건 없어요. 저한테 그보다 더 큰 상처는 없어요. 우리는 이 집을 지켜야 해요. 제 결심은 확고해요. 마릴라 아주머니. 레드먼드엔 안 가요. 여기 살면서 교사로 일하겠어요. 제 걱정은 하지 마세요."

"하지만 네 꿈은…… 그리고……."

"저는 꿈을 버리지 않았어요. 다만 꿈의 목표를 바꿨어요. 저는 좋은 선생님이 될 거고, 아주머니 눈을 지켜드릴 거예요. 거기다 집에서 공부해서 혼자 대학 과정을 밟을 수도 있어요. 저는 계획이 많아요, 마릴라 아주머니. 일주일 동안 생각했거든요. 여기서 인생에 최선을 다하면 인생도 저에게 최선의 것을 줄 거라 믿어요. 퀸스를 졸업할 때는 미래가 대로처럼 뻗어 있다고 생각했어요. 아주 멀리까지 내다보인다고 여겼죠. 하지만 이제 거기 굽이가 생겼어요. 굽이 너머에 뭐가 있을지는 모르지만, 좋은 게 있다고 믿겠어요. 그렇게 굽이가 있다는 것 자체가 매혹적이에요, 마릴라 아주머니. 그 너머 길이 궁금해요. 어떤 푸른 영광과 부드러운 빛과 그림자…… 어떤 새로운 풍경…… 어떤 새로운 아름다움…… 어떤 굴곡과 언덕과 골짜기가 있을지."

"나 때문에 그걸 포기해서는 안 돼." 마릴라가 말하는 것은 장학금이었다.

"하지만 저를 막으실 수 없어요. 저는 지금 열여섯 살하고도 반 년이 지났어요. '황소처럼 고집 셀 나이'라고 린드 아주머니가 말씀하셨죠." 앤이 웃었다. "아주머니, 저를 불쌍히 여기지 마세요. 그런 거 싫고 또 그럴 필요도 없어요. 사랑하는 그린게이블스에 산다는 생각으로 너무 기쁘니까요. 이 집을 아주머니와 저처럼 사랑할 수 있는 사람은 없어요. 그러니까 우리가 지켜야 돼요."

"복받을 아이로구나!" 마릴라가 물러서면서 말했다. "네가 나한테 새 인생을 주는 것 같아. 어떻게든 너를 대학에 보내야 하겠지만……그럴 수 없을 것 같으니까 굳이 우기지 않으마. 하지만 그런 희생에 보답하도록 하마, 앤."

앤 셜리가 대학에 가지 않고 에이번리에 남아서 교사가 될 거라는 소문이 퍼지자, 그 일을 두고 무수한 이야기가 오갔다. 선량한 사람들은 마릴라의 시력 문제를 몰랐기 때문에 앤이 어리석다고 했다. 앨런 부인은 그러지 않았다. 부인이 앤에게 그 결정에 찬성한다고 말하자 앤은 눈물을 흘렸다. 린드 부인도 마찬가지였다. 부인은 어느 날 저녁 그린게이블스에 왔다가 앤과 마릴라가 따뜻하고 향기로운 여름 석양 속에서 함께 현관문 앞에 앉아 있는 모습을 보았다. 두 사람은 해질녘에 거기 앉아 있는 것을 좋아했다. 흰 나방들이 정원을 날아다니고, 습기를 머금은 공중에는 박하 향이 가득했다.

린드 부인은 문 옆의 돌 의자에 무거운 몸을 내려놓고, 피로와 안도가 섞인 긴 한숨을 쉬었다. 그 뒤로는 분홍색과 노란색의 키 큰 접시꽃들이 줄지어 자랐다.

"앉으니 좋네요. 하루 종일 서 있었는데, 90킬로그램은 두 발이 지탱하기에는 상당한 무게죠. 뚱뚱하지 않은 건 복이에요, 마릴라. 그에 감사하세요. 그리고 앤, 대학에 가지 않기로 했다는 말 들었다. 그 말을 듣고 기뻤어. 너는 여자로서 이미 넘치게 교육을 받았어. 나는 여학생들이 남학생하고 같이 대학에 다니면서 라틴어니 그리스어니 하는 걸 머리에 채우는 게 그렇게 좋은 일인지 모르겠어."

"하지만 그래도 라틴어와 그리스어를 공부할 거예요, 린드 아주머니." 앤이 웃으며 말했다. "여기 그린게이블스에서 인문학을 비롯해서 대학에서 배우는 모든 걸 공부할 생각이거든요."

린드 부인은 경악한 듯 두 손을 들었다.

"앤 셜리, 과로로 죽으려고?"

"아뇨. 저는 잘할 거예요. 물론 절대 무리하지는 않아요. '조사이어 앨런의 부인'이라는 작가의 표현대로 '중간 길'을 걸을 거예요. 하지만 긴 겨울 저녁에는 시간이 많을 테고, 저는 수예 같은 데 재주가 없어요. 아시듯이 카머디에서 교사로 일할 거고요."

"글쎄, 여기 에이번리에서 일하게 될 거 같은데. 이사회가 너를 채용하기로 했다더라."

"린드 아주머니!" 앤이 놀라서 소리치며 벌떡 일어섰다. "이사회가 길버트 블라이드를 채용하기로 했다고 이미 들었는데요!"

"그랬지. 그런데 길버트가 네가 그 자리에 지원했다는 이야기를 듣고 이사회에 가서 ─ 어젯밤에 학교에서 이사진 회의가 있었거든 ─ 자기 지원을 철회할 테니, 네 지원을 받아달라고 했어. 자기는 화이트샌즈의 학교로 갈 거라고. 물론 널 위해서 그런 거지. 네가 마릴라하고 같이 여기서 지내고 싶어하는 걸 알았으니까. 그 애는 참 마음도 따뜻하고 생각도 깊어. 그리고 자기를 희생할 줄 알아. 화이트샌즈에서는 하숙비도 내야 하는데 말이야. 알다시피, 대학에 가려면 그 애도 돈을 벌어야 하잖니. 어쨌든 그래서 이사회가 너를 채용하기로 했어. 토머스한테 그 이야기를 듣고 내가 얼마나 기뻤는지 몰라."

"그걸 받아들이면 안 될 것 같은데요." 앤이 중얼거렸다. "그러니까…… 길버트가 저를 위해 그렇게 큰 희생을 치르면 안 돼요."

"하지만 이제 어쩔 수 없어. 이미 화이트샌즈 이사회에 가서 서류에 서명을 했으니까. 이제 네가 거절해도 그 애한테 아무 도움도 안 돼. 당연히 네가 에이번리 학교에 가야 해. 너는 잘할 거야. 이제 파이 집안사람들은 학교를 다 떠났으니까. 조시가 마지막이었으니, 얼마나 다행이야. 지난 20년 동안 에이번리 학교에는 항상 파이 집안사람이 한두 명씩 있었고, 그 사람들은 하나같이 선생들에게 세상이 만만치 않다는 걸 가르쳤지. 아니! 배리네 다락방에서 왜 불이 깜박이지?"

"다이애나가 저를 부르는 거예요." 앤이 웃었다. "예전에 하던 대로요. 다이애나가 왜 부르는지 가볼게요."

앤은 사슴처럼 클로버 언덕을 달려 내려가서 유령의 숲 전나무 그늘로 사라졌다. 린드 부인은 그 뒷모습을 뿌듯하게 바라보았다.

"저 애는 아직도 어린애 같은 데가 있어요."

"하지만 어른스런 면이 더 많아요." 마릴라의 목소리에 잠시 예전 같은 날카로움이 실렸다.

하지만 이제 날카로움은 마릴라의 두드러진 특징이 아니었다. 그날 밤 린드 부인은 토머스에게 말했다.

"마릴라 커스버트가 이제 참 부드러워졌어요."

앤은 다음 날 저녁 매슈의 무덤에 새 꽃을 놓고 장미에 물을 주려고 에이번리 묘지에 갔다. 그리고 그곳의 고요가 좋고, 다정한 말을 전하듯 바스락거리는 포플러나무와 무덤들 사이에서 멋대로 자라며 속삭이는 풀잎들이 좋아서, 해질녘까지 거기 있었다. 앤이 마침내 그곳을 떠나 영롱한 물빛 호수로 이어지는 긴 언덕을 내려갈 때는 이미 해가 져서, 에이번리 전체가 꿈결 같은 노을 속에 잠겨 들었다. 옛 시에서 말하는 '오랜 평화의 자리' 같았다. 달콤한 클로버 들판 위로 바람이 불자 공기가 상쾌해졌다. 나무들 사이로 집마다 불빛이 깜박거렸다. 그 너머에서는 안개에 잠긴 보라색 바다가 잊을 수 없는 끊임없는 속삭임을 전했다. 서쪽 하늘은 여러 가지 부드러운 색조로 타올랐고, 연못은 그 모든 색을 더욱 부드럽게 반사했다. 모든 아름다움이 앤의 심장을 떨리게 했고, 앤은 감사하며 그것들을 마음 깊이 받아들였다.

"아름다운 세상아, 내가 네 안에 살아 있는 게 기쁘다." 앤이 나직이 말했다.

언덕 중간쯤에 있는 블라이드 가의 집 대문이 열리더니 키 큰 청년이 휘파람을 불며 나왔다. 길버트였고, 앤을 알아보자 입술에서 휘파람이 사그라들었다. 그는 예의 바르게 모자를 들어 인사했지만, 그냥 말없이 지나가려고 했다. 하지만 앤이 걸음을 멈추고 그의 손을 잡았다.

"길버트." 앤이 얼굴이 빨개져서 말했다. "에이번리 학교를 나한테 양보해줘서 고마워. 정말 너그러운 일이었고, 고맙다는 말을 전하고 싶어."

길버트는 앤의 손을 꽉 잡았다.

"특별히 너그러운 일은 아니야, 앤. 너한테 작은 도움이라도 될 수 있어서 기뻤어. 그러면 우리 이제 친구가 될 수 있는 거니? 내 지난 잘못을 용서한 거야?"

앤은 웃으며 손을 빼내려 했지만 길버트가 놓지 않았다.

"그날 그 연못 나루터에서 바로 용서했어. 그때는 미처 몰랐지만. 내가 그렇게 고집 센 바보였어. 이제 와서 털어놓자면, 그 뒤로 내내 미안했어."

"우리는 이제 좋은 친구가 될 거야." 길버트가 기뻐하며 말했다. "그럴 운명이었어, 앤. 네가 오랫동안 그 길을 가로막았을 뿐. 우리는 서로에게 많은 도움을 줄 수 있어. 너도 계속 공부할 거지? 나도 그럴 거야. 가자, 집까지 바래다줄게."

앤이 부엌으로 들어서자 마릴라는 호기심 어린 눈으로 앤을 보았다.

"같이 온 사람이 누구니, 앤?"

"길버트 블라이드예요." 앤은 얼굴이 빨개지는 것에 당황해서 말했다. "배리 아저씨네 언덕에서 만났어요."

"너하고 길버트 블라이드가 대문 앞에서 30분 동안 이야기할 만큼 친한 줄 몰랐는데." 마릴라가 설핏 미소를 짓고 말했다.

"안 친했어요. 원수에 가까웠죠. 하지만 앞으로는 친구가 되는 게 더 현명하다고 합의했어요. 우리가 정말로 30분 동안이나 이야기를 했어요? 몇 분밖에 안 지난 것 같았는데. 하지만 5년 동안 대화를 안 했으니 할 말이 많을 수밖에 없어요, 마릴라 아주머니."

앤은 그날 밤 깊은 만족에 잠겨서 오랫동안 창가에 앉아 있었다. 바람이 벚나무 가지에서 부드러운 소리를 냈고, 박하의 숨결이 올라왔다. 골짜기의 뾰족한 전나무 위에서 별들이 깜박거렸고, 나무들 사이로 다이애나의 방 불빛이 깜박거렸다.

앤이 퀸스에서 돌아와서 거기 앉았던 날 이후, 앤의 세계는 좁아졌다. 하지만 앞에 놓인 길이 비록 좁다 해도, 그 길에 조용한 행복의 꽃이 필 것이다. 성실한 노동과 고귀한 열망과 따뜻한 우정이 앤에게 기쁨을 안겨주리라. 어떤 것도 앤이 공상할 권리와 꿈꾸는 세계를 빼앗아갈 수 없을 것이다. 그리고 길에는 언제나 굽이가 있다!

"하느님 하늘에 계시니, 세상의 모든 것 밝기도 해라." 앤이 부드럽게 속삭였다.

Anne of Green Gables

- **이름** 루시 모드 몽고메리Lucy Maud Montgomery
- **출생일** 1874년 11월 30일
- **사망일** 1942년 4월 24일
- **국적** 캐나다
- **거주지** 핼리팩스(노바스코샤주), 캐번디시(프린스에드워드섬), 리스크데일(온타리오주)

루시 모드 몽고메리는 어떤 사람이었을까?

몽고메리는 사는 동안 인생을 만끽하고, 많은 곳을 여행하고, 당시 여자들에 대한 많은 인습을 거부했다. 한편으론 전통적인 종교심도 강했고, 어머니와 주부로 헌신했으며, 언제나 가족과 고향으로 돌아갔다.

몽고메리의 글에는 모든 인생 경험이 녹아들어 있으며, 특히 사랑스러운 빨강 머리 고아 앤 셜리의 이야기는 아름다운 프린스에드워드섬에서 살았던 시절을 토대로 한 것이다.

루시 모드 몽고메리는 어디에서 자랐을까?

몽고메리는 프린스에드워드섬에서 태어났다. 두 살도 되기 전에 어머니가 돌아가셔서 캐번디시의 조부모님 댁에서 살았다. 캐번디시는 농민과 어민이 한데 어울려 사는 농촌 마을이었다. 노인들 틈에서 자라다 보니, 몽고메리는 책을 읽고 상상을 하면서 노는 시간이 많았다.

루시 모드 몽고메리는 책을 쓰는 것 외에 어떤 일을 했을까?
몽고메리의 인생에서 글쓰기는 언제나 아주 큰 부분이었다. 몽고메리는 책 말고 일기도 쓰고 스크랩북도 만들어서 소설에 쓸 아이디어를 모았고, 신문, 잡지에도 글을 투고했다. 몽고메리는 사진 찍기도 좋아해서 개인 암실을 마련하고 특수 효과를 실험하기도 했다.

학교를 마친 뒤에는 사범 대학에 갔고, 이어 대학교에서 영문학을 공부했다. 고등 교육을 받는 여자가 극소수인 시절이었기에, 이것은 아주 특별한 일이었다. 몽고메리는 두 학교에서 받은 학위를 잘 활용해서 몇 년 동안 교사로도 일하고 신문 기자로도 일했다.

루시 모드 몽고메리는 어디에서 앤에 대한 아이디어를 얻었을까?
앤에 대한 아이디어는 프린스에드워드섬의 환경과 몽고메리가 살았던 따뜻한 공동체에서 얻었다. 몽고메리는 글을 쓸 때 자신의 성격도 많이 참고했다. 그래서 작가와 앤에게는 글쓰기를 좋아하고, 자연을 사랑하며, 사범 학교에 다녔고, 교사로 일하는 등 비슷한 면이 많다.

『빨강 머리 앤』이 처음 출간되었을 때 사람들의 반응은 어땠을까?

시작은 별로 좋지 않았다! 처음에 출판사 네 곳에서 거절당하자 몽고메리는 낙심해 1년 동안 원고를 모자 보관함에 넣어두었다. 하지만 막상 1908년에 출간되자 책은 바로 대성공을 거두었다. 몽고메리에게는 팬레터가 몇백 통씩 왔는데, 그중에는 마크 트웨인의 편지도 있었다. 마크 트웨인은 이 책이 '어린 시절에 대한 이야기 중 가장 아름답다'고 말했다.

　『빨강 머리 앤』은 드라마와 영화로도 여러 번 만들어졌고, 지금도 세계적으로 큰 인기를 끌고 있다.

루시 모드 몽고메리는 또 어떤 책을 썼을까?

몽고메리는 단편소설과 시 500편을 썼고, 장편소설은 20권을 썼다. 그 가운데 19권이 프린스에드워드섬을 배경으로 하며, 6권에서 앤이 주인공이다.

　앤 시리즈는『에이번리의 앤』,『프린스에드워드섬의 앤』,『윈디 윌로스의 앤』,『앤의 꿈의 집』,『잉글사이드의 앤』으로 이어진다.

앤은 몽고메리의 주인공 가운데 가장 유명하고 사랑받는 인물이지만, 몽고메리는 『초승달 농장의 에밀리』에 처음 나오는 에밀리 스타를 가장 좋아한다고 말했다.

등장인물

◆ **앤 셜리**

주인공. 사랑스럽고, 충동적이고, 몽상을 좋아하는 고아 소녀로, 열한 살 때 매슈와 마릴라 커스버트에게 입양되었다.

◆ **마릴라 커스버트**

중년 독신 여자로 엄격한 성격이지만, 의외로 여린 데가 있다. 그린게이블스에 살며 농사를 도울 남자아이를 입양하고자 한다. 스펜서 부인의 착오로 인해 앤이 그린게이블스에 왔을 때 입양을 강하게 반대하지만 피터 블루웨트 부인의 나쁜 성품을 보고 앤을 입양하기로 결정한다.

◆ **매슈 커스버트**

마릴라의 오빠로 마음이 따뜻하고 말수가 적다. 여자들 앞에서 지독하게 수줍음을 탄다. 그린게이블스에 살며 마릴라에게 앤을 입양하자고 설득한다.

◆ **다이애나 배리**

앤의 단짝 친구.

◆ **길버트 블라이드**

잘생기고 매력적인 에이번리의 소년으로, 앤의 큰 적수이기도 하다. 보이지 않는 곳에서 항상 앤을 지지하지만 무시당하기 일쑤다.

◆ **레이철 린드 부인**

남의 일에 참견하기 좋아하는 여자로, 매슈와 마릴라의 이웃이다. 사람들 소식을 속속들이 알고 언제나 자기 생각을 거침없이 말한다.

- ◆ 스테이시 선생님

  앤이 사랑한 학교 교사.

- ◆ 앨런 부인

  젊은 신임 목사 앨런의 부인으로 앤과 친해진다.

- ◆ 조세핀 배리 할머니

  다이애나의 부유한 친척 할머니로, 예상을 뒤엎고 앤을 좋아하게 된다!

- ◆ 루비 길리스

  앤의 친구인 예쁜 소녀. 감정에 잘 휘말리고, 가끔 히스테리 발작을 일으킨다.

- ◆ 조시 파이

  성격 나쁘기로 이름난 파이 집안 학생. 학생들이 대부분 싫어한다.

- ◆ 제인 앤드루스

  평범하게 생겼지만 현명하고 믿음직스러운 앤의 친구.

- ◆ 찰리 슬론

  앤의 학교 친구로, 앤을 좋아한다.

- ◆ 무디 스퍼전 맥피어슨

  앤과 같은 학교의 남학생.

- ◆ 배리 부인

  다이애나의 어머니.

- ◆ 앨런 목사

  새로 온 젊은 목사.

- ◆ **미니 메이 배리**

  다이애나의 어린 여동생. 어른들이 없는 밤에 인후염을 크게 앓아 위기를 맞는다. 앤의 빠른 대처로 낫게 된다.

- ◆ **토머스 린드**

  린드 부인의 남편.

- ◆ **필립스 선생님**

  앤이 에이번리 학교에서 처음 만난 교사. 학생들에게 인기가 없고, 고학년 여학생들에게 치근덕거린다.

- ◆ **프리시 앤드루스**

  앤이 다니는 학교의 고학년 여학생으로, 필립스 선생님의 건전하지 않은 관심을 받는다.

- ◆ **토머스 부인**

  앤의 첫 위탁모.

- ◆ **해먼드 부인**

  앤의 두 번째 위탁모.

- ◆ **피터 블루웨트**

  성격이 고약한 여자로, 앤을 입양하기 직전까지 간다.

- ◆ **벨 선생님**

  교회 학교 교장 선생님.

- ◆ **존 블라이드**

  길버트의 아버지로, 마릴라의 옛 애인.

- ◆ **스펜서 부인**

  마릴라와 매슈의 부탁을 받고 앤을 고아원에서 데리고 온 부인.

◆ **버사 셜리**

앤의 어머니. 앤이 태어나고 석 달 만에 죽었다.

◆ **월터 셜리**

앤의 아버지. 아내 버사가 죽고 바로 뒤이어 죽었다.

옮긴이 **고정아**

대학에서 영문학을 공부하고 번역가로 활동하고 있다. 『전망 좋은 방』, 『순수의 시대』, 『오만과 편견』, 『히든 피겨스』 등을 옮겼고, 『천국의 작은 새』로 2012년 유영번역상을 받았다. 『클래식 음악과 괴짜들』, 『지구 반대편』, 『손힐』, 『진짜 친구』 등 어린이 청소년 책도 다수 번역했다.

빨강 머리 앤 _ 걸 클래식 컬렉션

펴낸날 초판 1쇄 2019년 6월 30일
　　　 초판 6쇄 2022년 2월 14일
지은이 루시 모드 몽고메리
옮긴이 고정아
펴낸이 이주애, 홍영완
편집 양혜영, 장종철, 김송은, 백은영
마케팅 김가람, 진승빈
디자인 김주연, 박아형
펴낸곳 (주)윌북 출판등록 제2006-000017호 주소 10881 경기도 파주시 회동길 337-20
전자우편 willbooks@naver.com 전화 031-955-3777 팩스 031-955-3778
블로그 blog.naver.com/willbooks 포스트 post.naver.com/willbooks
트위터 @onwillbooks 인스타그램 @willbooks_pub

ISBN 979-11-5581-215-0 (02840) (CIP제어번호: CIP2019014341)
　　　979-11-5581-219-8 (세트)

• 책값은 뒤표지에 있습니다. • 잘못 만들어진 책은 구입하신 서점에서 바꿔드립니다.
• 이 책의 본문은 아리따 글꼴을 사용하여 디자인되었습니다.

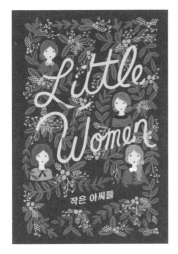

작은 아씨들

빨강 머리 앤

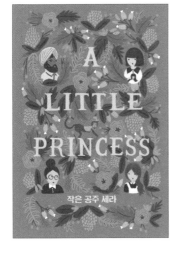

작은 공주 세라

하이디

THIS BOOK
BELONGS TO

_____

_____